멈춰 버린 밤

1판 1쇄 찍음 2017년 10월 17일
1판 1쇄 펴냄 2017년 10월 24일

지은이 | 한귀린
펴낸이 | 정 필
펴낸곳 | (주)뿔미디어

편집장 | 박경희
기획 · 편집 | 이영은
표지 디자인 | 박현진

출판등록 | 2002년 9월 11일 (제1081-1-132호)
주소 | 경기도 부천시 원미구 소향로 17, 303(두성프라자)
전화 | 032)651-6513 / 팩스 032)651-6094
E-mail | scarlets2012@hanmail.net
블로그 | http://blog.naver.com/dahyangs
비북스 | http://b-books.co.kr

값 9,000원

ISBN 979-11-315-8303-6 03810

한귀린 장편 소설

SCARLET ROMANCE STORY

멈춰 버린 밤

contents

"이은준 대리, 이거 회의실에 좀 가져다주세요."

"네."

은준은 김 과장이 건네는 한 뭉치의 회의 자료를 받아 들고는 사무실을 나섰다. 바인더로 만들어진 회의 자료는 은근 무거웠다.

곧 있을 새 브랜드 론칭으로 회사는 초긴장 상태였다. 모두들 바쁘게 움직였고 다들 신경이 예민하게 곤두서 있었다. 자신이 있는 지원사업부는 두말할 것도 없었다. 매일 회의 자료를 만들어야 했고 시장 조사를 한 후 시장 분석을 이끌며 발바닥에 땀이 나도록 움직여야 했다. 지금도 회사로 복귀한 지 몇 분 만에 다시 회의실로 들어가는 중이었다.

"은준!"

은준은 고개만 돌리기도 힘들 만큼 안고 있는 회의 자료 때문에 몸 전체를 틀어 돌아봤다.

"들어와서 쉬지도 못하고 회의 준비하러 가는 거야?"

"응."

"난 보다시피 음료 담당."

은준은 입사 동기인 희경이 음료 박스를 든 채 어깨를 으쓱이자 고개를 끄떡여 보였다.

"그런데 치마가 너무 길지 않아?"

"으응? 뭐……."

치마는 무릎을 조금 덮는 길이였다. 은준은 그녀가 또 잔소리를 한다고 생각해 대충 얼버무리듯 대꾸했다.

"봐 봐, 이렇게 예쁜 다리를 이렇게 긴치마로 가리고 있는 건 죄악이야."

'이렇게'라는 단어를 강조하는 희경 때문에 은준은 벙싯 웃었다.

"예쁘게 웃는 눈웃음은 칭찬할 만하지만 그 수녀복 같은 차이나 칼라는 비추야. 너 쇄골 정말 예쁘거든."

"예쁘긴."

희경은 툭하면 가리지 말라고 타박을 주고는 했다. 딱히 가리려고 한 것이 아니라 그냥 선호하는 옷 취향일 뿐인데도 늘 희경의 꾸지람을 들어야 했다.

"이렇게 긴치마인데도 은근 섹시한 것을 보면…… 빵빵한 엉덩이 탓인가?"

"웃기지 마, 쫌."

은준은 희경의 너스레에 못 말리겠다는 듯 웃음을 터트리며 눈을 찡그렸다.

"참, 들었어?"

낮게 목소리를 깐 희경을 은준은 멀건 얼굴로 쳐다보기만 했다. 사내에 떠도는 소문은 늘 희경을 통해 듣게 되는 편이었다.

"이번에 새로 론칭하는 스톤블링 주얼리, 사실은 회장님 아들이 추진한 사업이래."

"아······."

"해외 지사에 있으면서 귀국하기 전에 준비를 단단히 했다고 하더라."

희경의 말에 간투사를 내뱉은 은준은 고개를 끄덕이며 회의실로 들어섰다. 사업 계획서가 계속 메일로 수신되고 업무적인 지시도 메일로 내려오는 것을 알고 있었지만, 그건 어디까지나 윗선에서 하는 일이니 자신은 몰라도 크게 상관없는 부분이었다.

하지만 운동화와 운동복에 주력하던 회사가 주얼리 제품을 론칭한다는 것은 위험 부담이 상당한 것이었다.

은준은 상석부터 시작해 회의 자료를 차례로 내려놓으며 음료를 놓고 있는 희경과 반대편에서 움직였다. 회의 자료를 다 놓은 은준은 PT 화면이 정상적으로 나오는지 확인하려 버튼을 누르다 미간을 찌푸렸다.

"왜?"

음료를 다 세팅한 희경이 다가와 PT 화면과 자신을 번갈아 보더니 의아한 표정을 지었다.

"모델이 스캔들의 여왕 황선휘로 애초에 결정 난 거였어?"

은준은 몰랐던 사실에 살짝 당황한 표정을 지었다. 새 브랜드 론칭을 하면서 이렇게 부담을 안고 가야 한다는 것에 자신은 처음부터 반대 의사를 피력했지만 전혀 먹혀들지 않았음을 또 한 번 깨닫는 중이었다. 그래서 PT 자료를 부장님이 혼자서 만들었다는 생각이 들자 기분이 언짢아졌다.

"소문엔…… 그 모델이 회장님 아들 애인이라는 소문이 있더라."

"어쩐지……."

은준은 눈살을 찌푸리다 신경질적으로 PT 화면을 껐다. 그리고 쥐고 있던 리모컨을 노트북 옆에 툭 던지듯이 내려놓았다. 가끔 윗선에 잘 보이려 오버하는 최 부장이 문제였다.

"오늘 발표는 최 부장님이 하시는 거지?"

"응, 아까부터 긴장된다면서 화장실을 얼마나 들락날락하시는지 내가 다 정신이 없었어."

"뭘 그렇게 긴장하시는 거야?"

"몰라. 하도 정신없이 굴어서 차라리 외근을 내가 나갈 걸 하고 생각했었다니까."

은준은 희경의 넋두리에 피식 웃고는 회의실의 조명을 체크했다. 조금 있으면 이곳은 사람들로 꽉 찰 것이고 자신은 회의실 단상과 반대편에 서서 모든 일이 차질 없이 이루어지도록 서포트를 해야 했다.

"이제 우리가 할 일은 끝났으니 나가자."

오늘도 무사히 지나갈 수 있기를 바라며 은준은 회의실 조명을 껐다.

"오케이."

희경이 먼지를 털듯 손을 탁탁 털고는 곧이어 은준을 따라 회의실을 나섰다.

후우. 낮게 심호흡을 한 은준은 건침을 꿀꺽 삼켰다.

회의 직전 비서가 사장에게 메모를 건네는 것을 본 은준은 더 긴장하고 말았다. 원래 자신의 자리는 회의실 끝이어야 했다. 그런데 자신은 지금 모든 이들의 시선이 쏠리는 곳에 서 있었고 사장은 자신의 목을 조르듯이 바라보고 있었다.

비서가 전해 주는 메모 때문에 잠시 사장의 시야에서 벗어났지만, 긴장은 극에 달하고 말았다. 메모를 본 사장이 휴대폰을 꺼내 들자 은준은 미간을 모았다. 회의 중에 딴짓하는 상사는 달갑지 않은 부류였다. 더군다나 이 브랜드는 사장 본인이 직접 기획한 프로젝트지 않은가 말이다.

"이 부분은 현재 비밀리에 모집된 모니터 회원들의 리뷰를 참고로 수정한 계획서입니다."

은준은 때아닌 발표자가 되어 회의실 상단에 서 있었다. 입사하고 회의실에서 이런 PT를 맡은 일은 다반사였지만 본인이 준비한 회의 자료가 아니라 짧은 시간에 숙지한다고 애를 먹었다. 하지만 그보다 더 난처한 것은 줄곧 자신에게 꽂혀 있는 사장의 시선이었다. 기회를 노리며 섣불리 덤벼들지 않는 맹수처럼 사장의 눈빛은 냉혹한 살벌함을 띠고 있었다.

드르륵.

단상 위에 올려 둔 휴대폰이 진동하자 은준의 눈길이 무의식적으로 아래를 향했다.

[기억해? 2017호.]

액정 화면에만 잠깐 떴다 사라진 문자를 읽은 은준의 표정이 딱딱하게 굳었다. 더 자세히 말하자면 하얗게 질렸다고 봐야 했다.

고개를 들던 은준은 사장과 눈이 딱 마주치자 건침이 목을 타고 넘어왔다. 회장님의 아들이라는 이름하에 사장의 직함을 달고 온 그는 직원들과 악수를 건성으로 하는 듯했다. 그래서 자신을 알아보지 못한다고 생각했고 잊었을 것이라 생각했다. 하지만 자신이 기억하는 것처럼 그도 기억을 하는 듯했다. 그러니 낯선 번호가 뜬 문자는 그가 보낸 것이 분명했다.

"모니터 요원들의 리뷰에 따르면……."

은준은 등에서 식은땀이 흐르는 것을 느끼며 땀이 밴 손바닥을 치마에 쓰윽 문질러 닦았다. 회의를 망칠 수는 없었다. 비록 자신이 준비한 회의가 아니더라도 무사히 치러야 하는 의무가 있었다.

"귀걸이, 목걸이, 반지를 세트로 하는 기본에서……."

원래 자신이 서 있어야 하는 위치에서 희경이 잘라라며 두 주먹을 불끈 쥐는 것이 보였다.

"지갑의 버튼과 가방의 버클이나 장신구 같은 곳에도 같은 디자인을 적용해 보자는 의견이었습니다."

디자인 부서에서는 난색을 표한 프로젝트가 마케팅 부서에서는 환영을 받는 아이러니한 상황에서 지원사업부는 어느 한쪽의 편도 들 수 없는 입장이었다.

"이, 은준 대리?"

"!"

은준은 갑자기 이름이 불리어 눈을 커다랗게 뜨고는 고개를 돌렸다. 애써 외면하고 있던 시선이었는데 아주 자연스럽게 눈이 마주쳤다. 그의 눈빛에 담긴 저의는 자신을 난도질하고 싶어 하는 듯했다.

"……네."

"그렇게 주얼리를 한 세트로 묶어 놓으면 이은준 대리는 살 겁니까?"

"네?"

되묻던 은준은 당황한 얼굴로 아랫입술을 감쳐물었다. 나를 알면서 왜 외면해? 하고 바라보는 것 같아 시선을 마주할 수가 없었다. 얼굴에 닿은 시선이, 어깨에 닿은 시선이 자신을 옭아매고 있는 느낌을 지울 수가 없었다. 이제는 달아날 수도 없다는 듯 바라보는 사장의 날카로운 시선에 미칠 것만 같았다.

"이 대리의 솔직한 의견을 듣고 싶어 그러는데…… 곤란합니까?"

나른하면서도 정확하게 들리는 음성이 심장을 옥죄는 기분이었다. 하필 이럴 때 최 부장님이 맹장염을 앓을 건 또 뭐란 말인가. 은준은 최 부장의 일을 떠맡게 된 순간을 되돌리고 싶었다. 하지만 상황이 어찌 되었든 사장을 회의실에서 맞닥뜨리는 건 피할 수 없는 일이었을 것이다.

"곤란하지 않습니다. 여자의 입장에서 완벽한 세트가 있다면 기쁠 겁니다."

의자 팔걸이에 팔을 괴고 검지 마디로 입술을 지그시 누르고 있던 사장의 눈이 가늘죽해지는 것을 본 은준은 또다시 건침을 삼켰다. 못마땅한 일이 있으면 저런 표정을 짓고는 했던 그였다.

'제니스 호텔 2017호. 기다릴게.'

약속을 지킬 수 없었다. 지키지 않은 이유를 지금 말한다고 해서 그가 받아들일지는 알 수 없었다. 약속의 이행 여부가 자의나 타의에 의해 바뀌었다는 것이 그에겐 중요하지 않을 수도 있었다. 그저 약속을 지키지 않았다는 것만이 중요한지도 모른다. 그의 싸늘한 눈초리가 그것을 말하고 있었다. 넌 약속을 지키지 않았어, 라고.

"다른 분들도 그렇게 생각하십니까?"

희경이 적극적으로 고개까지 끄덕이며 대답을 했고 몇몇 여자 상사들도 그렇다고 답변했다. 그러자 사장은 가만히 고개를 끄덕이더니 생각을 정리한 듯 입을 열었다.

"디자인 부서는 브랜드 론칭 전까지 좀 더 화려하고 눈에 띄는 디자인을 몇 점 더 넣어 주세요. 브랜드 론칭 장소는 제. 니. 스. 호텔로 준비해 주시고 최고의 론칭쇼가 되도록 힘을 합쳐 주시기 바랍니다."

은준은 '제니스 호텔'이라는 이름에 몸이 경직되는 기분이었다. 잊지 않고 기억하고 있다는 것을 어필하는 것이 분명했다.

"그럼 회의는 이걸로 마치겠습니다."

빠르게 지시한 사장이 자리에서 일어나 회의실을 나가자 다들 얼떨결에 후다닥 따라 일어나 인사를 했다. 회의실을 나가기 전 사장이 자신을 돌아보자 은준은 숨을 참았다. 그의 시선이 자신을 샅샅이 훑어 내리는 기분이 들어 주먹을 꼭 쥐었다.

"은준! 잘했어!"

희경이 다가와 덥석 안아 주었다.

"……나 정말 잘한 거 맞아?"

은준은 망연한 얼굴로 회의실 PT 화면을 바라보다 어깨를 추욱 늘어트렸다. 뒤에 준비한 자료가 발표한 자료보다 더 많은데 회의 중간에 상황 정리를 해 버린 사장 때문에 다 보여 주지도 못한 것이었다. 최 부장이 이 자리에 서 있었다면 상황은 달랐을 것이다. 그 모든 것이 자신 때문인 것 같아 은준은 가시밭길에 서 있는 기분이었다.

"솔직히 땜빵이 이 정도로 했으면 된 거지. 날벼락도 아니고 부장님이야 맹장염이라서 할 수 없었다지만 과장님은 진짜 깬다, 그지?"

못 한다고 뒤로 나자빠졌던 과장님이 처음으로 원망스러웠던 은준은 입으로 바람을 훅 불어 앞머리를 넘겼다.

"아, 머리 아파."

갑자기 두통이 밀려왔다.

"긴장이 풀려서 그래. 가자, 내가 커피 타 줄게."

희경의 손에 붙들린 은준은 휴게실로 끌려가다시피 했다.

우우웅.

커피를 타는 희경을 보며 휴게실 의자에 앉아 물을 마시던 은준은 휴대폰에 뜬 발신인을 보고는 화들짝 놀랐다. 회의 시간에 문자를 받았던 그 번호였다.

"……여보세요?"

안 받는 것이 나을 것 같은데 그럴 수도 없는 상황이었다. 전화를 안 받았다가 찾아오면 더 거북한 상황이 될 것이다. 은준은 휴대폰을 집어 던지고 싶었지만 통화 버튼을 눌렀다.

— 이은준?

흡! 은준은 다른 손에 들고 있던 물컵을 엎지를 뻔했다. 사장인 줄 알면서도 기억하던 후두음이 흘러나오자 몸이 굳어졌다. 사실 회장의 아들이 서재준일 줄은 몰랐다. 아니, 동명이인이라고 생각했었다. 그런데 동명이인이 아니라 바로 그 서재준이었다. 자신이 이용하려 했던 그 서재준. 그리고 자신에게 멋지게 이용당해 준 그였다.

— 9년이 지나 이렇게 만날 줄은 몰랐네?

"그, 그러네요."

커피를 앞에 놓아 주던 희경이 누구 전화냐는 듯 눈을 동그랗게 뜨고 물었지만 은준은 멋쩍은 웃음만 지었다. 풀리지 않은 매듭을 다시 떠안은 기분이 들었다.

— 그날 왜…….

"이미 지난 일이고 시간이 흘러 무색해졌어요, 선배."

은준은 그날의 일이 떠올라 눈을 질끈 감았다. 떠올리고 싶지 않은 기억은 재준의 등장과 함께 깨어진 유리 조각처럼 아프게 심장을 찔러 왔다. 잊고 싶지만 잊을 수 없는 상처들. 아프게 묻었던 눈물이 다시금 되살아나려 했다.

— 선배? 네가 그렇게 부르는 거 오랜만에 들어 보네.

"……."

선배라고 부르며 그를 기만했고 이용하려 했던 자신을 그는 탓하지 않았다. 오히려 기꺼이 힘이 되어 주고 모든 일을 처리해 주었었다.

'네 처음은 내 거야.'

기억의 파편들 중 갑자기 날아든 목소리에 은준은 휴대폰을 쥔 손에 힘을 빠짝 주었다. 귓가에 울리는 기억 때문에 단전 아래가 아릿하게 저려 왔다.

— 나에게 고맙다며?

"고마웠던 그 마음은 지금도 변함이 없어요."

— 그럼, 약속 지켜.

"네?"

그 약속이 무엇인지 알고 있는 은준은 미간을 모으고 어깨를 움츠렸다. 떨리는 마음으로 가야 할지 말아야 할지 고민하던 시간 속에서 아이러니하게도 발은 그곳을 향하고 있었다. 하지만 갑자기 닥친 일에 허덕이다 자신을 기다리고 있을 선배, 서재준을 까맣게 잊어버렸었다.

— 제니스 호텔 2017호. 10시.

"……."

은준은 오늘 밤 오라는 말임을 알았지만 아무런 대답도 할 수 없었다. 간다는 말도 기다리지 말라는 말도 할 수 없었다.

— 이번에도.

자신은 그에게 갚을 빚이 있었다. 그리고 그는 지금 그것을 당당하게 요구하는 것이다.

— 어디 한번 도망가 봐.

1화
약속 이행

"사장님?"

재준은 휴대폰을 가만히 내려다보다 양 비서의 부름에 고개를
돌렸다.

"지금 나가셔야 합니다."

재준은 알겠다는 듯 고개를 한 번 끄덕이고는 재킷을 걸쳤다.
한국으로 돌아오기를 손꼽아 기다렸던 이유가 무엇이었을까. 사는
것은 아버지의 간섭이 없는 외국이 더 좋았는데도 미루어 둔 숙제
를 마무리 짓지 않은 듯 늘 한국이 마음에 걸렸다. 입술을 짓씹으
며 떠나야 했던, 반기는 이가 별로 없는 한국이었는데도 말이다.

"저, 사장님 혹시……."

엘리베이터 앞에 서자 망설이는 것인지 양 비서가 약간 거북한
웃음을 짓더니 조심스럽게 입을 열었다.

"이은준 대리와 개인적인 관계가 있으십니까?"

"아니."

사실과 다르게 부정한 재준은 들고 있던 휴대폰을 재킷 안주머니에 넣고는 엘리베이터에 올랐다. 엘리베이터 층수를 알려 주는 화면을 바라보며 재준은 미간에 금을 그었다.

'좋아해서 그런 게 아니에요.'

눈길 한 번 피하지 않고 대답하던 그녀의 눈망울이 너무 맑아 화가 났었다. 누르고 싶었다. 자신에게서 벗어나지 못하게 하고 옴 짝달싹 못 하게 만들고 싶었다. 절대 자신에게 비굴해지지 않는 태도 때문에 더 눌러 버리고 싶었던 것인지도 모른다.

"그런 건 왜 물어봐?"

재준은 떠오르는 잡념을 지우며 싸늘한 얼굴로 양 비서에게 물었다.

"아, 그것이…… 그 직원 전화번호만 따로 물으셔서……."

"……."

표정 없는 얼굴로 서 있는 그녀를 본 순간 자신이 착각했을 것이라 여겼었다. 너무나 태연하게, 아무렇지 않은 얼굴을 하고 있어서 그랬다. 눈이 마주쳤을 땐 그녀가 원래 별다른 표정이 없던 아이였다는 것이 떠올랐다. 가까이서 본, 그때처럼 사원증을 보고 알게 된 그녀의 이름 이은준. 묻어 버렸던 이름이 눈앞에서 일렁이고 있었다.

"오후 스케줄은 어떻게 되지?"

"점심은 본가에서 드시고 저녁은 스톤블링 주얼리 입점을 계약한 백화점 사장과 식사 자리가 있습니다."

"본가라……."

재준은 낮게 한숨을 내쉬고는 손목시계를 확인했다. 앞으로 9시간이나 더 흘러야 10시였다. 눈에 띄지도 않던 여자아이 하나가 거슬리기 시작하던 그 순간부터 자신은 짜증과 화가 났었다. 타인을 제대로 보지 않던 은준의 시선이 자신을 자각하는 순간 가질 수 있다고 생각했었다. 그런데…….

□　■　□

"이은준?"

은준은 소리가 나는 쪽으로 멍한 시선을 돌렸다가 놀란 눈으로 자신을 보고 있는 승우의 표정에 겸연쩍은 미소를 지었다.

"아, 승우야."

"왜 이렇게 멍해?"

"멍하긴……."

걱정스러운 얼굴로 쳐다보는 승우의 시선을 슬쩍 피한 은준은 자신의 뺨을 손등으로 문질렀다. 회의실에서 재준과의 조우만으로도 충분히 먹먹한 심정이었다. 외면하면 될 줄 알았는데 아니었다. 그리고 휴대폰을 통해 들려온 목소리는 그때와 같이 묵직함을 안겨 주었다.

가장 찬란했던 순간과 가장 비참했던 순간을 함께한 사람, 서재준. 그날 이후 다시는 만날 수 없을 것이라 여겼었다.

"왜. 백화점 입점이 어려워?"

새롭게 론칭하는 브랜드의 입점을 백화점부터 시작해 일반 점포로 확대할 생각으로 추진한 프로젝트였다. 선강기업이라는 이름

하나로 백화점은 긍정적인 답변을 주었고 얼마 전 입점 계약서를 주고받았다.

"아니. 입점 계약은 이미 체결했어."

"그런데?"

눈썹을 일그러트리는 승우의 개구진 표정에 은준은 피식 웃으며 고개를 삐딱하게 기울였다.

"넌 일은 안 하고 여기는 왜 왔어?"

"내가 왜 왔겠냐?"

"왜 왔는데?"

은준은 챙기던 서류를 내려놓고는 팔짱을 꼈다. 마케팅부에서 근무하는 승우는 회사 연수원에서 알게 된 사이로 스물여덟 살인 자신과 동갑이었다. 그래서 잘 통하고 더 빨리 친해진 듯했다.

"너 보고 싶어서."

"눈물 난다."

은준은 어이가 없다는 듯 한쪽 입술 끝을 밀어 올리며 승우를 쳐다봤다.

"어? 승우 왔어? 오늘도 넌 지극정성이다?"

마케팅부면서 지원사업부를 제집처럼 드나드는 승우를 잡은 건 희경이었다. 둘이 전생에 무슨 앙숙이라도 되는 양 만났다 하면 서로를 못 잡아먹어 안달이었다.

"저녁에 밥 같이 먹을래? 내가 좋은 곳 알아 놨거든."

희경을 싹 무시한 승우가 은준의 책상 파티션에 기대며 소곤거리듯이 말했다. 그 말을 들은 희경이 반가운 표정을 지으며 호들갑을 떨었다.

"오, 승우! 이 누님을 위해 맛집을 검색해 둔 거야?"

"야, 야. 넌 좀 빠져!"

희경이 팔을 잡고 늘어지자 승우가 떨어지라며 핀잔을 주다 고개를 절레절레 저었다.

"저녁에 보자. 7시."

"……응."

"오케이!"

은준을 향해 환하게 웃던 승우가 희경에게는 눈을 가늘게 뜨고 '넌 좀 빠져!' 하고 또 버럭거렸지만 소용이 없었다.

"나 끼어도 불만 없지?"

승우가 지원사업부를 나가자 희경이 목소리를 낮추고 물었다.

"둘만 있으면 스캔들 나."

남녀가 붙어 있으면 따라오는 말들이 있다는 것을 잘 알고 있었다. 게다가 승우를 좋아하는 여직원들이 많아 알게 모르게 은준이 구설수에 오르고는 했다. 희경은 그것을 염려해 지적하고 나오는 것이다.

"알아. 그래서 네가 같이 가 주는 것도 알고."

"역시, 가르친 보람이 있군."

희경이 우쭐거리듯 어깨를 으쓱하고는 자리로 돌아가자 은준은 얼굴에 띠었던 미소를 싹 지웠다. 당장 오늘 저녁에 해결해야 할 문제가 놓여 있었다. 외면, 무시로 일관하기에는 얽힌 일들이 많았다.

그는 왜 아직도 기억하는 것이며 그 약속 이행을 요구하는 것일까. 자신의 기억과는 다르게 그가 기억하고 있는 밤은 어떤 것일까.

자신이 기억하는 그날은 추웠고 굉장히 아팠던 날이었다. 차라

리 모든 것을 끝내 버리고 싶을 만큼 벼랑으로 내몰린 느낌으로
그 밤이 얼른 지나가기를 바랐었다.

"하아."

은준은 두 손을 깍지 껴서 이마 위에 지붕을 만들었다. 뚫어질
듯이 내려다본 책상에는 아무것도 없었지만 하염없이 바라봤다.

'우리 은준이는 씩씩해서 좋아.'

여자보다 더 하얀 얼굴, 마른 몸을 보고 있으면 보호해 주고 싶
다는 생각이 들었었다. 지켜 줄 수 있을 것이라 여겼는데.

은준은 두 눈을 질끈 감았다 뜨고는 아까 만지던 서류를 집어
들었다. 잡념이 떠오를 때는 일이 최고다. 시간은 흘러가게 두는
것이 아니라 죽이는 것이다. 그 누구도 자신의 상념에 들어오지 못
하게 일을 하며 시간을 없애는 것이다. 그렇게 몰입해서 살았다.
돌아보지 않으려 애를 쓰며 앞만 보고 걸었다.

'쟤는 스스로가 왕따야?'

말을 섞지 않았더니 다들 제풀에 지쳐 나가떨어졌다.

'이은준…… 하아, 꼴통 하나가 전학을 왔네.'

왜 그랬던 것이냐고, 무슨 이유로 그랬던 것이냐고 물어봐 주는
이는 아무도 없었다. 학교에서도, 집에서도 견디는 것만이 버티는
것이었다. 이곳만 벗어난다면 못 할 것이 없다는 생각으로 버틴 1

년. 엄마를 등지고 떠나오자 숨통이 트이는 기분이었다.

은준은 들고 있던 서류를 신경질적으로 내려놓고는 가방을 챙겨 들었다.

□　■　□

"재준아, 이것 먹어 봐. 네가 좋아하던 베이컨말이야."

한국으로 돌아와 어머니와 마주한 첫 반상에 베이컨말이가 놓여 있었다. 재준은 말로 설명할 수 없는 묘한 감정이 들었다.

"너 급식 반찬으로 베이컨말이 해 달라고 할 정도로 좋아했잖아. 안 그래, 강 비서?"

재준이 젓가락을 대지 않고, 대답도 하지 않자 혜란이 강 비서에게 동의를 구했다.

"네, 사모님. 도련님이 여러 번 베이컨말이를 해 달라고 하셔서 급식 메뉴로 들어갔었습니다."

재준은 자신의 밥그릇에 베이컨말이를 올려 주는 어머니를 말끄러미 바라보다 한쪽 입꼬리를 비틀었다. 아들이 좋아한 반찬은 돼지고기가 아니라 소고기로 만든 장조림이었다. 그런데 어머니는 자신이 베이컨말이를 급식으로 요구했다는 이유 하나만으로 아직까지 그렇게 믿고 있었다.

"시차 적응도 안 됐을 텐데 오자마자 출근이라니, 너희 아버지도 참 무심하시지. 게다가 하나뿐인 아들이 오랜만에 들어왔는데 출장이 다 뭐라니?"

재준은 식사를 빨리 끝내고 이 자리를 벗어나고 싶었다. 아버지가 출장을 핑계로 여자를 데리고 휴양지로 간 것을 알면 어머니는 또 히스테릭한 반응을 보일 것이 뻔했다.

어렸을 땐 늘 밖으로만 나도는 아버지와 그런 아버지를 향해 날을 세우는 어머니가 왜 헤어지지 않는 것인지 궁금했었다. 부부는 원래 저렇게 사는 것인가, 라고 생각할 무렵 철이 들면서 돈 때문에 두 분이 헤어지지 않는다는 것을 알았다. 적어도 아버지 쪽은 이유가 돈이었다. 원하는 만큼 집을 수 있는 돈을 포기할 인간은 없는 것이다.

"어머니하고 오붓하게 먹으니 좋은데, 어머니는 싫으세요?"

"으응? 아, 아니."

당황한 얼굴로 쳐다보던 혜란이 이내 환한 미소를 짓자 재준은 시선을 내렸다. 이런 가식적인 말 한마디에 반응하는 어머니가 불쌍했다. 아이처럼 그저 좋다고 웃는 어머니가 측은했다. 아버지는 지금 모델을 옆에 끼고 괌으로 놀러 갔다고 말해 주고 싶어 입술이 근질거렸다. 하지만 그렇게 하지 않는 건 첫째로 어머니의 평안을 위해서였고, 둘째로 자신의 평화를 위해서였다.

"추진하는 일은 잘 진행되고 있어?"

"네."

"론칭쇼를 호텔에서 한다던데…… 네 취임식도 같은 날……."

"취임식 같은 거 안 합니다."

"왜에?"

눈을 동그랗게 뜨고 쳐다보는 어머니를 보다 재준은 들고 있던 젓가락을 내려놓았다. 론칭쇼에 매진하고 싶은데 이은준 때문에 이미 마음이 흐트러졌던 것이다. 가장 중요한 것은 브랜드 론칭이지만 지금은 은준을 가지고 싶다는 욕망만이 자신을 가득 채우고 있었다.

"론칭쇼에 어머니도 참석하실 거죠? 그날 어머니만큼 우아한 분은 없을 겁니다."

"어머, 그, 그렇게 생각하니?"

"네."

재준은 가식적인 미소를 지으며 눈꼬리를 접어 보였다. 어머니를 구슬려서 난처한 상황에서 빠져나가는 방법에는 이미 도가 튼 재준이었다.

"오후 일정이 있어 이만 일어나겠습니다."

"차라도 한잔 마시고 가지 않고?"

다급하게 따라 일어서는 혜란의 어깨를 부드럽게 감싼 재준은 죄송하다는 말을 하고는 현관으로 향했다. 너무 빨리 가서 아쉽다는 둥, 또 언제 같이 밥을 먹자는 둥 미련을 남기는 혜란을 향해 재준은 환하게 웃어 보이며 말했다.

"참, 예쁜 드레스 고르세요."

"으응."

수줍은 아이처럼 볼을 붉히는 혜란을 뒤에 남겨 두고 현관문을 여는 재준의 눈빛이 차갑게 가라앉았다.

본가에서 점심을 먹는다고 해서 아버지도 계실 줄 알았는데 역시나 자신의 착각이었다. 아들보다 자신의 생활이 먼저인 아버지는 하나도 변하지 않았다. 여전히 본인만 생각하는 이기적인 가장이었다.

"오랜만에 어머니와의 식사라 즐거우셨죠?"

"오후 일정 모두 취소해."

차에 오른 재준은 양 비서의 질문에 귀찮은 음색으로 말했다. 아버지도 일을 뒷전에 두고 딴짓을 하고 있으니 자신도 하루쯤 개길 생각이었다. 게다가 입국하고 시차 적응도 못 하고 바로 출근한

길이라 피곤하기도 했다.

"네?"

양 비서가 놀라 눈을 커다랗게 뜨고 뒤돌아봤지만 재준은 더 이상 입을 열지 않았다.

☐ ■ ☐

— 시장 조사를 또 하다니, 체력이 남아돌아?

"응."

자꾸 잡념에 사로잡히는 바람에 사무실에 앉아 있을 수가 없어 은준은 시장 조사를 한다는 핑계를 대고 거리로 나왔다. 거리에는 사람들이 넘쳐 나고 다들 어딘가로 바쁘게 가는데 자신만 정처 없이 걷는 것 같았다.

— 밖에 덥지 않아? 5월이라도 낮 기온은 여름 만만치 않던데.

"더워. 그래서 카페 야외 테라스에서 시원한 아이스커피 마시는 중이야."

— 치이, 땡땡이치는 중이구만.

"아, 들켰다."

휴대폰 너머 희경의 웃음소리를 들으며 은준은 앞머리를 손으로 쓸어 넘겼다. 그늘 안과 밖의 차이를 피부로 느끼며 시원한 커피를 한 모금 더 마셨다.

"갈 때 뭐 사 갈까?"

— 아니, 승우하고 저녁 먹는데 속을 비워 놔야지.

은준은 희경의 말에 피식 웃으며 나중에 보자는 말로 통화를 끝냈다.

"아, 발바닥이 다 아프네. 계획에 없던 시장 조사 핑계를 댔다고 벌받았나?"

은준은 구두를 벗어 발가락에만 살짝 걸치고는 의자에 느긋하게 기대었다. 발끝에 걸려 깔딱거리는 구두가 리듬감 있게 움직였다. 움직이지 않고 가만히 앉아 있으면 살랑거리며 불어오는 바람이 꽤 선선해서 기분이 좋았다.

"모델 황선휘…… 곰으로 촬영? 얘 진짜 곰으로 촬영 간 거 맞아?"

콧노래를 부르며 휴대폰으로 뉴스를 읽던 은준은 미간을 모으다 입을 비죽 내밀었다. 브랜드 론칭 첫 모델로 발탁되었는데 스캔들이 터지는 건 반가운 일이 아니었다.

"누구를 통해 물어봐야 가장 정확하게 알 수 있지? 어! 이건 뭐야?"

혼잣말을 하며 연예 뉴스를 계속 클릭하던 은준은 화들짝 놀랐다. '황선휘와 같이 있는 그는 누구인가'라는 타이틀에 저도 모르게 건침을 삼켰다.

'그 모델이 회장님 아들 애인이라는 소문이 있더라.'

뇌리를 스치는 희경의 말에 고개를 번쩍 들던 은준은 앞에 서 있는 장신의 남자를 보고 하마터면 비명을 지를 뻔했다.

"여기서 지금 뭐 하는 거지?"

재준이 자신을 내려다보다 맞은편에 자리를 잡고 앉았다. 은준은 살짝 벌어진 입술을 뻐끔거리다 이내 다물어 버렸다. 자신을 훑는 그의 눈길이 사나우면서 집요해 심리적으로 움츠러들었다. 재준 선배는 이렇게 눈빛으로 사람을 위축되게 만드는 사람이 아니었다. 적어도 자신의 기억 속의 그는 이렇지 않았었다.

"그게…… 시장 조사를……."

자신이 말해 놓고도 어이가 없어 은준은 입술을 감춰물었다.

"시장 조사? 이런 곳에 앉아 시장 조사를 하는 건가?"

비꼬는 말에 속이 살짝 찔린 은준은 미간을 좁혔다. 그러다 욱하는 마음에 들고 있던 휴대폰을 재준의 앞으로 불쑥 내밀었다.

"애인이 지금 다른 남자와 꽝에 가 있는데, 알았어요?"

들이민 휴대폰을 말끄러미 보던 재준의 눈길이 다시 자신에게 닿자 은준은 저도 모르게 움찔하고 말았다. 잡아먹을 리가 없다는 것을 알면서도 바라보는 그의 눈빛이 차가워 기가 죽었다.

"누가 내 애인이라고?"

긴 다리를 겹쳐 올리고 턱을 괴는 그의 동작은 군더더기 없이 날렵했다. 더불어 되묻는 질문은 더없이 기분이 상했다는 것을 어필하고 있었다.

"예? 그게……."

그에게 불쑥 들이밀었던 휴대폰을 다시 거둬들인 은준은 눈동자를 또르르 굴렸다. 애인 사이가 아니라는 건가? 그럼 희경이 전해 준 소문은 그저 소문이고, 황선휘와 같이 있는 남자는 신원이 밝혀지지 않은 남자거나 신원을 밝힐 수 없는 남자라는 것인가.

"애인…… 아니에요?"

입을 다물고 고개를 삐딱하게 기울이고 있는 그의 눈동자에 언짢은 빛이 비쳤다. 하긴, 애인의 기사를 저렇게 남의 이야기를 듣듯이 할 리가 없을 것이다.

"그렇다면……."

이렇게 되면 황선휘와 같이 있는 남자가 누구인지는 문제가 아니었다. 스캔들을 막아야 했다. 브랜드 론칭을 하기도 전에 먹칠을 할 수는 없었다. 당장 모델을 바꾸든지 황선휘에게 연락을 넣어 자초지종을 묻고 귀국을 서둘러 달라고 요청해야 했다.

"처리할 일이 생겨 먼저 일어나겠습니다."

처음부터 같이 있었던 것은 아니지만 은준은 회사로 돌아가기 위해 양해를 구했다. 자신을 빤히 보는 그의 시선을 무시하고 가방을 챙겨 들었다.

"앉아."

"……."

가방을 챙겨 들며 엉거주춤 일어서던 은준은 미간을 모았다. 학생 때 그를 건드릴 수 있는 사람은 없었다. 하지만 지금처럼 누구를 향해 명령을 하는 사람은 아니었다.

"양 비서가 커피 가져올 거고, 황선휘 스캔들 터져도 론칭 모델 바꾸는 일 없어."

"네?"

은준은 커다랗게 뜬 눈을 깜빡거렸다. 지금은 애인이 아니지만 예전에 애인이었던 우정으로 밀고 나가겠다는 것인가.

"아까 애인 아니라고 했는데 왜 굳이 황선휘를 모델로 고집하는 건지……."

고개를 삐딱하게 기울인 재준의 입가에 냉소가 머무는 것을 본 은준은 눈을 가늘게 떴다. 대답해 줄 마음이 없는 것인지 그는 입술을 꾹 다물고 빤히 쳐다보기만 했다. 그런데 그 눈빛이 농염한 빛을 띠며 자신을 발가벗기는 것 같았다.

어깨를 살짝 넘은 머리카락을 눈으로 더듬고 블라우스의 단추를 하나하나 풀듯이 아래로 내려가는 그의 눈길에 숨이 막히는 것 같았다. 모르는 척 눈을 돌리고 싶은데 그의 시선이 어디로 향하는지 보고 싶은 마음이 더 컸다.

치맛단으로 움직인 눈길이 종아리를 훑고 발목을 가만히 움켜잡는 것 같아 은준은 저도 모르게 허벅지를 힘주어 붙였다. 움직이지 않고, 손끝 하나 대지 않고 자신을 농락하는 듯한 재준 때문에 숨결이 불규칙하게 변했다. 은준은 그것 때문에 은근 부아가 치밀었다.

"그만……"

"커피 가져왔습니다!"

때마침 양 비서가 나타났기에 망정이지 아니었다면 은준은 그만 쳐다보라고 소리를 지를 뻔했다. 잠시 흔들렸던 이성을 찾고 나자 은준은 이마에 땀이 송골송골 맺혔다. 마치 그와 진한 정사를 벌인 것처럼 심장이 미친 듯이 뛰어 대고 있어 난처하기 그지없었다.

"시원한 망고 빙수도 있습니다."

양 비서가 내민 커피를 마시기 위해 그가 시선을 움직일 줄 알았는데 아니었다. 집요하게 달라붙어 자신을 해부라도 하는 듯 그는 눈을 떼지 않고 있었다. 이에 지고 싶지 않았던 은준은 그를 마주 노려봤다.

"네 시선을 붙잡아 두는 것이 제일 어려웠는데……"

픽 웃던 그가 언제 그렇게 쳐다봤느냐는 듯 시선을 돌리며 혼잣말을 하자 은준은 이상하게 자존심이 상했다. 커피를 신경질적으로 마신 은준은 입술 안쪽 살을 지그시 깨물었다. 눈을 가늘죽하게 뜬 그의 시선이 다시 닿아 있었지만 모르는 척 외면했다.

"이 집 꼬기 정말 마시따!"

희경이 엄지를 세워 보이곤 고기를 오물오물 씹자 승우가 눈을 흘기며 입술을 씰룩거렸다.

"쟤는 왜 오라는 말도 안 했는데 따라온 거야?"

볼멘소리를 하는 승우를 향해 겸연쩍게 웃어 준 은준은 맛도 못 느끼면서 고기를 씹었다. 맛있지? 하고 묻는 승우의 말에 건성으로 고개를 끄덕여 준 후 저도 모르게 시간을 확인했다.

8시 20분. 시간이 더디게 가는 것도 활시위를 떠난 화살처럼 빠르게 가는 것도 아닌데 초조함이 들었다. 그래서 테이블에 올려 둔 휴대폰을 가방 깊숙이 밀어 넣었다.

"우리 와인도 한잔할까? 와인은 내가 쏠게."

"아냐, 내가 사 줄게."

승우가 저지했지만 은준은 고개를 저으며 와인은 자신이 사겠다고 말했다. 손을 들어 웨이터를 부른 은준은 최고급 와인을 주문했다.

"음! 쌉싸름하며 달콤하다."

희경이 주문한 와인을 마시다 최상이라며 또 엄지를 세웠지만 은준은 와인의 향이나 맛 따위는 느껴지지 않았다. 그저 술기운을 빌어 초조함을 없애고 싶었을 뿐이었다. 그런데 초조함이 가라앉기는커녕 정신이 더 또렷해지기만 했다.

'사장님이 갑자기 걷고 싶다고 하셔서 좀 당황스러웠습니다.'

혹시 약속을 하고 만난 것이 아니냐는 양 비서의 말에 은준은 아니라고 손사래까지 쳤었다. 우연히 만나 그와 어영부영 1시간을 같이 있었고 뜻하지 않게 명동의 거리를 나란히 걸었다. 서로 말은 없었지만 그가 멈춰 무엇인가를 바라보면 은준은 기다렸다. 반대로 은준이 이것저것 메모를 하면서 더디게 걸으면 재준이 그 속도를 맞췄었다.

"컨디션이 안 좋아?"

승우가 잠시 자리를 비운 사이에 희경이 심각한 얼굴로 물어 왔다. 희경의 눈에는 자신의 심란한 상태가 보였던 것일까.

"그렇게 보여?"

"어. 딴생각 중인 것이 보여. 승우가 눈치를 챌 정돈데?"

"그, 그래?"

은준은 비어 있는 승우의 자리를 보며 한숨을 내쉬었다. 승우, 희경과 같이 있으면서도 제 머릿속은 재준 선배로 가득이었다.

"좀 피곤해서 그런가 봐. 낮에 너무 더웠거든."

안 그래도 더운 날씨에 재준 선배를 맞닥트리니 몸의 온도가 절로 올라갔다. 본의 아니게 마주 앉아 마시게 된 것이 아이스커피였지만 한번 열이 난 몸의 온도는 사그라지지 않았다. 그리고 그는 직설적으로 자신을 안겠다고 선전포고를 한 상태였다. 묘하게 울렁거리는 심장을 들키지 않으려 무진 애를 쓰다 보니 기력을 다 소진한 것은 사실이었다.

"바래다줄게."

"아냐. 열이 올라서 좀 걷고 싶어서 그래."

희경을 택시에 태워 보낸 승우가 바래다준다며 대리 기사를 부른 자신의 차에 타라고 했지만 은준은 고개를 저었다. 술을 마셔 그런지 몰라도 속은 아리고 머리는 멍했다.

"지하철로 몇 정거장만 가면 돼. 그리고 넌 반대 방향이니 여기서 헤어지자."

은준은 눈을 곱게 접어 웃어 보이며 승우에게 손을 흔들었다. 마지못한 얼굴로 서 있던 승우가 실망한 얼굴로 한숨을 내쉬더니 조심해서 들어가라며 신신당부를 했다.

"걱정 마. 나 이래 보여도 어설프지 않거든."

"자만하지 말고."

승우가 나무라듯 핀잔을 주자 은준은 소리 내어 웃었다. 어딘지 강단 있게 보인다는 말을 첫인상으로 자주 듣는 편이었다. 하지만 좀 가깝게 지내고 나면 보기보다 여리다는 말을 곧잘 듣고는 했다.

"나 진짜 어설프지 않은데……."

막 출발하는 승우의 차를 보며 혼자 중얼거린 은준은 정처 없이 걸었다.

'꺄아악! 꺄악!'

비명을 지르며 달아나는 여학생들 사이로 덩치 큰 남학생이 정강이를 제대로 맞고 넘어져 있었다. 어디를 잘못 때린 것인지, 잘못 휘두른 것인지 몰라도 손바닥이 찢어져 피가 났다. 하지만 그 정도의 아픔은 아무것도 아니었다. 살의를 가지고 누군가를 향해 야구 방망이를 휘둘러 본 것은 처음이었다.

평소엔 아무리 화가 나도 그냥 말로 분풀이할 뿐이었는데 이번은 달랐다. 죽을 각오로 때렸고 죽어도 좋다고 생각했다. 선생님의 손에 잡혀 끌려가면서 넘어져 있는 녀석을 계속 노려보며 패악을 부렸다. 저렇게 나약한 녀석 때문에 누군가가 겁에 질려 떨었다는 것과 녀석을 구하기 위해 누군가가 자신을 옭아맨다는 사실에 분노했다.

"하아…… 기억은 왜 이렇게 선명해지기만 할까."

은준은 열이 오른 뺨을 식힐 겸 계속 정처 없이 걸었다. 화려한 도시 야경을 위가 아닌 아래서 쳐다보고 있으니 자신의 위치가 어딘지 알 수가 없었다. 그렇게 어디를 디디고 서 있어야 할지 모른 채 서 있던 자신의 손을 잡아 준 건 다름 아닌 재준 선배였다. 건물의 많은 창을 밝히는 한 개의 불빛처럼 자신은 소모품 같다는 생각을 종종 했었다.

"아!"

건물의 불빛을 바라보며 걷던 은준은 익숙한 제니스 호텔의 형체에 멈칫했다. 왜 발길이 이곳으로 향했던 것일까. 무의식 속에서 계속 그의 말을 이행하려 했던 것일까.

"……미쳤나 봐."

은준은 자신의 이마를 짚었다가 뒷걸음을 쳤다. 그는 지금 저곳에 있을까. 그 생각을 하자 얼굴이 화르르 달아올랐다. 생각을 털어 버리려 은준은 방향을 휙 틀어 횡단보도 앞에 섰다. 그러다 익숙한 병원 간판이 보이자 저도 모르게 눈을 질끈 감았다.

"그때 끝난 거야."

혼잣말을 한 은준은 아랫입술을 질끈 깨물고는 남들과 같이 횡단보도를 건넜다. 제니스 호텔 맞은편에 있는 종합병원은 환하게 불을 밝히고 있었다. 저곳이 원래 저렇게 빛이 밝았던 곳이었나. 저곳이 제니스 호텔과 이렇게 가까웠었나. 희미해진 기억 속에서 누군가가 웃고 있었다.

'은준아, 이거 너 가져.'

자신은 그토록 가지고 싶은 것을 말 한마디만 하면 하늘에서 뚝 딱하고 떨어지는 사람이 은형이었다. 병원을 제집처럼 드나들었던 탓에 그의 요구는 항상 들어주어야만 하는 당연한 것이었다. 반면 자신은 연년생이었지만 양보를 해야 했고, 동생이었지만 누나처럼 굴어야 했다.

□ ■ □

출근 시간이라 아침부터 엘리베이터 앞은 사람들로 붐볐다. 밤 새 뒤척이며 잠을 자지 못한 은준은 한 손에 커피를 들고 있었다. 빈속이었지만 멍한 정신을 깨워야 했다.

"왔다."

누군가가 작게 외친 소리에 엘리베이터 앞에 있던 사람들은 모 래사장으로 밀려드는 파도처럼 움직였다. 그 무리에 끼지 못한 은 준은 옆으로 물러서서 뜨거운 커피를 한 모금 마시고는 눈을 감았 다 떴다. 정신이 조금 맑아지는 기분이 들어 입꼬리를 슬며시 올리 는 순간 옆 엘리베이터가 도착했다. 은준은 휴대폰을 꺼내 어제 봤 던 기사 이후 새로 뜬 후속 기사를 터치하며 엘리베이터에 올랐다.

'오히려 들쑤셔서 시끄럽게 안 만들었으면 해.'

그의 말에 최 부장한테 보고도 못 한 은준은 벙어리 가슴앓이를 하듯이 혼자 신경을 곤두세우고 있었다. 한 무리의 사람들이 내리 자 비좁던 엘리베이터 안의 공간이 넓어지기 시작했다. 은준은 엘 리베이터 벽에 한쪽 어깨를 기대고는 미간을 모으고 기사를 읽어 내려갔다.

"몇 층 가십니까?"

"아, 12층 부탁합……."

고개를 들던 은준은 예의상 짓던 미소를 싹 거두었다.

"네, 12층 눌렀습니다."

미소 짓고 있는 양 비서 옆에 선 그는 싸늘한 얼굴이었다. 어제의 약속 이행을 추궁하는 눈빛으로 자신을 쳐다보고 있었다.

"양 비서."

"네, 사장님."

양 비서를 부르면서도 자신에게 박힌 눈길 한 번 돌리지 않는 그였다.

"어?"

들고 있던 테이크아웃 커피가 재준의 손에 의해 양 비서한테로 옮겨 가는 건 순식간이었다.

"12층에서는 양 비서가 내려."

"네?"

멀건 표정을 짓는 양 비서에게 은준은 내리지 말라는 눈빛으로 애원을 했지만 엘리베이터가 멈추자 그는 군소리 없이 내려 버렸다.

왜 오늘따라 이 엘리베이터만 한산한 것이냐고 은준은 울부짖고 싶었다. 아니, 왜 하필 아침부터 재준을 만나게 된 것이냐고 하늘을 원망하고 싶었다.

둘만 남게 된 공간인데도 공기는 하나도 없는 듯 착 가라앉아 있었다. 엘리베이터가 움직이고 있는 것인지도 모를 정도로 적막감이 들었다.

"내가 만만해 보여?"

은준은 건침을 꿀꺽 삼키고는 눈을 커다랗게 떴다. 낮고 음산하게 울리는 재준의 후두음은 위협적이었다. 눈빛으로 사람을 절대 잡아먹을 수 없다는 것을 알면서도 은준은 뒤로 한 걸음 물러났다. 간격을 벌려 두지 않으면 안 될 것 같아 움직였는데 그가 같이 움직이는 바람에 소용이 없었다.

"도망은 한 번으로 족하지 않나?"

엄밀히 말하면 도망이 아니었다.

"도망……간 적 없어요."

"그럼?"

거대한 벽처럼 버티고 있는 재준을 올려다본 은준은 아랫입술을 이로 감쳐물었다. 한 번은 그가 원하는 것을 들어주고 싶었다. 자신은 아니라고 부정했는데도 그는 원망하지 않고 묵묵히 자리를 지켜 준 것에 대한 보답을 하고 싶었다.

하지만 이제는 세월이 흘러 그 오래전 했던 약속은 퇴색되었다. 그러니 이제 와 약속 이행을 요구하는 것은 아니라는 생각이 들었다.

"이미 깨진 약속이잖아요."

은준은 미련 두지 말라는 의미로 말했지만 그 말이 오히려 그를 화나게 한 것 같았다. 짙어지는 그의 눈빛이 자신을 날카롭게 찌르고 있었다.

"도망가지 말라고 했어."

낮게 울리는 재준의 목소리에 은준은 어깨를 움츠렸다. 너무 가까이 서 있다는 것을 인지하자마자 그의 손이 불쑥 들어와 머리카락을 헤치고 목을 그러쥐었다.

땅.

마침 엘리베이터가 도착했음을 알리자 은준은 살았다는 생각이 들었다. 그런데 재준이 긴 팔을 뻗어 엘리베이터 운행 정지 버튼을 눌러 버렸다.

"뭐 하는……."

"이은준. 이제는 이용할 가치가 없으니 재미가 없으신가?"

망연한 표정을 지었던 은준은 비아냥대는 그를 보며 미간을 모았다.

"그렇게 말하지 말아요."

그를 이용하기 위해, 그의 힘을 빌리기 위해 접근한 것은 사실이었다. 하지만 어느 순간부터 무덤덤하게 챙겨 주는 그에게 의지하고 있었다.

"훗."

뺨에 닿은 그의 숨결에 흠칫 놀란 은준은 불안한 눈빛으로 재준을 쳐다봤다. 그의 시선이 자신의 눈에서 코, 인중을 따라 내려가는 것을 느낀 은준은 입술을 감쳐물며 힘을 꼭 주었다. 다시 마주친 재준의 눈빛은 더할 수 없이 짙은 욕망으로 넘실거리고 있었다.

"지금부터 네 혀는 내 거야."

"미쳤, 읍."

미쳤냐고, 지금 여기가 어디라고 이러느냐고 말하려던 은준은 대담하게 들어온 재준의 혀에 눌려 아무런 말도 할 수 없었다.

2화
드러난 소유욕

   맞닿은 입술 중 하나는 분명 자신의 것이 맞는데 제 뜻과 상관없이 그에게 유린당하며 깨물려 핥아지고 있었다. 목을 끌어당긴 손과 허리를 끌어안은 재준의 팔은 자신을 옭아맨 사슬처럼 점점 조여 왔다. 그 바람에 입술이 뭉개지듯이 눌렸고 입안은 멋대로 침범한 그의 혀에 샅샅이 빨리고 있었다.

   은준은 입술을 거칠게 범하고 있는 재준의 가슴을 밀어 냈지만 그는 꿈쩍도 하지 않았다. 벌을 받고 있는 듯 거칠게 탐하는 재준의 입술에, 치아에 깨물려 아픔이 동반된 키스였다.

   "하지…… 하아, 마. 하, 하아……."

   겨우 입술을 떼고 반항이라는 것을 해 보았지만 재준의 품을 벗어나지는 못했다. 자신을 내려다보는 재준의 눈이 살짝 가늘어지는 것을 본 은준은 아랫입술을 질끈 깨물었다.

   "달라졌을 것이라 생각했는데……."

들릴 듯 말 듯 말한 재준의 목소리을 듣자 가슴에서 뜨거운 것이 치밀어 올라왔다. 자신의 첫 키스는 재준과 함께였다. 그와의 첫 입맞춤은 부드럽고 감미로웠으며 두방망이질 치는 심장에 정신이 아득해졌었다. 그런데 지금은 그때와는 확연하게 달랐다.

은준은 그의 가슴을 밀어 내고 뒷걸음치려 했다. 하지만 그것이 오히려 자신을 코너에 몰아넣는 꼴이 되고 말았다.

쿵.

재준이 엘리베이터 벽을 짚으며 몸을 기울이자 은준은 눈을 커다랗게 떴다. 그가 이대로 물러나지 않을 것 같아 두려움이 일었다. 그러면서 아이러니하게도 재준의 시선이 뺨에 닿자 열이 올랐다.

시선을 돌리던 은준은 엘리베이터 안에 설치된 카메라를 발견하고 흠칫했다. 누군가가 지금 상황을 보고 있다고 생각하니 식은땀이 흘렀다.

"비켜…… 흣."

재준이 검지로 턱을 들어 올리자 은준은 숨을 참았다. 완전 갇힌 꼴이 되어 움직이지도 못하는 자신이 한심했다.

"선배……."

"입 다물어."

거침없는 어투로 말한 재준이 엄지로 턱을 누르자 은준은 아픔에 입술을 벌렸다. 카메라가 있으니 그만하라는 말을 하려던 은준은 더 이상 말할 수 없었다.

"이 세 치 혀로 가지고 노는 것을 알면서도 난 기꺼이 응했어."

은준은 주먹을 꽉 움켜쥐고는 재준을 나무라듯 바라봤다. 처음엔 몰랐어도 나중에는 그 상황을 다 알지 않았느냐는 눈으로 바라봤지만 재준의 입가에는 냉소만 흐를 뿐이었다.

"알고 있었잖아요, 내가 왜 그랬는지."

"그래서 대가를 받겠다고 했지."

재준이 고개를 비스듬히 기울이며 다가오자 은준은 미간을 좁혀 모았다. 그의 숨결이 뺨 위로 쏟아지는 순간 심장이 거세게 반응하고 있었다. 더 이상 숨을 참기가 어려웠던 은준은 낮게 여러 번 숨을 몰아쉬었다.

"헐떡거리지 마. 이대로 안아 버릴지도 모르니까."

놀란 은준은 당황한 눈빛으로 재준을 바라봤다. 9년이라는 시간 동안 그가 변했을 것이라는 상상을 가끔 했었다. 그런데 이렇게 거칠고 난폭하게 바뀌었을 줄은 몰랐다. 그 옛날 자신을 위해 움직여 주던 재준 선배가 아니었다.

"넌 그 요구 조건에 기꺼이 응하겠다고 했어."

재준의 숨결이 이번에는 귓가에 닿자 온몸의 세포가 다 일어서는 기분이었다. 턱을 들어 올린 검지와 턱을 누르고 있는 엄지가 살갗을 파고드는 기분이 들었다.

"놓고 얘기하죠."

주먹 쥔 손을 푼 은준은 그의 손목을 잡았다.

"너하고는 더 이상 할 말 없어."

"뭐라……."

"이제부터 내 마음대로 할 거니까."

쿵!

재준의 혀가 벌어진 입술 사이로 아무런 방해도 없이 들어오는 것을 피하려 고개를 뒤로 젖히던 은준은 엘리베이터 벽에 머리를 찧고 말았다. 얼얼한 뒷머리의 통증으로 낮은 비명을 내뱉던 은준은 정신을 차릴 새도 없이 재준의 혀에 정복당하고 말았다.

그는 틈을 주지 않고 혀를 감아올리고는 진하게 빨기 시작했다. 이로 씹듯이 깨물더니 입안으로 혀를 끌고 들어가 혀뿌리가 뽑힐 정도로 빨아들였다. 숨이 넘어갈 것 같은 은준은 비틀거리다 재준의 팔에 매달렸다. 그가 허리를 더 끌어안자 몸이 밀착되었다. 더 어쩔 수 없을 만큼 궁지로 몰린 은준은 재준의 팔을 할퀴듯이 움켜잡았다.

"흐읏……."

재준의 치아에 윗입술의 안쪽 살이 깨물리자 은준은 눈을 질끈 감았다. 아랫입술을 깊게 탐하는 그의 입술은 하나도 빠트리지 않고 빨아들이겠다는 의지로 점철되어 있는 듯했다. 그의 혀에 어루만지듯이 핥아진 윗입술이 살짝 부풀어 오를 즈음 재준이 입술을 뗐다. 그가 뒤로 한 발 물러나자 은준은 주저앉지 않으려 다리에 힘을 주고 엘리베이터 벽에 등을 기대었다. 재준이 엘리베이터 운행 버튼을 누르자 굳게 닫혀 있던 문이 그제야 스르륵 열렸다.

"이은준, 퇴근 시간에 보자."

그 말만 남겨 놓은 재준이 걸음을 성큼 떼어 엘리베이터에서 내리자 은준은 안전바를 잡고 눈을 감았다. 재준이 놓아주지 않을 것 같은 두려움이 엄습하자 머리가 핑 도는 기분이 들었다.

"너 어디 아파?"

희경이 자신을 살피는 눈길로 말을 걸어오자 은준은 애써 미소를 지으며 말했다.

"안 아픈데?"

"그럼, 오늘 아침에 바빴어?"

"으응?"

"그 입술……."

은준은 1시간 전 엘리베이터에서 있었던 일이 떠올라 입술을 감추듯이 맞물었다. 희경이 알 턱이 없는 일이지만 속으로 적잖이 당황했다. 부풀어 오른 입술을 보고 이상하게 여기는 것은 아닐까, 하고 지레짐작하고 있었다.

"아, 안 바빴어."

"안 바빴는데 왜 입술에 립글로스도 안 바르고 왔어? 평소에 립스틱은 안 써도 립글로스 정도는 항상 썼잖아?"

"아……."

은준은 난감한 얼굴로 관자놀이를 지그시 눌렀다.

"혹시 누가 다 핥아먹은 거 아냐?"

"너 농담도 좀 적당히 해!"

뜨끔 놀란 은준은 자신도 모르게 언성을 높이며 희경을 향해 날을 세우고 말았다. 은준의 반응에 어리둥절한 표정을 짓던 희경이 곧 의아한 눈빛으로 고개를 기울였다.

"왜 화를 내?"

"내, 내가 언제……."

은준은 울상이 되어 말을 더듬었다. 희경이 보지 못하게 손으로 입술을 가리고 싶었지만 그러면 더 이상할 것 같아 꾹 참고 있었다.

"그날이냐? 왜 이리 까칠해?"

희경이 눈을 가늘게 뜨고 중얼거리자 은준은 붉어지는 얼굴을 감추려 고개를 돌려 버렸다. 재준과 맞닿았던, 그가 깊게 핥았던 입술이라는 생각을 하자 갑자기 몸에서 열이 올랐다. 은준은 자연스럽게 자리를 피하고 싶은데 의심의 눈초리로 보는 희경 때문에 일어서지 못하고 있었다.

"아무튼 성질내지 말고 화장실 다녀와."

의심의 눈초리로 보면서도 자리를 뜰 수 있게 만들어 주는 희경의 말에 은준은 고개를 끄덕였다.

"혹시 파우치 안 들고 왔으면 내 거 빌려줄까?"

"아냐, 내 거 있어."

은준은 희경이 제시한 피난처로 가기 위해 파우치를 챙겨 자리에서 일어섰다. 희경이 자신을 생각해 그랬다는 것을 알면서도 까칠하게 말해 버려 괜히 미안했다.

탁.

화장실로 들어온 은준은 거울에 비친 자신의 모습을 보고 눈을 감아 버렸다. 창백하게 질린 얼굴과 윤기를 잃은 입술로 인해 병자처럼 보였다. 희경이 한 소리 할 만했다고 생각하자 어이가 없어 픽 웃음이 새어 나왔다.

물을 틀어 손을 씻은 은준은 페이퍼타월에 손을 닦고는 거울 쪽으로 몸을 기울였다. 입술이 부은 것이 보여 속이 상했다. 재준 선배와의 첫 키스 후 그 누구의 침범도 없었던 입술이었다. 시간이 흘러 그 끈이 다시 이어진 듯한 기분에 은준은 제 심장을 손바닥으로 지그시 눌렀다. 그런데 감상에 젖어 있기엔 재준 선배의 키스는 거칠었다. 화를 눌러 담은 것을 일순간에 터트리는 듯한 난폭함에 움츠릴 수밖에 없었다.

"눈에 핏발까지…… 쯧."

은준은 못마땅하다는 듯 혀를 낮게 차고는 부어 있는 입술에 립글로스를 발랐다. 그러고는 인공눈물을 넣어 주고는 눈을 두어 번 깜빡였다. 아까의 뻑뻑하고 이물감같이 느껴지던 것이 사라지자 조금 살 것 같았다.

후, 하고 입으로 바람을 분 은준은 평소에는 잘 하지 않는 마스카라를 꺼내 속눈썹을 치켜올렸다. 원래도 길었던 속눈썹이 마스카라를 하자 더 풍성하게 보였다. 전등 아래서 만들어진 밝은 그늘이 눈매를 한층 더 고혹적으로 만들었다.

"내가 지금 뭐 하는 건지……."

은준은 마스카라를 파우치에 넣으며 자조적인 웃음을 짓다 한숨을 내쉬었다. 울고 싶은 마음에 울 작정으로 폼을 잡았으나 막상 눈물이 안 나오는 아이러니한 상황처럼 기분이 묘했다.

'네가 뭘 해도 이해해 줄게.'

기대하지 않았던 타인에게 처음으로 위로를 받아서 좋았다. 그의 말 한마디가 가지는 위력이나 힘을 알고 있었기에 다가갔었다. 명분만 있으면 되는 사이였는데 그는 저에게 마음을 내어 주었다.

Rrrr, Rrrr.

은준은 휴대폰이 울리자 화들짝 놀라며 발신인부터 확인했다.

"아니네……."

재준 선배라고 생각했던 은준은 승우의 전화에 마음이 심란했다. 마치 선배의 전화를 기다렸던 것 같아 슬그머니 부아가 치밀기도 했다.

— 이 대리. 오늘 론칭쇼 장소 계약하러 가지?

"……어."

승우가 직함을 붙여 부를 때는 일 때문에 전화했다는 뜻이라 은준은 무심하게 대답했다.

— 우리 부서에서도 파악할 부분이 있어서 그런데 같이 움직이자. 30분 후에 지하 주차장으로 내려와.

"그럴게."

은준은 휴대폰을 파우치 옆에 두고는 옷매무새를 만졌다. 그러다 자신의 손을 말끄러미 내려다봤다. 재준의 손목을 그러쥐었던 손엔 아무런 흔적도 없었지만 그의 강인한 힘이 기억으로 남아 있었다. 고등학생 때는 겨우 고개를 조금 들어 쳐다볼 정도였는데 지금은 자신을 덮을 만큼 커 버린 남자였다.

은준은 주먹을 꽉 움켜쥐고는 미간을 모았다. 그는 아직도 과거의 어느 순간에 머물러 있는 듯했다. 어쩌면 그가 이루지 못한, 받지 못한 대가에 집착하는 것일지도 모른다. 본인의 자존심에 스크래치를 입어 지금 저렇게 나오는 것인지도 모를 일이다.

'퇴근 시간에 보자.'

재준이 자신을 벼르고 있다는 기분이 들자 은준은 눈을 질끈 감았다. 앞으로 될 수 있으면 야근을 자제하고 외근을 나간 후 그것이 퇴근으로 이어지게 하는 것이 좋을 것 같았다. 회사를 그만둘 수는 없으니 최대한 재준 선배를 피하는 것이 상책이었다.

□ ■ □

탁탁.

재준은 들고 있던 서류를 펜 끝으로 튕기다가 던지듯이 내려놓았다. 아침 출근길 엘리베이터에서 내린 이후로 일이 손에 잡히지 않았다.

무표정에 무슨 생각을 하는지 감을 잡을 수 없었던 은준은 이제 성인이 되어 남을 향해 잘 웃기도 하는 것 같았다. 마음을 담아 짓는 미소가 아니라는 것을 알면서도, 만들어 낸 미소라는 것을 알면서도 다른 이를 향했다는 이유만으로 신경이 날카로워졌다.

몇 층으로 가느냐는 양 비서의 물음에 미소부터 지으려는 은준을 보는 순간 이성은 이미 날아가 버렸다. 그 애가 한 번 웃는 것을 보기 위해 자신은 늘 조마조마한 마음으로 바라봤었다. 그런데 양 비서를 향해서는 어떻게 그렇게 잘 웃어 보일 수 있느냔 말이다.

"하아……. 정신 차려, 서재준."

미친놈처럼 왜 이렇게 집착하는지 알 수 없었다. 약속 장소로 올 것이라 여겼는데 오지 않아 배신감을 느꼈던 것이냐고 스스로에게 물어봤지만 답을 찾을 수 없었다. 그런데 배신감과는 조금 다른 감정이 꿈틀거려 고개가 갸웃거려졌다.

"배신감이 아니면 뭐지?"

재준은 마른세수를 하고는 자리에서 일어나 창에 어깨를 기대었다. 햇살이 비스듬히 들어온 사무실 바닥을 보던 재준은 눈을 감았다.

'뭐?'

재준은 하마터면 들고 있던 축구공을 떨어트릴 뻔했다. 얘가 지금 뭐라고 하는 거지? 라고 생각했다. 점심시간에 친구들과 축구를 하러 운동장으로 나가던 길에 한 여학생과 맞닥트렸다.

'싫어요?'

어이가 없다는 생각에 커다래진 눈으로 입술을 다물지 못하고 여학생을 쳐다봤다. 창백하다 못해 하얗게 빛을 발산하는 듯한 얼굴과 대조되는 붉은 입술이 제일 먼저 눈에 들어왔다. 어깨를 조금 넘는 머리카락이 바람에 살랑이는 것을 보며 재준은 벌어졌던 입술을 꼭 다물었다.

'제 말 못 들었어요?'

'재준아! 빨리 와!'

'야, 서재준!'

'너 뭐 하나? 안 올 거면 축구공이나 던져!'

재준은 들고 있던 축구공을 한 번 내려다보고 여학생을 향해 잠시 기다리라는 눈짓을 한 후 방향을 틀었다. 운동장에 서 있는 친구에게 공을 발로 힘껏 찬 후 재준은 팔짱을 끼고 입술 끝을 내렸다.

'또 고백받냐!'

'좋겠다, 서재준!'

공을 받은 친구의 외침 뒤로 다른 친구의 장난스러운 목소리가 들렸지만 재준은 무감한 얼굴로 여학생을 내려다봤다.

'곤란한가요?'

'네가 지금 무슨 말을 하고 있는지 알아?'

'알아요.'

안다고 말하고는 입술을 꼭 감쳐무는 모습이 어딘지 긴장돼 보여 피식 웃음이 나왔다. 무슨 생각으로 이런 말을 하는지 몰라도 황당하다는 생각뿐이었다.

'인기가 많고 좋다고 고백하는 애들이 많은 거 알아요. 하지만 아무하고도 안 사귀고 있잖아요.'

'그래서?'

고개를 비스듬히 기울이며 여학생을 내려다봤다. 올곧게 자신을 올려다보는 시선이 한 치의 흔들림도 없었다.

'내가 사귀어 줄게요. 그러면…….'

풋. 웃음이 터지고 말았다. 이런 당돌한 고백은 처음이었다. 모두 우물쭈물하다 선물을 안겨 주고 가거나 발갛게 물든 얼굴로 좋아한다고 고백하는데 이 여학생은 그렇지 않았다. 당당하게 사귀어 줄 테니 응하라는 말을 아무렇지 않은 얼굴로 하고 있었다. 무슨 자신감인지 몰라도 변화 없는 표정, 발갛게 물들지 않는 얼굴이 마음에 들었다.

'이은준?'

'네.'

가슴 부위에 달린 명찰을 보고 이름을 말하자 고개를 살짝 기울인 여학생이 그 이름이 맞다는 듯 짧게 대답했다.

'내가 너와 사귀어 이득을 볼 게 있어?'

'귀찮게 고백하는 애들 다 떼어 낼 수 있잖아요, 선배.'

재준은 미간을 좁혔다. 자신을 좋아해서 이러는 것이 아님을 단번에 파악할 수 있었다. 이제껏 보아 온 여학생들과 달리 신선하기는 했지만 이상하게 기분이 나쁘고 자존심에 금이 갔다.

'악수로 서로 동의하는 걸로 할까요?'

작고 하얀 손을 내려다보던 재준은 기가 막힌다는 얼굴로 여학생을 쳐다봤다. 어서 악수에 응하라는 듯 고갯짓하는 은준의 모습을 보고 자석에 이끌리듯이 손을 맞잡았다.

사업 파트너를 만나면 이런 기분이 들까. 감정이 오가지 않는 협의서에 사인을 하기 직전처럼 하나도 떨리지 않았다.

　'재준! 여기 앉아.'

　급식실로 들어서자 영광이 손짓을 했다. 2학년과 3학년은 15분 차이로 급식실을 이용하는 관계로 꽤 어수선한 편이었다.

　'너 이은준이라는 애하고 사귄다며?'

　옆자리에 식판을 내려놓던 하성이 어딘가로 눈길을 주더니 물어 왔다. 그런 하성의 눈길을 좇던 재준은 은준과 눈이 딱 마주쳤다. 시선을 돌리지도, 그렇다고 반가운 웃음을 짓지도 않는 그녀를 보며 재준은 눈을 가늘죽하게 떴다.

　'누가 그래?'

　'이은준이 직접 말했다고 하던데?'

　재준의 눈길이 다시 은준에게 박혀 들었다. 반나절 만에 학교에 소문이 쫙 돌았다는 하성의 말에 재준은 입술 끝을 비틀었다. 의도성을 가지고 퍼진 소문에 실소가 터질 지경이었다.

　'오늘 이은준 때문에 운 여학생들이 한 트럭은 된다더라.'

　'오! 서재준, 그 많은 여학생들 아까워서 어쩌냐?'

　'밥이나 먹어.'

　밥을 한 술 뜨며 은준을 바라봤다. 친구와 얘기하고 있는 은준의 관심에서 자신은 이미 사라지고 없는 듯했다. 도대체 뭐지? 자신에게 다가온 이유가 관심이 있어서도 아니고 좋아해서도 아닌 것은 충분히 알겠는데 의도는 알 수가 없었다.

　'어? 너 어디 가?'

　'애인한테 밥 잘 먹으라는 인사 정도는 하고 와야지.'

황당한 얼굴로 올려다보고 있는 영광과 하성을 향해 씨익 웃어 주었다. 하지만 본심은 그게 아니었다. 짧게 마주친 은준의 시선 속에서 전혀 느낄 수 없는 감정들에 화가 났다. 이미 은준의 관심 밖으로 자신이 밀려났다는 것이 짜증을 유발했다.

'이은준?'

주변의 여학생들이 '어머어머!' 하며 간투사를 내뱉고 호들갑을 떨었지만 재준의 눈길은 흔들림 없이 그녀를 바라봤다. 눈이 마주 쳐도 표정에 변화가 없는 은준 때문에 눈살이 찌푸려진 정도였지 만 재준은 애써 미소를 지었다.

'급식 먹을 만해?'

'……네.'

'너 먹고 싶은 거 있으면 말해.'

'없어요.'

무덤덤하게 반응하는 은준을 보며 재준은 눈을 가늘죽하게 떴 다. 사귀자며? 이렇게 미지근하다 못해 차갑게 굴어도 되는 거야? 남들이 진짜 사귀는지 의심할 텐데 괜찮겠어? 라고 눈으로 물었지 만 은준은 오히려 망연한 표정만 지을 뿐이었다.

'이사장님 아들에 학생회장의 끗발이면 뭐든 되는데…… 말만 해.'

'그럼…….'

잠깐 고민을 하는 듯 눈동자를 굴리는 은준의 모습에 그는 회심 의 미소를 지었다. 그런데 생각보다 은준의 입술이 열리는 시간이 꽤 길었다.

'베이컨말이.'

'……그래. 내일 급식에 나올 거야.'

대박! 완전 짱! 하며 옆의 친구들이 엄지를 세워 주었지만 재준의 눈에는 은준밖에 보이지 않았다. 고개만 끄덕이는 그녀의 행동이 너무 무심하고 차가워 보였다. 고맙다는 인사를 잊은 듯한 은준을 빤히 바라보다 돌아섰다.

'뭐야, 뭐야?'

자리로 돌아오자 영광이 은준의 자리로 눈길을 힐끔거리며 궁금해 죽겠다는 얼굴로 물었고, 하성은 너 왜 그러느냐는 얼굴로 자신을 멀뚱히 쳐다보고 있었다.

'무슨 말 했는데? 어?'

영광의 재촉에 대꾸 없이 식판을 내려다보던 재준은 이상하게 입맛이 뚝 떨어졌다.

'너 저기 갔을 때 애들이 너희 둘만 쳐다본 거 아냐?'

하성의 말에 들고 있던 젓가락을 내려놓은 재준은 은준을 빤히 바라봤다. 여학생들이 자신을 힐끔거리는 것과 달리 은준은 식사만 하고 있었다.

왜 그랬을까. 한 번도 보이지 않았던 객기를 왜 부렸던 것일까. 혹시 은준이 자신에게 한 번쯤 고맙다는 인사를 하거나 웃어 주기를 바랐던 것일까.

눈을 감고 창에 기대어 있던 재준은 햇살에 익숙해진 눈을 뜨고는 천천히 몸을 바로 세웠다.

"나한테는 뭐든지 쉽게 열어 주지 않지."

은준이 유일하게 환하게 웃을 때는 은형의 앞이었다. 여자보다 더 하얀 아이라서 오히려 창백함에 가까웠고 그 하얀 얼굴 때문에 약해 보였던 아이 앞에서 은준은 씩씩한 누나처럼 굴었다. 자신도 약한 여자면서 은형을 보호하려 기를 쓰는 아이라는 것을 알게 되자 은준이 서서히 눈에 차기 시작했다. 은준이 자신을 낮추고 모든 것을 양보하며 보살폈던 은형은 체력적으로나 정신적으로나 너무 약했던 아이였다.

□ ■ □

"날이 더우니 음식이 상하지 않게 특별히 부탁드립니다."

"네. 말씀하신 대로 차질 없이 준비해 드리겠습니다."

승우는 엘리베이터 앞에서 제니스 호텔 홍보 담당과 대화하고 있는 은준을 가만히 바라봤다. 오늘따라 기분이 안 좋은지 착 가라앉아 있는 모습을 보자 안쓰러움이 들었다.

"그럼, 저희는 그날 오전에 최종적인 확인을 하러 오겠습니다."

은준이 살가운 미소를 지으며 일어나 손을 내밀자 호텔 홍보 담당자가 손을 맞잡으며 인사를 건넸다.

"조심해서 가십시오."

"어디 아파?"

엘리베이터에 오른 후 문이 닫히자 승우는 조심스럽게 물었다. 은준은 아파도 아프다는 소리를 안 한다는 것을 알고 있었다.

"으응?"

다이어리를 가방에 챙겨 넣던 은준이 무슨 소리냐는 얼굴로 돌아보자 승우는 심장이 간질거렸다. 큰 눈을 깜빡이며 바라보는 눈동자가 너무 맑아 가지고 싶다는 생각이 들었다.

"……안 아프네."

승우는 짐짓 속았다는 표정을 짓고는 차 리모컨 키를 꺼내 들고 엘리베이터에서 내렸다.

"뭐라는 거야."

은준이 싱겁게 왜 그러느냐는 얼굴로 고개를 삐딱하게 기울이자 승우는 차 문을 열며 타라는 고갯짓을 했다.

"회사로 바로 들어갈 거지?"

"……으응."

은준이 안전벨트 매는 것을 보며 승우는 시동을 걸었다. 지하 주차장을 빠져나오자 햇살이 너무 좋아 승우는 기분이 심란했다. 옆에 은준이 타고 있으니 이대로 훌쩍 떠나고 싶다는 생각이 들었다. 은준과 사귀는 사이였다면 아마도 땡땡이를 치자며 핸들을 꺾었을 것이다.

"론칭쇼에 오시는 손님들을 위해 준비한 선물 어떤 것 같아?"

하지만 승우는 마음을 억누르기 위해 업무적인 일로 입을 열었다.

"글쎄……."

은준이 미간을 모으며 떠름하게 반응하자 승우는 눈을 가늘게 떴다. 은준이 미적거리며 대답을 미룬다는 것은 준비한 선물 샘플이 어딘가 마음에 안 든다는 뜻이었다. 그것은 나중에 손님들에게서 불만스러운 소리가 나올 수도 있다는 말이었다.

"어디가 이상해? 부족해? 뭘 더 넣을까? 아님 뺄까?"

"그게…… 주얼리 론칭쇼인데 화장품에, 향수 선물은 좀 그렇지 않아?"

"너도 그렇게 생각하지? 우리 부장님이 끝까지 고집을 피우셔서. 뭐, 주얼리와 어울리는 건 화장품이라나 뭐라나."

승우는 자신이 찜찜하게 여겼던 부분을 은준이 지적하고 나오자

편을 얻은 기분에 언성을 높였다.

"디자인 부서하고 상의해서 출시되는 상품을 선물로 주거나 론 칭쇼만을 위해 준비한 주얼리 세트를 제작하는 게 좋을 것 같아."

"내 말이!"

승우는 천군만마를 얻은 듯 쥐고 있던 핸들에서 손을 떼고는 두 팔을 번쩍 들었다. 몇 번이나 올린 품의서가 매번 퇴짜를 맞자 의욕이 저하되는 중이었다.

"혹시 너희 부장님이 그 화장품 필요했던 거 아냐?"

"어? 그게 그렇게 되는 거야?"

"아, 아니. 그냥 농담이야, 농담."

진지하게 받아들이는 자신에게 은준이 손을 내저으며 웃자 승우도 따라 웃었다.

"밖에서 먹고 들어오자니깐 굳이 사내 식당에서 먹자고 하냐?"

투덜거리는 승우를 향해 은준은 멋쩍게 웃고는 식판을 들었다. 날이 더워 밖에 있기도 싫었고 솔직히 입맛도 없었다.

"너 사내 식당 메뉴 좋은 거 알잖아."

"누가 그걸 몰라서 밖에서 먹고 오자고 했냐? 그냥 나간 김에 먹고 오자는 거였지."

승우가 퉁명스러운 목소리로 나무라자 은준은 눈썹을 일그러트리며 웃었다.

"운전대 잡은 건 너였으니 맘대로 가지 그랬어?"

"아! 그런 방법이!"

풋. 은준은 아까워 죽겠다는 얼굴로 울상 짓는 승우를 보며 가볍게 웃었다.

"론칭쇼 선물, 주얼리 세트 넌 어느 선까지가 좋을 것 같아?"

자리에 앉은 승우가 진지한 얼굴로 묻자 은준은 고개를 기울이며 눈을 깜빡였다. 보통 귀걸이, 목걸이, 반지, 팔찌를 하면 완벽한 풀세트 기분이 나겠지만 이건 론칭쇼 손님에게만 주는 한정 상품이니 다 넣을 필요는 없다고 생각했다.

"귀걸이와 팔찌? 정도면 괜찮지 않을까?"

"그래? 하지만 내가 어머니 보석함을 보면 기본적으로 반지, 귀걸이, 목걸이는 한 세트로 가지고 계시던데……."

승우가 공감을 못 하겠다는 얼굴로 말하자 은준은 어깨를 으쓱하고는 눈을 게슴츠레하게 떴다.

"뭔가 이상하지?"

"응, 뭔가 빠진 기분이 드는데?"

"바로 그거야. 보통 귀걸이와 목걸이를 세트로 생각하는 사람들이 많은데 여기서 목걸이만 빠져 있으니 그들은 이 세트와 합이 되는 목걸이를 나중에 구매하고 싶지 않을까?"

"히야! 퍼펙트한데?"

금방 알아들은 승우가 밥을 먹다 말고 엄지를 척 세우자 은준은 흐뭇한 얼굴로 웃어 보였다. 선물을 주지만 그들이 향후 스톤블링의 주 고객이 될 사람들이니 그들의 구매 욕구를 자극해야 했다. 초대 명단을 보면 그들은 없는 것 없이 살아온 이들이라 완벽하지 않은 세트를 완벽하게 만들고 싶어 할 것이 분명했다.

"너 기획서 올려."

"아냐, 너희 마케팅 부서에서 해. 어차피 우리는 지원 업무만할 거니깐 너희 부서에서 하는 게 업무상 맞는 것 같아."

"네 아이디어…… 어?"

눈을 커다랗게 뜨던 승우가 갑자기 자리에서 벌떡 일어나는 바람에 은준은 멍한 얼굴이 되었다.

"사장님."

"!"

화들짝 놀란 은준은 일어서지도 못하고 굳어진 채로 서 있는 승우만 바라봤다.

"옆자리가 비었는데 앉아도 될까요?"

"네? 네네. 여기 앉으세요."

승우가 후다닥 의자를 빼며 자리를 권하자 재준이 자신을 스쳐 지나가 그 자리에 앉았다. 그 바람에 은준은 재준의 시야에 놓이고 말았다. 피할 수 있을 것이라 여겼는데 같은 회사에 있는 한 피할 길이 없다는 것을 깨닫는 중이었다.

"양 비서도 앉아."

"네, 사장님."

자신의 옆자리에 앉은 양 비서가 고개를 살짝 숙여 보이며 인사를 건네자 은준은 무의식적으로 미소를 지으며 인사를 했다.

"사장님이 사내 식당을 이용하시리라곤······."

"사장이기 이전에 배고픔을 느끼는 평범한 인간입니다."

"아, 네에. 허허."

승우를 향해 살짝 미소 짓는 재준을 쳐다보다 은준은 눈길을 떨어트렸다. 여기가 사내 식당이라서 조심하는 것인지 몰라도 그의 시선 끝에 자신이 닿아 있지 않아 조금 안도감이 들었다. 하지만 서로만 아는 신경전까지는 어쩔 수가 없었다. 아무도 앉지 않은 테이블이 있는데도 불구하고 이곳을 택한 의도는 분명한 것이다. 도망가 봐야 소용이 없다는 메시지.

"음식이 먹을 만합니까?"

"네, 사장님. 여기 사내 식당 메뉴는 다른 회사 직원들도 탐을 내는 메뉴입니다."

"아, 그렇군요."

낮으면서도 또렷한 재준의 목소리에 은준은 입술 안쪽 살을 지그시 깨물었다.

"혹시 원하는 메뉴가 있으면 언제든지 건의하세요."

"지금도 충분히 만족을 하지만 건의하라고 하면 저희들로서는 환영할 일이죠."

재준의 말에 사근사근하게 대꾸하는 승우였다. 은준은 구김 없는 승우를 보다 계란말이를 하나 집어 들었다.

"먹고 싶은 반찬이 있습니까?"

재준의 말투가 좀 이상한 것을 느낀 은준은 계란말이를 든 손을 멈칫했다.

"무슨 반찬을 건의하면 좋을지 고민되는데요?"

"그럼, 제가 추천 하나 할까요?"

재준과 눈이 딱 마주친 은준은 눈살을 찌푸렸다. 타깃은 자신이지만 그 타깃을 겨누기 위해 승우를 이용하는 기분이 들었다.

"네. 기대되는데요?"

승우가 밝게 웃으며 적극적인 태도를 취할수록 재준의 눈빛이 점점 차가워졌다.

"베이컨말이⋯⋯."

툭. 쨍그랑.

은준은 계란말이를 집었던 손에서 힘이 빠져나가는 것을 느끼며 입술을 깨물었다. 베이컨말이는 은형 오빠가 가장 좋아한 음식이었다.

"……아, 죄송합니다."

사내 식당에 있는 사람들의 시선이 한꺼번에 자신에게 쏟아지는
건 괜찮았다. 실수로 뭔가를 떨어트릴 수도 있는 것이니까. 하지만
재준의 시선만큼은 견디기가 어려웠다. 가시를 숨기지 않고 드러
내는 재준의 시선은 맞닿을수록 아팠다.

"칠칠맞긴."

승우가 왜 그러느냐는 얼굴로 쳐다보더니 떨어진 젓가락과 계란
말이를 처리했다. 그 와중에 시선이 부딪친 재준과 은준은 서로를
비켜 가지 않고 똑바로 쳐다봤다. 은준의 얼굴에는 약간의 원망이
물들어 있었고 재준의 얼굴에는 냉소가 어려 있었다.

"이은준 대리는 베이컨말이 싫어합니까?"

"……."

비난의 화살이 꽂히는 것을 알면서도 은준은 대답하지 않았다.
좋아한다, 싫어한다의 대답 같은 건 중요하지 않았다. 다만 그는
지금 화가 났음을 자신에게 주지시키고 있는 것이다.

"아, 이 대리는 돼지고기 알레르기가 있어 그런 건 못 먹습니
다."

떨어진 것을 다 치운 승우가 은준을 두둔하고 나오자 재준의 눈
빛이 날카롭게 번뜩였다.

'급식 먹을 만해? 너 먹고 싶은 거 있으면 말해.'

그것이 호의라고 생각하지 않았다. 그래서 자신은 먹지도 못하
는 베이컨말이를 주문했었다. 그리고 베이컨말이는 종종 급식 메

뉴로 나왔고 아이들은 좋다고 환호성을 지르고는 했다.

"이은준 대리에 대해 많이 아시나 봅니다?"

재준의 고개가 승우를 향해 움직이는 순간 은준은 심장이 터질 것 같았다. 재준 선배의 얼굴에 어린 살기를 자신이 잘못 본 것이기를 바랐다.

"네? 아, 뭐…… 그냥 기본적인 것 정도만……."

승우가 겸연쩍은 얼굴로 뒷머리를 긁으며 웃었지만 재준은 표정에 변화가 없었다. 급식 메뉴로 베이컨말이가 나오고 1년이 다 가도록 은준이 돼지고기 알레르기이 있다는 것을 몰랐던 그였다.

"두 분 사귑니까?"

"네에?"

"사장님!"

허를 찌르고 들어온 질문에 승우는 눈을 커다랗게 떴고, 은준은 얼굴을 굳힌 채 재준을 불렀다. 하지만 그는 태연자약하게 입가에 비소를 띠며 승우를 향해 입술을 달싹였다.

"만일 사귀는 사이면 지금부터 헤어져야겠습니다."

3화
욕망

아까까지만 해도 서글서글하게 잘 웃던 승우의 얼굴이 굳어지자 재준은 눈을 가늘죽하게 떴다. 둘의 분위기가 너무 친밀해 부숴 버리고 싶었다. 정말 이 둘이 사귀는 것일까, 라고 생각한 순간 은준의 목을 조를 뻔했다. 약속했던 그 밤, 수화기를 타고 들려온 남자의 목소리에 정신이 아득해졌던 것을 생각하면 지금도 이가 갈렸다.

"사……장님."

반찬을 집으려 했던 것인지 양 비서의 손은 허공에 멈춰 있었고 얼굴에는 당황한 빛이 역력했다.

"사내 연애 금지라는 말을 들은 적은 없습니다."

당돌한 얼굴로 따지고 드는 은준을 살기 어린 눈빛으로 힐끔 돌아본 재준은 승우에게로 다시 시선을 돌렸다. 네가 한번 말해 봐, 하는 눈으로 쳐다보며 입술 끝을 비틀었다.

"그러니 개인적인 사생활까지 간섭하는 건 아니라고 봅니다."

은준이 성이 난 목소리로 말하고 있었다. 너의 그 개인적인, 은밀한 부분을 함께 나누려고 시도했던 사람이 자신 아니었느냐고 비꼬고 싶어 재준의 눈빛이 못마땅함으로 물들었다.

"먼저 일어나겠습니다!"

은준이 벌떡 일어나 식판을 들고 가 버리자 승우의 시선이 그녀를 좇았다. 그녀를 바라보는 승우의 모습이 재준은 몹시 거슬렸다.

"저도 그만 먼저 일어……."

은준에게 향해 있던 고개를 돌린 승우가 말을 하다 말았다. 재준은 째려보고 있는 자신과 눈이 마주치자 흠칫 놀라며 당황하는 승우가 마음에 안 들었다. 만일 네가 은준과 진짜 사귀는 사이라면 이렇게 나와서야 되겠느냐고 말하고 싶었다. 제대로 케어할 수 없다면 애당초 포기하라고 조금은 신사적으로 종용하고 싶었다.

넌 이제부터 은준의 곁에서 아웃이야.

"내가 먼저 실례하죠."

재준은 승우를 향해 나른하면서도 비꼬는 음성으로 말하고는 물을 마셨다. 은준을 바로 따라가지 못해 안절부절못하는 승우를 보고 있자니 좀 어이가 없다는 생각이 들었다. 이은준, 너 남자 휘두르는 건 여전하구나.

"사장님."

재준은 엘리베이터 앞에 서서 헐레벌떡 뛰어온 양 비서를 돌아봤다.

"천천히 마저 먹고 와도 되는데……."

"아, 아닙니다. 먹을 만큼 먹었습니다."

양 비서가 이마의 땀을 훔치며 가빠진 숨을 고르자 재준은 팔짱을 꼈다. 양 비서의 설명에 의하면 승우는 그녀와 같은 부서가 아니었다. 그런데도 둘은 스스럼없이 말을 주고받으며 웃었고 머리를 맞대고 밥을 먹고 있었다. 심지어 은준을 바라보는 승우의 눈길이 심상치 않았다.

은준을 그윽하게 바라보는 승우의 목을 잡아채 눌러 버리고 싶었지만 참을 수 있었던 건 은준의 눈빛이 승우의 것과는 달랐기 때문이었다.

하지만 화가 났다. 잘 웃지 않는 은준이 승우를 보며 웃고 있어서 짜증이 밀려 올라왔다.

"그럼…… 잘 웃는 아이였는데 안 웃었던 건가?"

"네?"

양 비서가 눈을 동그랗게 뜨며 되묻자 재준은 고개를 저었다.

"오후 일정은 나 혼자 소화할 테니 양 비서는 다른 업무를 봐."

"네? 어떤 업무를……."

재준은 피식 웃고는 바지 주머니에 있는 자신의 차 리모컨 키를 꺼내 들었다. 떠름한 얼굴로 쳐다보는 양 비서를 향해 의미심장한 미소를 지어 준 재준은 도착한 엘리베이터에 성큼 올라탔다.

"수고."

"사, 사장님!"

엘리베이터 문이 미련 없이 닫히자 울상이던 양 비서의 얼굴이 사라졌다.

"사내 연애 금지? 사생활? 씨발, 이은준 웃고 있네."

바지 주머니에 두 손을 찔러 넣은 재준의 눈빛이 잔혹하게 빛났다.

□　■　□

탁!

들고 있던 휴대폰을 책상에 던지듯이 내려놓은 은준은 의자에 무너지듯 앉았다. 같은 공간에 있는 한 이런 일은 반복될 것이고 감정의 소모는 가지고 있는 에너지를 다 소진하게 만들 것이다.

"무슨 일 있어?"

"없어."

희경이 조심스럽게 물어 오는데 은준은 얼굴도 쳐다보지 않고 대답했다. 지금 극도로 날카로워져 있는데 희경과 시선이 마주치면 금방 눈치를 챌 것이 분명했다. 승우는 또 얼마나 황당했을까. 사귀고 있다면 지금부터 헤어지라니. 완전 멘탈에 금이 가는 상황이었다.

"왜 그래? 머리 아파? 커피 타 줄까?"

"……응."

검지로 관자놀이를 지그시 누르자 희경이 걱정스러운 목소리로 말했다. 애교 많은 희경의 호의를 무시할 수 없어 은준은 애써 웃으며 고개를 끄덕였다.

"잠시만 있어. 금방 타 올게."

"아니다, 같이 가자. 점심시간 아직 남았으니."

은준은 나가려고 몸을 틀던 희경의 팔을 잡고 걸음을 뗐다. 사무실을 나와 휴게실로 가는 그 짧은 순간에도 재준 선배와 부딪칠까 봐 심장이 마구 뛰어 댔다.

"있지…… 나 주얼리 매장에 파견 근무 갈까?"

휴게실 의자에 앉아 있던 은준은 희경이 커피를 가지고 와 맞은편에 앉자마자 입을 열었다.

"어? 갑자기 왜?"

"신규 매장이 자리 잡을 동안 본사에서 파견 나와 있으면 좀 빨리 안정을 찾지 않을까 해서."

"아, 그것도 나쁘진 않은데…… 난 너 없이 심심해서 어쩌라고."

희경이 입을 비죽 내밀고 울상을 짓자 은준은 그 모습이 우스워 피식 웃고 말았다. 웃을 기분이 아니었는데 희경의 엉뚱한 매력에 웃지 않을 수 없었다. 예쁜 얼굴로 눈썹을 일그러트리고 입술을 비죽 내민 모습이 귀여워 깨물어 주고 싶을 정도였다.

"그렇게 예쁜 얼굴은 애인한테나 보여 줘. 나만 보기가 아깝네."

"치이, 애인은커녕 남자 사람 친구도 없다. 나이가 들어 가니 다들 결혼이라는 것을 하고 사는 데 바빠 만나기도 어려워."

"결혼?"

은준은 자신이 결혼이라는 사회의 통념에 매이는 나이가 되었음을 깨닫자 씁쓰름한 얼굴이 되었다.

늘 조마조마한 마음으로 살았던 지난날들, 하루도 편할 날이 없었던 하루하루.

감당할 수 없는 병원비로 맞벌이를 하시며 깊은 밤이 되어야만 돌아오시는 부모님, 오빠와 같이 있었지만 정작 자신이 누나처럼 챙겨 주어야 했던 긴긴 밤들. 이제는 그렇게 보살필 오빠도 없는데 마음 한편은 늘 묵직했다. 지켜 주지 못했다는 죄책감과 최선을 다했다는 당당함이 서로의 영역을 넓히려 늘 싸웠다.

'너 뭐 하고 있었어! 오빠가 그 지경이었는데 너는 뭐 하고

있었냐고!'

　자신을 탓하지 말라고 말해야 하는데 어릴 때부터 오빠만 챙기던 엄마의 원망에 길들여져 있어 아무 말도 하지 못했다. 넌 건강하니 오빠를 잘 지켜야 한다는 말을 엄마는 항상 하셨다. 하지만 나도 어리다고, 보살핌이 필요하다고 말하지 못했다. 그때는 그런 말조차 할 수 없이 어렸고 그런 말을 할 만큼 자신을 챙기지 못했다. 엄마에게 길들여져 있어, 엄마의 말에 세뇌가 되어 있어 당연히 그렇게 해야 하는 줄 알았다.

　'은준아, 미안해.'

　오빠가 혼자 넘어져 다쳐도 그 책임은 자신에게 있었다. 무릎 정도 까인 걸로 죽지 않는다고 말하고 싶었지만 그냥 묵묵히 엄마의 잔소리를 다 들었다. 그리고 방에 들어오면 오빠가 사과를 했다. 야단맞을 때 좀 말려 주지 그랬어, 라는 말을 하고 싶었지만 하지 못했었다. 하얀 얼굴로 하얗게 웃고 있는 오빠가 너무 아파 보여서.

　"우리나라는 나이가 들면 꼭 결혼을 해야 된다고 생각하는 게 문제인 것 같아."

　"……."

　"안 그래? 그렇게 생각 안 해?"

　멀건 얼굴로 쳐다보자 희경이 눈을 동그랗게 뜨고는 그렇지 않느냐는 얼굴로 물어 왔다.

　"뭐, 그런 경향이 강하지."

은준은 겸연쩍은 얼굴로 웃으며 맞장구를 쳤다.

"우리도 외국처럼 즐기면서 살다 마음 맞으면 결혼하고 안 맞으면 그냥 바이 바이, 하고 헤어지는 거야. 그 좋은 것을 왜 이해 못하는 거지? 왜 좀 만났다 싶으면 그 끝은 결혼이라는 두 글자가 종착역이 되어 버리느냐고."

희경이 답답하다는 얼굴로 열변을 토하고 있었지만 은준은 그저 커피만 마셨다. 많은 사람들을 만나고 일하면서 한 번도 누군가와 결혼을 해야겠다는 생각을 한 적이 없었다. 멋지다고 생각한 사람은 있어도 그 사람하고 잘해 봤으면, 하고 바란 적은 없었다. 그런 사람은 그저 한 번 보고 나면 그만이었다.

'야, 나 재준 선배한테 오늘 고백할 거다!'

반에서 제일 예쁘다고 소문난 여학생이 애들 앞에서 당당하게 외치는 소리를 듣고 참 할 일 없구나, 하고 생각했었다.

'재준 선배 그리 호락호락한 성격 아닌데 쟤는 무조건 될 거라고 생각하나 봐? 지금까지 재준 선배한테 고백한 애만 해도 한 트럭은 넘을 텐데 무슨 자신감이래?'

어디선가 비꼬는 말이 귓가로 날아들었다.

'학생회장이 되고 난 뒤부터 고백하는 애들이 더 늘었다더라.'
'왜 안 그렇겠어? 잘생겼지. 키 크지. 못 하는 운동 없지. 게다가 이사장 아들이라서 아무도 못 건드리는 존재니깐 옆에 있으

면서 자신도 특별하다는 듯 덩달아 목에 힘주고 싶은 거겠지.'

　재준 선배가 누구인지 몰랐기에 관심도 없었다. 그저 수학 문제를 마저 풀 생각이었다.

　'은준아! 체육관 뒤! 빨리빨리!'

　가슴으로 섬뜩한 바람이 스친다는 말을 제일 싫어했다. 그건 꼭 사고가 일어난다는 예감이었기에 달갑지 않은 표현이었다. 별일 아니기를 바라며 달렸고 쓰러져 있는 오빠를 본 순간 눈물이 핑 돌았다.

　'괜찮아, 살짝 부딪친 거야.'
　'괜찮긴 뭐가 괜찮아! 입술 터졌잖아!'

　여자같이 약하고 예쁘장하게 생긴 오빠를 계속 괴롭히는 놈들이 있었다. 왜 이렇게 약하게 태어났느냐고 말할 수는 없었다. 그건 오빠의 선택이 아니었으니깐. 그저 그 나쁜 녀석들을 밟아 주고 싶었다. 다시는 오빠에게 그런 짓을 못 하게 만들고 싶었다. 아무도 못 건드리게 해 주고 싶었다.

　'!'

　아무도 못 건드리는 존재. 누군가가 했던 말이 떠오르자 머릿속에서 번개가 번쩍했다. 그가 있으면 오빠에게 든든할 것이라 여겼다.

"결혼하고 싶을 만큼, 아니 같이 자고 싶을 만큼 마음이 동하는 남자도 없는데 왜 자꾸 결혼을 하라고 하는지 모르겠어. 그냥 자유로운 영혼이고 싶은 내 마음을 왜 몰라주느냐고."

은준은 투덜거리고 있는 희경을 보다 고개를 절레절레 저으며 자리에서 일어났다.

"그만 들어갈까?"

"그래."

따라 일어서는 희경의 어깨를 툭툭 두드려 준 은준의 마음이 심란했다. 자신에게 있어 재준 선배는 같이 자고 싶은 사람이었을까. 그래서 그 요구에 응했던 것일까.

자리로 돌아오자 휴대폰에 부재중 전화와 문자가 몇 통 들어와 있었다. 모두 승우에게서 들어온 것이었다.

[너 아까 황당했지?]

응.

[밥도 제대로 안 먹고 갔는데 괜찮아?]

괜찮아.

[사장이 혹시 너한테 관심 있는 거야?]

…….

[잘생긴 얼굴로 노려보니깐 진짜 살벌해지더라.]

그래, 나도 목이 조이는 기분이 들더라.

은준은 승우의 문자를 읽으며 속으로 답하고는 휴대폰을 내려놓다가 문자 소리에 다시 들었다.

[저녁에 같이 퇴근할까?]

문자를 터치하던 은준은 손을 멈칫했다. 재준도 퇴근 시간에 보자고 했는데 이러다 또 세 사람이 한자리에서 맞닥트릴 것이 분명

했다. 재준 선배가 자신에게 그러는 것은 이유가 있다지만 승우한 테까지 까칠하게 구는 것은 좀 오버라고 생각했다. 승우가 무슨 잘 못이란 말인가.

[나 외근 나가야 함.]

승우한테 문자를 보낸 은준은 과장님 앞으로 가 외근에 관해 간단하게 보고했다. 가방을 챙긴 은준은 또 외근이냐는 희경의 말에 씨익 웃어 주며 고개를 끄덕였다.

"내일 보자."

"그래, 수고."

손을 흔들어 준 희경에게 인사를 건넨 은준은 지원사업부를 나서 엘리베이터를 향해 걸었다.

"아얏!"

불쑥 나타난 그림자에 화들짝 놀란 은준은 비명을 지르다 자신의 입을 틀어막았다.

"죄송합니다, 놀라게 해서."

양 비서가 뒷머리를 긁적이며 미안한 듯 웃어 보였다.

"아, 아닙니다. 제가 당황하는 바람에 소리를 질렀네요."

솔직히 재준 선배인 줄 알고 비명을 질렀던 은준은 미안해하는 양 비서를 향해 미소를 지었다. 자라 보고 놀란 가슴 솥뚜껑 보고 놀란다고 했던가. 장신의 그림자가 어른거려 당연히 재준 선배일 것이라 짐작했었다.

"어디 가십니까?"

"백화점에 입점하는 매장 인테리어 점검 나가는 길입니다."

"아! 제가 모시겠습니다."

"아니, 괜찮……."

괜찮다는 말을 끝내기도 전에 엘리베이터가 도착했고 양 비서는 당연하다는 듯이 먼저 올랐다. 그러고는 버튼을 누르며 자신을 기다렸다. 기분이 이상했다. 사장의 비서가 일개 직원을 모시겠다니. 이런 경우는 없을 것이다.

"안 타십니까?"

양 비서의 재촉에 은준은 마지못한 걸음을 뗐다.

[현재 백화점 입점 매장 인테리어 점검 중입니다.]

양 비서는 사장에게 문자를 빠르게 보내고는 인테리어 작업자와 대화하는 은준을 가만히 바라봤다. 작고 하얀 얼굴, 커다란 눈, 습관처럼 감쳐무는 입술은 묘하게 시선을 잡아 두는 느낌이었다. 보호본능을 일으킬 만큼 약해 보였지만 허리에 손을 얹고 삐딱하게 서 있는 은준에게서 여린 느낌보다는 단단한 느낌이 배어 나왔다. 상대의 말에 고개를 끄덕이면서도 제 할 말 다 하고 제 뜻을 관철시키는 모습을 보며 양 비서는 눈을 가늘게 떴다.

"사장님이 한눈에 반했다고 생각했는데 다른 것이 더 있나? 과거의 연이 있던 사람?"

혼잣말을 하던 양 비서는 턱을 괴고는 생각을 더듬었다. 회장님의 지시로 1년 전 해외로 날아가 모시게 된 사장은 꽤 과묵한 성격이었다. 그런 그가 이은준 대리의 전화번호만 알려 달라고 한 것으로 보아 둘 사이에 인연이 있었을 것이라 여겼다. 지금도 이은준 대리를 놓치지 말고 따라다니라는 지시를 내린 것을 보면 분명 둘 사이에 뭔가가 존재했다. 다만 자신이 그 무엇인가를 모를 뿐이었다.

"오래 기다리셨죠, 양 비서님."

눈을 접고 곱게 웃는 은준을 보며 양 비서는 고개를 살짝 기울였다.

"아닙니다. 얼마든지 기다릴 수 있습니다."

"이렇게 해 주시지 않아도 괜찮습니다. 이제부터는 저 혼자 매장을 돌아보……."

"저는 오늘 이 대리님을 모시라는 지시를 받았습니다. 그러니 제 의무를 다하도록 해 주십시오."

"아, 네에……."

꺼림칙한 얼굴로 고개를 끄덕인 은준이 먼저 엘리베이터에 오르자 양 비서는 한숨을 낮게 쉬었다. 절대 놓치지 말라는 사장의 지시에 뭐 마려운 강아지처럼 따라다니고는 있지만 참 불편하다는 생각이 들었다.

"뒤에 타시면 되는데……."

은준이 아까와 달리 뒷자리가 아닌 조수석에 앉아 다이어리를 펴자 양 비서는 겸연쩍은 표정을 지었다.

"제가 양 비서님 상사는 아니잖아요. 그리고 이게 더 편한 것 같아서요."

양 비서는 순간 멈칫하다 고개를 끄덕였다. 입가에 미소를 지으며 상냥하게 말하는 그녀는 마찰을 잘 무마하는 타입 같았다. 그냥 예의상 짓는 미소라는 것을 알면서도 그녀가 참 예쁘게 웃는다는 생각이 들었다.

'잘 웃는 아이였는데 안 웃었던 건가?'

사장이 혼자 중얼거린 말이 무슨 의미인지 깨달은 양 비서는 머리에 형광등이 딱! 켜지는 기분이었다. 무심한 듯 말이 없던 그가 최근 들어 이 대리에게 날을 세우고 있는 것은 과거에 사귀었기 때문이 아니었을까, 하는 생각이 들었다. 그렇지 않고서는 행동의 아귀가 맞지 않았다.

"사장님께서 일을 잘하시는 것 같습니까?"

"네? ……네."

갑자기 받은 질문 때문인지 약간 당황하던 은준이 짧게 대답하고 입을 다물자 양 비서는 고개를 살짝 기울였다.

"사장님 키 크고 잘생기셨죠?"

"……네."

어이없는 질문이라고 생각한 것인지 은준이 피식 웃자 양 비서도 같이 웃었다. 하지만 사람들은 예상 못 한 질문에 허를 찔리는 법이다. 양 비서는 눈을 가느다랗게 떴다.

"사장님 좋아하죠?"

"네…… 네?"

화들짝 놀란 은준의 얼굴이 자신을 향하자 양 비서는 어깨를 으쓱했다.

"사장님 좋아하는 여직원이 많더라고요. 학교 다닐 때도 대시하는 여학생들이 많았다고 하던데."

"아, 네에……."

관심 없다는 듯 대답하는 은준을 보다 양 비서는 핸들을 꺾었다. 사장이 고등학생 때 인기가 많았다는 말은 자신의 짐작일 뿐이었다. 하지만 다이어리를 들고 있는 은준의 손에 힘이 들어간 것을 보고 눈치를 챘다. 두 사람이 고등학생 때 단순하게 알고 지낸 사이가 아니라는 것을.

'혼자가 좋아.'

주말인데 데이트하러 나가야 하지 않느냐고 물었을 때 사장은
그렇게 말했었다. 해외 지사에서 근무할 때 추파를 던지는 여직원
들이 꽤 많았지만 그는 신경을 쓰지 않았다. 가끔 아파트 베란다에
나가 커피를 마시며 오랫동안 서 있고는 했다. 방해할 수 없는 분
위기에 자신은 그저 거실만 맴돌았었다.

'마음에 담다라……'

혹시 마음에 담은 사람이 있느냐고 조심스럽게 물었을 때 그는
자신의 말을 되풀이할 뿐 대답하지 않았다. 하지만 그 눈빛에 어린
기억의 회상은 분명 그리움이라 생각했다.

□　■　□

커피 잔을 내려놓은 은준은 관자놀이를 지그시 누르다 의자에
편하게 기대었다. 오후 내내 양 비서가 자신을 따라다닌 이유를 알
고 있었다. 그래서 피하지 않을 생각이었다. 아직도 양 비서는 카
페의 주차장에서 이곳을 주시하고 있었다. 사장에게 인계하기 전
에 자신이 달아날까 봐 걱정하는 얼굴로 차 안에 앉아 있었다.

위이잉.

진동 소리에 은준은 가방 속으로 손을 넣어 휴대폰을 찾아 들었
다. 발신인을 보던 은준은 한숨을 길게 내쉬었다.

"네."

— 은준아, 퇴근했니?

엄마였다. 목이 꽉 잠긴 것으로 보아 또 울었던 모양이다.

"네."

— 며칠 후면 네 생일인데…….

아! 그래서 엄마가 울었던 것이구나. 자신의 생일 이틀 전이 오빠의 생일이었다. 언제까지 죽은 아들 때문에 울 거냐고 말하려던 은준은 심호흡을 하고는 입술을 감쳐물었다.

— 생일 때 미역국 끓여 놓을 테니 내려와.

생일? 그런 것 모르고 살았다. 내 생일보다 오빠의 건강이 먼저였고 오빠의 생일이 먼저였다. 이틀 차이라서 따로 챙기기 뭐하다며 자신의 생일은 오빠의 생일날 같이 치러졌다. 모든 것이 오빠 위주로 돌아갔다. 모든 우주가 오빠를 중심으로 도는 엄마에게 자신의 생일 따위 귀찮은 것이었다. 아들을 너무 사랑해 그 딸은 도구의 역할을 해야 했다. 그리고 그 딸은 기꺼이 도구의 역할을 해 주었다.

"바빠요."

— 그래도 내려와서 미역국이라도…….

자신을 위해 음식을 한 번도 하지 않았던 엄마였다.

"내가 알아서 챙겨 먹을게요."

엄마와 통화를 하면 화가 났다. 하고 싶은 말을 억눌러 담고 있어 그런 것인지 몰라도 울분이 올라왔다.

털썩.

갑자기 등장한 재준이 맞은편 의자에 와서 앉았다. 은준은 휴대폰을 든 채로 재준을 가만히 바라봤다. 자신에게 모든 것을 내어준 이는 재준이 처음이었다. 그것이 부담스러워 멀리하려 했었다. 그런데 이제 와 생각해 보니 그때 재준 선배를 잡았어야 했던 건 아니었을까.

"……아!"

재준이 검지를 허공에 들고 지적하자 은준은 그제야 자신의 뺨 위로 눈물이 흐르고 있다는 것을 알았다.

"나 지금 바빠서 그만 끊을게요."

은준은 다급하게 통화를 끝내고는 고개를 돌리고 손등으로 눈물을 닦아 냈다.

"왜 울어?"

"상관없잖아요."

재준의 잘못이 아닌데 은준은 신경질적으로 말해 버렸다. 그가 깍지를 낀 손을 가슴 앞으로 모으고는 고개를 삐딱하게 기울이고 있었다. 자신을 바라보는 눈빛이 좀 의외라는 듯 의아한 빛을 품고 있었다.

"하고 싶은 말 있으면 해요."

"하고 싶은 말은 없는데?"

표정 변화 없이 말하는 재준을 보며 은준은 후, 하고 입술 사이로 바람 빠지는 소리를 냈다. 양 비서를 자신에게 붙여 퇴근을 못 하도록, 아니 감시하도록 한 사람이 막상 마주하고 나선 할 말이 없다니. 지금 장난하는 거냐고 말하고 싶었다.

"그럼 뭐가 하고 싶은데요?"

"넌 뭐가 하고 싶은데?"

감정이 없는 사람처럼 재준은 자신의 말을 따라 했다. 하루 종일 감정의 소모가 너무 심했다. 일을 하는 중간중간 멍해지는 정신을 붙들려 긴장하고 있었더니 더 피곤을 느끼고 있었다.

"집에 가고 싶어요."

그제야 재준의 눈썹이 꿈틀거리며 치켜 올라갔다. 뭔가 마음에 안 든다는 얼굴로 입술 끝을 비트는 모습을 보자 심장이 울렁거렸다. 은준은 그런 제 심장을 향해 지금 분위기 파악이 안 되느냐고 타박하고는 커피 잔을 들었다.

"일어나."

커피 잔을 입에 대려던 은준은 혼자 일어서 버린 그를 보다 천천히 커피를 마셨다. 어차피 그는 자신을 배려할 마음 따위는 없는 사람이었다. 은준도 과거의 연으로 뒤틀려 있는, 꼬여 있는 그를 달랠 생각 따위 전혀 없었다.

"타."

조수석 쪽의 차 문을 열고 기다리고 선 재준을 빤히 바라보며 움직이지 않았다. 그랬더니 그가 고갯짓과 함께 타라고 했다.

"어디로 가는……."

"집에 가고 싶다며?"

자신의 말을 싹둑 잘라 버린 재준을 한 번 쳐다본 은준은 낮게 한숨을 쉬고는 차에 올랐다. 차 문을 닫은 그가 앞머리를 길게 쓸어 넘기는 모습을 보던 은준은 문자 소리에 가방을 열었다.

[바빠도 한번 내려와.]

[외근 나갔다가 바로 퇴근했어?]

엄마와 승우의 문자가 같은 시간에 들어와 있었다.

탁. 운전석 문이 닫히는 소리에 은준은 고개를 들어 재준을 바라봤다. 하지만 그는 시선을 마주하지 않고 시동을 걸더니 '안전벨트.'라고 한마디만 할 뿐이었다. 벨트를 매자 그는 차를 출발시켰다.

차 안은 적막했다. 라디오나 음악도 틀지 않아 자칫하면 서로의 숨소리만 들릴 만큼 고요했다.

스르륵.

재준이 차창을 열자 밖의 소음들이 흘러 들어와 가라앉은 공기를 순화시켰다.

"지금 어디 가는 거예요?"

큰 교차로에서 차가 신호 때문에 정차하자 은준은 눈이 커다래졌다. 제니스 호텔이 그 위풍당당한 모습을 드러내고 서 있는 것이 보였다.

마주친 재준의 눈이 가늘죽해지는 것을 본 은준은 저도 모르게 미간을 모았다. 집에 가겠다고 했을 때 순순히 데려다준다고 생각한 자신의 잘못이었다.

"겁나? 저곳으로 갈까 봐?"

차갑게 가라앉은 재준의 목소리에 은준은 주먹을 꼭 말아 쥐었다. 그는 자신을 안아야만 이 지독한 집착에서 벗어날 것이다. 그에게 안기는 건 두려우면서도 떨리는 일이라는 것을 이미 오래전에 느꼈었다. 하지만 어떤 이유이든 간에 자신은 그와의 약속을 지키지 못했다.

"이미 9년이라는 시간이 지났는데 아직도 이렇게 집착하는 이유가 뭐예요? 난 이미 재준 선배의 기억 속에서도 지워진 사람일 텐데."

은준은 진정 알고 싶었다. 그가 자신에게 집착하는 이유를. 사랑일 리는 없었다.

"터진 입이라고."

재준의 입에서 어이가 없다는 듯 힐난하는 말이 나오자 은준은 한숨을 푹 내쉬었다. 그는 자신이 무슨 말을 해도 들어 줄 의향이 없는 듯했다. 은준은 그가 요구하는 대로 해 주고 끝내 버리자는 생각이 들었다.

"그렇게 원한다……."

말을 꺼내려던 은준은 차가 출발하자 다시 입을 다물었다. 신호를 받은 재준이 핸들을 꺾어 좌회전을 하자 제니스 호텔이 오른편에 서더니 이내 뒤로 사라졌다. 호텔로 가는 것이 아니었다.

은준은 알 수 없는 얼굴로 재준을 빤히 바라봤다. 그는 차에 혼자 있는 사람처럼 자신을 배제하고 있는 듯 무표정이었다.

"안녕하십니까, 고객님!"

화려한 불빛이 새어 나오는 건물의 정문 앞으로 차가 멈추자 세 명의 직원이 우렁찬 목소리로 인사하며 허리를 굽혔다.

"차는 저희가 주차하겠습니다."

양복을 깔끔하게 입은 직원이 운전석 문을 열자 재준은 시동을 켜 둔 채로 차에서 내렸다.

"내려."

어리둥절한 얼굴로 앉아 있던 은준은 차 문이 벌컥 열리자 움찔 놀라며 고개를 들었다. 재준이 안 내리고 뭐 하느냐는 얼굴로 쳐다보고 있었다. 은준은 순간 혼란스러웠다. 이곳은 회원제로 운영되는 레스토랑이었다. 집에 가는 것이 아니었느냐고 물으려던 은준은 그를 따라 걸음을 뗐다.

"집에 간다고 하지 않았어요?"

"일단 밥은 먹어야 하니깐."

재준은 당연한 것 아니냐는 얼굴로 자리에 앉아 메뉴판을 들었다. 은준이 하고자 하는 일엔 다 태클을 걸고 싶은 마음이었다.

"집으로 가는 줄 알고……."

조금은 울상이 된 은준은 자신의 행동을 질책하고 있는 듯 입술을 쌜쭉거리고 있었다. 이미 때는 늦었다고 말하려다 만 재준은 메뉴판을 내려놓았다.

"그래서 탄 건데…… 선배 차를 탄 내 잘못이군요."

혼잣말을 한 은준이 자신과 반대로 메뉴판을 들여다보자 재준은 고개를 삐딱하게 기울였다. 메뉴판을 보며 미간을 좁히고 있는 은준을 빤히 바라보던 재준은 입술 끝을 비틀었다.

겉은 차갑고 무심한 녀석 같지만 그 속은 강한 책임감으로 똘똘 뭉쳐 있는 아이라는 것을 안 이후 은준을 내칠 수 없었다. 의도를 가지고 자신에게 접근한 것이 괘씸해 뒤도 안 돌아보려 했는데 어느새 은준은 자신의 심장에 스며들어 있었다. 그리고 은준의 시크함 뒤에 숨겨진 아픔을 본 순간 외면할 수 없었다.

'도와 달라고 해. 그 한마디만 하면 내가 해결해 줄게.'

그 한마디가 어려워 입술을 물고 말을 못 하던 은준의 눈에는 눈물이 차올라 있었다. 사실 은준이 도와 달라는 말을 하지 않아도 도와줄 생각이었지만 무슨 오기였는지 그 말을 듣고 싶었다.

"주문은 내가 하지."

"……."

메뉴판에서 눈만 들어 쳐다보는 은준을 보며 재준은 기분 상한 표정을 짓다 웨이터를 불렀다.

까만 눈망울로 자신을 바라보고 있는 은준을 보고 있으면 갈증이 일었다. 사막에서 느끼는 갈증처럼 목이 타들어 가는 기분이었다. 무엇으로 이 갈증을 풀 수 있을지 그저 난감할 뿐이었다. 안으면 풀릴까. 9년 전 은준을 기다렸던 긴긴 밤은 상처로 남았고 자신은 한국을 떠나야 했다.

'같이 한국을 떠난다는 의미로 받아들일게.'

은준과 함께 처음을 나누고 같이 유학을 가고 싶었다. 그녀의 상황이 그렇게 쉽게 되지 않는다는 것을 알면서도 고집을 부렸고 은준은 천천히, 아주 작게 고개를 끄덕였었다. 벗어나고 싶어 한다는 것을 알았기에 할 수 있는 제안이었다.

'이은준 휴대폰 아닙니까?'
—— 너 누구야? 누군데 이 시간에 전화를 걸어서 은준이를 찾아?

날카로운 음성보다 더 놀라운 것은 전화기 너머로 들리는 은준의 목소리였다.

—— 오빠, 어떻게 해.

울먹이며 어떤 놈을 오빠라고 부르고 있었다. '괜찮아, 이리 와. 다 잘될 거야.' 하며 은준을 달래는 목소리에 피가 거꾸로 흐르는 것 같았다.

'너 누구야! 이은준 너 어디야! 지금 어디 있는 거야!'

화가 나 외치는 소리는 은준에게 닿지 않고 바닥으로 곤두박질을 쳤다.

아닐 것이라는 마음에, 은준을 믿고 싶은 마음에 밤을 하얗게 지새우며 기다렸지만 다 부질없는 짓이었다. 혼자만의 설렘, 혼자만의 기대, 혼자만의 아픔을 안고 그 방을 나온 순간 은준을 잊을 것이라 다짐했었다.

유학을 가 있는 동안 한국으로 들어올 생각 따위 전혀 없다고 했으면서 귀국 날을 기다렸다. 드디어 졸업을 하고 귀국을 할 때가 왔을 때 해외 지사에서 근무하라는 아버지의 명에 박탈감을 느꼈다. 그렇게 뜻과는 다르게 외국에서 살게 되었을 때 아버지를 벗어나야겠다는 다짐을 했다. 시간이 흘러 그런지 몰라도 한국으로 들어오면서 은준을 찾을 생각은 하지 못했다. 아니면 내면의 소리를 억지로 외면하고 있었거나.

그런데 눈앞에 은준이 서 있었다. 달라진 듯 달라지지 않은 얼굴로. 다른 이를 향해 잘 웃으며 그렇게 서 있었다. 낯설었다. 태연한 은준을 흔들고 싶었다. 문자를 보내도 은준이 동요하지 않을 것이라 여겼는데 흔들리는 것을 보자 머릿속이 텅 비는 기분이었다.

"그렇게 의심도 없이 타란다고 타? 생각 없이 구는 여자였어?"

"말이 심해요."

상처 입은 듯 은준이 입술을 감쳐물자 재준은 더 상처를 입히고 싶었다.

"하긴, 호텔로 오라고 하니 넌 두말 않고 오겠다고 했지. 그래 놓고는 사람을 가지고 놀고. 보통이 아니야."

"그만해요. 난 집에 가고 싶다는 제 말을 받아들여 준다고 생각해서 차에……."

한마디도 지지 않고 대꾸하는 은준을 보다 재준은 피식 웃음을 흘렸다. 화가 났음을 숨기지 않는 은준을 안고 싶었다.

여자를 안다가 은준은 어떤 표정을 지을지 궁금해지는 순간 정사가 거칠어졌다. 여자의 머리채를 잡고 뒤에서 박아 대는 동안 들리는 신음 소리가 자신을 미치게 만들었다. 이은준은 이런 신음 소리를 낼까, 하는 상상이 자신을 벼랑 끝으로 몰고 가는 기분이었다. 아프다고 외치는 여자가 은준인 것 같은 착각에 막무가내로 몰아붙였었다. 정사가 끝나고 은준이 아니라는 것을 깨달았을 땐 자괴감이 들었다.

"집? 내가 사는 곳도 집이라고 부르긴 하는데……."

"네?"

놀란 은준이 눈을 커다랗게 뜨자 재준은 그 눈동자를 빤히 바라봤다. 그녀를 안았을 때 저 눈빛이 어떻게 변하는지 보고 싶었다.

"난 내가 사는 집을 말하는 거예요."

"아까는 그냥 집에 가고 싶다고 말하지 않았나?"

"그건…… 누구한테나 물어보세요. 당연히 본인이 살고 있는 집을 말하는 것이지 다른 곳을 말한 게 아니라고요."

멈칫했던 은준이 꽤 야무지게 따지고 들자 재준은 시선을 돌려 창밖의 야경을 바라봤다. 자신의 빌라에서도 이렇게 멋진 야경이 보였다. 야경을 보며 은준을 안는 기분이 어떨지 궁금해지자 재준의 입가가 묘하게 일그러졌다.

"내가 살고 있는 집으로 널 데려갈 거야."

"하!"

숨을 삼키던 은준의 눈이 가늘어지자 재준은 이상하게 기분이 좋았다. 은준이 힘들고 괴로운 것을 보자 즐거워지는 것 같았다. 자신에게 가학적인 성향이 존재하는 듯했다.

"그래요."

주먹을 불끈 쥔 은준이 각오한 듯 시선을 마주쳐 왔다.

"약속 이행할게요. 날 안지 못한 일이 집착으로 변한 것 같으니 오늘 그 일을 끝내도록 하죠. 하지만……."

말을 멈춘 은준이 난처한 얼굴로 심호흡을 하자 재준은 고개를 삐딱하게 기울이고는 기다렸다.

"한 번으로 모든 것을 끝내요."

훗, 맹랑하게 구는 건 여전하네. 재준은 어이가 없다는 얼굴로 웃었다.

"왜 웃어요?"

은준이 발갛게 물든 얼굴로 기분 상했다는 듯 퉁명스럽게 말하자 재준은 천천히 또박또박 말했다.

"너한테 결정권 준 적 없어. 너를 본 순간부터 죽이고 싶은 것을 참고 있는 중이니 까불지 마."

재준은 당황한 표정을 짓는 은준을 보니 더 잔혹하게 굴고 싶어지는 기분이었다.

"고작 하룻밤을 가지고 넌 9년을 뛰어넘으려 해? 가증스럽긴."

흐음, 하며 숨을 삼키는 은준의 목을 물어뜯고 싶었다. 자신의 아래에 깔려 울부짖는 은준을 보고 싶었다.

"한 번으로 안 끝나. 절대."

은준의 입술이 저절로 벌어지는 것을 보며 재준은 한쪽 입술 끝을 치켜올렸다. 그렇게 쉽게 못 끝내지.

4화
모욕

　무슨 마음으로, 정신으로 음식을 먹었는지 알 수 없었다. 고기를 먹으면서도 그냥 고무를 씹는 기분이었다. 이 식사가 끝나면 그의 요구에 응해야 한다는 생각에 은준은 꽤 심란했다. 그를 달랠 생각은 없었지만 과거의 꼬인 매듭은 풀고 싶었다. 그래서 각오하고 내뱉은 말인데 더 큰 각오가 필요한 일이었다.

　한 번으로 청산할 수 없다는 말에 목구멍이 꽉 막혀 말이 나오지 않았다. 그 약속이 그렇게 강제성이 있었던 것이었느냐고 묻고 싶었다. 선배의 그 비틀린 마음을 풀어내게 하려면 정녕 이 방법밖에 없는 것이냐고 묻고 싶었다.

　은준은 9년 만에 만난 재준을 찬찬히 바라봤다. 살이 빠져 그런지 콧날이 더 날렵하게 느껴졌다. 그리고 꼭 다문 입술은 많은 것을 억누르고 있는 듯 보였다. 가늘고 길었던 손가락은 이제 손가락 마디도 굵어지고 힘줄이 돋아나 있어 건장한 남성미를 물씬 풍기고 있었다. 눈빛은 날카롭고 차가워졌으며 입술을 비집고 나오는 말은 독설에 가까웠다.

그의 꽉 다물린 입술을 보자 은준은 말해야 한다는 생각이 들었다. 그날 가지 않은 것이 아니라 갈 수 없었다는 것을 그에게 설명하지 않으면 안 될 것 같았다.

"그날 가려고……."

위이이잉.

자신에게 닿았던 재준의 눈길이 휴대폰으로 향했다. 휴대폰을 든 재준이 잠시 기다리라는 눈짓을 하고는 통화 버튼을 눌렀다.

"네, 재준입니다."

전화를 받아 든 그로 인해 은준은 입을 다물었다. 그날 갈 수 없었던 이유에 대해 말할 기회를 놓친 기분이었다. 켜켜이 쌓인 먼지 나는 오해를 들추는 것이 쉽지 않다는 것을 깨달았다.

"그럴 리가……. 오해하시는 겁니다."

재준의 미간에 금이 쫙 가는 것을 본 은준은 살짝 긴장했다. 심각한 전화인지 그가 낮게 한숨을 쉬며 눈을 감았다가 떴다. 상대의 목소리가 울음에 젖어 있어 무슨 말을 하는지 알아들을 수가 없었다. 하지만 그는 묵묵히 들으면서 검지로 이마를 천천히 문질렀다. 익숙한 일이었던 것인지 그는 울고 있는 상대를 달래려 하지 않았다.

"네. 바로 가겠습니다."

"누구……. 난 신경 쓰지 말고 가요. 알아서 갈 테니."

통화를 끝낸 재준이 일어서자 은준은 누구냐고 물으려던 것을 바꾸어 말했다. 그런데 그의 입술 끝이 묘하게 비틀렸다.

"알아서 어디를 간다고?"

고개를 삐딱하게 기울이고 있는 재준을 보며 은준은 눈살을 찌푸렸다. 자신이 말하고 보니 정말 어디를 알아서 간다는 말이었는지 명확하지 않았다.

"이번에는 피하……."

"그만 먹고 일어나."

자신이 또 달아나려 한다고 생각하는 재준에게 이번에는 피하지 않는다고 말하려는데 그가 손목시계를 확인하고는 못마땅한 표정을 지었다. 은준은 무거운 걸음을 떼며 레스토랑을 벗어났다.

"집에서 기다려. 잠깐 다녀올 곳이 있으니."

엘리베이터에 오르자 그가 쳐다보지도 않고 말했다. 은준은 그런 그의 말에 동요하지 않으려 애를 쓰며 가만히 있었다.

땡.

엘리베이터 문이 열리자 성큼 걸음을 내딛는 재준과 달리 은준은 가만히 서 있었다. 그가 왜 내리지 않느냐는 얼굴로 돌아보자 입술을 질끈 깨물었다. 한 번으로 끝내자고 먼저 말하기는 했지만 마음이 묵직하게 가라앉아 쉬이 움직일 수가 없었다.

"들어가."

현관문까지 열어 준 재준은 감정이 없는 사람처럼 지시를 했다. 머뭇거리며 서 있던 은준은 천천히 한 걸음을 뗐다. 현관의 센서등이 긴 그림자를 만들었다.

탕.

현관으로 들어서자 등 뒤로 문이 닫히는 소리가 들리고 재준의 그림자에 자신의 그림자가 먹혔다. 밀착된 만큼 가까이 느껴지는 재준 때문에 은준은 멈칫했다. 슬그머니 한 발을 움직여 그에게 길을 터 주듯이 비켜섰지만 그의 사정권 안에서 벗어나지는 못했다.

"훗."

턱을 들어 올린 그로 인해 자연스럽게 마주한 시선은 자신을 무방비하게 감전시키는 듯했다.

"또 머리 박을 텐데?"

뒤로 한 걸음 물러나려는 것을 어떻게 알았는지 재준이 먼저 경고의 말을 던졌다. 은준은 막막한 얼굴로 재준을 노려봤다. 그의 시선이 자신의 얼굴을 더듬다 아래로 내려가자 저절로 숨이 멈췄다.

툭.

그가 재킷의 단추 하나를 풀자 은준은 입술 안쪽 살을 질끈 깨물었다. 그와 이대로 몸부터 섞는 건 시작이 잘못되는 일 같았다.

"그렇게 처음인 것처럼 움찔 놀라지 마. 진짜 속을 것 같으니까."

재준의 비아냥에 은준은 눈을 감고 고개를 돌려 버렸다. 변명이라는 것을 해야 한다고 생각했는데 다 필요 없는 일인 것 같았다.

"이은준."

재준이 부르는 소리에 불가항력인 것처럼 고개가 자연스럽게 돌아갔다.

"……."

은준은 재준의 눈빛이 가라앉는 것을 보며 아련한 표정을 자아냈다. 그는 항상 자신을 부를 때 화가 난 사람 같았다. 그러다 시선이 마주치면 목소리와 달리 눈은 웃고 있었다. 하지만 지금은 목소리도 눈빛도 성이 난 파도처럼 일렁거렸다.

"샤워하고 얌전히 기다려."

"선배."

"선배라고 부르지 마."

"그러면 뭐라고…… 흡."

순식간에 입술이 닿고 재준의 혀가 미끄러져 들어오자 은준은 눈을 커다랗게 떴다. 능욕을 당한다는 말처럼 그는 거칠었다. 마치 얌전히 있지 못해, 하고 으르렁거리는 듯했다. 혀를 감고 빠는 힘이 장난 아니었다. 아랫입술과 윗입술이 씹히듯이 깨물리고 여린 속살이 부풀어 오를 만큼 그가 잔인하게 헤집고 있었다.

피하지 않으려 하다 보니 그의 팔을 움켜잡을 수밖에 없었다. 벽에 뒷머리가 맞닿아 뭉개지는 기분이 들 정도로 그는 집요하게 속살을 핥고 빨았다.

"하아, 하……."

숨을 몰아쉬는 자신과 달리 그는 평온해 보였다. 아랫입술을 엄지로 닦고 있는 그의 눈빛에 살이 베이는 기분이었다.

"너한테 선배인 적 없어."

뒤로 한 발 물러난 그가 앞머리를 쓸어 넘기고 옷매무새를 가다듬자 은준은 눈물이 핑 도는 기분이었다.

"사장님이라고 불러. 기분 더럽게 선배 선배 하지 말고."

쾅!

재준이 나가며 열렸던 문이 큰 소리를 내며 닫히자 은준은 무너지듯이 그 자리에 주저앉았다.

□　■　□

재준은 차에서 내려 불이 켜진 집을 바라봤다. 가족이라는 이름 하에 모여 웃음이 피어야 하는 곳. 그런 집은 자신에게 있어 다른 얘기였다. 늘 밖으로만 도는 아버지와 그런 아버지를 원망하는 어머니가 머무는 곳이 자신이 보아 온 집이었다. 각자 다른 방향을 바라보며 자신의 만족만을 채우려 모여 있는 곳이 이 집이었다.

"재준아! 너희 아버지 출장이 아니라 여자하고 즐기러 간 거였어!"

현관문을 열자마자 어머니는 기다렸다는 듯이 다가오며 소리를 질렀다. 악에 받쳐 울부짖는 어머니를 보는 것이 편치 않아 재준은 미간에 금을 그었다.

"어떻게 그럴 수가 있니? 나한테 다시는 그러지 않겠다고 해 놓고는 또 그런 짓을!"

"오셨습니까?"

어머니의 뒤에 서 있던 강 비서가 인사를 하자 재준은 나무라는 눈빛을 보냈다. 왜 어머니가 아시게 했느냐는 뜻이었다. 하지만 강 비서는 고개를 약간 숙일 뿐 더는 입을 열지 않았다.

"네 아버지 그 모델과 삼 일 동안 같이 있었대."

어머니의 목소리가 말라 탁하게 들렸다. 어머니가 이렇게 화를 내고 짜증을 내는 건 아버지를 사랑하기 때문일까. 아니면 제 뜻대로 움직이지 않는 아버지에 대한 원망 때문인지 궁금했다. 하지만 재준은 입 밖으로 내어 묻지 않았다.

"시원한 물 좀 가져다주세요."

"네."

강 비서가 주방으로 들어가자 재준은 어머니를 소파에 앉혔다.

"그 모델이 누구인지 넌 아니?"

진정하라는 말은 아무 소용이 없는 말임을 알기에 재준은 입을 다물고 고개만 저였다. 안다고 한들 가르쳐 주고 싶지도 않았다. 그 모델을 보고 자존심 상해 할 어머니를 보는 것도, 그 모델을 향해 악다구니를 치는 어머니를 보는 것도 싫었다.

"젊은 것이면 다 좋다고 헤헤거리는 꼴이라니."

"물 가져왔습니다."

재준은 물과 수면제를 같이 들고 온 강 비서를 힐끔 돌아보고는 물 잔만 들어 어머니께 내밀었다.

"천천히 드세요."

물을 넘기는 어머니를 보며 재준은 씁쓰름한 눈길을 보냈다.

탁!

"하아!"

물 잔을 테이블에 소리 나게 내려놓은 어머니가 눈을 질끈 감고 는 자신의 재킷 끝자락을 말아 쥐었다. 어머니의 부들부들 떨리는 손을 보다 재준은 그 손을 가만히 그러쥐었다.

"어머니, 좀 누우시는 것이 좋겠어요."

재준이 어깨를 안고 일으키자 혜란이 힘없이 안겨 오며 그의 부축 을 거절하지 않았다. 예민한 성격 때문인지 혜란은 마른 편이었다.

"흑흑흑."

침대에 누워 눈물을 흘리기 시작하는 어머니가 불쌍해 재준은 가만히 머리를 쓰다듬어 주었다. 외할아버지의 재산을 기반으로 사업을 일으킨 아버지는 어머니를 사랑해서 결혼을 했던 것일까. 아니면 재산이 탐이 나 결혼을 했던 것일까.

"네 아버지 들어오기만 해 봐. 내가 가만 안 둘 거야."

이를 가는 어머니를 보며 재준은 한쪽 입술 끝을 밀어 올렸다. 사랑해서 결혼을 했든 아니든, 그 이유가 어찌 되었든 서로의 관계 가 식었다는 것은 명백한 사실이었다. 아버지는 식은 관계로 인한 허망함을 밖에서 충족하고 싶어 하는 것이고, 어머니는 아직 식지 않았다고 스스로 착각하는 것일지도 모른다. 그래서 매번 불같이 타오르는 저 분노가 이질적으로 보였다.

"자장가 불러 드릴까요?"

눈을 끔뻑이는 어머니를 보며 재준은 고개를 살짝 기울이고 싫으냐는 눈빛으로 물었다.

"……그래, 아들이 불러 주는 자장가는 어떤 건지 한번 들어 보자."

기분이 나아진 것인지 혜란이 어이없다는 듯 웃어 보였다.

"잠드셨습니까?"

방문을 닫고 나오자 강 비서가 빠르게 다가와 물었다. 그녀는 어머니가 결혼하기 전부터 데리고 있던 비서라서 집안의 대소사에 대해 모르는 일이 없을 정도였다.

"어떻게 아시게 된 겁니까?"

"그게…… 회장님께 전화를 걸었는데 그 모델이 받는 바람에……."

하. 재준은 속으로 터진 간투사를 삼키고는 고개를 끄덕였다. 터질 일이었다, 언젠가는. 감춘다고 되는 일이 아니었다. 아버지는 어쩌면 숨기고 싶었겠지만 황선휘은 그렇지 않았을 수도 있다. 의도하고 아버지의 전화를 받았을 것이다. 그렇지만 이제 와 그것이 무슨 대수라고.

"앞으로 어머니한테 수면제 드리지 마세요."

현관으로 뚜벅뚜벅 걷던 재준이 뒤돌아서서 나무라듯이 한마디를 건네자 강 비서가 눈을 동그랗게 뜨고 쳐다봤다.

"네? 아, 네."

당황하던 강 비서가 이내 알았다는 대답을 하자 재준은 그만 가 보겠다고 하며 현관을 나섰다. 등 뒤로 조심해서 들어가라는 강 비서의 말에 재준은 닫으려던 현관문을 다시 잡았다.

"강 비서님도 이제 좀 쉬세요."

"네, 도련님."

깍듯하게 허리를 숙여 인사하는 강 비서를 보다 현관문을 닫은 재준은 '도련님'이라는 말에 허탈하게 웃었다. 어렸을 때 '재준아.' 하고 불러 주던 강 비서는 이제 없었다. '어쿠! 이 녀석 할애비가 놀랐잖으냐.' 하고 자신을 반겨 주던 외할아버지도 이제 없었다.

시간은 흐르고 다들 변했다. 누구는 머물렀고 누구는 흘러갔으며 누구는 떠내려가지 않고 버티고 있었다. 자신은 은준의 인생에서 어떤 존재일까. 아직도 머물러 있는 존재일까, 흘러가 버린 존재인데 그것을 깨닫지 못하고 고집을 피우고 있는 것일까.

차에 오른 재준은 답답한 마음에 넥타이를 느슨하게 풀고는 셔츠의 첫 단추마저 끌렀다.

'날 안지 못한 일이 집착으로 변한 것 같으니……'

사귄다고 소문을 퍼트린 장본인치고는 은준이 너무 담담하고 태연해 적응이 안 됐다. 반면 치근덕대는 여학생들과 달리 거리를 두는 은준에게 섭섭한 감이 없지 않았다.

철컥.

현관의 센서등이 켜졌지만 그 밝음은 다른 때와 달랐다. 거실 한가운데에 켜 둔 전등으로 인해 집이 환하게 밝아져 있어 현관 센서등이 무용지물 같았다. 그리고 늘 텅 비어 있던 현관에 타인의 신발이 자리를 차지하고 있었다. 그 모습이 재준은 몹시 이질적으로 보여 구두를 한참 동안 바라봤다.

거실로 들어선 재준은 은준이 보이지 않아 미간을 좁혔다. 구두가 있는 것으로 보아 도망간 것은 아니라고 생각했지만 사람이 들어오는데 나와 보지도 않아 기분이 상했다.

"이은……."

주방을 힐끔 돌아보고 거실을 막 지나쳐 방으로 가려던 재준은 소파에 웅크리고 누워 있는 은준을 보고 걸음을 멈췄다. 방에서 기다리고 있을 것이라 여긴 자신이 조금은 어이없게 느껴졌다.

"잠이 다 오고……."

거실 테이블에 차 리모컨 키를 던지듯이 내려놓은 재준은 테이블 위에 걸터앉았다. 몸을 둥글게 말고 손을 포개어 베개 삼아 자고 있는 은준을 보자 마음이 울렁거렸다.

"내가 너를 어떻게 할 줄 알고 이렇게 편히 자고 있어?"

눈빛이 착잡하게 가라앉은 재준의 입술 끝이 삐뚜름하게 올라갔다. 잊고 살았다 생각했는데 잊지 못하고 마음 한켠에 묻어 두었던 것일까. 그래서 보는 순간 은준의 말대로 집착하는 것일까. 하지만 왜? 왜 은준에게 집착하는데? 그녀의 처음을 갖고 싶었는데 가지지 못해서?

"하아……."

재준은 한 손으로 마른세수를 하고는 턱을 괴었다. 새근거리는 숨소리가 리듬감 있게 귓가에 울리고 있었다. 자신에게 안겼을 때 은준의 호흡은 어떻게 변하는지 듣고 싶었다.

'선배.'

미간을 찌푸린 재준은 엄지로 자신의 아랫입술을 닦아 내며 벌레라도 씹은 표정을 지었다. 은준이 선배라고 부르며 다가오는 이유를 안 이후로 가장 듣기 싫은 말이 되어 버렸다.

"이렇게 무방비하게 있으면 어떡하라고."

눈빛이 날카롭게 변한 재준은 손을 뻗어 은준의 얼굴을 반쯤 가리고 있는 머리카락을 치웠다. 하얀 얼굴이 거실 등 불빛에 반사되어 창백하게 보일 정도로 하얗게 빛났다.

"그때처럼 나를 믿는 거야?"

은준의 긴 속눈썹이 미동도 없는 것으로 보아 깊은 잠에 빠진 듯했다.

"그런데 어떡하지. 난 이제 너한테 이용당할 생각도 잘해 줄 생각도 없는데."

재준은 주먹을 가만히 말아 쥐다 거실 창에 비친 자신의 얼굴을 바라봤다. 자신이 은준을 어떤 얼굴로 대했는지 알 수 있을 것 같았다. 싸늘하게 변한 눈초리로 은준을 원망하듯이 바라봤을 것이다. 굳게 다문 입술로 그녀의 숨을 삼키려는 듯 잔인하게 바라봤을 것이다.

그녀가 빌어도 놓아주지 않을 것이라 다짐하며 재준은 넥타이를 풀어 그녀의 발끝으로 휙 던졌다.

☐　■　☐

"사장님, 커피 가져왔습니다."

재준은 고개만 끄덕여 주고는 보던 서류에서 눈을 들지 않았다. 결재가 끝난 서류를 양 비서가 챙겨 나가는 동안 재준은 입도 열지 않았다. 아침에 눈을 떴을 때 은준은 없었다.

「냉장고에 반찬들이 가득 있어서…… 국만 새로 끓였어요.」

뭐 하자는 거냐며 메모지를 구겨 휴지통에 넣고는 은준이 차려 놓은 반상은 쳐다보지도 않고 출근했다.

반상을 차려 놓은 흔적만 있지 은준이 소파에 머물렀다는 흔적은 없었다. 소파의 쿠션은 하나도 흐트러지지 않았고 담요는 가지런히 정리되어 있었다. 그것들을 보는데 기분이 무척 나빴다. 은준이 이 집에서 자신의 흔적을 안 남기려 한 것처럼 보여 못마땅했다.

어젯밤 은준을 깨울 수가 없었던 것은 어디에서 기인한 동정이었을까. 너무 달게 자서 더 자라고 배려한 것도 아니면서 왜 그냥 내버려 두었던 것일까.

툭.

재준은 들고 있던 펜을 서류 더미 속에 던지고는 팔짱을 꼈다. 샤워를 하고 주방의 아일랜드 식탁에 앉아 캔 맥주를 마시는 동안 집 안의 공기가 달라져 있다는 것을 깨달았다. 사람의 온기 하나 더했을 뿐인데 온화한 기분이 들었다. 그것이 은준이기 때문에 그런 것인지 그저 늘어난 한 사람의 온기 때문인지는 알 수 없었다.

그렇게 캔 맥주를 몇 개 더 마시고는 오지 않는 잠을 청하러 방으로 들어갔다. 그리고 화들짝 놀라 일어나 보니 은준은 가 버리고 없었다.

똑똑.

"사장님, 어머님께서 오셨습니다."

노크 소리에 이어 양 비서가 들어와 보고하자 재준은 생각을 접었다.

"재준아!"

어제와 달리 활기찬 얼굴을 한 어머니를 보며 재준은 자리에서 일어났다.

"기분은 좀 나아지셨어요?"

아침에 강 비서에게서 간단한 보고를 받은 재준은 점심때 어머니를 모시고 나오라는 말을 전했었다.

"어제 네 아버지가 오해라고 하더라고."

재준은 허탈한 얼굴로 어머니를 쳐다봤다. 아버지의 일은 정말 오해한 것이 아니라 스스로 그렇게 믿고 싶은 마음이 작용했을 것이다.

"제가 맛있는 것 사 드릴게요."

꺼림칙한 얼굴을 숨긴 재준은 재킷을 걸치고 어머니에게 팔을 내밀었다. 자연스럽게 아들의 팔에 팔짱을 끼는 어머니를 보며 재준은 자신이 아버지였다면, 하고 생각했다. 그랬다면 어머니는 더 즐거워하셨을까.

'감히! 네가 아버지를 협박해!'

은준을 구해 주고 싶었다. 하지만 학생회장이라는 직책이 무용지물이라는 것을 깨달았을 때 어른들을 누르기 위해선 아버지의 힘이 필요했다. 아버지를 움직이게 하기 위해 수단과 방법을 가리지 않았다.

'미친 새끼! 여자한테 빠져서 아버지를 뭐같이 보고.'

아버지의 추잡한 바람기를 들먹였었다. 자신의 낯부끄러운 짓을
거들먹거리며 대드는 아들을 보며 아버지는 폭주하고 말았다.

'씨가 어디 갑니까.'
'뭐!'
'아들이 아버지를 닮는 건 당연한 거 아닙니까!'

날아온 것은 아버지의 책상 위에 있던 장식용 재떨이였다. 묵직
한 청동 재떨이를 막으려던 팔에 금이 갔었다. 비명 소리도 안 나
올 만큼 눈앞이 명멸할 정도로 아팠다. 하지만 고통으로 일그러졌
던 얼굴은 이내 승기를 잡았다는 생각에 웃음이 피어났었다.

그때 다친 팔이 가끔 시큰거릴 때가 있었다. 은준을 다시 만난
날 고장 난 심장에 피가 돌기 시작하듯이 다친 팔이 욱신거렸다.
마치 그녀를 느끼는 것 같았다.

"재준아, 뭐라고?"
놀라 눈을 커다랗게 뜬 어머니를 보며 재준은 입가를 끌어 올렸
다. 돌아보지 않는 아버지만 바라보고 사는 건 어머니 자신을 서서
히 죽이는 일이다. 그러니 어머니도 일을 하는 것이 좋을 것 같았다.

"믿고 맡길 만한 사람이 필요해서요. 어머니가 해 주신다면 제
가 든든할 것 같습니다."

"내, 내가?"
어리둥절한 얼굴로 되묻는 혜란의 얼굴에 홍조가 일었다. 생각

지도 못한 일이었을 것이다. 재산이 넘쳐 나는 외할아버지의 그늘에서 곱게만 자란 어머니였으니 돈을 번다는 건 상상도 할 수 없는 일일 것이다. 하지만 재준의 생각에 어머니는 돈을 번다는 의미보다는 일을 하면서 자신감과 자존감을 키우는 것이 먼저일 것 같았다.

"지금은 백화점에 입점한 매장뿐이지만 나중에 스톤블링만의 본점 건물을 세우면 매장에서 쌓은 노하우로 어머니가 그 본점을 이끌어 주시면 좋을 듯합니다."

어떻게 해야 좋을지 모르겠다는 듯 혜란은 손으로 입을 막으며 눈만 커다랗게 뜨고 있었다. 그 눈빛에서 읽을 수 있는 건 희열과 두려움이었다.

"도와주실 거죠?"

"내가…… 잘할 수 있을까?"

"네. 당연히 잘하실 겁니다."

재준은 눈을 접으며 입가에 미소를 띠었다. 어머니를 서서히 아버지로부터 독립을 시키는 것이 옳은 방법이라 여겼다.

아버지의 치부를 다 알고 있는 아들은 달갑지 않는 자식이었다. 그 치부로 은준을 구하고 아버지의 뜻에 따라 유학길에 올랐을 때 자신은 힘이 없었지만 지금은 아니었다. 피폐해져 가는 어머니를 보느니 독립할 수 있게, 다른 곳에 열정을 쏟을 수 있게 도와주고 싶었다. 아버지에게서 만족하지 못한 것을 아들에게서 찾으려는 어머니를 내버려 둘 수는 없었다.

"너무 갑작스러워서……."

당황한 빛이 역력한 어머니는 뺨을 쓰다듬으며 멋쩍은 웃음을 지었다. 아버지를 향한 애정이 넘쳤던 분은 그것을 감당하지 못해 아들에게도 과한 애정을 쏟았다. 아무것도 모를 땐 그 애정이 좋았지만 방향이 잘못되었다는 것을 알았을 땐 비참했다. 아버지에게 받지 못한 사랑을 자신에게 갈구하는 어머니는 아들에게 집착하기 시작했다.

은준의 일과 겹쳐져 아버지의 강요로 유학을 갔지만 그건 집착하는 어머니에게서 아들을 살리기 위한 것이 아니었을까, 하고 생각한 적도 있었다. 하지만 그건 자신의 큰 착각이라는 것을 외국에서 대학을 졸업하던 그해 깨달았다.

"아버지가 허락을……."

"아버지한테는 당분간 비밀로 하시는 것이 좋을 듯합니다."

"으응? 그러자."

씁쓰름한 웃음이 머무는 어머니의 얼굴을 보며 재준은 아스파라거스를 씹었다. 알싸하면서도 상큼한 향이 입안을 맴돌자 문득 은준의 입술이 생각났다. 여린 속살은 말로 다 할 수 없을 만큼 부드럽고 연약해 어떻게 다루어야 할지 막막할 정도였다. 하지만 그런 마음과 달리 집어삼키고 싶다는 욕정에 휩싸여 은준의 입술을 마음껏 유린하고 말았다.

"이 집 고기 맛이 깔끔하고 육질은 정말 부드럽구나."

눈을 부드럽게 접고 맛을 평하는 어머니를 보며 재준은 슬쩍 어금니를 맞물었다. 어제 은준을 그냥 재운 것은 무슨 마음이었을까. 괴롭힐 것이라고, 울부짖게 만들 것이라고 했으면서 자고 있는 은준을 깨울 수가 없었다. 그리고 아침에 비어 있는 소파를 봤을 땐 은준이 도망가서 어이없으면서도 화가 치밀기 시작했다. 손에 잡힐 듯 잡히지 않는 기분이 엿 같았다.

"참, 좋은 혼처가 나왔는데…… 선 한번 보겠니?"

은준의 생각에 골몰하고 있던 재준의 눈빛이 당혹감으로 물들었다.

"너도 이제 나이가 있으니 가정을 이루고……."

"할머니가 빨리 되고 싶으세요?"

"어머! 무슨 그런 말을……."

자신의 말에 모순을 느낀 것인지 어머니는 이내 입을 다물어 버렸다. 그 모습이 철없는 아이처럼 보여 재준은 픽 웃고 말았다.

ㅁ ■ ㅁ

"하아, 답답해."

은준은 엘리베이터 안 층수를 알리는 숫자가 점점 높아질수록 초조함이 들었다. 어제 그의 집에서 혼자 기다리는 동안 느꼈던 느낌처럼 속이 자꾸만 울렁거렸다.

일이 있다며 나간 그에게 전화를 할까 고민하다 관두고 5분만 잠을 청할 생각이었다. 그러다 전날 거의 잠을 자지 못한 여파를 이기지 못하고 소파에서 그대로 잠이 들어 버린 것이다. 눈을 떴을 때 그는 보이지 않았지만 현관에 놓인 신발을 보고 그의 귀가 여부를 알 수 있었다.

땡.

점심때 먹은 음식이 소화가 되기도 전에 사장실로 불려 올라온 은준은 문을 열기 전 낮은 한숨을 내쉬었다. 찌를 듯한 눈빛으로 자신을 보는 재준 선배를 또 어떻게 바라봐야 할지 막막했다.

"들어가시면 됩니다."

양 비서가 문까지 열어 주자 더 이상 미적거릴 수가 없었다.

"……네."

은준은 양 비서를 향해 가볍게 고개를 숙여 보이고는 사장실로 한 발을 들여놓았다. 그 한 걸음이 천 근의 추를 단 듯 무거웠다. 분명 어제, 아니 새벽에 가 버린 자신을 탓할 것이다.

큰 창을 등지고 앉아 서류에 눈길을 두고 있는 그는 자신이 들어왔음에도 묵묵히 일만 할 뿐이었다.

똑똑.

노크 소리가 났는데도 그는 서류를 읽느라 미간을 구긴 채 시선을 들지 않았다. 마치 벌을 주듯이 외면하고 있는 모습이었다.

"커피로 준비했습니다."

"잘 마실게요."

양 비서의 다정함과 달리 사무실 공기는 착 가라앉아 있었다. 양 비서가 테이블에 커피를 놓고 사장실을 나갈 때까지 그는 시선을 돌리지 않았다. 왔다고 말을 걸어야 할 것 같은데 입술이 떨어지지 않았다. 하긴, 왔다는 말을 하지 않아도 모를 리가 없겠지만.

"사장님, 부르셨습니까?"

그의 눈썹이 꿈틀하며 움직이는 순간 은준은 입술을 깨물었다. 보잘 것 없는 대리인 자신을 사장이 부를 리가 없었다. 업무 지시라면 부장님도 있고 과장님도 있으니 개인적인 일이 아니고는 자신이 사장실에 올 일이 없었다. 이렇게 호출한 이유는 누가 도망가라고 했느냐고 그 탓을 하기 위함일 것이다.

"앉아."

서류에 두었던 시선을 들지도 않은 채 딱딱한 어투로 명령하는 재준이었다. 그를 쳐다보던 은준은 어깨숨을 깊게 내쉬고는 소파에 앉았다. 그는 결재 서류에 사인을 하다 간혹 고민을 하는 건지 낮은 숨을 내뱉고는 했다. 은준은 양 비서가 가져다주고 간 커피를 마시며 초조한 마음을 달래려 했다. 하지만 한 공간에 있다는 이유만으로도 진정하기가 어려웠다.

"!"

재준이 아직 서류를 보고 있는지 궁금해 고개를 돌리던 은준은 맞닿은 시선에 움찔 놀랐다. 창을 통해 사무실로 쏟아지는 햇살이 재준의 등 뒤에서 힘없이 부서지는 기분이 들었다.

"여유를 부리는 건가?"

"……."

"아님 나하고 한번 해보자는 건가?"

"!"

재준이 자리에서 일어서자 은준은 화들짝 놀랐다. 재준의 눈빛이 먹이를 앞에 두고 어떻게 요리를 할지 내심 기대하는 눈빛 같았다. 은준은 건침을 삼키고는 두 손을 맞잡았다.

"다른 남자 품에는 안겨도 난 싫다, 이건가?"

다른 남자라니. 은준은 이해를 못 하겠다는 얼굴로 재준을 바라봤다. 자리를 빙 돌아 나온 그는 소파가 아닌 책상에 걸터앉아 팔짱을 꼈다. 머리부터 시작해 자신을 훑어 내리는 눈길이 마치 갈기갈기 해부하는 것만 같았다. 어디서부터 먹으면 맛이 좋을지 고민하는 듯 그의 눈빛이 형형하게 빛났다.

은준은 남자가 독을 품으면 아주 무섭게 변한다는 것을 깨달았다. 오해를 풀지 않으면 자신이 그 독에 죽을 수도 있겠다는 생각이 들었다.

"다른 남자는 없어요. 난 그때 제니스로 가고……."

"약속 장소로 오고 있었다고 말하고 싶은 건가?"

"네, 맞아……!"

철컥.

은준은 재준이 자리에서 일어나 갑작스럽게 사장실 문을 잠그자 화들짝 놀라 눈을 커다랗게 떴다.

"뭐 하는 거예요?"

벌떡 일어난 은준은 다가오는 재준을 향해 날을 세웠다. 그는 입술 끝을 비틀어 묘한 냉소를 지으며 다가왔다. 잡히면 안 될 것 같은 생각에 은준은 뒤로 물러섰다. 하지만 그가 뻗은 손에 팔이 잡히고 거리는 좁혀졌다.

"네 신음 소리는 어떨까?"

"뭐라는……."

재준의 얼굴에 퍼진 비소를 보며 은준은 입술을 질끈 깨물었다. 그에게 미안하다고 사과를 하는 건 이미 때를 놓친 일임을 깨달았다.

"나를 짓밟고 싶은 건가요?"

"……."

"모욕을 안겨 주고 싶은 건가요?"

은준은 입술이 덜덜 떨리는 것을 감추며 담담하게 말하려 애를 썼다.

"어떻게 모욕당해 줄까요?"

한 번은 치러야 할 일이라면 빨리 끝내자 하는 생각이 들어 은준은 자포자기하는 심정으로 재준을 올려다봤다.

"이런 눈으로 쳐다보면 난 항상 마음이 아팠는데 내가 참 바보 같았어."

재준의 비꼼에 은준은 눈을 감았다. 매달릴 곳이 없었던 그 시절, 재준에게 마음을 주지 않으려 무진 애를 쓰고 버텼었다. 안 그러면 그에게 한없이 매달릴 것만 같았다. 자신만 보라고 애원할 것 같았다. 처음을 달라는 그에게 덤덤한 척 알았다고 한 것은 정말 고마워서라고 스스로 최면을 걸었었다.

툭.

"고작 이게 뭐라고, 씨발."

블라우스 두 번째 단추가 풀리자 은준은 눈을 번쩍 떴다.

"아끼다 남 좋은 일만 시키고."

"훗."

세 번째 단추까지 푼 재준이 드러난 브래지어 안으로 검지와 중지를 불쑥 넣자 은준은 몸을 뒤로 빼려고 했다. 하지만 허리가 그의 팔 안에 잡혀 있었다.

"하, 하지…… 으읏!"

손가락 사이에 끼인 유두가 짓눌리자 은준은 신음을 터트렸다. 오소소 소름이 일면서도 숨이 헐떡여졌다.

"하지 말라고? 네 몸은 다른 소리를 하는데? 이렇게 발딱 세우고서는."

"하앗……."

"신음 소리는 참아."

미간을 잔뜩 찌푸린 재준이 기분 나쁘다는 듯 명령하고는 유두를 희롱하기 시작하자 은준은 주먹을 쥐고 바들바들 떨었다. 밀어내야 한다는 생각과 달리 몸에서는 힘이 빠져나갔다. 자신이 아닌 타인의 손길에 뭉그러지고 눌리는 유두에서 느껴지는 아릿함이 온몸을 지배하고 있었다.

"몇 놈이나 이런 표정으로 홀렸어?"

"흐읏……."

"소리 안 내도 만져 줄 테니깐 신음 소리 삼켜."

"앗!"

한쪽 어깨의 옷을 내린 재준이 젖무덤의 정점을 덥석 물어 버리자 은준은 비명을 질렀다. 하지만 이내 재준의 다른 손에 의해 입이 막히고 더 이상 소리를 낼 수 없었다. 재준의 입술에 물려 아프게 빨리고 있는 유두를 빼낼 방법으로 몸부림을 쳤지만 소용이 없었다. 그는 집요하게 놓지 않고 이로 유두를 꽉 물어 버렸다. 더 이상의 몸부림은 고통만 안겨 줄 뿐이었다.

"흑."

은준은 눈물이 왈칵 쏟아져 울음소리를 내뱉었지만 그에게는 들리지 않는 모양이었다. 혀로 빙글 돌리던 유두가 치아에 깨물리자 은준은 더럭 목소리를 높이며 그를 힘껏 밀어 냈다.

"아파요! 그만해요!"

젖무덤에서 뗀 입술을 손등으로 쓰윽 닦은 재준이 비릿하게 웃으며 말했다.

"넌 항상 언행일치가 안 되는 여자지. 모욕당해 줄 것처럼 소리치더니 고작 한 번 빨렸다고 우는 소리 하긴. 아프다고 징징거려야 더 흥분되나 봐?"

그의 모욕을 참으려 했던 은준은 가슴이 답답해지는 것을 느끼며 눈물이 그렁그렁한 얼굴로 입술을 깨물었다.

5화
악마

"내가……."

입술을 달싹이는 은준을 보며 재준은 입꼬리를 비틀었다. 무슨 말을 하려고 저 붉은 입술 사이로 단어를 뱉는 것일까. 재준은 저 입술을 비집고 나오는 단어가 무엇이든 간에 집어삼켜 버리고 싶었다.

"흥분하는 모습을 보여 주면 그만둘 건가요?"

하! 재준은 속으로 간투사를 터트리며 눈을 가늘게 떴다. 항상 이렇게 금방 쓰러질 듯한 얼굴로 무너지지 않고 서 있는 것이 자신을 화나게 만들었다.

"흥분?"

갑자기 기분이 더러워졌다. 욕정에 물든 은준의 얼굴을 본다는 것이 과히 기쁘지 않았다. 재준은 잡고 있던 은준의 어깨를 밀치듯이 놓았다. 그러자 은준이 약간 휘청하더니 내려간 옷을 끌어 올렸다.

"누가 옷 올리라고 했어?"

짜증이 밀려 올라왔다. 은준이 흥분하며 짓는 표정이 얼마나 섹시할지 상상하는 자신 때문에 짜증이 배가되었다.

"빌어먹을."

당장 은준을 안고 싶다는 욕망이 꿈틀거리자 재준은 자신에게 욕지기를 날리며 팔짱을 꼈다. 손을 묶어 두지 않으면 그녀를 안고 지금 당장 욕구를 채울 것만 같았다. 하지만 재준은 심호흡을 하며 서두르지 않으려 마음을 가다듬었다. 은준을 쉽게 안을 생각도, 쉽게 끝낼 생각도 없었다.

"염병할."

은준이 올리던 옷을 어쩌지 못하고 꼭 붙잡고 있는 모습을 보자 또다시 욕지기가 올라왔다. 당황한 듯 눈을 동그랗게 뜨고 있는 은준의 입술을 마음껏 짓밟고 싶은 검은 욕망이 꿈틀거렸다. 그 욕망을 가라앉히려 재준은 책상으로 돌아갔다.

"흥분도 자유자재로 되는가 봐?"

은준의 얼굴이 굳어지는 것을 보며 재준은 비열하게 웃었다.

"누가 흥분하라고 했어? 다른 놈들은 좋다고 했을지 몰라도 내 앞에서는 흥분하지 마. 네가 쉽게 흥분하면 기분 좆같아질 것 같으니까."

은준이 어떤 놈한테 흥분한 모습을 보여 줬을지 생각하는 것만으로도 머리로 피가 역류하는 기분이었다. 돌아 버릴 것 같은 기분에 심장이 바스라지는 듯했다.

"말 좀 곱게 해요."

재준은 딱딱하게 굳어진 얼굴로 자신을 똑바로 쳐다보며 서 있는 은준에게 성큼 다가갔다.

"가지가지 좆같이 거슬리게 구네."

은준에게 지적을 당하자 울분이 일었다.

"씨발, 네가 그렇게 지적한다고 내가 고칠 것 같아?"

은준을 손아귀에 넣고 싶은 마음이 폭발하듯이 분출되자 머릿속이 사나워졌다.

"말을…… 흡."

입술을 여는 은준의 목을 그러쥐고는 손아귀에 힘을 주었다.

네가 뭔데 사람을 가르치려 들어? 넌 다른 남자한테 아무렇지 않게 안겨 다리를 벌렸으면서 뭐가 그리 당당해! 가슴이 물려 아프다고 소리치며 울음을 터트리던 넌 왜 한순간에 이성을 찾고 나를 똑바로 쳐다보는 건데!

"다 마음에 안 들어."

"읍."

벌어진 은준의 입안으로 들어가는 건 식은 죽 먹기였다. 젖은 혀를 찾아 감아올리다 이로 짓씹고 뽑고 싶다는 생각을 하며 진득하게 빨았다. 학학거리는 숨을 내뱉으면서도 은준은 자신을 밀어내지 않고 있었다.

"하아!"

뻣뻣하게 굳어진 은준을 밀치듯이 놓자 그녀가 숨을 크게 몰아쉬었다. 재준은 광폭한 마음을 가라앉히려 애를 쓰며 앞머리를 길게 쓸어 넘겼다.

"저녁에 빌라로 와."

재준은 그녀의 입술이 너무 부드러워 돌아 버릴 것 같았다. 더 맛보고 싶고 더 핥고 싶었다. 그리고 은준의 가슴을 물고 질리도록 빨고 싶었다.

"하지만 흥분은 길바닥에 버리고 와."

마음과 달리 거칠고 잔인한 말이 툭 튀어나왔다. 쉽게 흥분하고 쉽게 가라앉는 은준을 보는 속이 편치 않았다.

"나가."

재준은 싸늘한 얼굴로 돌아서며 은준에게 비수를 꽂듯이 말했다. 등 뒤로 옷을 추스르는지 부스럭거리는 소리가 나고 곧이어 사각거리는 발소리가 들려왔다.

탁.

몇 초 지나지 않아 문이 닫히는 소리가 나자 재준은 두 손에 얼굴을 묻었다가 머리를 쓸어 넘겼다. 은준의 젖은 혀를 감는 순간 그녀의 다리를 벌리고 제 딱딱해진 분신을 밀어 넣고 싶었다. 제 분신을 받아들인 은준을 마구 흔들고 싶었다. 미친놈처럼 그녀를 헤집고 싶은 갈망에 목이 타들어 갈 것 같았다.

쿵!

은준은 화장실로 들어와 문을 거칠게 닫고 변기 뚜껑 위에 쓰러지듯이 앉았다. 두 어깨를 감싼 은준의 팔이 가늘게 떨리고 있었다. 울지 않으려 입술을 깨물고 고개를 숙이고 있던 은준은 눈을 꼭 감았다.

처음으로 남자의 입술이 닿은 가슴은 아직까지도 화끈거리며 열을 내고 있었다. 아릿한 통증이 가시지 않고 있었다.

'흥분도 자유자재로 되는가 봐?'

조롱이라면 무시하려고 했는데 그는 정말 자신이 다른 남자한테 안겼다고 생각하는 듯했다. 비뚤어진 정도가 아니라 배배 꼬여 풀 수 없을 만큼 그는 돌아서 있었다.

"하아."

두 손에 얼굴을 묻은 은준은 짙은 한숨을 토해 냈다. 그가 점점 두려워지기 시작했다. 쉽게 생각했던 관계가 점점 어깨를 짓누르는 것처럼 그는 자신에게 거칠고 무례하고 나쁘게 굴고 있었다. 억울한 마음이 들었다.

"이은준, 바보같이……."

혼자 중얼거리던 은준은 진동하는 휴대폰을 꺼내 들었다. 발신인에 뜬 이름은 희경이었다. 희경의 전화를 받을 수 없어서 은준은 입술을 질끈 깨물었다. 지금 희경의 전화를 받으면 울음을 터트릴 것 같았다. 막 서러운 찰나에 아는 사람의 목소리를 들으면 아이처럼 서러운 마음을 내보이며 으앙, 하고 울음을 터트리고 말 것이다.

[어디 있는 거야? 전화도 안 받고?]

[오늘 마케팅부와 합동 회식 있음.]

은준은 희경이 보낸 문자를 말끄러미 바라보다 휴대폰 든 손을 내렸다. 이런 기분으로 회식에 가면 술만 진탕 마실 것이다. 미친 듯이 마셔 아까의 일을 지우고 싶었다. 변한 재준 선배를 감당할 자신이 점점 없어졌다. 한 번으로 안 끝난다는 말이 어떤 것인지 실체를 알아 가는 중이었다.

아무리 화가 나도 욕을 하는 사람이 아니었다. 학생회장이라는 위치도 있었지만 아버지가 이사장이라 행동을 함부로 하지 않았었다. 예의 바르고 정중했던 재준 선배는 거친 황무지에서 자란 아이처럼, 살기 위해 거칠어져야만 했던 아이처럼 스스럼없이 욕을 하고 있었다.

자신 때문에 그렇게 변한 것일까. 하지만 너무 심한 비약이라는 생각이 들자 은준은 허탈한 마음이 들었다. 재준 선배가 왜 자신 때문에 변하겠는가 말이다.

"아니야. 내가 뭔 상관이라고."

은준은 고개를 가로저었다. 자신이 뭐라고 그가 그렇게 변한단 말인가.

재준 선배를 좋아하면서 좋아한다고 말하지 못했었다. 제 마음을 전하기보다는 감추기에 급급했고, 들키지 않기 위해 애를 썼었다. 그날의 약속이 마지막은 아닐 거라고 생각했는데 그를 다시는 볼 수 없었다.

"악마 같아."

영혼을 담보로 악마와 계약이라도 한 듯 재준의 얼굴에선 냉기가 뚝뚝 흘렀다.

위이잉, 위이이이잉.

다시 진동하는 휴대폰을 내려다보자 이번에는 최 부장님이었다. 은준은 목소리를 가다듬고 통화 버튼을 눌렀다.

"네, 최 부장님. 이은준입니다."

— 이 대리. 지금 어디야?

화장실 칸에서 나온 은준은 세면대 앞에 서서 곧 들어가겠다는 말을 하며 통화를 끝냈다.

짝! 짝!

은준은 창백하게 질린 자신의 뺨이 마음에 안 들어 인정사정없이 손을 올려붙였다. 얼얼해진 뺨과 손바닥을 내려다보던 은준의 눈빛이 검게 물들었다. 손끝이 미세하게 떨리고 있는 것을 보며 입술을 아프게 깨물었다.

솔직히 사장실에서의 일은 데미지가 컸다. 약속을 이행하겠다며 먼저 말을 꺼낸 자신을 낭떠러지로 밀어 버리고 싶었다.

"너 무리하는 거 아냐?"

"어? 내가 언제는 이렇게 안 마셨나?"

씁쓰름한 얼굴로 술잔을 드는 은준을 보며 희경은 눈을 가늘게 떴다.

"그만 먹지 그래?"

"좀 취하고 싶은데?"

희경은 평소와 다르게 구는 은준을 보다 눈을 게슴츠레하게 떴다. 은준의 주량이 소주 2병이라는 것을 알지만 회식 자리에선 술을 잘 마시지 않는 편이었다. 그런데 오늘은 자진해서 술을 마시고 있고 얼굴은 불편한 자리에 온 사람처럼 어두워 보여 신경이 쓰였다.

"너 아까 부장님하고 무슨 얘기 했는데?"

부장님에게 따로 불려 가 한참 동안 서 있던 은준이 생각나 희경은 조심스럽게 물었다.

"어?"

눈을 동그랗게 뜨며 질문을 꺼리는 듯한 은준의 반응이 이상해 희경은 고개를 갸웃거렸다. 입사 동기라서 그런 것도 있지만 은준과는 뜻이 잘 맞는 편이었다. 제 말을 항상 귀 기울여 들어 줬고 모든 것을 터놓고 말해도 입이 무거운 타입이었다.

"부장님이 무리한 업무를 줬어?"

"아냐."

술을 벌컥 들이켜는 은준을 보며 희경은 잔을 끌어와 술을 다시 채워 주었다. 분명 괴로운 일이 있는데 말을 안 하는 모습이었다.

"마셔. 너 겨우 다섯 잔밖에 안 마셨잖아."

잔을 불쑥 내밀자 은준이 픽 웃더니 술잔을 받아 쥐었다.

"어이, 이은준. 너 오늘 술을 가까이하는 이유가 뭐냐?"

희경은 승우의 목소리에 눈을 가늘게 뜨고는 입술을 비틀었다. 합동 회식이지만 엄연히 마케팅부의 자리는 지원사업부와 뚝 떨어져 있었다.

"저리 가."

"어쭈. 내가 왜?"

승우가 기분 나쁘다는 얼굴로 째려보자 희경은 엄한 눈빛을 보이다 쓰읍, 하며 입술 사이로 바람 삼키는 소리를 냈다.

"내가 한 잔 줄게."

승우가 술병을 내밀자 은준이 아무 말 없이 들고 있던 잔을 비우고는 손을 뻗었다.

"우리 술 자주 마셨는데……. 요즘 브랜드 론칭 때문에 바빠서 그럴 기회도 없었네."

승우의 말에 은준의 미간이 좁혀 드는 것을 본 희경은 의아한 표정을 지었다. 승우에게, 아니 직원들에게 웬만해서는 인상을 쓰지 않는 은준이었다.

"넌 이제 좀 가라. 직원들이 다 쳐다보는데 은준이 입장 곤란해진다."

"다들 취해서 우리한테는 관심 없거든."

승우가 못마땅한 얼굴로 투덜거렸지만 희경은 어서 가라는 눈빛만 발사했다.

"쳇. 간다 가!"

승우가 꾸짖는 눈빛을 이기지 못하고 자리로 돌아가자 희경은 은준의 팔을 살며시 잡았다. 아무리 생각해도 브랜드 론칭 건으로 부장님한테 뭔가 지시를 받은 것이 틀림없는 듯했다. 그래서 아까 승우가 브랜드 론칭을 언급했을 때 인상을 쓴 걸지도.

"부장님 업무 지시가 부당한 거야? 부당한 거면 못 한다 고……."

"아냐. 내가 매장으로 간다고 한 것 때문에……."

"너 정말 매장으로 나갈 거야? 그냥 해 본 말이 아니었어?"

희경은 요 근래에 달라진 듯한 은준을 보며 눈썹을 일그러뜨렸다.

"나도 안 될 거라 여겨 말만 꺼내 봤는데…… 회장님 사모님이 매장을 하나 맡으실 건가 봐. 그래서 업무 지원을 나가야 하는데 마침 내가 자원을 했으니……."

"회장님 사모님?"

"쉬이! 부장님이 당분간은 비밀이라고 했는데……. 너 입에 지퍼 채워. 알았지?"

"그럼!"

목소리를 높인 희경은 눈을 곱게 접으며 고개까지 끄덕였다. 하지만 이것으로 은준의 얼굴이 어두운 이유는 설명되지 않음을 알고 있었다. 더 캐묻기가 뭐해 그저 입을 닫았지만 희경은 찜찜한 기분이 들었다. 싫어도 싫은 티를 내지 않고 미소를 지으며 상황에 대처하는 은준이라서 매번 감탄을 했었다. 하지만 지금은 감정 컨트롤이 제대로 안 되는 듯했다.

"여기 아이스커피."

다들 택시와 대리운전을 불러 떠난 후 남아 있던 승우가 다가와 커피를 한잔하자고 했다. 살짝 거북한 얼굴을 했던 은준은 사내 식당에서의 일을 그가 오해하고 있을지도 모른다는 생각에 따라나섰다.

"땡큐."

"희경이 많이 취했더라."

"응."

은준은 희경의 생각에 피식 웃었다. 원래 술이 약한 희경은 조금만 마셔도 얼굴이 붉어지고 혀가 꼬였다. 부당니이임, 하며 코맹맹이 소리를 내는 것이 귀엽기까지 했다.

"저기……."

"사내 식당에서……."

승우와 동시에 말이 나온 은준은 멈칫하며 먼저 말하라는 듯 손을 들어 보였다.

"먼저 말해."

"너 사귀는 사람 없잖아. 그래서……."

"설마, 사귀자 뭐 이런 말은 아니지?"

은준은 질색한 얼굴이 되어 승우를 빤히 바라봤다. 희경의 말처럼 누구를 사귄 이후의 수순이 결혼이라는 것은 자신도 달갑지 않았다. 사귄 이후 결혼으로 이어지게 되는 것들이 싫었다. 그러니 누구를 진지하게 만난다는 것은 자신에게 있어 큰 문제였다. 자신은 결혼을 하고 아이를 낳는 일이 끔찍할 정도로 싫었다. 아픈 오빠가 커 가는 것을 18년 동안 봐 오면서 자신도 아픈 아이를 낳을지도 모른다는 강박감 같은 것이 생겼다.

자신이 아무것도 모르는 아기였던 시절에 엄마가 쳐다보기만 해도 기겁을 하며 울었다고 아빠가 그랬다.

'이상하게 엄마가 너를 보고 어르면 넌 자지러지게 울었어.'

아빠가 전해 주지 않았다면 몰랐을 이야기였다. 영유아였지만 제 운명이 가혹하다는 것을 가슴으로 먼저 느껴 그렇게 반응했던 것인지도 모른다.

우연히 생긴 자신을 지우려다 오빠를 위해 혹시 모를 스페어타이어처럼 생각해 낳은 자식이 자신이었다. 철이 들면서 은준은 자신을 그렇게 정의 내리고 살았다. 오빠만 중요하냐고 바락바락 대들어도 봤고, 지금 나가서 죽어 버리겠다는 말도 서슴지 않고 내뱉었었다. 그런 말을 하는 와중에도 저가 죽으면 엄마는 오빠를 위해 자신의 심장을 꺼낼지도 모른다는 생각을 했었다.

죽어 버린다는 말에 놀란 오빠가 미안하다며 사과를 했지만 그런 사과마저도 지긋지긋하게 느껴질 정도로 삶의 의미를 모르고 살았었다.

"아니, 맞아. 너 지켜보는 세월 동안 다른 놈이 채 갈까 봐 불안 불안했어. 그런데 이제는 내가 적극적으로 나가야 할 것 같아."

아무래도 사내 식당에서 있었던 재준 선배의 행동 때문에 승우가 지금 이러는 것 같았다.

"갑자기 왜 이래?"

은준은 무덤덤한 눈빛으로 승우를 바라봤다. 사귀자는 말에 이렇게 설레지 않다니.

"아!"

은준은 9년 전 자신이 재준 선배에게 했던 말이 떠올라 짧은 간투사를 내뱉었다. 사귀어 줄 테니 악수로 합의하자며 그에게 다가 갔었다. 뭐 이런 애가 다 있지? 하는 표정으로 자신을 보던 재준 선배의 얼굴이 이제야 올바르게 기억이 났다. 황당했을 것이다. 악수로 도장을 쾅쾅 찍은 자신을 두고 무슨 생각을 했을까. 선배도 지금의 자신처럼 하나도 안 설레었을 것이다.

"결혼을 염두에 두고 진지하게 만나 보자."

훗. 웃지 않으려 했는데 술기운 때문인지, 긴장이 되지 않아 그런지 웃음이 터져 나왔다. 자신의 웃음소리에 승우의 미간이 일그러지는 것을 본 은준은 손으로 입을 틀어막았다.

"미안, 웃어서."

"아냐, 괜찮아. 당황스러우니깐 웃음이 나왔겠지."

은준은 무조건 이해하려는 승우의 태도가 거슬려 미간을 좁혔다.

"안 당황스러워."

"어?"

승우가 동그랗게 뜬 눈을 끔뻑이며 의아한 얼굴로 바라보고 있었다. 자신을 배려해 당황했을 것이라고 말한 승우를 무안케 한 은준은 옆머리를 천천히 귀 뒤로 넘겼다.

"나 결혼 같은 거 안 해."

"무슨 말이야? 왜 결혼을 안 하는데?"

오랫동안 켜켜이 쌓여 만들어진 생각 부스러기들이었다. 하루아침에 모여 만들어진 잡념들이 아니었다. 누구처럼 멋있게 보이고 싶어 독신주의를 외치는 것도 아니었다.

"은준아……."

안타까운 음성으로 자신을 부르는 승우를 보며 구구절절 이유를 설명하고 싶지는 않았다.

"너 착하고, 예의 바르고, 유머 감각 있어서 여자들이 좋아할 타입이야. 그러니 나 말고 다른 여자 찾아. 난 그 누구하고도 결혼 안 해."

트라우마에 갇혀 있다고 해도 좋았다. 그런 것을 극복하지 못해 현실에서 도피하는 것이라 치부해도 굴할 마음 따위는 없었다.

"이유를 말해 줄 순 없어?"

띠링.

문자 소리에 은준은 승우의 얼굴을 외면하며 휴대폰을 내려다봤다. 저장되지 않은 번호로 문자가 들어왔다.

[2436.]

무슨 의미인지 몰라 은준은 휴대폰을 한참 내려다봤다. 2436? 뭐지? 24? 36? 배수의 관계?

"아닌데……."

배수의 관계라면 3의 배수는 9여야 했다.

"이은준."

자신을 부르는 승우의 목소리가 굳어져 있었다.

"아! 미안, 그만 일어나자. 피곤해."

일어선 자신과 달리 승우는 앉은 자세 그대로 자신을 빤히 올려다보고 있었다. 매정하게 굴어야 승우가 포기할 것이다. 그동안은 제 마음을 드러내지 않은 승우여서 친하게 지냈지만 이제부터는 달라질 것이다. 받아 줄 것도 아니면서 기대하게 만드는 건 추잡한 행동이라는 것을 잘 알고 있었다.

"나 너하고 안 사겨. 결혼할 맘은 더더구나 없어. 그러니 꿈 접어."

망연한 표정을 짓는 승우를 뒤에 남겨 두고 미련 없다는 듯이 돌아섰다. 카페에서 나와 택시에 오른 은준은 자신의 이마를 괴며 눈을 감았다. 사귀자고 해 줘서 고맙다고, 결혼하자고 말해 줘서 기뻤다고, 그렇게 말해 주기를 바랐을 승우를 생각하니 마음이 참 많이 불편했다. 내일부터 승우를 어떻게 봐야 할지 막막한 기분이었다.

　"그런 말 하지 말지 그랬어."

　택시에서 내린 은준은 길을 걷다 걸음을 멈추고 하늘을 올려다봤다. 반짝이는 별은 거의 보이지 않고 늦게까지 켜 둔 건물의 불빛들이 하늘 스스로 검게 물들이지 못하게 만들고 있었다.

　"2436."

　재준의 빌라가 눈에 들어오자 은준은 자신도 모르게 번호를 되뇌었다. 문자에 적힌 숫자는 집 비밀번호일 것이다.

　"여기가 절벽 위라면……."

　재준 선배의 불같은 분노를 맞닥트린 직후라 두려움이 들었다. 그는 지금쯤 저 빌라에서 자신을 기다리고 있을 것이다. 그날 그는 무슨 생각을 하며 기다렸을까. 오지 않아 화가 났을 것이고 자신이 가지고 놀았다고 생각했을 것이다.

　지이잉. 유리문이 열렸다.

　빌라 입구에 서서 호출 버튼을 눌러야 할지 말아야 할지 망설이고 있는데, 입주민인 누군가가 번호를 누르고 들어가자 은준은 자신도 모르게 성큼 안으로 따라 들어섰다.

　자신을 이상한 눈초리로 힐끔 돌아보는 여자의 시선을 외면한 은준은 엘리베이터 앞에 섰다. 돌아가려면 지금 가야 했다. 그런데 오늘 피했다고 내일 그냥 넘어갈 수 있을까. 오늘처럼 사장실로 불

121

러들이면 속수무책이었다.

"안 타세요?"

"아, 네에."

생각에 빠져 있던 은준은 겸연쩍은 얼굴로 대답하고는 엘리베이터에 올랐다. 자신의 마음과 달리 엘리베이터는 소리도 없이 원하는 층수에 자신을 내려놓았다. 두 번째 오는 길이라 그런지 발걸음이 자연스럽게 재준의 집으로 향했다.

2436. 도어록의 화면이 검은색을 고수하며 자신을 쳐다보고 있었다. 가볍게 손을 대면 숫자들이 야광색을 드러내며 나타날 것이다. 머릿속으로 끊임없이 2436이라는 숫자가 맴돌았지만 손이 움직여지지 않았다. 달아나려면 누르기 전인 지금이어야 했다. 달아날까.

"비밀번호 알려 줬잖아."

"!"

화들짝 놀란 은준은 커다래진 눈으로 소리가 나는 쪽으로 고개를 돌렸다. 재준 선배가 바지 주머니에 두 손을 푹 찔러 넣고는 자신을 쳐다보고 있었다. 달아날 타이밍을 놓쳤다는 생각이 짧게 스쳤다.

"열어."

본인의 집인데도 자신에게 열라고 명령하는 재준이었다. 은준은 입술 안쪽 살을 지그시 깨물며 도어록에 손바닥을 갖다 댔다. 띠리릭, 하며 드러난 숫자가 괴이하게 이지러져 보였다. 일그러진 숫자를 누르는 순간 벗어나지 못할 것이라는 느낌이 섬뜩하게 심장을 관통했다. 그래서 번호를 누를 수가 없었다.

삑삑삑삑. 삐리릭.

더 이상 기다릴 수 없었던 것인지 재준이 긴 팔을 뻗어 도어록을 해제했다.

철컥, 소리를 내며 스르륵 열리는 문이 은준은 야속했다.

울음을 삼키려 은준은 입술을 꼭 다물고 있었다. 그의 손에 팔이 잡혀 들어온 이후로 폭풍이 몰아치는 것처럼 어떻게 걸음을 떼었고 어디로 걸었는지 모를 정도로 시간은 순식간에 지나가 있었다.

정신을 차리고 보니 자신이 서 있는 곳은 방이었다. 커다란 침대 옆 의자에 재킷을 벗어 걸쳐 둔 재준이 셔츠 소매 단추를 풀며 자신을 뚫을 듯이 바라보고 있었다.

"벗어."

은준은 흠칫 놀라며 뒤로 한 걸음 물러났다. 하지만 성큼 다가온 재준에게 팔이 붙들리며 거리가 좁혀졌다.

"예나 지금이나 말은 지지리도 안 들어. 사람 성질 곤두서게 하는 데 일가견이 있어."

"앗."

투두둑, 하며 풀어진 단추로 인해 어깨와 젖무덤이 드러나자 은준은 팔을 교차해 가슴을 가렸다. 콧방귀를 끼던 재준이 어깨를 툭 밀어 버리자 은준은 맥없이 떨어지는 낙엽처럼 침대 위로 풀썩 주저앉았다.

끼이익, 소리를 내며 침대로 올라온 재준의 모습이 거대하게 보여 은준은 건침을 삼켰다. 목 안이 바짝바짝 타고 어깨에 오소소 소름이 돋았다.

"흐…… 아앗!"

재준이 야만인이라도 된 듯 팔을 거칠게 풀어내더니 브래지어를 들어 올리고는 젖무덤의 유두를 물었다. 뒤로 물러나려던 은준은 그대로 누운 자세가 되어 버렸다. 하얀 드레스 셔츠가 눈앞을 가린다고 생각한 순간, 재준의 얼굴이 불쑥 다가왔다.

"신음 소리가 귀에 착착 감기는데?"

흥분을 버리고 오라 했던 재준의 말이 떠오른 은준은 입술을 질끈 깨물었다. 소릴 지르고 싶지 않은데 낯선 느낌에 저절로 간투사가 터져 나왔다. 아프면서도 짜릿한 감각이 온몸을 관통하는 기분을 어쩌지 못하고 있었다. 나쁘게 구는 재준 때문에 흥분하고 싶지 않은 건 자신도 마찬가지였지만 몸은 그런 마음을 충실히 배반하고 있었다.

"아악!"

유륜까지 덥석 물어 버리는 바람에 은준은 비명을 지르다 살벌하게 노려보는 재준의 눈빛에 신음을 삼켰다. 그의 입술에 짓뭉개지고 이에 깨물리던 유두가 그의 타액으로 흥건하게 젖어 들었다.

"아, 안 돼!"

그의 손이 불쑥 치마 속으로 들어오자 은준은 움찔 놀라 소리를 지르며 허벅지를 붙였다. 하지만 치마는 뒤집어져 말려 올라간 채 허리춤에 머물렀고 재준은 자신의 발목을 붙잡고 다리를 한껏 벌렸다. 난생처음 당해 보는 일에 몸이 부들부들 떨렸다.

찌이익.

뭔가가 찢어지는 소리에 은준은 눈을 커다랗게 뜨다가 헛, 하며 비명을 삼켰다. 팬티스타킹을 벗기지도 않고 브리프를 내리지도 않았는데 재준의 손이 아래에 불쑥 닿자 화들짝 놀라고 말았다.

"씨발, 엿 같네. 순진한 척 연기하지 마."

재준의 말이 비수가 되어 가슴에 박히자 은준은 손등으로 입술을 틀어막았다. 자신의 몸을 거칠게 더듬는 재준이 원망스러워 밀쳐 버리고 싶었다.

"여기를 드나든 놈들 중 어떤 놈이 제일 좋았어?"

은준은 울컥하는 기분에 재준을 째려봤다. 자신이 무슨 말을 하든 믿어 줄 생각이 없는 그임을 알지만 화가 났다. 재준 이후로 다른 이를 사귄 적도 만난 적도 없고 깊은 관계를 가진 적도 없었다. 그런 저를 일방적으로 오해하는 재준에게 소리를 지르고 싶었다.

"아무것도 모르면서 그런 식으로 말하지 말아요!"

"그렇게 억울하다는 얼굴로 쳐다보면 내가 믿을 것 같아?"

눈이 마주친 그의 눈빛은 차갑고 음침했다. 자신이 어떤 반응을 보이는지 샅샅이 훑고 확인하려는 듯 싸한 눈으로 바라보고 있어 말문이 막혔다.

"벌려."

거부하듯이 허벅지를 붙이고 있는 자신을 보며 그가 짜증 난다는 듯이 말했다. 자신에게 집착하는 재준이 저를 포기하게 하는 방법은 무엇일까. 은준은 짧은 순간 답을 찾아보려 했지만 아무것도 떠오르지 않았다.

"아으윽!"

"제기랄!"

재준의 손가락이 살을 비집고 여음의 입구로 들어오자 은준은 몸에 힘을 주며 신음을 터트렸다. 반면 욕설을 지껄인 재준의 이마에 핏줄이 도드라졌다. 시선이 마주친 재준의 입가에 비릿한 미소가 머물러 있었다. 마치 더 헐떡거려 봐, 하듯 종용하는 표정에 심장이 아파 오기 시작했다. 아래에서 느껴지는 이물감이 심장을 푹

푹 쑤시듯 통증을 주는 듯했다.

"뭐가 이리 **빡빡해!**"

자신이 다리를 벌리지 않아 고통을 당한다는 듯 재준이 다른 손으로 넥타이를 신경질적으로 풀어내며 음부에 넣었던 손가락을 더 깊게 푹 찔렀다. 그 바람에 은준은 흐읙, 하는 신음을 토해 내며 몸을 뒤틀었다. 두 다리 사이에서 홧홧하게 화끈거리는 이물감을 치우고 싶었던 은준은 도망가듯이 몸을 위로 뒤척였다. 그러자 재준이 콧방귀를 뀌며 자신의 허벅지를 꽉 누르듯이 잡아챘다.

"놈들이 여기에 홀딱 **빠졌겠는데?** 완전 착 달라붙는 것이……홋, 애태우면서 하겠다는 거야? 노련한 여자답네."

은준은 가만히 주먹을 말아 쥐었다. 그가 집착에서 벗어나기를 바라는 마음에, 과거의 빚을 청산하고 싶은 마음에 그와 관계를 맺겠다고 했지만 매번 도를 넘어선 모욕을 당하는 건 참을 수가 없었다.

"함부로 말하지 말아요. 모욕당해 주겠다고 말한 건 나지만, 정도가 있어요."

목소리가 떨려 나와 은준은 속상했다. 좀 더 당당하게 말하고 싶었는데 덜덜 떨고 있는 것을 들킨 것 같아 마음이 이지러졌다.

"씨발, 발악하면 더 흥분되나?"

비아냥과 조롱이 뒤섞인 재준의 음성에 짜증이 묻어 있었다. 듣지도 않는 상대에게 호소하는 것만큼 어리석은 일이 없었다.

"손가락 젖은 거 보여? 넌 남자 손만 닿으면 이렇게 물을 줄줄 흘리나 봐."

은준은 재준이 손가락을 뺀 사이에 벌떡 일어나 침대 헤드 쪽으로 몸을 움직였다. 그의 젖은 손가락이 방금 전까지 자신의 아래를 드나들었음을 적나라하게 보여 주고 있었다.

"치워요!"

은준은 악에 바친 마음으로 언성을 높였다. 막다른 골목에 다다른 기분이 들었다.

"그 약속이 그렇게 강제성이 있었던 건가요? 그럼 그때 찾아와 따지지 그랬어요?"

재준이 미간에 금을 긋고는 잡아먹을 듯한 눈빛으로 쳐다보고 있었지만 은준은 말을 멈추지 않았다.

"내가 뭘 그리 잘못했다고 이렇게까지⋯⋯. 이렇게 나쁘게 괴롭히고."

재준에게 눈물을 보이지 않으려 은준은 고개를 돌렸다. 집착이 병이 되어 돌아 버린 것이 분명했다. 괴롭히지 않으면 만족을 느끼지 못하는 사람처럼 그는 병들어 있는 것이다. 그렇지 않고서야 이렇게까지 변할 리가 없었다.

"할 말 다 했어?"

낮게 가라앉은 재준의 목소리가 목을 조르는 것 같았다. 화가 나 터트린 말들이 그에게 하나도 닿지 않았다는 생각이 들 정도로 그는 흔들리지 않고 있었다.

"악."

재준이 턱을 아프게 그러쥐자 은준은 비명을 내뱉었다.

"이 분홍색 혀가 내 좆을 빨면 어떤 기분일지 기대가 되는데?"

은준은 재준의 말에 놀라 눈을 커다랗게 떴다.

"빨아."

"!"

은준은 충격을 받은 눈으로 재준을 올려다봤다. 그가 허리 벨트를 풀고 바지와 드로어즈를 내리려는 것을 멍해진 뇌로 인식하던 은준은 벌떡 일어섰다.

짝!

몸이 먼저 움직였다. 뺨을 맞은 재준의 고개가 휙 돌아갈 정도로 힘을 싣고 있었다는 것은 그다음에 깨달았다. 손바닥의 얼얼함은 주먹을 꽉 움켜쥐어 잠재우려 했지만 아릿한 통증이 느껴졌다. 심장을 바닥으로 내동댕이친 것처럼 온몸이 부들부들 떨렸다.

견딜 수 없을 정도로 무거운 침묵이 흘렀다. 당장에라도 재준이 목을 조르며 자신을 굴복시키려 할 줄 알았는데 그는 고개를 돌린 채 가만히 멈춰 있었다. 마치 이 사태를 어떻게 되갚아 줄지 고민하는 것 같았다.

"훗."

입술 끝을 위로 올리며 어이없다는 듯 웃는 재준의 옆얼굴을 본 은준은 눈을 질끈 감아 버렸다. 낮에 본 악마를 다시 보고 있는 기분이었다.

"입맛에 안 맞으십니까?"

"……아니."

재준은 국에 만 밥을 한 술 떠 입에 밀어 넣었다. 그냥 지나는 길에 보이는 곳에 들어와 늦은 점심을 먹고 있었다.

"야! 이 미친놈아! 어디 바람피울 년이 없어 새파랗게 어린 년하고 붙어먹어! 붙어먹길! 카악! 퉤!"

걸걸한 여자의 음성이 식당 앞 골목에 쩌렁쩌렁 울려 퍼졌다. 남자의 변명 같은 목소리가 뒤이어 들려왔지만 여자보다 작아 상대적으로 잘 들리지 않았다.

"그 아줌마 목소리 한번 쩌렁쩌렁하네."

놀란 양 비서가 식당 밖을 쳐다보다 어깨를 으쓱하며 한마디 했다.

'미쳤어! 당신보다 열 살이나 어린 애야!'

어머니의 악에 바친 소리가 방문턱을 넘어 거실을 울리고 주방까지 뒤흔들었다. 하지만 재준은 식탁에 앉아 강 비서가 차려 준 밥을 묵묵히 먹었다. 모든 일은 처음이 충격이고 괴로운 것이지 매번 겪다 보면 무뎌지는 법이다. 그래도 오늘 도우미 아주머니가 일이 있어 늦은 출근을 하는 것이 다행이라는 생각은 들었다.

아무렇지 않게 밥을 떠 입에 넣고 장조림을 씹었다. 간이 잘 배어 맛있다고 생각하며 혼자 고개를 끄덕였었다.

'그래서, 뭐 어쩌라는 거야!'

아버지의 바람기는 곱고 단아하던 어머니를 악다구니 치게 만들었다. 두 분은 어느 순간부터 저리 어긋나기 시작했던 것일까. 서로를 신뢰하지 않는 관계를 굳이 유지하는 이유가 뭘까.

'피해망상이 심해, 아주 그냥! 내가 누구하고 말만 하면 바람 피우는 거야!'

방문을 휙 열어젖히며 나온 아버지의 변하지 않는 레퍼토리가 들리자 재준은 들고 있던 숟가락을 내려놓았다. 아버지는 집에 아들이 있는지 없는지도 모른 채로 집을 나갈 것이다. 그리고 뒤이어 나온 어머니는 현관을 향해 소리치다 자신을 발견할 것이다. 그러기 전에 자신도 이 집에서 나가야 했다.

'넌 절대 네 아빠 닮으면 안 돼! 알았지?'

그런데 어머니가 방에서 먼저 나와 자신을 봤던 것이다. 격양된 음성으로 아들을 붙잡고 말하는 어머니를 말끄러미 바라봤다. 두 분의 유전자를 똑같이 물려받았거나 어느 한쪽에 치우쳐 받았을 것이 분명했다. 초등학생이었지만 그 정도는 알고 있었다.

'왜 대답을 안 해? 네 아빠 바람기는 닮지 말라고!'

닮으면 안 된다는 말이 어이없어 가만히 있었더니 어머니가 다시 언성을 높였다.

'⋯⋯네.'

그때 대답을 하며 이미 유전자를 받아 태어났는데 난감하네, 라고 생각하며 피식 웃어 버렸었다.

'지금 나가셔야 합니다. 안 그러면 학교 지각입니다.'

어머니의 넋두리가 길어질 것을 미연에 방지해 준 강 비서를 향해 고개를 끄덕인 후 다녀오겠다는 말을 하고 집을 나섰다. 철컹, 하고 닫히는 검은색 대문을 보며 다시 돌아오고 싶지 않다는 생각을 했었다.

"바람피우는 남자와 사는 여자는 어떤 기분일까요?"

양 비서가 사심 없이 궁금하여 한 말일 테지만 기분이 언짢아졌다. 아버지의 곁에 머물던 여자들은 모두 바라는 것이 많았다. 명품 옷, 가방, 보석, 돈, 집, 자동차. 끝이 없을 정도로 받아 놓고도 '더'를 외쳐 댔다.

어머니의 말처럼 어린 여자와 즐기는 아버지를 보며 환멸을 느꼈다. 그래서 아버지는 집에 없는 존재나 마찬가지였고 자신의 인생에서 영향력이 없는 인물이었다. 은준과의 일로 엮이기 전까지는.

"가서 물어봐."

재준은 미간에 금을 긋고는 입술을 꽉 다물었다.

"네?"

"어떤 기분인지 가서 물어보라고. 나한테 묻지 말고."

"아, 그게⋯⋯."

심드렁하게 대꾸한 탓인지, 굳어 있는 얼굴 때문인지 양 비서가 당황해 했다. 하지만 재준은 인상을 펴지 않고 국밥을 꾸역꾸역 입으로 밀어 넣었다.

아버지의 곁에 머물던 여자들 중 안 그런 여자도 있었을까. 사랑한다고 코맹맹이 소리를 하며 애교를 부리던 여자들은 아버지의 관심이 시들해지면 자연스럽게 나가떨어졌다. 간혹 매달리는 여자가 있었지만 그건 가뭄에 콩 나듯 있을까 말까였다.

"바람은 왜 나는 것이라 생각해?"

"네?"

뜻밖의 질문인지 양 비서가 커다랗게 뜬 눈을 끔뻑이며 자신을 쳐다봤다.

아버지와 쉽게 만났다 쉽게 헤어지는 여자들을 보며 아버지뿐만 아니라 사람에 대한 불신을 키워 왔다. 모든 사람들이 그런 것은 아니겠지만 자신의 깊은 내면에 뿌리박혀 있는 것은 사람을 믿지 않는다는 것이다. 언제든지 거짓말을 하고 자신에게 유리하게 꾸미는 것이 사람이라 생각했다. 그 인상을 가장 깊게 박아 준 것은 두말할 필요 없이 은준이었다. 한때는 은준으로 인해 바뀔 수도 있다 여겼는데 그 인식은 바뀌지 않았다.

"그야…… 남의 떡이 더 커 보여서가 아닐까요?"

"그런가?"

재준은 물을 마시며 가만히 생각했다. 닭이냐 달걀이냐의 논제처럼, 수요와 공급의 상관관계를 외치는 것처럼 명확하지 않은 것이라 여겼다.

"바람이 나는 건, 신뢰를 무너트린 인간쓰레기들이라서 그래."

"아!"

양 비서가 감투사를 내뱉자 재준은 한쪽 입꼬리를 올리며 허탈하게 픽 웃었다.

'착각하지 말아요! 난 선배가 주장하는 빚을 갚으려는 것이지 노예가 아니에요.'

호기롭게 뺨을 날린 은준은 금방 쓰러질 것 같은 얼굴로 서 있었다. 맞은 사람은 자신인데 그녀가 더 아픈 얼굴을 하고 있었다. 한 발 다가가자 흠칫 놀라며 몸을 옹송그리던 은준은 도망치듯이 집을 나가 버렸다.

맞은 곳이 하나도 안 아팠다. 오히려 속이 후련한 느낌이 들 정도였다. 아프지 않았다는 말을 해 주려 했는데 그녀가 도망가 버리는 바람에 전해 줄 수가 없었다.

다시 텅 비어 버린 듯한 집에서 은준이 잠시 머물렀던 침대에 다시 눕지 못하고 소파에서 뜬눈으로 밤을 지새웠다.

□ ■ □

은준은 심호흡을 하며 벨을 눌렀다.

삑. 철컹—

누구냐는 물음에 답을 하고 나자 육중한 대문이 소리를 내며 열렸다. 빼꼼히 열린 대문 사이로 보이는 건 하얀 시멘트 바닥이었다. 아무도 나와 보지 않았지만 방문자를 향한 입성의 허락같이 보이는 하얀 시멘트 바닥에 발을 들여놓으려 대문을 더 밀자 다른 세상이 펼쳐졌다.

푸른 잔디가 양옆으로 쫙 펼쳐져 있고 그 중간에는 꽤 많은 돈을 지불했을 법한 돌들이 오밀조밀하게 놓여 있었다.

"어서 오세요, 이은준 대리님."

넓은 정원을 가로질러 현관에 다다르기 전에 검정색 정장 차림의 여자가 나와 다소곳이 허리를 숙였다.

"네, 처음 뵙겠습니다. 이은준이라고 합니다."

상대는 자신의 이름을 이미 알고 있었지만 은준은 다시 한번 자신이 누구인지를 밝혔다. 오래된 습관처럼 항상 하는 인사말이었다.

"저는 강 비서라고 불러 주시면 됩니다."

"아, 네에."

이름을 밝히는 것을 꺼린다 여겼다. 그래서 더 질문하지 않고 그녀를 따라 집 안으로 들어갔다.

"여기서 잠시만 기다려 주시겠습니까?"

"네."

강 비서가 가리킨 소파에 앉은 은준은 고개를 돌려 잔디가 깔린 넓은 정원을 바라봤다. 눈의 피로감이 풀릴 만큼 상큼한 빛을 띤 저 잔디에서 그는 뛰어놀았을까. 잡지책이나 TV 광고에 나오는 잔디처럼 잘 다듬어져 있었다.

'이은준, 너 어디 보고 있는 거야?'

학교 도서관에 앉아 공부를 했던 재준 선배는 이 좋은 집을 두고 일찍 들어가려 한 적이 없었다. 사귀는 사이라는 이유로 매번 자신을 불러 도서관에 앉혀 두고는 했다. 시기하는 눈길이 따라다녔지만 신경 쓰지 않았다. 그가 도서관에서 공부하자고 하면 싫다고 하지 않았다. 자신도 집에 일찍 들어가기 싫었으므로.

'저 잔디 한번 밟아 보고 싶다는 생각이 들어서……'

싱겁다는 이유로 타박을 준 그는 다시 공부에 열중했다. 하나둘 비어 가는 자리를 보며 밀려오는 잠을 뿌리치지 못하고 책상에 엎드렸다. 깜빡 졸다가 주위가 너무 조용하다는 생각이 들어 눈을 떴다.

'아악!'

놀라 비명을 지르던 입을 두 손으로 틀어막고는 눈만 커다랗게 떴다. 앞에 앉아 있어야 하는 재준 선배가 옆자리로 옮겨 와 자신을 빤히 내려다보고 있었다.

'네 옆에 있으려면 강철 심장이어야 할 것 같은데?'

그는 웃고 있었다, 전혀 놀라지 않은 얼굴로.

'잠 깨러 나가자.'

해가 뉘엿뉘엿 지고 있는 하늘은 붉게 물들어 있었다.

'벗어.'

앞뒤를 잘라먹은 말에 놀라 쳐다보자 그는 신발과 양말을 벗고
있었다. 잔디를 밟아 보고 싶다고 하지 않았느냐며 그가 손을 잡아
이끌었다. '잔디를 밟지 마세요.' 라는 푯말은 재준에게 아무런 제
지를 못 주는 것 같았다.

마치 주문에 걸린 사람처럼 운동화를 벗고 양말을 벗었다. 발바
닥에 닿는 풀잎의 시원함이 머릿속을 맑게 해 주는 것 같았다. 얼
마나 걸었을까. 그의 손을 잡고 걷고 있다는 것을 깨달은 순간 은
준은 그 자리에 우뚝 멈췄다.

'왜?'
'그게……'
'저녁노을은 다음 날 아침이 맑음을 뜻하는 거래.'

손을 놓자는 말을 하려 했는데 재준 선배가 한 템포 빨리 입을 열었다. 하늘을 붉게 물들인 노을을 바라보며 서 있는 선배의 얼굴이 노을처럼 물들어 있었다.

'예쁘네요.'

고개를 돌려 자신을 바라보던 재준 선배의 입가가 서서히 올라가는 것을 보며 은준은 멀건 표정을 지었다. 노을을 보고 예쁘다고 한 말이 이상했던 걸까. 아니면 그 표현이 그는 어울리지 않는 것이라 여겼던 것일까.

"이은준 대리?"

"아! 안녕하세요, 사모님. 이은준이라고 합니다."

은준은 들려오는 목소리에 반사적으로 자리에서 벌떡 일어났다.

"만나서 반가워요. 앉아요."

"네."

잊고 있던 재준 선배와의 추억을 떠오르게 한 잔디를 힐끔 돌아본 은준은 아련한 표정을 갈무리했다. 그러고는 가방에서 서류와 태블릿 노트를 꺼내 업무 이야기를 시작했다.

"매장 업무 시간은 백화점 업무 시간과 같습니다."

언뜻 보기엔 재준 선배와 닮았다는 생각이 안 들었지만 자세히 보니 닮은 구석이 꽤 많았다. 웃을 때 입가부터 웃는 것과 난감한 상황일 때 머리를 매만지는 습관이 똑같았다.

"일을 한다는 것이 낯설어서……."

민망한 얼굴로 웃는 혜란을 보며 은준도 같이 미소 지었다.

"차차 익숙해지실 겁니다."

모든 일은 시간이 나서서 해결을 한다고 생각했다. 벗어날 수 없을 것처럼 지옥 같던 시간도 흘러가는 대로 두니 이제는 견딜 만했다. 그리고 조금은 웃을 수 있게 되었다. 그러니 시간은 누구에게나 공평한 해결사다.

"은준 씨, 차 들어요."

"네."

서류를 테이블 귀퉁이로 미는 혜란의 손을 바라보던 은준은 저도 모르게 설핏 눈을 구겼다. 소매에 금방 가려졌지만 잠깐 보였던 흉터 자국은 자해의 흔적이 분명했다. 부족한 것 없이 다 가진 분이 무엇 때문에 자해를 한 것일까.

"참! 은준 씨, 론칭쇼 때 입을 드레스 있어요?"

"네? 아, 저는 그날 행사 진행을 해야 해서 그냥 정장을……."

"어머! 그러면 안 돼요. 당장 쇼핑부터 하러 갑시다. 강 비서!"

"네, 사모님."

"우리 30분 후에 백화점 갈 거니깐 예약 좀."

"네, 알겠습니다."

말릴 사이도 없이 백화점 쇼핑 예약을 하는 혜란을 은준은 난처한 얼굴로 바라봤다. 매장의 지점장으로서 기본적으로 알아야 할 업무 전달과 기본 매뉴얼을 알려 드리러 온 방문이었다. 그런데 뜻하지 않게 쇼핑에 동참해야 할 판이었다.

"참, 이은준 대리는 사귀는 사람 있어요?"

제일 거북하고 부담스러운 질문이었다. 그냥 거래처 직원들이면 그런 질문 하지 말라며 적당히 웃어 보이고 싫은 티를 내고 말았겠지만 사모님의 질문엔 꼭 대답을 해야 할 것만 같았다.

"……없습니다."

대답을 한 은준의 얼굴이 살짝 굳어졌다. 이런 개인적인 질문은 사양한다고 말하고 싶었다.

"세상 남자들 눈이 삐었나 봐요. 이렇게 예쁜 이 대리를 그냥 두다니⋯⋯."

은준은 멋쩍은 미소를 지어 주고는 찻잔을 들어 홍차를 한 모금 삼켰다. 새콤하며 떫떠름한 맛이 입안에 확 퍼지는 것이 나쁘지 않았다.

"아! 맞다. 사귀는 사람 없으면 우리 아들하고 한번 사귀어⋯⋯."

"캑! 콜록콜록."

"어머, 괜찮아요?"

은준은 연신 터지는 기침을 어쩌지 못하고 손으로 입을 틀어막았지만 소용이 없었다.

"화⋯⋯ 화장실⋯⋯."

"어? 아! 화장실은 저쪽."

자신보다 더 당황한 혜란이 손가락으로 다급하게 가리킨 방향으로 은준이 뛰어갔다.

탁. 화장실 문을 거칠게 닫은 은준은 세면대를 붙잡고 다시 기침을 했다.

"콜록, 컥. 크흠, 콜록콜록."

목이 아파 올 정도의 기침을 연거푸 하고 나자 명치가 아릿하게 아파 왔다. 하얀 세면대에 묻은 옅은 홍차를 보다 눈을 감았다. 모르고 한 말이라는 것을 알지만 너무 당황스러워 사레가 진하게 걸리고 말았던 것이다.

"하아."

물을 틀어 입을 헹구고 손을 씻은 은준은 거울 속에 비친 자신이 낯설어 말끄러미 바라봤다. 심한 기침으로 인해 눈에는 눈물이 그렁그렁 차올라 있었다. 뺨을 붉어져 있고 입술은 더 붉게 도드라져 보였다.

그가 무자비하게 물고 빨았던 입술엔 아무런 흔적도 남아 있지 않았다. 다만 뇌가 그 감각을 기억할 뿐이었다. 그 감각을 지우지 못하는 자신이 싫어 은준은 아랫입술을 지그시 깨물었다 놓았다.

망했다.

은준은 속으로 그 생각만 하고 있었다. 사모님의 드레스를 고르는 일에 참여한 것이라면 두말 않고 즐거운 마음으로 쇼핑을 했을 것이다. 하지만 당사자가 되어 드레스를 입고 나가야 하는 상황이 되니 즐길 수가 없었다.

더군다나 뜻하지 않게 합류한 한 사람 때문에 정신이 아득해지는 기분이었다. 시선 한 번 부딪치지 않았지만 재준이 교묘한 시선으로 저를 보고 있다는 것을 알았다.

"가슴 라인이 정말 예쁘세요."

은준은 뒤에서 도와주는 쇼퍼의 목소리에 뜨끔 놀랐다. 어제 그가 강하게 빠는 바람에 피멍이 살짝 들어 있는 젖무덤을 들키지 않으려 애를 쓰고 있었다.

"그, 그냥 평범한데요."

은준은 멋쩍은 얼굴로 부정했다. 브래지어를 탈의해야 한다는 말에 막막한 표정을 지었지만 속옷을 착용하고는 입을 수 없는 드레스였다. 왜 자신이 이러고 있어야 하는지 그저 답답할 뿐이었다.

"정말 잘 어울리세요. 피부가 우윳빛깔이라 붉은 천이 더 돋보여요."

"하……."

거울에 비친 자신의 모습이 너무 선정적이라 은준은 당장 벗고 싶었다. 쇼퍼의 말처럼 몸을 감싸고 있는 붉은 천 때문에 피부가 하얗게 빛을 발하는 것 같았다. 살짝 벌어진 입술과 쇼퍼가 대충 틀어 올려 준 머리로 인해 드러난 목선이 꽤 도발적으로 보였다.

은준은 눈을 감았다 떴다. 재준이 자신을 보고 어떤 표정을 지을지, 또 어떤 독한 말을 내뱉을지 생각하는 것만으로도 머리가 다 지끈거렸다.

"다시 갈아입을게요."

"네?"

이대로 재준의 앞에 설 수 없다는 생각이 들어 은준은 드레스를 벗어 쇼퍼에게 건넸다. 그러고는 자신의 옷을 빠르게 걸쳤다. 밋밋한 정장이었지만 가장 편한 옷이었다.

"어머! 왜 안 입고?"

커튼을 열고 나가자 사모님의 화들짝 놀라는 목소리에 휴대폰을 보던 재준의 시선이 자신에게 와서 꽂혔다.

"죄송합니다."

애써 재준의 시선을 외면한 은준은 난감한 미소를 지었다. 드레스를 입은 모습을 잔뜩 기대한 것인지 사모님의 얼굴에 실망한 빛이 역력했다.

"회, 회사에서 연락이 와서 지금 들어가 봐야 할 것 같습니다."

"아, 내가 너무 오래 붙잡고 있었나 보네."

혜란이 미안한 표정을 짓다 재준을 슬쩍 돌아봤다.

"아닙니다."

은준은 괜찮다는 얼굴로 가방을 챙기며 공손하게 머리를 숙였다.

"다음에 또 뵙겠습니다, 사모님."

"아! 이 대리 차가 없잖아. 재준아, 너 아까 회사 다시 들어가 봐야 한다고 했잖아."

은준은 순간 얼굴빛이 흙색으로 변하는 기분이었다. 나가면 택시부터 시작해 타고 갈 교통수단이 많다고, 아주 다양하게 있다며 사모님을 말리고 싶었다.

"이 대리하고 같이 들어가."

"아, 아닙니……."

"그러죠."

재준이 흔쾌히 말하며 일어서자 은준은 저도 모르게 건침을 꿀꺽 삼켰다. 친하지도 않은데 불편하게 굳이 같이 갈 필요 있느냐는 눈빛으로 쳐다봤지만 그의 시선은 사모님에게 머물러 있었다.

"저녁에 같이 밥 먹을까?"

"오늘 저녁에는 선약이 있어요. 다음에 제가 좋은 곳으로 예약해 둘게요."

"응, 그러자."

어머니라서 그런지 다정하다 못해 꿀이 뚝뚝 떨어지는 분위기였다. 자신에겐 매정하다 못해 살벌하게 굴던 그의 모습은 찾아볼 수가 없었다. 어쩌면 자신을 의식한 행동일 수도 있지만 어머니를 바라보는 애틋한 눈빛으로 보아 그런 건 아닌 것 같았다.

"회사에서 불렀다고?"

거짓말이었다. 재준과 같은 자리에 있기가 불편해 생각해 낸 꾀였는데 오히려 둘만 같이 있는 상황이 되고 말았다.

"시내 신발 매장 점검도 나가 봐야 해서……."

은준은 두리뭉실하게 둘러말하고는 입을 다물었다. 이미 자신을 믿지 않는다는 뉘앙스를 깔고 있는 그에게 부연 설명을 붙이는 것은 우스운 일이었다.

"시내 매장 어디?"

"네?"

고개를 돌리던 은준은 멈칫했다. 고개를 살짝 기울인 채 자신을 보고 있는 재준의 눈빛이 깊이를 알 수 없는 심연처럼 가라앉아 있었다.

"홍대 쪽에……."

"찍어."

그가 내비게이션을 손가락으로 가리키며 주소를 입력하라고 하자 은준은 입술 안쪽 살을 지그시 깨물었다. 매장을 같이 둘러보느니 차라리 회사로 가자고 하는 것이 나을 것이다.

"그냥 회사로……."

재준이 긴 팔을 뻗어 브랜드명과 매장명을 검색하자 바로 안내가 떴다. 빼도 박도 못하는 순간이었다. 차는 출발을 했고 자신은 내리지 못 했다. 그렇다고 편히 앉아 있지도 못하는 상황이었다.

"넌 항상 빠져나갈 수 있다고 생각하는 것이 문제야."

"……."

"다음부턴 반항하기 전에 한 번 더 생각하고 손을 날리든 발길질을 하든 해."

은준은 미간을 좁히며 눈을 가느다랗게 떴다. 그가 어제의 일을 비꼬고 있음을 알았지만 대꾸하지 않았다. 다시 거론하고 싶지 않은 일이었다. 더할 나위 없이 바닥으로 꼬꾸라졌던 자존심은 아직 바닥에 있었다. 회복을 하려면 시간이 좀 걸릴 것이다.

"기분 더럽게 만들고 도망가지 말고."

"내 기분이 더 더러웠어요!"

은준은 울컥하는 기분을 참지 못하고 소리를 버럭 질렀다. 순간 마주친 재준의 눈빛에 든 차가운 기운이 심장을 얼게 하는 것 같았다.

끼이이익—

"아!"

차가 급정차하자 은준의 몸이 앞으로 쏠렸다가 뒤로 확 젖혀졌다. 안전벨트가 없었다면 튕겨 나갔을지도 모를 일이었다.

"다른 놈 좆은 빨아도 내 건 싫다는 건가?"

"그런 말이 아니…… 읏."

재준의 손이 우악스럽게 턱을 그러쥐자 말이 나오지 않았다. 그가 손에 악력을 가할수록 아픔으로 인해 입술이 벌어졌다.

"이 붉은 입술로 하는 붉은 거짓말에 질려 있으니까 웬만하면 입 열지 마. 나에게 물리고 핥아지고 빨리는 순간이 아니면 그 혀도 가만히 좀 놔둬. 알겠어?"

은준은 부릅뜬 눈으로 재준을 노려보며 그의 손목을 움켜잡았다. 그의 손목을 잡은 건 치우라는 말보단 행동이 더 나을 것이라는 계산에서였다.

"만용을 부리지 마."

자신의 의도를 파악한 것인지 재준이 신랄하게 비꼬았다. 자신의 손을 날카로운 시선으로 쓰윽 훑은 재준이 턱을 당겼다. 그 바람에 몸이 재준 쪽으로 기울었다.

"하긴, 이은준은 만용 빼면 시첸가?"

"흡."

벌어진 입술 사이로 들어온 재준의 혀는 거칠게 속살을 핥고 자신의 혀를 찾아 빨아들이기 시작했다. 폭풍 속에서 부러진 나뭇가지들이 이리저리 날아다니며 생채기를 내는 것처럼 그의 혀에 치이고 부딪치고 할퀴어져서 입안이 얼얼했다.

"윽!"

아랫입술을 깨문 재준이 호흡을 가다듬으며 가라앉은 목소리로 속삭이듯이 말했다.

"혀를 깨물 줄 알았는데 의외네."

은준은 눈을 가느직하게 뜨고는 그를 노려봤다. 솔직히 혀를 깨문다는 생각은 하지도 못했다. 그저 속살을 유린하는 그의 혀가 난폭하고 잔인하다는 생각만 했을 뿐이었다.

"팁 줬다고 응용할 생각 따위 하지 마. 혀 깨물어도 안 멈출 거니까."

그의 손이 뒷목을 그러쥐자 은준은 어깨를 움찔했다.

"하웃."

이번에도 거칠고 난잡할 것이라 여겨 마음을 다잡았는데 아니었다. 부드럽게 자신을 더듬고 아랫입술을 핥고 윗입술을 살짝 깨무는 행위가 너무 야릇해 정신이 몽롱해지는 기분이었다. 혀를 휘감는 그의 움직임이 벨벳의 부드러운 감촉 같았다.

딸깍, 소리와 함께 안전벨트가 풀리자 은준은 눈을 깜빡이며 이성을 찾았다.

"여기서 다리 벌리라고 하면 벌리겠는데?"

명백한 조롱을 깨달은 은준은 재준을 죽일 듯이 바라봤다. 그가 조금 부드러워졌다고 방심을 하다니, 바보같이 말이다.

"목 끌어안아."

"싫어!"

은준은 재준의 차 안에서 발가벗겨질 수도 있다는 생각에 소름이 돋자 차 문을 힘껏 열었다.

쾅! 쿠당탕탕!

"아악!"

순간 차 문을 여는 것과 동시에 내리려던 은준은 갑작스러운 굉음에 비명을 질렀다. 정신을 차려 보니 재준이 자신을 뒤에서 끌어안고 있었다. 그리고 오토바이를 타고 가던 사람이 갑자기 열린 차 문에 부딪쳐 바닥에 나뒹굴고 있었다.

"미쳤어? 보지도 않고 문을 열면 어떻게 해!"

재준의 일그러진 입술 사이로 핀잔과 나무람과 야단이 동시에 떨어졌다.

"저, 저 사람……."

"가만히 앉아 있어."

재준이 차에서 내려 오토바이 운전자에게 다가가는 것을 보며 은준은 떨리는 두 손을 맞잡았다. 그러다 자신도 차에서 내려 다가가려 했다.

"들어가!"

하지만 가까이 가기도 전에 재준이 소리를 냅다 질렀다.

"하지만……."

"차에 처박아 넣기 전에 들어가!"

부주의했던 자신의 행동으로 인해 애꿎은 사람이 다쳤다는 생각에 가만히 있을 수가 없었다. 그래서 미안하다는 말과 함께 모든 걸 수습할 생각이었다. 하지만 불같이 화를 내는 재준 때문에 은준은 차로 돌아가야 했다.

□　■　□

"여기 소주 한 병 더 주세요."

은준은 포장마차 이모가 건네주는 소주를 술잔에 따르며 짙은 한숨을 내쉬었다.

'다행히 많이 다치지는 않았어. 차가 서 있는 것을 보고 속도를 줄였대.'

오토바이를 타고 있던 남자는 구급차에 실려 갔고 차와 오토바이는 견인해 갔다. 그리고 덩그러니 남은 자신은 회사에서 기다리라는 재준의 말을 듣지 않고 바로 퇴근을 했다. 맨정신으로는 집에 갈 수가 없어 발길을 돌려 찾아온 곳이 이곳이었다.

"쓰읍."

술을 마시는데 왜 오른쪽 다리 정강이가 아픈 것일까. 은준은 오른쪽 다리를 테이블 밖으로 꺼내 이리저리 살펴봤다. 피가 난 것인지 바지가 발갛게 물든 것이 보였다.

"다쳤나?"

재준 선배가 확 끌어당기는 바람에 다치지 않았을 것이라 생각했는데 아니었나 보다. 집에 가서 자세히 살펴봐야겠다는 생각을 하던 은준은 이마를 짚었다. 지금 살고 있는 원룸을 얻기 위해 받은 대출을 아직 다 갚지 못했는데 엎친 데 덮친 격으로 사고가 난

147

것이다.

"내일은 그 남자한테 찾아가 죄송하다고 인사를 하고……. 하아, 미쳐."

차 수리비에 오토바이 수리비며 병원비를 생각하니 가슴이 답답해져 왔다.

Rrrrrr, Rrrrrr.

끈질기게 울리는 휴대폰으로 눈길을 떨어트린 은준은 재준의 전화인 것을 알면서도 받지 않았다. 그리고 곧이어 문자 하나가 도착했다.

[말 안 듣지? 회사에 있으라고 했잖아.]

단순한 문장인데 화가 났다는 것이 느껴져 기분이 참 이상했다.

'차에 처박아 넣기 전에 들어가!'

버럭 소리를 지르는 재준의 눈동자를 마주한 순간 그가 당황하고 있다는 것을 알았다. 그는 무엇 때문에 당황한 것일까. 자신 때문에 사고가 났으니 미안해할까 봐 보지 말라는 의미에서 그런 것일까.

[찾아가기 전에 제 발로 와.]

인내에 한계가 왔다는 것처럼 느껴졌다. 그러니 지금 재준과 맞닥트리면 혼쭐이 날 것이다. 하지만 그런 혼쭐 정도는 아무렇지도 않았다. 그가 자신에게 주려는 성적 수치심에 비하면. 그가 그때 다리를 벌리고 어쩌고저쩌고 그런 말만 하지 않았으면 이런 사고도 안 났을 텐데.

은준은 두 손에 얼굴을 묻었다가 마른세수를 하고는 팔짱을 꼈다.

[내가 찾는 순간 후. 회. 라는 것을 할 텐데?]

"그러니깐 그때 왜 그런 말을 해서는, 쯧. 그리고 나 다리 다쳤다고요."

홋. 은준은 아이처럼 그에게 징징거리고 있는 자신을 보자 어이가 없어 피식 웃어 버렸다.

"이것만 마시고 일어나자. 가다가 약국에 가서 약을 사고. 연고랑 붕대도 사고. 아, 빨간약도 사야 하나?"

혼자 중얼거리며 술잔을 채운 은준은 고개를 뒤로 젖히고는 술을 가볍게 넘겼다. 재준 선배와 만나는 순간부터 일이 자꾸만 꼬여 간다는 생각이 들었다.

"반잔밖에 안 남…… 흡!"

남은 술을 잔에 다 따르던 은준은 불쑥 들어온 손에 화들짝 놀라며 고개를 들었다.

"후회하고 싶어 여기서 버틴 거지?"

싸늘하게 말을 뱉은 재준이 시선을 떼지 않고 술을 꿀꺽 삼키자 은준은 위축된 눈동자만 또르르 굴렸다.

"일어나."

"……."

"들쳐 메고 갈 수도 있는데."

쿵! 땡그랑.

재준의 말에 놀라 벌떡 일어서던 은준은 플라스틱 테이블에 무릎을 부딪쳤다. 그리고 테이블 위에 있던 소주병이 바닥으로 떨어졌다. 깨지지 않은 소주병은 데구루루 굴러 은준의 발 앞에서 멈췄다.

"가, 가요."

은준은 가방에서 지갑을 꺼내 계산을 마치고 먼저 포장마차를 벗어났다. 하지만 몇 걸음 가지 못 하고 재준에게 팔이 붙들렸다.

"다리…… 다쳤어?"

그의 매서운 눈길이 다리에 닿았다가 자신의 얼굴을 쳐다봤다. 안쓰러운 눈길이라고 착각할 만큼 그의 표정이 일그러져 있었다. 지금 걱정하는 거야? 설마…….

"칠칠맞기는."

무심하게 한마디를 툭 던지는 재준을 보며 은준은 생각했다. 그가 조금만 더 자신에게 부드러워졌으면 좋겠다고.

"하앗!"

아스팔트 바닥에 쓸린 것처럼 상처는 꽤 넓었다. 그리고 시간이 지날수록 정강이뼈가 욱신거렸다.

"상처가 났는데 술이나 처먹고, 쯧."

그의 적나라한 핀잔에 은준은 입술을 삐죽 내밀었다가 고개를 돌렸다. 바지를 벗으라는 그의 말을 듣지 않고 집에 가서 혼자 치료하겠다고 버텼었다. 하지만 그는 자신의 말은 귓등으로 듣는 것인지 가위를 가져와 바지를 길게 잘라 버렸다.

요오드 용액을 묻힌 솜을 핀셋으로 집어 상처에 바르는 그의 미간이 잔뜩 구겨져 있었다. 그의 손길이 움직일 때마다 쓰라린 아픔에 은준은 얕은 비명을 터트렸다. 그러자 그가 손을 멈추고 자신을 빤히 올려다봤다.

"왜……요?"

뚫을 듯이 바라보는 그의 눈동자가 검게 물들어 있어 조금 무섭다는 생각이 들었다.

"병원에 안 가길 잘했다는 생각 중."

"네?"

"의사가 네 신음 소리에 어디 치료나 하겠어? 당장 눕히고 싶을 텐데."

당황한 은준은 발갛게 물든 얼굴로 재준을 노려봤다.

"말 좀……."

매번 낯부끄럽게 만들어야 직성이 풀리는 것이냐고 묻고 싶었다.

"너한테 말 곱게 할 생각 없어."

은준은 포기하듯이 고개를 저으며 한숨을 내쉬었다.

"다 됐어. 그런데 그 바지는 계속 입고 있을 건가?"

거즈를 붙인 다리를 내려다보던 은준은 너덜너덜 나부끼는 바지를 보고 미간을 모았다. 갈아입는 것이 좋겠지만 여기는 자신의 집이 아니었다. 그러니 갈아입을 옷이 없었다.

"일단 벗어."

재준이 친구한테 하는 것처럼 아무렇지 않은 얼굴로 말하자 은준은 어제와는 다를 것이라는 생각이 들었다.

"옷을 좀 빌려주면……."

"가지가지 한다."

또다시 핀잔을 준 재준이 드레스 룸으로 들어가자 은준은 옆머리를 귀 뒤로 쓸어 넘겼다. 오늘 일진이 왜 이리 사나운 것인지 모를 일이었다. 27년 전 세상으로 온 이날은 운이 나빴었던 걸까.

"아직 안 벗었어?"

뒤로 다가온 재준 때문에 화들짝 놀란 은준은 어정쩡한 자세로 돌아봤다. 그가 가져온 옷을 소파에 툭 던지고 자신을 뒤에서 안더니 가만히 속삭였다.

"오늘은 끝까지 갈 생각이니 도망갈 마음은 접어 둬."

"흡!"

놀란 은준이 숨을 들이켜고 벗어나려 했지만 힘을 가해 안고 있는 그에게서 빠져나가는 건 무리였다.

툭.

바지 버튼이 풀리는 순간 은준은 소름이 오소소 돋아났다.

"악!"

자신을 밀어 버린 재준 때문에 소파에 털썩 엎드린 은준은 정강이로 전해지는 통증에 미간을 모았다.

"내 걸 빠는 것이 싫으면 내가 너를 빨아 주지."

"!"

자세를 바로잡으려던 은준은 어깨를 흠칫 떨었다.

"정신 못 차릴 만큼 정성 들여 해 줄게."

피식 웃는 소리에 고개를 돌린 은준은 그의 잔인한 미소에 눈을 질끈 감았다.

"다른 놈들보다 나을 거야."

은준은 바지 지퍼를 끌어 내리는 재준의 손을 덥석 잡으며 저지를 했다. 검게 물든 재준의 눈빛이 자신을 베일 듯이 바라보고 있었다.

탁.

자신의 손을 쳐 낸 재준은 거침없이 바지를 끌어 내렸다. 화들짝 놀라 주저앉듯이 몸을 웅크리자 재준이 무너지지 못하게 허벅지 뒤쪽을 받쳤다. 브리프만 입고 재준의 얼굴 앞에 엉덩이를 들이밀고 있는 꼴이었다.

"아, 좋아서 미치는 건 책임 못 져."

비릿하게 입꼬리를 올리는 그가 오늘 밤 자신을 끝까지 놓지 않을 것 같은 예감이 들었다.

7화
씨발

"으……."

재준의 엄지가 뺨을 긋듯이 만지자 은준은 얕은 비명을 내뱉다가 그의 손을 탁 쳐 냈다. 익숙하지 않은 타인의 접촉에 대한 반감이 행동으로 나왔을 뿐인데 재준의 눈빛이 순간 거칠게 일렁거렸다.

바지 버튼이 풀리고 지퍼가 내려간 상황에서 브리프가 적나라하게 드러나 있어 은준은 가리고 싶었다. 하지만 재준의 손이 브리프의 허리선에 검지를 먼저 걸었다. 그대로 당긴다면 거웃이 드러날 것이다. 은준은 재준의 손을 막고 싶었다. 하지만 몸을 움직일 수 없었다.

자신의 눈동자를 가만히 들여다보는 재준의 눈빛이 묘한 색을 띠고 있었다. 고분고분하게 굴지 않으면 단번에 목덜미를 물어뜯을 것 같은 눈빛이었다. 즐기는 눈빛과 번뇌하는 눈빛이 뒤섞여 있는 듯도 했다.

"기회를 줄까?"

기회? 무슨 기회? 은준은 실낱같은 희망에 눈을 커다랗게 떴다.

"무슨……."

"내 앞에서 스트립쇼를 할 기회."

풍선처럼 부풀었던 희망이 푸쉬쉬, 소리를 내며 바람이 빠지고 있었다.

"벗는 것보다 벗겨 주는 걸 더 즐기려나?"

은준은 소파에 재준이 툭 던져 놓은 바지를 보다 그와 시선을 마주했다. 유연하게 대처하면서 빠져나가는 것이 현명한 방법일 것이다.

"생각해 봤는데……."

"생각? 누가 너한테 생각이라는 것을 하라고 했어?"

재준은 쓸데없는 소리를 미리 차단할 생각인지 싸늘하게 말했다. 하지만 은준은 애써 입가에 미소를 걸며 입술을 달싹였다.

"샤워하고 올게요."

"……하."

어이가 없다는 듯 재준의 눈이 가늘죽하게 떠졌지만 은준은 시간을 벌고 싶었다. 그에게 안기는 것쯤은 아무것도 아니라고 스스로 의미를 두지 말자 했음에도 마음 한구석이 '이건 아니잖아!' 하고 자꾸 외쳐 댔다. 그가 예전처럼 좋은 감정으로 대해 주기를 바라는 건 너무 큰 욕심이라는 것을 알면서도 자꾸 바라게 되었다.

"땀 냄새도 나고……."

"이은준, 꾀부리지 마."

씨알도 안 먹히는 재준을 보며 은준은 막막한 표정을 지었다.

Rrrrrr, Rrrrr, Rrrr.

갑자기 울리는 휴대폰 벨소리에 은준의 고개가 휙 돌아갔다. 가방 안에서 울리고 있는 휴대폰이 이리 반가울 수 없었다.

"전화……."

휴대폰을 받게 해 줄 것이라 여겼는데 그는 그럴 생각이 전혀 없는 듯했다. 자신을 빤히 내려다보며 아무것도 들리지 않는 사람처럼 조금도 움직이지 않고 있었다.

"받아야……."

"애인 전환가 보지? 그렇게 눈물 나게 간절한 표정을 짓는 것을 보니 저 휴대폰을 박살 내 버리고 싶네."

은준은 뱉으려던 숨을 삼키고 가방으로 시선을 보냈다. 자신도 궁금했다. 이 시간에 누가 전화를 했으며 받을 때까지 끈질기게 울리고 있는 것인지.

"애인과 통화하고 있는 상황에서 다른 놈이 핥아 주고 있으면 어떤 기분일 것 같아?"

"진짜 못된 거 알아요?"

"고마워, 나 못된 거 알아줘서."

하! 말을 말자. 은준은 답답하다는 듯 한숨을 내쉬다 눈을 동그랗게 뜨고는 재준을 빤히 바라봤다. 그가 가방 안에서 휴대폰을 꺼내 들더니 발신인을 보며 미간에 금을 팍 그었다.

"받아."

정말 학을 뗄 정도로 휴대폰이 울어서 그런 것일까. 이상한 소리를 하며 사람 복장을 뒤집던 재준이 순순히 휴대폰을 건네줬다.

"아……."

갑자기 변한 그의 태도에 영문을 모르겠다는 얼굴로 휴대폰을 받아 쥔 은준은 발신인을 보고는 짧은 간투사를 내뱉었다.

"짧게 통화해."

재준이 배려해 주는 것인지 몰라도 주방 쪽으로 가 버리자 거실엔 적막감이 들었다. 은준은 부재중 전화 목록을 바라보며 손을 움직이지 않고 있었다.

[네 원룸 앞에 왔는데 너 아직 퇴근 안 했어? 전화도 안 받고. 문자 보는 즉시 연락해.]

엄마가 말도 없이 자신을 찾아왔다는 사실에 은준은 휴대폰을 바스라지도록 움켜쥐다가 어쩔 수 없다는 얼굴로 통화 버튼을 눌렀다.

"왜 왔어요?"

엄마가 전화를 받자마자 은준은 감정이 배제된 목소리로 입을 열었다.

— 오늘이 네 생일이잖아. 잠깐 내려오라고 해도 바쁘다고만 해서.

은준은 눈을 감았다 떴다. 생일 같은 건 어렸을 때나 중요한 거라고 말하고 싶었다. 그때는 제대로 챙겨 주지도 않으면서 다 큰 어른이 된 지금 왜 이리 악착같이 챙기는 것이냐고 따지고 싶었다. 하지만 은준은 아랫입술을 질끈 깨물고는 말을 삼켜 버렸다.

"연락이라도 좀 하고 오지 그랬어요."

연락이 왔다면 친구들과 약속이 있다며 분명 오지 말라고 했을 것이다. 어떻게 해서든 엄마와 만나는 것을 피했을 것이다.

— 네가 열쇠를 줬으면 이렇게 안 기다려도…….

"곧 갈 테니 잠시만 기다리세요."

은준은 엄마의 다음 말을 기다리지 않고 전화를 끊어 버렸다.

태어나는 날부터 운이 나빴던 아이는 살아가는 내내 버거운 일만 겪어야 했다. 동생으로 태어났지만 동생이 아니었고, 연약한 여자였지만 마냥 약한 여자일 수 없었다.

"옷 갈아입어."

언제 왔는지 재준이 자신을 내려다보고 있었다. 통화하는 소리를 듣고 대충 짐작한 듯 소파에 던져두었던 옷을 집어 주었다. 고요하게 가라앉은 재준의 눈빛이 무거워 은준은 고개를 돌려 버렸다.

차창을 타고 흐르는 가로등의 불빛들은 질주하듯이 차를 빠르게 스쳐 지나가고 있었다. 입술을 꼭 감쳐물고 있는 은준의 얼굴이 굳어져 있었다. 발신인에 뜬 '어머니'라는 단어를 보는 순간 이상하게 가슴으로 싸한 통증이 일었다.

"흐음."

신호를 받기 위해 교차로에 멈춰 선 재준은 핸들을 왼손으로 꼭 한 번 움켜쥐었다가 놓았다.

은준과는 집안일에 대해선 세세히 말하지 않았었다. 한.살 위인 오빠가 심장병이라는 것 말고는 은준의 집이 어디인지, 부모님은 무엇을 하시는 분들인지 전혀 알지 못했다. 엄마에 대해 가지는 감정이 좋지 않다는 것만 어렴풋이 짐작할 뿐이었다. 그것을 뒷받침하듯 전화를 받던 은준의 태도는 쌀쌀맞기 그지없었다.

"저기 앞에 내려 주면 지하철 타고 갈게요."

재준은 대꾸하지 않고 좌회전 신호를 받으며 핸들을 꺾었다. 드레스 룸에 여자의 옷이 있을 턱이 없었다. 그래서 편하게 입기 좋은 옷을 대충 집어 왔는데 가위로 오린 바지를 입고 있는 은준을 보자 화가 다시 치밀었다. 잘 참고 상처를 치료해 주고는 막판에 심술이 난 격이었다.

피를 보는 것이 달갑지 않아 그랬는지도 모른다. 아니면 치료를 하지 않고 괜찮다고 버틴 은준 때문에 짜증이 났던 것인지도 모른다. 아무튼 괴롭히고 싶은 감정이었던 건 인정하는 바였다.

그런데 오늘은 괴롭힌다는 감정보다는 정말 안고 싶었다. 밤새 자신의 아래에 깔려 울고 애원하는 모습을 보고 싶었다.

"굳이 집까지 바래다주지 않아도……."

"너 좋으라고 하는 게 아니니 입 다물어."

재준은 은준의 말을 싹둑 자르고는 미간에 금을 그었다. 따지고 보며 자신이 은준을 바래다주는 것은 좀 쓸데없는 짓이었다. 그냥 가라고 하면 그만이었는데 무슨 오지랖이었을까.

힐끗 돌아보니 은준은 낮은 한숨을 쉬며 어깨를 추욱 늘어트리고 있었다. 그리고 무릎 위에 올려 둔 손을 뼈마디가 하얗게 드러날 정도로 맞잡고 있었다. 초조해하고 있는 모습에 의아함이 들었다. 엄마를 만나러 가는 딸의 일반적인 모습이 아니었다.

만나기 싫은 것일까. 두 사람 사이에 맺힌 앙금이 아직도 풀리지 않은 것일까. 은준이 엄마와의 사이가 평범하지 않았다는 건 알고 있었지만 신경이 쓰였다.

차 안에는 차갑고 음습한 기운이 휘몰아치고 있었다. 그 기운을 감지한 재준은 차창을 열었다. 공기를 바꿔 볼 생각이었는데 바람이 들어와 은준의 머리카락을 마구 뒤흔들어 놓았다.

가늘고 하얀 손가락으로 머리카락을 넘기는 은준을 보자 건침이 절로 넘어왔다. 자신의 바지를 입고 있는 모습에 기분이 묘하게 간질거렸다. 바지 속에 들어가 있는 매끈한 다리를 이미 알기 때문인지 만지고 싶다는 생각이 들었다. 당장 차를 세우고 은준의 위로 올라가고 싶은 충동이 일었다. 바지를 끌어 내리고 브리프 안에 숨어 있는 은밀함을 확인하고 싶었다.

"하……."

분명 조금 전에 제대로 보지 못한 아쉬움이 이런 충동질을 하는 것이다. 재준은 짙은 한숨을 쉬고는 차창에 팔을 걸치고 손을 살짝 내밀었다. 손가락 사이를 빠져나가는 바람의 감촉이 좋았다. 엘리베이터에서 은준의 머리카락 속으로 손가락을 넣었을 때 입술이 주는 달콤함과 손가락 사이에 흐르는 머리칼의 감각이 뒤엉켜 사람을 미치게 만들었다.

이은준은 자신에게 있어 항상 이성적인 생각을 못 하게 만드는 존재였다.

"……고마워요."

차가 멈추자 은준이 천천히 아주 느리게 인사를 하고는 차 문을 열었다.

"바지 흘러내리지 않게 꼭 잡아."

내리려던 은준이 멀건 얼굴로 돌아보더니 애써 벙싯 웃어 보였다. 그 모습이 짠하게 다가와 재준은 마음에 안 들었다. 엄마를 만나러 가는 분위기가 아니었다. 어디 채권자나 만나러 가는 것처럼 시간을 지체하는 듯 은준의 행동은 느릿느릿했다.

"바지…… 세탁해서 돌려드릴게요."

"됐어."

"하지만……."

"필요 없으니깐 버려."

"……."

가만히 쳐다보던 은준이 알겠다는 듯 천천히 고개를 끄덕이고는 차에서 내렸다. 헐렁한 바지의 허리춤을 움켜잡고 있는 모습이 우스꽝스러워 웃음이 나와야 할 것 같은데 오히려 심기만 불편해졌다.

은준의 눈이 빛을 잃어버린 듯 생기가 사라져 그런 감정이 드는 것일까. 자신에게 바락바락 대들던 눈빛이 차라리 낫겠다는 생각이 들 정도였다. 매번 눌러 버리고 싶어 했던 눈빛이었으면서 지금은 그 눈빛을 되찾아 주고 싶은 심정이었다.

"조심해서 가세요."

대꾸하지 않았다. 이상하게 배알이 꼬였다. 재준은 눈을 가늘죽하게 뜨고는 원룸 입구로 들어가는 은준을 바라봤다.

네가 그 말 하지 않아도 알아서 잘 간다고, 마음에 없는 인사 같은 건 하지 말라고.

비아냥인지 투덜거림인지 모를 말이 목구멍까지 올라왔다가 내려가 버렸다.

"저녁은 먹었니?"

원룸의 문 앞에 서 있던 유화는 딸을 보자마자 살갑게 말을 건넸지만 은준은 열쇠를 꺼내 문을 열며 건성으로 답했다.

"네."

포장마차에서 안주 겸 해서 먹은 국수가 저녁밥이었다. 술과 밀가루로 배를 채운 탓인지 헛배가 불렀다. 게다가 재준 선배에게 상처 치료는 안 하고 술을 먹었다고 욕을 들어 배가 고픈 줄도 몰랐다.

"너 좋아하는 잡채하고 전 여러 종류 해 왔는데 좀 먹어 볼래?"

식탁 겸 책상으로 쓰는 테이블에 들고 온 것을 올려놓고 정리하던 유화가 물었지만 은준은 고개를 저었다.

"배 안 고파요."

"그, 그래? 그럼, 냉장고에 넣어 둘게."

"네, 앉아 계세요. 옷 갈아입고 나올게요."

탁. 은준은 방에 들어와 미련 없이 문을 닫아 버렸다. 원룸에 있는 세 개의 문 중 하나인 방문이었다. 침대 하나가 놓여 있고 그 옆에 화장대로 쓰는 낮은 테이블과 작은 옷장, 그리고 전신 거울이 놓여 있었다. 혼자 머물기에 딱 좋은 공간이었다. 크지도 작지도 않은 공간. 자신의 힘으로 얻은 집이라 더 애정이 갔다. 그런데 이 공간에 엄마가 있다는 사실이 은준을 몹시 불편하게 만들었다.

"이런 바지를 입고 있는데도 엄마는 모르잖아요. 보통의 엄마들이라면 옷이 왜 그런 거냐고 먼저 물었을 텐데……."

은준은 씁쓰름한 얼굴로 혼잣말을 하다 바지를 벗었다. 정강이에 꽤 꼼꼼하게 붙어 있는 거즈를 보자 눈물이 핑 돌았다. 어리광을 부리고 싶었던 것일까. 그가 소독하고 약을 발라 주는데 아프다고 징징거린 건 기대고 싶어 그랬던 것일까.

자신을 미워하고 괴롭히고 싶어 하는 재준 선배인데, 상처를 보고 미간에 잔뜩 금을 그은 그를 보며 자신을 안쓰러워하는 건 아닐까 하고 생각했었다. 그래서 위로가 되었던 것일까. 술을 먹었다고 야단을 쳤지만 사실은 본인의 속이 상해 그런 것은 아니었을까.

똑똑.

"은준아, 차 끓여 놨는데……."

방문 앞에서 조심스럽게 말하는 유화의 목소리에 은준은 윗옷을 벗었다.

"곧 나가요."

반소매 면 티셔츠에 추리닝 바지를 입은 은준은 방에서 나와 식탁으로 쓰는 테이블로 다가갔다. 자신이 좋아하는 얼 그레이의 향이 향긋하게 퍼지고 있었다.

"아빠가 너 좋아한다고 사 오셨더라."

"네에……."

어쩐 일로 엄마가 얼 그레이 차를 다 준비했나 싶더니만. 은준은 머그컵을 두 손으로 감싸다 천천히 한 모금 마셨다. 떨떠름한 맛이 좋았다. 뒤끝에 오는 산뜻한 향도 좋았다.

"아빠가 최상급으로 구한다고 힘들었대."

은준은 맛을 음미하다 낮에 재준 선배의 본가에서 마신 홍차가 생각났다. 그 홍차와 같은 맛이었다. 입안에 퍼지는 향까지 똑같았다. 자신을 생각하며 최상급으로 고르고 골랐을 아빠를 생각하니 입가에 미소가 떠올랐다.

"저기, 은준아……."

은준은 미간을 설핏 모았다가 폈다. 엄마가 자신의 이름을 부르며 말을 꺼낼 때는 꼭 곤란한 부탁을 할 때였다.

"아빠하고 상의를 해 봤는데 직장 때문에 너 혼자 나와 있는 것이 걱정돼서……."

무슨 말을 하려고 저렇게 미적거리나 싶어 은준은 엄마를 말끄러미 바라봤다. 언제부터 그토록 걱정을 했다고 서두를 저렇게 꺼내는지 모를 일이다. 아빠라면 몰라도 엄마는 자신을 걱정하지 않았을 것이다.

"좋은 선 자리가 나와서……. 아니, 당장 결혼하라는 건 아니고."

"하아……."

은준은 두 손에 얼굴을 묻었다가 마른세수를 하고는 머리를 쓸어 넘겼다. 생일이라고 특별하게, 알뜰하게 챙기지 않던 엄마가 올라온 것부터가 이상하다 여긴 참이었다.

"아빠 은사님이 소개한 청년인데 인물도 좋고 집안도 좋고……."

"안 봐요."

"은준아?"

난처한 얼굴로 쳐다보는 유화의 눈길을 외면한 은준은 한숨을 길게 내쉬었다.

"피곤해서 먼저 잘게요."

"은준아, 네 나이가 지금 결혼할 적당한 시기야. 더 미뤄 봐야 좋을 것 없어. 여자는 가장 아름다울 때 결혼을 하는 것이 제일 좋아."

뭐, 아름다워? 한 번도 자신의 딸에게 예쁘다는 소리 한 번 해주지 않던 엄마였다. 오히려 오빠를 보며 남자인데도 어떻게 이렇게 예쁘냐고 입에 침이 마를 정도로 흡족해하던 엄마였다.

"왜 갑자기 결혼을 들먹이는 건데요?"

방으로 가던 은준은 돌아서서 유화를 똑바로 쳐다봤다.

"어?"

"아빠를 들쑤셔 그럴싸한 맞선 자리를 내놓으면 제가 나갈 줄 알았어요? 그러지 마세요. 나 위하는 척, 생각하는 척 그만 좀 해요!"

"은……준아."

놀란 유화의 얼굴을 본 은준은 아랫입술을 질끈 깨물고 고개를 돌려 버렸다.

결혼에 대한 부정적인 생각을 가지고 있었기에 부아가 치밀었다. 어쩌면 엄마가 권하는 맞선 자리라서 반감이 더 불같이 일었는지도 모른다. 언제부터 그렇게 딸을 위했다고, 언제부터 그렇게 관심을 가졌다고 이러느냔 말이다. 혼자 늙어 죽든 말든 무슨 관심이나 있었다고 이러느냐고!

□　■　□

혼자서 돌아가는 차 안에는 고요함보다는 적막감이 감돌았다. 재준은 신호에 걸려 정차하는 동안 팔짱을 끼고 도로를 멍한 눈길로 바라봤다.

'와, 저놈 미친 거 아냐?'

축구를 하다 그늘로 들어서서 시원한 바람을 기다리고 있었다. 친구 영광이 못마땅한 얼굴로 바라보는 곳을 향해 시선을 돌리니 은준의 앞에 남자아이가 한 명 서 있었다.

'저거 은준이한테 접근하는 거지? 너하고 사귀는 거 모르나? 쟤 전학 온 애야?'

본인의 일도 아닌데 열을 올리고 있는 영광의 목소리를 들으며 은준과 남자를 번갈아 쳐다봤다. 무슨 말을 하는지 멀어서 들리지 않지만 행동으로 대충 짐작할 수 있었다. 멋쩍은 듯 웃고 있는 얼굴과 민망한 듯 뒷머리를 긁적이는 것으로 보아 은준에게 뭔가를 요구하거나 답을 구하는 행동인 듯했다.

'쟤들 뭐냐! 이은준 남친이 재준인 거 모르는 애들이 없는데. 여기 이렇게 시퍼렇게 두 눈을 뜨고 있는데 뭐 하는 거야!'

자신보다 더 흥분한 영광의 목소리가 웅웅거리는 소리로 들렸다. 은준이 쟤는 어디를 가던 길이었을까. 저를 만나러 오던 길에 남자와 맞닥트린 것일까, 아니면 의도적으로 보여 주기 위한 쇼일까. 머릿속으로 무수한 가설들이 일어났다 사라졌다.

'웃었어! 이은준이 웃었다고!'

영광이 어이없다는 듯 두 팔을 허공에 번쩍 들고는 방방 뛰었다. 그런 영광을 보던 재준은 눈을 게슴츠레하게 뜨고 은준을 돌아봤다.

'은준이 웃으면 은근 귀엽고 예쁜데.'
'무슨 소리야.'

하성의 말에 영광이 따지듯이 나무라는 것을 들으며 재준은 한숨을 푹 내쉬었다. 은준의 무덤덤한 표정 속에서 한 번씩 지어 보이는 미소가 얼마나 예쁜지 자신도 이미 알고 있었다.

'안 되겠다. 이은, 읍!'

은준을 부르려는 영광의 입을 틀어막은 재준은 쓸데없는 짓 하지 말라며 일갈하고는 교실 쪽으로 방향을 틀었다. 왜 못 부르게 하냐며 영광이 뒤따라오며 투덜거렸지만 사뿐히 무시해 버렸다.

'분명 고백한 거 맞지? 민망하니깐 은준이 웃은 거고.'
'좀 그렇게 보이긴 했지.'

영광과 하성이 뒤에서 수군거리는 것을 들으며 재준은 미간에 금을 그었다. 부정하고 싶지만 자신에게도 그렇게 보였다는 것이 문제였다.

빵아앙!

신호가 바뀌어도 출발하지 않자 뒤차가 클랙슨을 울렸다. 재준은 차창에 팔을 걸치며 다른 손으로 핸들을 돌렸다.

은준을 눈여겨보는 남학생들이 꽤 많다는 것을 알게 되자 조금은 심란했었다. 가장 설레지 않은 고백으로 다가온 은준이 어느 순간 인지도 못 하고 있는 사이에 가장 큰 비중을 차지하고 있었다. 제 안에서.

철컥. 현관으로 들어서자 집 안의 적막감은 그 어느 때보다 더한 것 같았다. 은준을 이 집에 데리고 온 것부터가 잘못이었을까. 문득문득 은준의 환영이 보였다. 소파에서 자던 모습, 침대에서 발갛게 물든 얼굴로 어쩔 줄 몰라 하던 모습이 눈앞에 잔상으로 펼쳐지는 것이 못내 불만이었다.

눈을 질끈 감아 잔상을 지워 보려 했지만 그렇게 되지 않았다. 게다가 지금은 상처 때문에 앓는 소리를 하던 은준의 모습마저 이 집 안을 맴돌고 있었다.

"서재준, 이 미친놈."

미워서 안 찾았었다. 찾아봐야 이미 다른 남자의 여자일 것이라는 생각에 찾지 않았었다. 그런데 예쁜 미소를 지으며 회의실 단상 위에 서 있던 은준을 보는 순간 눈이 뒤집히고 심장이 벌렁거려 돌아 버릴 것 같았다.

딸깍. 재준은 냉장고에 있는 캔 맥주를 꺼내 벌컥벌컥 마셨다. 타는 갈증과 체온이 오르는 몸으로 인해 괴로웠다. 은준이 이 집에 얼마 머물지 않았는데 너무 많은 자리를 차지하고 있어 난감했다.

우우웅, 우우우우웅.

바지 주머니에서 진동하는 휴대폰을 내버려 둔 채 재준은 소파에 길게 누웠다. 거실 등 때문에 눈이 따가워 감았지만 피로감이 줄어들지 않아 팔을 들어 눈을 가렸다. 하루 종일 집에 혼자 있는 것보다 말 한마디 나누지 않아도 누군가가 곁에 있는 것이 얼마나 좋은 것인지 알고 있었다. 그저 함께라는 이유로 덜 심심하고, 덜 외롭고 덜 삭막하게 느껴지는 것을 알고 있었다.

우우우우웅.

꽤 오래 진동하는 휴대폰을 꺼낸 재준은 발신인을 보며 눈을 가늘게 떴다. '어머니'라고 저장된 글자를 보자 은준의 휴대폰이 떠올랐다. 여자들도 '어머니'라고 저장하는 것이 일반적인 걸까. 보통 '엄마'라고 저장하지 않나.

"고정 관념인가? 네, 재준입니다."

고개를 갸웃한 재준은 혼잣말을 하다 통화 버튼을 눌렀다.

— 재준아, 집에 들어갔니?

"네."

기분이 좋은지 어머니의 음성은 평소보다 한 옥타브 올라가 있었다. 낮에 드레스를 고르면서 어딘가 활기차 보였는데 그 여파가 아직 남아 있는 모양이었다.

— 이 대리한테 내가 드레스를 선물할까 하는데 괜찮겠지?

"네?"

재준은 눈을 커다랗게 뜨고는 소파에서 벌떡 일어나 앉았다. 드레스를 입어 보러 들어간 은준은 입지 않고 그냥 나왔었다.

은준이 어머니와 있다는 것을 알았다면 오라는 전화에 자신은 갔을까. 어머니의 옆에 앉아 조곤조곤 의견을 말하는 은준을 보는 순간 입술을 맛보고 싶은 충동이 일었다. 붉은 입술 속에 숨겨진 혀를 찾아 마음껏 유린하고 싶다는 생각이 드는데도 멋대로 할 수 없어 기분이 착 가라앉았었다.

— 오늘 도우미 쇼퍼한테 들었는데 이 대리가 안에서 그 드레스를 입었는데 너무 예뻤다고. 그 드레스의 주인은 이 대리밖에 없는 것 같다고 하는데 솔직히 보지 못해 아쉬웠거든. 그래서 그 드레스, 브랜드 론칭쇼 할 때 입고 오라고 선물해도 될까? 내가 너무 오버하는 것 같아 좀 민망하지만 해 주고 싶어서 그래. 앞으로 내가 많이 의지해야 하는 직원이기도 하고 그래서…….

속사포처럼 말을 쏟아 내던 어머니가 갑자기 뒷말을 흐리더니 이내 침을 꼴깍 삼키는 소리가 들려왔다. 자신이 못 하게 할까 봐 지레 긴장하는 것 같아 피식 웃음이 나왔다.

"어머니 편하신 대로 하세요. 전 상관없으니."

— 정말?

반색하며 좋아하는 어머니의 표정이 보이는 것 같았다. 그날 붉은 드레스를 입은 은준의 모습을 기대하라는 말을 끝으로 전화를 끓는 어머니의 목소리는 한층 들떠 있었다.

"기대요? 기대 안 해요."

재준은 이미 통화가 끊긴 휴대폰을 가만히 내려다보며 혼잣말을 했다.

"은준이는 기대하면 실망하게 만드는 애거든요, 어머니."

한쪽 입꼬리를 비틀어 올린 재준은 소파에서 일어나 입고 있던 셔츠 단추를 풀며 욕실로 향했다.

□ ■ □

"하루 종일 왜 이리 저기압이야?"

은준은 메일을 확인하다가 희경의 말에 고개를 들었다. 표를 내지 않으려 무진 애를 쓰고 있었는데 아니었나 보다.

"저기압처럼 보여?"

"응!"

희경이 고개까지 크게 끄덕이며 대답하자 은준은 애써 눈을 접으며 웃어 보였다.

"그냥 일이 많아 신경을 써서 그런가 봐."

"론칭쇼 준비 차질 없이 진행되고 있다고 승우가 그러던데. 무슨 문제 있어? 내가 모르는?"

커다란 눈을 깜빡이는 희경에게 은준은 고개를 저어 보였다. 준비는 나무랄 데 없이 착착 진행되는 중이었다.

"준비한 사은품도 아주 잘 나왔다고 승우는 대만족이라고 하더라."

"행사가 끝날 때까지 긴장을 놓을 수가 없어서 그래. 혹시나 하는 마음에."

"어이구 걱정을 사서 한다, 이은준답지 않게?"

은준은 희경에게 어깨를 으쓱해 보이고는 확인하던 메일 창을
닫았다. 밤새 잠을 못 잔 건 자신뿐만이 아니었다. 엄마의 퀭한 눈
동자를 보자 조금 미안함이 밀려들었다. 하지만 겉으로 드러내지
는 않았다. 출근길에 같이 서둘러 나와 내려간다는 엄마를 굳이 말
리지 않았다.

— 아빠가 우리 은준이 좋은 사람 만나게 해 주고 싶어서 만
든 자리야. 엄마가 만든 자리가 아니고.

출근하는 길에 아빠의 전화를 받고 아무 말도 하지 않았다. 아
빠 체면이 있으니 약속은 펑크 내지 말아 달라는 부탁에 겨우 알
겠다는 답을 한 것이 다였다. 엄마와 소원한 사이로 인해 아빠와는
상대적으로 가까웠지만 그것도 오빠 은형이 죽고 난 다음엔 그저
덤덤한 사이처럼 되고 말았던 것이다.

부모를 벗어날 수는 없다는 것을 알고 있지만, 벗어나고 싶은
마음이 간절했다. 이제 자신을 도구로 그만 보라고 말하고 싶었다.
오빠의 보디가드에서 이제는 두 분 삶의 희망이 되는 일이 더 끔
찍하다고 말하고 싶었다.

하지만 아주 어렸을 때부터 길들여져 있어 그런지 두 분이 슬퍼
할 것을 생각하면 마음부터 아팠다. 그래서 선택한 것이 떨어져서
보지 않고 사는 것이었다.

"나 디자인 부서에 좀 다녀올게."

"응, 수고."

가볍게 손을 들어 보이는 희경을 뒤로하며 사무실을 나서던 은준은 검지로 관자놀이를 지그시 눌렀다. 오후에 있을 맞선 생각을 하니 머리가 지끈거렸다.

"어? 어디 가?"

미간을 구기며 걷던 은준은 복도에서 승우와 맞닥트렸다.

"사은품 디자인 확인하러."

얼른 표정을 바꾼 은준은 애써 미소를 지었다.

"그거 내가 이미 다 봤는데 아주 멋지게 잘 나왔어. 우리 부서 여직원들이 탐을 내더라."

"아, 그래?"

은준은 환한 얼굴로 고개를 끄덕이며 디자인 부서 사무실로 걸음을 옮겼다.

"포장까지 디자인 부서에서 신경을 썼는데 받는 사람들 기분이 완전 좋을 것 같더라."

"포장?"

"어. 지원사업부에서 건의 넣은 거 아냐?"

은준은 처음 듣는 말에 멀건 표정을 지었다. 디자인 부서에서 지원을 요청한 적이 없어 모르고 있었다.

"우리 부서는 아닌 것 같은데?"

떨름한 자신의 말에 걸음을 멈춘 승우가 앞길을 반쯤 막고 서 있었다.

"그래? 난 당연히 지원사업부라고 생각했는데……."

의아한 얼굴로 고개를 갸웃거리는 승우의 뒤로 익숙한 인영이 비치자 은준은 저도 모르게 숨을 삼켰다. 디자인 부서 사무실에서 재준과 양 비서가 나오고 있었다.

"어? 이은준! 너 어디 가?"

"조용히 해!"

은준은 재준이 자신을 발견하기 전에 다른 복도로 방향을 휙 틀었다. 그런데 승우가 뒤에서 이름을 부르는 바람에 도망가는 것이 들통나고 말았다.

은준은 앞에 놓인 따뜻한 커피 한 잔을 마시며 구겨진 바지를 툭툭 털었다. 맞선 자리라서 치마를 입고 나와야 했지만 다친 다리로 인해 아직 치마는 무리였다. 상처 때문에 사람들의 관심을 받는 것이 싫어서 그런 것도 있었다.

"하아, 승우만 아니었으면……."

디자인 부서 사무실 앞에서 재준과 맞닥트려도 태연하게 굴었어야 했다. 마주치고 싶지 않다는 마음에 돌아선 건데 오히려 도망간다는 인식만 심어 준 것 같았다.

"이은준 씨?"

고개를 번쩍 든 은준은 타인에게 불린 자신의 이름이 무척 낯설게 느껴졌다.

"네? ……네."

검은색 뿔테 안경을 쓴 남자는 서글서글한 미소를 지으며 맞은편에 앉았다.

"제가 먼저 나와 기다렸어야 했는데 죄송합니다."

"아닙니다."

누가 먼저 기다리면 어떤가. 은준은 예의 바른 미소를 지으며 괜찮다는 듯 고개를 끄덕였다.

"실례되는 말이지만 제가 상상하던 것보다 더 예뻐서 놀랐습니다."

"아, 네에……."

맞선. 결혼에 뜻이 있는 사람들이나 하는 것을 왜 자신은 안 한
다고 뿌리치지 못하고 이 자리에 앉아 있는지 회의가 들었다.

"무슨 일을 하시는지 제가 듣지 못해서……."

기본적인 사항도 전해 듣지 못하고 나온 자리라 은준은 직설적
으로 물었다.

"아! 제 명함을……."

"!"

명함을 내미는 남자와 그 명함을 받으려 손을 내민 자신의 앞으
로 커다란 손이 불쑥 들어와 그것을 낚아채 갔다. 그 바람에 은준
과 남자의 시선이 자연스럽게 한곳으로 향했다.

"백은종합건설. 관리 이사 강세찬?"

은준은 맞선남의 명함을 낚아채 읽고 있는 재준을 보며 망연한
표정을 지었다.

"누, 누구십니까?"

당황한 남자가 엉거주춤 일어서자 재준이 어깨를 툭툭 치며 자
리에 도로 앉혔다. 그리고 그는 자신의 옆자리에 와서 앉았다.

"이은준하고 한 침대를 쓰는 사람입니다."

은준은 너무 놀라 커다랗게 뜬 눈으로 재준을 돌아봤다. 완벽한
깽판이라는 생각이 들었다. 굳이 미안한 얼굴로 맞선 상대자에게
거절의 뜻을 밝히지 않아도 되는 순간이기도 했다. 재준 선배가 어
디서 나타났는지 몰라도 참 절묘한 타이밍이라는 생각이 들었다.

"네에?"

제자리에서 풀쩍 뛰어오르다시피 한 남자는 재준의 말이 맞느냐

는 얼굴로 자신을 쳐다봤다.

"그게⋯⋯."

그냥 부정하면 되는 일이었다. 그런데 은준은 부정의 말 대신 애매모호한 태도를 취했다. 아니라고 해도 맞선남은 이미 재준 선배의 말을 믿는 눈치였다.

"이, 이런 난감한 일이⋯⋯."

"죄송합니다. 먼저 만나는 사람이 있다고 양해를 구했어야 했는데⋯⋯."

"하⋯⋯."

남자의 얼굴이 딱딱하게 굳어지는 것을 보며 은준은 한숨을 짧게 내쉬었다. 내일이 되면 집에서는 한바탕 난리가 나겠구나, 하는 생각이 들었다.

"이제 알았으면 그만 일어나시죠."

말은 예의 발랐지만, 재준의 태도는 삐딱했다. 비스듬히 기울인 고개, 거들먹거리듯 꼬고 있는 긴 다리가 불량스러웠다.

"죄송합니다."

은준은 고개를 숙여 맞선남에게 미안함을 전했다. 둘 사이에 낀 그는 죄도 없이 일방적으로 당한 꼴이었다.

"하아, 황당하기는 하네요."

남자가 재준을 관심 있게 한 번 훑어보더니 자리를 떴다.

"어떻게 여기에⋯⋯."

은준은 남자가 연락을 하겠다는 말을 남기고 자리를 뜨자 재준을 향해 물었다. 하지만 그는 턱을 괸 채 자신을 뚫을 듯이 바라보기만 했다. 유리라면 진동파음에 깨질 정도로 그의 눈빛은 날카롭게 자신을 뒤흔들고 있었다.

"내가 호구로 보이지?"

그의 목소리는 지독하게 메말라 있었다.

"내가 뺨을 한 대 날려야 정신을 차릴 건가?"

어금니를 꽉 물고 말을 내뱉는 재준은 정말 뺨을 한 대 날릴 기세였다. 하지만 은준은 차분한 얼굴로 되물었다.

"나 미행한 거예요?"

그럴 리 없다는 것을 알면서도 은준은 그렇게 물었다. 그러지 않고서는 그가 이 자리에 나타난 것이 이해되지 않았다. 아니면 누구나 드나들 수 있는 호텔이니 우연히 보았을 수도 있으려나.

"네까짓 게 뭐라고 미행까지 시켜? 너 자신이 아주 대단한 사람이라고 착각하고 사나 봐?"

신랄하게 말하는 재준의 입꼬리가 못마땅함으로 물들어 있었다.

"대단한 사람이라고 생각하지 않아요. 그냥 우연인지 아닌지 궁금했을 뿐이에요."

"지금부터 네가 궁금해해야 하고, 생각해야 할 건 내 앞에서 다리를 어떻게 벌릴지, 그거 하나야."

은준은 낯 뜨거운 재준의 말에 입술을 질끈 깨물고 눈을 흘겼다.

"조신한 척, 얌전한 척하면서 어떤 놈 인생을 조지려고, 씨발."

기분이 언짢음을 감추지 않는 재준을 보며 은준은 고개를 절레절레 저었다.

"회사에서는 줄행랑을 치더니 여기선 사람 염장을 질러? 씨발, 못된 짓만 골라 하네."

말아 쥔 재준의 주먹이 분노를 움켜쥐고 있는 것 같았다. 그래서 욕설을 하며 그 분노를 표출하는 것처럼 보였다.

"······씨발."

은준은 재준의 욕설을 따라 해 봤다. 순간 속이 시원해지며 묵은 체증이 내려가는 것 같았다.

"욕이 시원하네요?"

"하! 씨발, 사람 돌게 하는 것도 가지가지다."

어이가 없다는 듯 힐난하는 재준의 말에 은준은 심호흡을 했다. 그가 자신을 위해 희생한 것을 잘 알고 있었다. 그래서 그가 더 화를 내고 있다고 생각했다.

"선배가 그때 나한테 해 준 모든 일······."

"씨발, 새삼스럽게 감사패라도 주려고?"

"하, 씨발."

"돌았냐?"

"씨발. 이 욕 진짜 시원하네요."

재준의 눈빛이 험악하게 변했지만 은준은 피식 웃어 버렸다. 욕이 이렇게 속을 시원하게 할 수도 있는 것인지 몰랐다. 그때는 악에 받쳐 내질렀던 욕인데.

8화
첫 관계

"죽을래?"

재준은 팔을 괴고 자신의 턱을 그러쥔 채 은준을 차갑게 쳐다봤다. 지금 누구 앞에서 욕을 입에 담고 있느냔 말이다.

"……안 죽고 싶은데요?"

"하! 기어오르니깐 재미있냐?"

짜증을 내고 있는데도 겁을 먹지 않고 빙그레 웃고 있는 은준을 보자 심기가 또 뒤틀렸다. 우연히 지나가다 본 은준의 모습에 심장이 먼저 왈칵 반기를 들었다. 퇴근 시간 이후였으니 업무적인 일이 아니라는 판단이 서자 눈이 확 뒤집어졌다. 남자의 멱살을 잡아채고 싶었지만 그 순간 명함을 대신 낚아챈 건 한 줄기의 이성이 남아 있었기 때문이었다.

"웃어?"

은준이 어깨를 으쓱하며 미소를 지우지 않고 자신을 보고 있었

178

다. 맞선 자리를 파투 낸 것인데 남자와 있을 때보다 여유로워 보였다. 심지어 홀가분하다는 듯 가볍게 어깨를 으쓱하기까지 했다. 얘 도대체 뭐지? 하는 생각이 9년 전처럼 떠올랐다.

"그럼 울까요?"

얘는 왜 이리 태연하게 굴어 사람 속을 뒤집는지 모르겠다.

"씨발, 따박따박 말대꾸하는 꼴 봐."

"또 욕을……. 나도 할까요? 씨발?"

재준은 사나운 눈길로 입술 끝을 올리고 있는 은준에게 손을 뻗었다. 웃지 말라니까 자꾸 웃고 있어.

"씨발, 한 번만 더 욕하면 그땐 사정 안 봐주고 쥐어박는다."

은준의 뒷머리에 손을 얹은 재준은 나지막하며 음산하게 말했다. 그날 은준이 발악하며 내뱉던 욕설보다 핏발이 선 눈동자가 더 안타깝고 아팠다. 아프지 말았으면 했던 은준이 완전히 무너져 내렸을 때 자신은 아버지를 찾아가 빌었다.

"왜 나는 욕을 하면 안 되는데요?"

따지고 드는 은준을 보며 재준은 고개를 삐딱하게 기울이고 눈을 가느다랗게 떴다. 그 일이 있은 후로 다시는 저 고운 입술에서 그 험한 말이 나오지 않게 하겠다고 다짐했었다. 그런데 '씨발'을 아주 자연스럽게 따라 하고 있어 기가 찼다.

"나 욕 처음 하는 것도 아닌데……."

"그래, 때리는 것보다 이게 낫겠다."

"읍!"

재준은 은준의 뒷머리에 얹은 손에 힘을 줘 자신에게로 끌어당겼다. 놀라 벌어진 입술 사이로 혀를 넣어 휘젓듯이 속살을 핥고 혀를 감아올렸다. 달아나려는 은준을 더 끌어당기며 아랫입술을 자신의 입술로 꽉 깨물었다.

"하아…… 지금 여기서……."

당황한 은준이 사람들의 시선에 어쩔 줄 몰라 하며 입술을 감쳐 물자 재준은 훗, 하며 콧방귀를 꼈다.

"또 해 봐, 욕."

화난 눈빛으로 나무라는 은준을 보며 재준은 입꼬리만 올려 미소를 지었다. 그제야 뒤틀린 심사가 조금 나아지는 기분이었다. 남들 시선이 뭐 그리 대수라고. 아무것도 모르는 남이 나를 살려 줄 것도 아닌데 말이다.

"씨발, 좆만 한 게 기어오르고 있어."

은준이 억울해 죽겠다는 얼굴로 아랫입술을 깨물며 노려보자 재준은 후련해지는 속을 느끼며 피식 웃었다. 어딜 감히 기어올라.

"계속 앉아 있을……."

말이 채 떨어지기도 전에 은준이 벌떡 일어나더니 카페를 쏜살같이 빠져나갔다. 재준은 엄지로 아랫입술을 닦으며 유유자적한 걸음으로 호텔 카페를 나섰다.

"어디로 모실까요?"

"성북……."

밖으로 나온 은준은 앞에 서 있는 택시에 올라 행선지를 말하려다 재준이 문을 벌컥 여는 바람에 망연한 표정을 지었다.

"기사님, 명진빌라로 부탁합니다."

"일, 일행이십니까?"

자신처럼 당황한 택시 운전사가 뒤를 돌아보며 그를 한 번 훑어보더니 눈을 끔뻑였다.

"아니……."

"네, 일행입니다."

아니라는 말을 하려는데 재준이 먼저 입을 열어 기회를 앗아 갔다. 은준은 불만스러운 얼굴로 재준을 쳐다보며 입을 비죽 내밀었다.

"그게 그렇게 화낼 일이야? 내가 집에 가서 더 진하게 안아 주면 되잖아? 여기 호텔보다 집이 더 깨끗해."

"!"

은준은 화들짝 놀라 항의하듯 재준을 향해 몸을 약간 틀어 앉았다. 능글맞게 웃고 있는 재준을 보자 속에서 불이 확 일었다. 장난이 심한 것 아니냐고 말해야 하는데 입술이 떨어지지 않았다. 아니, 입술은 놀라 벌어졌는데 말이 나오지 않았다.

"으흠!"

택시 운전사의 헛기침 소리에 은준은 입술을 질끈 깨물고는 주먹을 말아 쥐었다. 그래, 재준 선배가 언제는 제멋대로 안 굴었었느냔 말이다.

"쳇."

은준은 기분 나쁘다는 듯 혀를 차고는 차창 밖으로 시선을 돌려 버렸다. 그가 일부러 무안하게 하려고 하는 것을 깨닫자 한 번 보고 말 택시 운전사의 생각까지 신경 쓰고 싶지 않았다.

"내려."

그가 내리고 나면 다시 출발해 달라고 하려 했는데 문을 붙잡고 버티고 있어 난처했다.

"허허, 애인이 한 고집 합니다."

택시 운전사마저 웃음을 지으며 난처해하고 있었다. 택시 운전사에게 미안해서라도 내리지 않을 수가 없었다.

"고맙습니다."

은준은 택시 운전사에게 미안한 얼굴로 인사를 건네고는 차에서 내렸다.

"아!"

택시에서 내리자마자 재준의 커다란 손이 자신의 팔을 잡았다. 횡 가 버린 택시가 그리 아쉬울 수 없었다. 저를 구원해 줄 수 있는 택시가 외면하며 버리고 가는 기분마저 들었다.

"아니, 그 일은 진행하기로 했어. 뭐? 전무가? 하아……."

자신보다 나이가 있는 임원들과 일이 잘 안 풀리는지 통화를 하던 재준이 짙은 한숨을 내쉬었다. 깔끔하게 넘긴 머리카락 사이로 손가락을 넣어 쓸어 넘기는 모습이 꽤 매혹적이었다. 반듯하면서도 퇴폐적인 느낌을 동시에 가지고 있는 남자였다. 고등학생 때 보았던 모범생의 이미지가 아직 남아 있기도 했다. 비록 지금은 말끝마다 욕설을 내뱉고 있지만.

"알았어. 내가 내일 설득하지. 어. 서류는 책상 위에 두고 퇴근해."

그는 통화를 하다 자신을 빤히 바라봤다. 자신이 쳐다보고 있어 그런 것인지 몰라도 뭔가 마음에 안 드는지 미간에 금을 쫙 그었다.

"아니, 양 비서. 내일 오후에 미팅 잡아."

통화를 끝낸 재준이 휴대폰을 바지 주머니에 넣고 뻐딱한 자세로 은준을 내려다봤다. 은준은 그런 재준을 의아한 눈길로 올려다봤다. 그러자 그가 한쪽 입꼬리를 비틀더니 입을 열었다.

"안 열어 주면 못 들어가? 아님, 달아날 생각인가?"

빌라 입구의 비밀번호는 몰랐기에 가만히 있었을 뿐인데 재준은 다르게 해석하고 있었다.

"그게 아니라……."

"들어가."

다시 자신의 팔을 잡은 재준은 빌라 입구를 지나자 팔을 놓아주었다. 둘밖에 없는 엘리베이터 안이 숨통을 조이는 것 같았다. 팔짱을 끼고 옆에 서 있는 재준의 숨소리가 낮게 귓가를 울리고 있어 몸이 바짝 긴장되었다.

Rrrrrr, Rrrrrr.

"!"

휴대폰이 올리자마자 재준의 손이 가방을 낚아채듯 가져갔다. 휴대폰을 찾아 든 재준이 발신인이 누구인지 잘 보이게 내밀어 주었다.

"받을 거야?"

엄마였다. 맞선을 본 결과가 궁금해 전화를 걸었을 수도 있고, 그 남자가 벌써 미주알고주알 떠들었을 수도 있었다.

"아뇨."

말이 떨어지게 무섭게 재준이 휴대폰의 전원을 끄며 '잘 생각했어.'라고 말했다. 그러고는 휴대폰이 애물단지라도 되는 양 가방에 툭 던져 넣었다.

"열어."

집 앞에 도착하자 재준이 팔짱을 낀 채 한쪽 어깨를 벽에 기대며 삐딱하게 섰다. 재준의 뒤로 보이는 엘리베이터가 참 멀게 느껴졌다.

"비밀번호 알잖아."

낮게 깔린 재준의 음성을 들으며 은준은 번호를 천천히 눌렀다. 삐리릭, 하며 열리는 문을 잡은 재준에 의해 은준은 떠밀리듯이 집 안으로 들어섰다.

"훗."

재준에게 몸이 휙 돌려진 은준은 방어할 틈도 없이 그의 혀를 받아들여야 했다. 성마르게 속살을 더듬고 핥고 빨아 대는 그로 인해 고개가 젖혀졌다.

"이은준."

귓가로 옮겨 간 재준의 입술에서 뜨거운 숨결이 흩어져 나와 귓바퀴로 흘렀다.

"다른 놈 만날 생각을 하다니, 겁을 상실했어? 아님, 내 밑바닥까지 보고 싶어 도발한 건가?"

"도발한 적 없어요."

"씨발, 웃기고 있네. 그럼, 왜 하필 그 호텔이었는데?"

우연일 뿐이라고 말하고 싶었지만 이미 눈이 뒤집힌 재준을 향해 말해 봐야 소용이 없을 것 같았다.

"각오 단단히 해. 지금 널 어떻게 벌줄까 그 생각뿐이거든."

거침없이, 꺼릴 것 없이 말하던 재준이 알아들었냐는 듯 뺨을 톡톡 두드리자 은준은 눈살을 찌푸렸다.

"헛!"

자신을 번쩍 안아 든 재준이 방으로 성큼성큼 걸어가자 은준은 몸이 바들바들 떨렸다. 그에게 매달릴 수도 그를 내칠 수도 없는 상황에 직면하자 머릿속이 엉망이었다.

퉁!

재준이 구두를 벗겨 바닥으로 던졌을 때 은준은 자신이 아직 구두를 신고 있었음을 알았다.

"아, 잠시, 잠시만……."

거칠게 자신의 재킷을 벗은 재준이 은준의 재킷 단추를 뜯듯이 끄르고는 블라우스 단추를 잡아채자 그녀가 그를 저지했다. 하지만 아무 소용이 없었다. 호텔에서 집으로 오는 동안 그가 얼마나 참았는지 보여 주려는 듯 맞붙은 입술이 거칠게 은준을 탐하고 있었다. 그에게 깨물린 입술은 잘근잘근 씹히다 핥아졌고 당황하며 이리저리 헤매던 혀는 그에게 뿌리가 뽑힐 듯이 빨렸다.

투두툭, 소리가 날 정도로 블라우스 단추가 풀리자 그가 갑자기 움직임을 멈췄다. 브래지어에 가려져 있지만 드러난 맨살로 인해 은준의 몸이 가늘게 떨리며 볼이 점점 발갛게 물들었다.

"씨발. 연기력 좋은데?"

"앗!"

못마땅해 죽겠다는 듯 말한 그가 브래지어를 밀어 올리고는 유두를 꽉 깨물자 은준은 비명을 터트렸다. 며칠은 굶주린 아이처럼 게걸스럽게 빨아 대는 재준으로 인해 은준은 몸이 배배 꼬였다. 이전과는 다른 접촉에 숨이 넘어갈 것 같았다.

젖무덤의 유두를 번갈아 가며 핥고 빠는 재준은 사정을 봐주지 않을 것처럼 조금의 여유도 없었다. 조금만 부드럽게 해 주었으면 하고 바랄 정도로 그는 거칠고 급하게 유두를 빨고 깨물었다.

"훗, 그만……."

유두를 입안에 넣고 혀로 굴리던 재준이 얼굴을 가까이 하자 닿은 거리만큼 호흡이 진하게 느껴졌다.

"하앗!"

그가 엄지와 검지로 유두를 잡고 비틀자 은준은 또 한 번 비명을 터트렸다.

"이렇게 반응하면서 뭘 그만이야."

비릿하게 웃은 재준이 바지 버튼을 풀자 은준은 저도 모르게 허벅지를 꼭 붙였다. 지난번 재준이 손가락을 넣었을 때 까무러칠 것 같던 기억이 떠올라 온몸이 붉게 익어 버리는 것 같았다.

거침없이 지퍼를 내린 재준이 자신을 툭 밀어 뒤집어 버리자 은준은 상체를 일으키려 했다. 그런데 몸을 일으키기도 전에 재준의 손에 바지와 브리프가 내려가고 엉덩이가 드러났다. 민망함이 몰려들어 은준은 숨고 싶었다.

"아!"

허벅지를 있는 힘껏 꼭 붙이고 있었지만 재준은 너무나도 쉽고 능숙하게 자신의 엉덩이를 하늘로 치켜올리게 만들었다. 얼굴은 침대 시트에 처박고 엉덩이는 위로 치켜올린 모습을 상상하니 얼굴에 민망함이 가득 들어찼다.

은준은 할 말을 잃은 얼굴로 재준을 돌아봤다. 하지만 재준은 보이지 않고 그의 손에 의해 바지와 브리프가 무릎까지 내려갔다. 어설프게 벗겨진 바지가 오히려 두 다리를 묶는 사슬이 되어 버렸다.

"아윽!"

엉덩이 사이로 불쑥 들어온 재준의 손가락이 여린 살을 문지르자 은준은 시트를 움켜쥐었다. 머릿속이 하얗게 비워지는 기분에 손이 부들부들 떨렸다. 그러다 좁은 살을 비집고 그의 손가락이 안으로 밀고 들어오자 은준은 고개를 번쩍 들었다. 민망한 자세로 있는 자신을 놀리듯이 희롱하는 재준이 미웠다.

"하지…… 하지 마……요."

여린 살을 비집고 들어와 들쑤시는 재준의 손가락은 기괴하게 움직이는 것 같았다. 질벽을 긁는 것인지 그냥 들어왔다 나갔다만 반복하는 것인지 모를 정도로 눈앞이 아득해졌다. 낯선 감각에 은준은 베개를 물고 입을 틀어막았다.

"뭘 하지 마? 입 다물고 가만있어. 두 개로 쑤시기 전에."

은준은 눈을 감고 입술을 꽉 깨물었다. 지금도 화끈거리는 자극으로 인해 헐떡거리고 있는데 그가 손가락을 두 개 넣으면 아마 기절하고 말 것이다.

"윽!"

재준이 손가락을 쑥 빼 버리더니 탄력 있는 엉덩이 살에 스윽스윽 비벼 댔다. 뜨거운 액이 엉덩이에 닿자 뒤를 돌아보던 은준은 짧은 간투사를 내질렀다. 여린 엉덩이 살을 깨물어 버린 재준으로 인해 통증이 일었다. 보이지 않지만 분명 잇자국이 선명할 것이라는 생각이 들었다.

"흐웃."

자신을 다시 반듯하게 눕힌 재준이 무릎에 걸쳐져 있던 바지와 브리프를 벗겨 냈다. 그러고는 발목을 잡고 양쪽으로 다리를 벌렸다. 은준은 낯 뜨거운 모습에 고개를 돌리고 손으로 눈을 가려 버렸다.

"재미있는 것 보여 줄까?"

재준의 잔뜩 갈라진 목소리에 은준은 눈을 가렸던 손을 치우고 그를 쳐다봤다. 그러자 재준이 오른쪽을 손가락으로 가리켰다. 다른 곳보다 지대가 높아 야경이 멋들어지게 펼쳐져 있는 빌라였다.

침대 옆 협탁에 놓여 있던 스탠드에서 불빛이 환하게 밝혀지자 침대에 누워 있는 자신의 모습이 유리창에 비쳤다. 자신의 다리를 벌리고 그 사이에 앉은 재준과 반쯤 벗고 있는 자신의 모습에 은준은 충격을 받았다.

"내가 어떻게 하는지 잘 안 보이면 저곳으로 봐. 관음증을 즐긴다면 좋겠는데."

상처를 주려는 것인지 재준의 말은 자신을 거침없이 희롱하고 있었다. 두 다리 사이로 고개를 숙이는 재준을 유리창으로 본 은준은 화들짝 놀라며 다리를 움직이려 했지만 마음대로 되지 않았다. 안 되면 손으로라도 음부를 가려 재준을 막으려 했는데 한발 늦고 말았다.

밀림을 헤치고 길을 찾는 사람처럼 재준이 손가락으로 거웃을 가르듯이 헤쳤다. 그 낯선 움직임에 몸을 비틀었지만 그건 생각뿐이었다. 재준에게 잡혀 눌린 허벅지는 침대에 단단하게 고정되어 있었다. 남자의 힘이 세다는 것은 익히 알고 있었지만 이런 식으로 알고 있지는 않았다.

"움찔움찔하며 어서 오라고 손짓하는데?"

재준의 눈에 경멸이 담겨 있음을 깨달은 은준은 입술을 깨물고 그를 노려봤다. 그냥 아무 말도 하지 말고 빨리 끝내 달라고 말하고 싶었다.

"그냥 해요."

한마디를 겨우 뱉은 은준은 덜덜 떨리는 턱을 진정시키려 입술을 아프게 다물고 있었다.

"애무는 필요 없나 봐? 하긴, 스스로 이렇게 흥분해서 줄줄 흘리고 있는데 애무는 쓸데없는 시간 낭비인가."

재준이 허리 벨트를 푼 뒤 바지를 벗는 소리에 은준은 두 주먹을 불끈 쥐었다.

"흡."

그의 남성이 여음에 닿자 은준은 반사적으로 몸에 힘을 주었다. 두려움이 일었다. 경험해 보지 않은 일이 일어나고 있었지만 어떻게 대응을 해야 할지 몰랐다.

"아아악!"

저도 모르게 비명이 터진 은준은 시트를 있는 대로 움켜쥐고는 몸에 더 힘을 주었다.

"젠장!"

욕설을 내뱉은 재준이 한 손으로 머리를 쓸어 넘기더니 무릎걸음으로 한 걸음 다가와 몸을 들이밀자 아래가 블록을 끼우듯 꽉 맞물렸다. 그러자 은준은 고통스러운 아픔에 눈물이 핑 돌았다. 그나마 다행인 것은 그가 움직이지 않고 가만히 있다는 것이었다. 거친 숨을 내뱉으며 눈을 가늘게 뜨던 재준이 슬쩍 움직이자 은준은 입술을 깨물었다.

"훗."

눈에 가득 맺혀 있던 눈물이 눈꼬리를 타고 흘러내리자 재준의 미간이 험악하게 구겨졌다. 마치 왜 우는 것이냐는 듯 나무라는 눈빛이었다.

"으읏."

재준이 자신의 허리를 잡고 엉덩이를 들게 하자 아래가 더 깊이 맞물리며 교골에 그의 단단한 남성이 느껴졌다. 재준이 몸을 한 번 튕길 때마다 은준은 신음을 터트렸고 그가 움직일 때마다 거친 숨을 토해 냈다.

아아윽, 하아, 아응 같은 신음이 여과 없이 나오는 자신의 입술을 틀어막고 싶을 정도였다. 견딜 수 없이 아픈데 재준이 멈출 기미가 없어 보여 은준은 악으로 버티고 있는 심정이었다.

"흑."

고개를 돌리다 유리창에 비친 모습에 은준은 눈을 감아 버렸다. 침대에 닿아 있는 건 자신의 머리와 어깨뿐이었다. 재준과 교합을 이루고 있는 부분은 정확하게 맞닿아 있었고, 그의 손은 자신의 무릎 뒤를 안아 올려 받치고 있었다. 서로가 서로에게 맞물려 받쳐지고 있는 모습이었다.

여음에 닿은 그의 남성은 지칠 줄 모르는 활화산처럼 들이쳐서는 출렁였다가 빠져나가더니 다시 또 들이쳤다. 끊임없이 움직이며 박아 대는 재준으로 인해 은준은 기운이 눌려 맥이 풀렸다.

"이은준, 너……."

멈추지 않을 것 같던 재준이 갑자기 멈추더니 자신을 빤히 내려다보고 있었다.

"씨발, 아니지?"

은준은 무슨 말인지 몰라 재준을 멍한 눈으로 바라봤다. 그 와중에 교골에 닿은 재준의 남성이 적나라하게 느껴져 입술을 질끈 깨물었다.

"하아…… 완전 사람을 갖고 놀아. 좆같네."

그가 왜 저리 짜증을 내고 화를 내는지 몰랐기에 은준은 가만히 있었다. 그저 이제 곧 이 교합이 풀릴 것이라는 생각만 했다.

그런데 재준이 자신의 허리를 침대에 사뿐히 내려 주더니 고개를 숙이고 유두를 덥석 물었다. 너무 아프게 깨물어 은준은 아! 하고 비명을 질렀다. 뽑아 버릴 듯이 빨던 재준이 이로 잘근잘근 씹어 대자 은준은 괴로웠다. 거칠 것이라는 예상은 했지만 몸이 이렇게 바들바들 떨릴 정도로 힘든 일인지는 몰랐다.

"아앗, 아, 아, 아······."

유두에서 입술을 뗀 재준이 시선을 마주하며 몸을 움직이자 은준은 그의 움직임에 맞춘 듯 일정하게 숨을 토해 냈다. 점점 **빨라**지는 재준의 몸짓을 다 받아 내는 건 정말 버거운 일이었다.

"으윽!"

뜨거운 액체가 확 뿌려지자 배 위가 정액으로 가득 찼다. 자신을 놓아준 재준이 엉거주춤하게 걸쳐져 있던 바지를 끌어 올리고 어딘가로 가 버리자 은준은 숨을 몰아쉬었다.

오빠를 제대로 보살피지 않았다고 엄마에게 맞았을 때도 이렇게 몸이 처지지는 않았는데, 지금은 손가락 하나 움직이기 싫을 만큼 기운이 **빠져** 있었다. 그리고 두 다리 사이가 말로 다 할 수 없을 만큼 화끈거리고 욱신욱신 아파 왔다. 여음 주위는 말할 필요도 없이 얼얼한 통증에 사로잡혀 있었다.

탁. 욕실에서 나온 것인지 재준이 손에 타월을 들고 다가왔다. 흐트러진 모습으로 침대에 누워 있는 자신이 민망해 은준은 일어나려 했다.

"가만있어."

다가온 재준이 타월로 배 위를 꼼꼼히 닦아 주자 얼굴이 화르르 불길에 휩싸이는 것 같았다. 타월을 이리저리 접어 가며 닦아 주는 재준은 말이 없었다. 분명 또 힐난을 하고 나올 것이라 여겼는데 그게 아니라서 불안해지기 시작했다. 뭐가 잘못된 것일까. 어딘지 모르게 고민하는 듯한 재준의 얼굴이었다.

그가 한 번으로는 안 끝난다고 했는데 어쩌면 그의 마음이 바뀌어 한 번으로 끝날지도 모른다고 생각했다. 그래서 기뻐해야 할 것 같은데 왜 기쁘지 않은 것인지 몰라 은준은 눈을 감았다. 묘하게 얽힌 감정들이 널을 뛰고 있었다.

"씻고 나와. 데려다줄 테니까."

재준이 그 말만 하고 방을 나가 버리자 은준은 힘을 그러모아 일어나 앉았다.

"!"

침대에서 발을 내리려던 은준은 붉게 물든 시트를 발견하곤 적잖이 당황했다. 낙인처럼 물든 시트가 처음임을 확연하게 드러내고 있었다. 재준이 '아니지?' 하고 물은 뜻을 이제야 깨달은 은준은 난감한 얼굴을 두 손에 묻었다.

□ ■ □

— 어떻게 일주일이나 연락이 없을 수 있니? 엄마하고 아빠가 무척 궁금해하는 거 몰랐어?

맞선을 본 그날 저녁, 재준 선배와의 일 때문에 정신이 하나도 없었지만 엄마와 통화를 안 한 것은 아니었다. 늦은 밤 전원을 켜자마자 휴대폰을 울리게 한 사람이 엄마였다. 그러니 연락을 하지 않았다는 말은 맞지 않는 투정이었다. 잘 만나고 왔다는데도 엄마는 더 자세히 알고 싶어 했다. 무슨 얘기를 했는지, 앞으로 어떻게 할 것인지를 캐묻는 엄마에게 사실 해 줄 말이 없었다.

"저 지금 바빠요."

— 많이 바쁘니? 얘기해 줄 여유가 없을 정도로?

"네."

은준은 서류를 뒤적이며 건성으로 대답했다. 맞선을 본 남자가 아무 말도 안 한 덕분에 별다른 추궁 없이 넘어갈 수 있었다.

— 다시 한번 자리를 만들어 볼까?

이미 깨져 버린 자리였다. 지금은 아니지만 곧, 조만간 아니라고 말을 해야 했다. 안 그러면 엄마는 계속 제 뜻이 관철될 때까지 만나 보라고 할 것이다. 아니면 새로운 맞선 자리를 들이밀든가.

"나중에 전화드릴게요."

은준은 엄마의 대답을 기다리지 않고 종료 버튼을 눌러 버렸다.

그날 집에 바래다주던 재준은 도착하는 순간까지 내내 말이 없었다. 무슨 생각을 하는지 간간히 한숨을 내쉬기는 했지만 말을 하지는 않았다. 도착했을 때도 들어가라는 말만 할 뿐이었다. 시선 한 번 부딪치지 않았다. 묵직하게 가라앉은 그의 모습이 낯설었다. 자신에게 못되게 굴고 거침없이 굴던 그가 아니라 신경이 쓰이고 눈길이 자꾸 갔지만 자신도 입을 열지 않았다.

"은준."

생각에 잠겨 얼굴이 굳어 있던 은준은 이내 표정을 갈무리하고 희경을 바라봤다.

"오늘 점심, 냉면 어때?"

"좋아."

은준은 밖으로 나가 점심을 먹자는 희경의 말에 웃으며 답하고는 들고 있던 서류를 챙기다 시간을 확인했다.

"아직 12시 안 됐는데……."

"새로 생긴 냉면집이라서 그런지 점심시간에 손님들이 많아. 그러니 일찍 가서 자리를 잡아야지."

"아, 그렇구나."

은준은 건성으로 대답하고는 지갑과 휴대폰을 찾아 들었다. 왜

인지는 모르지만 울리지 않는 휴대폰이 야속했다.

"그나저나 요즘 승우가 잠잠하단 말이야. 하루에 꼭 한 번은 지원사업부에 눈도장을 찍으러 왔는데 말이야."

엘리베이터 버튼을 누른 희경이 마케팅 부서 쪽으로 고개를 힐끔거리다 말했다.

"론칭쇼가 주말로 다가와 정신없이 바쁘겠지."

론칭쇼 사은품 말고도 매장에 진열해야 할 제품들이 산더미라서 정신없이 바쁠 것이다. 자신도 완벽하게 준비된 론칭쇼를 몇 번이나 확인하고 또 확인했으니까.

땡.

"어? 안녕하세요, 사장님."

문이 열린 엘리베이터에 타려던 은준은 희경의 말을 듣고 멈칫했다.

"아! 안녕하세요."

양 비서가 미소 지으며 인사를 건네는 것과 달리 옆에 선 재준은 입을 꾹 다물고 있었다. 재준에게서 풍겨 나오는 분위기가 평소보다 훨씬 더 어두워 보였다. 양 비서가 그런 재준을 힐끔 돌아보더니 은준에게도 살갑게 인사를 건넸다.

"네. 안녕하세요, 양 비서님."

은준은 자신에게 닿은 재준의 시선을 느끼며 양 비서에게 인사를 건넸다. 네 명이 탄 엘리베이터에서 희경과 양 비서만 말을 주고받았고 재준과 은준은 한 발 떨어진 거리에 서서 서로를 외면하고 있었다.

불면의 밤이 일주일가량 이어지고 있어 은준은 힘들었다. 저녁에 잠이 쉬이 오지 않아 힘들게 잠들었는데 새벽에 눈이 뜨이면 다시 잠들 수 없었다. 그래서 최근 들어 눈이 **뻑뻑**하고 메마른 느낌이 들었다.

"아! 그 냉면집요?"

양 비서가 반색을 하며 목소리를 높이자 재준의 한쪽 눈썹이 휙 치켜 올라갔다. 뭔가가 마음에 안 드는 것인지 이내 미간에 금까지 그었다.

"맛있을 것 같은데 먹고 싶네요."

"다녀와."

"네?"

희경과 기분 좋게 수다를 떨던 양 비서가 재준의 말에 눈을 동그랗게 뜨고는 돌아봤다.

"양 비서도 점심은 먹어야지. 직원들과 같이 다녀와."

"정말이십니까?"

재준을 향한 양 비서의 시선이 의아한 빛으로 물들었다. 업무적인 일로 나가던 길인데 밥을 먹고 오라 하니 이해가 안 되는 모양이었다.

"거긴 나 혼자 가도 되는 곳이기도 하고, 굳이 오늘 안 가도 되니까. 밥, 먹고 오라고."

두 번 말하는 것이 싫다는 듯 재준이 딱딱하게 대꾸하자 양 비서는 횡재를 만난 듯 얼굴에 환한 웃음을 지었다.

Rrrrr, Rrrr.

냉면집으로 막 들어서는 찰나 휴대폰이 울렸다.

간발의 차로 하나 남은 테이블을 잡은 희경과 양 비서는 오늘 재수가 좋다며 호들갑을 떨었다. 하지만 은준은 재수가 좋은 날이 아닌 것 같다는 생각을 하며 휴대폰을 내려다봤다.

"안 받아?"

주문하기 위해 메뉴판을 보던 희경과 양 비서의 시선이 자신을 재촉하고 있었다. 하지만 은준은 전화를 선뜻 받을 수가 없었다. 평소 그토록 피하고 싶었던 재준의 전화가 그날 이후로 오지 않자 마음이 더 불안하고 초조했었다. 그리고 지금 다시 걸려 온 재준의 전화에 열이 확 올랐다. 사람의 마음이 참으로 간사했다.

"스팸 전화야?"

"아, 아니……."

은준은 휴대폰을 들고 자리에서 일어났다.

"어디 가? 주문 안 해?"

"같은 걸로 해 줘."

은준은 멋쩍은 얼굴로 말하고는 냉면집을 빠져나와 가게 앞 인도에 섰다. 5월 말인데도 햇볕이 뜨거웠다.

— 왜 이렇게 늦게 받아.

통화 버튼을 누르자마자 억눌린 재준의 목소리가 날아들었다.

"무슨 일인데요?"

엘리베이터에서 고집스럽게 자신을 외면하며 서 있던 재준의 모습이 떠오르자 은준도 말이 까칠하게 나갔다. 그날 저녁 이후로 돌변해 버린 사람처럼 재준은 회사에서 자신을 투명인간 취급 했고 말도 걸어오지 않았다.

— 타.

은준은 타라는 그의 말에 고개를 번쩍 들었다. 회사 차가 아닌 재준의 SUV 차가 인도에 바짝 붙어 서 있었다.

— 빨리 와.

스르륵 열린 차창 사이로 재준이 휴대폰을 쥔 채 이쪽을 응시하고 있는 것이 보였다.

"어디 가는데요?"

은준은 움직이지 않고 재준을 빤히 바라보며 물었다.

— 한 번으로 안 끝난다고 했을 텐데.

"!"

은준은 순간 숨이 턱 하고 막히는 느낌이었다. 한 번으로 끝이라 여겼다. 그가 일주일 동안 연락을 하지 않았고 회사에서 만나도 아무런 내색을 하지 않아 이것으로 정리가 되었다고 생각했었다. 그런데 재준은 자신의 생각이 틀렸다는 것을 알려 주려는 듯 한 번으로 안 끝난다고 했던 말을 기억하게 만들었다.

"끄, 끝난 것 아닌가요?"

은준은 자신이 말을 더듬었다는 것조차 인식하지 못했다.

— 누구 맘대로 끝이야?

알 수 없는 열기가 어디서부터 피어올랐는지 모르지만 온몸을 휘감는 기분이었다.

— 내가 직접 태워 주기를 바라는 거라면…….

"아, 아뇨!"

차에서 내리려는 재준을 보고 은준은 바락 소리를 질렀다. 여기서 재준이 내리면 일이 커진다는 것을 직감적으로 깨달았던 것이다.

"갈게요."

말이 떨어지자 차창이 위로 올라가며 서로에게 닿아 있던 시선을 차단해 버렸다. 은준은 냉면집을 한 번 돌아보고는 재준의 차로 천천히 걸어갔다. 차 문을 열자 재준은 전신을 훑듯이 자신을 바라봤다.

에어컨을 틀어 놓은 차 안에 타자 막혔던 숨이 트이는 기분이었다.

"어디로 가는 거예요?"

질문을 했지만 그는 대답해 주지 않았다.

Rrrrr, Rrrr.

"받지 마."

재준의 말이 아니더라도 은준은 전화를 받을 수가 없었다. 지금 재준과 같이 있다고 희경에게 어떻게 말한단 말인가.

"전원 꺼."

계속 휴대폰이 울리자 재준이 신경질적으로 말을 뱉었다. 은준은 입술을 지그시 깨문 채 희경에게 급한 일이 생겨 미안하다는 문자를 보내고 전원을 껐다.

"지금 어디로……."

"저기."

자신의 말을 무시한 채 차를 몰던 재준이 정면을 손가락으로 가리켰다. 손가락을 따라 고개를 돌리던 은준은 점점 드러나는 제니스 호텔의 모습에 당황하고 말았다.

클럽 룸에 앉아 음악에 맞춰 정신없이 몸을 흔드는 사람들을 바라보는 재준의 눈빛은 차가웠고 메말라 있었다. 자신의 생각이 맞다고 믿으며 밀고 나갔던 일이 잘못된 것임을 깨닫자 혼란스러웠다.

떨고 있는 모습, 난감해하는 표정, 도망가듯이 비트는 몸을 보면서도 믿지 않았었다. 그저 자신을 능멸하는 몸짓이라 여겼고 자신을 속이는 눈빛이라 여겼었다. 그런데 고통에 일그러졌던 입술이, 아픔에 헐떡이던 숨결이 모두 진실이었음을 알게 되자 심장이 쩍쩍 갈라지는 느낌이었다. 처음이었던 은준은 아프다는 소리 한 번 하지 않고 자신을 견뎌 냈었다. 눈꼬리를 타고 흐르던 눈물은 어떤 의미였을까.

"재준아, 한 잔 해."

영광이 건네는 술을 단숨에 들이켠 재준은 손등으로 입술을 닦으며 소파에 머리를 기댔다. 아래층 스테이지에서 현란하게 돌아가는 조명 빛이 룸의 천장을 어지럽히고 있었다. 형형색색으로 물드는 천장을 보며 재준은 손을 들어 두 눈을 가렸다.

'다른 남자는 없어요.'

침착한 얼굴로 말하던 은준이 떠오르자 재준은 기분이 엿 같아졌다. 그날 휴대폰을 통해 들려온 남자의 목소리는 은준을 애틋하고 각별하게 챙기는 목소리였다. 그 늦은 밤 함께 있던 남자를 어떻게 해석해야 하는 것일까. 그 남자와 밤을 보냈을 것이라 여겨 은준을 몰아붙였었는데.

"어? 하성이 왔어?"

영광이 룸으로 들어서는 하성을 보며 환하게 웃었다.

"그래, 나 왔다. 야, 서재준. 오랜만이다."

미소 지으며 악수를 청하는 하성에게 손을 내밀던 재준은 중심을 잃고 휘청했다. 반갑다며 하성과 자신을 와락 껴안은 영광 때문이었다.

"우리 이렇게 다시 뭉친 게 얼마 만이냐!"

"저리 안 가."

"떨어져."

"에잇! 매정한 놈들!"

하성과 재준의 입에서 나온 시니컬한 반응에 영광이 입을 비죽 내밀며 투덜거렸다.

"너 한국에는 안 들어올 것처럼 굴더니 갑자기 귀국이라 당황했다."

술잔을 든 하성이 건배를 권하며 하는 말에 재준은 그저 픽 웃었다. 아버지와의 거래로 나간 외국에서 공부하며 아버지를 뛰어넘을 생각을 했었다. 그래서 해외 지사 근무도 받아들였던 것이다.

"너 당황하라고."

"뭐? 나 당황하라고 귀국했다는 말이야?"

"어."

재준은 싱겁게 대꾸하며 왼팔을 소파에 길게 걸치고는 다리를 겹쳐 올렸다. 땀을 흘려 가며 몸을 흔들어 대는 사람들을 무감한 눈빛으로 바라봤다.

"야, 저 여자 몸매 완전 죽인다. 오! 얼굴은 더 예쁜데?"

"어디? 성형한 것 같은데?"

영광의 호들갑을 하성이 누르는 것을 보며 재준은 은준을 떠올렸다. 반쯤 벗다 만 블라우스와 들쳐 올라간 브래지어. 연한 갈색빛을 띤 유륜과 유두는 그 누구의 탐욕도 담은 적이 없었다. 그곳을 자신은 무자비하게 물고 빨았다. 아파하는 은준의 목소리를 외면하고 그렇게 벌을 주듯이 핥았다.

솔직히 모욕감을 주기 위해 깨물었던 유두에 빠져 허우적거린 건 자신이었다. 달콤한 향이 났고 너무 부드러워 다시 입안에 머금고 지분거리고 싶을 만큼 광폭한 기분에 사로잡혔었다.

"저기 저 애는 어때? 몸이 완전 유연한데?"

"옆에 있는 저 남자가 애인 같은데?"

"아냐! 저놈도 추파를 던지고 있는 거야."

십 대 소년처럼 이리저리 눈을 돌리고 있는 영광을 보다 재준은 술을 더 마셨다. 독한 위스키가 목구멍을 긁으며 내려갔다.

'그냥 해요.'

적나라하게 벌어진 자신의 모습에 어쩔 줄 몰라 하던 은준이 바락 내지르던 소리가 귓가에 웅, 하고 울리자 재준은 머리를 가볍게 저었다.

처음이었던 은준에게는 힘든 자세였을 것이다. 다른 자세보다 깊이 교합하는 체위를 고른 건 은준이 남자 경험이 있다고 생각해서였다. 가장 깊게, 질 안쪽까지 그윽하게 맞물릴 수 있는 체위였다. 그런데 은준은 거친 숨을 몰아쉬고, 미간을 좁히면서도 자세를 탓하지 않았다. 아무것도 몰라 그랬다는 생각이 들자 재준의 속이 뒤숭숭해졌다.

"하아……."

재준은 한 손으로 마른세수를 하며 짙은 간투사를 내뱉었다. 몰랐다. 진정 몰랐었다, 은준이 처음이라는 것을.

"알았다면 안 그랬을까?"

"어? 뭐라고?"

혼잣말을 하는데 영광이 어찌 들었는지 휙 돌아보며 되묻자 재준은 고개를 저으며 대답했다.

"아니, 아무것도."

□　■　□

회사 정문이 보이는 카페 창가에 앉아 출근하는 직원들을 바라보고 있었다.

"커피가 완전 맛있습니다."

사장인 자신이 계산했다는 이유로 맛있다며 넉살을 부리는 양 비서를 보다 픽 웃었다.

"……마셔."

특정 브랜드의 커피가 마시고 싶다는 이유를 만들어 양 비서를 대동하고 사장실이 아닌 카페로 향했다. 양 비서에게 커피 한 잔을 쥐여 주고는 다 마실 동안 잠깐 앉았다가 가자고 했다. 실은 은준이 출근하는 모습을 멀리서라도 보고 싶어서 그런 것이었다.

"황선휘 모델 화보 촬영 일정이 나왔습니다."

"그래?"

건성으로 답하며 회사 건물로 모여드는 사람들을 바라봤다. 저 많은 사람들 중에서 은준을 단번에 알아볼 수 있을까, 하는 생각을 했다. 그런데 이상하게도 단정한 정장을 갖춰 입은 남자들과 화사한 원피스나 밝은색 옷을 입고 있는 여자들 속에서도 은준이 눈에 들어왔다. 은준을 단번에 알아본 재준은 입가에 보일 듯 말 듯 한 미소를 지었다.

"이제 오네."

나지막하게 중얼거린 재준은 턱을 괴고 은준만 쳐다봤다. 오토바이와 차 수리비, 병원비를 부담하겠다는 은준의 말을 깡그리 무시해 버렸다. 그녀의 월급으로는 차 수리비도 벅찰 것이다. 그럼에도 고집을 피우는 은준에게 상처 주는 말을 했었다. 수리비 대신 자신에게 다리를 벌리면 된다고.

"아직 다 나은 것이 아닌가?"

바지 정장을 입고 있는 은준을 보며 재준은 다리의 상처를 생각했다. 붉은 피로 물들어 있던 다리를 보는 순간 비릿한 피 냄새에 미간이 찌푸려졌었다.

'아아악!'

붉은 피가 물처럼 흘러내린 침대를 목격한 순간 눈앞이 캄캄해졌다. 그래서 자신이 보았던 것이 현실인지 꿈인지 잠깐 생각해야 했다.

'엄마? 엄⋯⋯마⋯⋯!'

하얀 침대 커버가 붉은색으로 얼룩이 져 있는 곳에 엄마가 누워 있었다. 창백한 얼굴로 두 눈을 꼭 감은 채 불러도 대답이 없었다.

'안 돼! 엄마, 안 돼! 죽지 마!'

할 수 있는 것이 없었다. 무기력을 느끼며 얼어붙은 얼굴로 엄마를 바라보며 서 있던 것이 다였다.

'어머나! 사모님!'

외출을 하고 돌아온 것인지 강 비서가 들고 있던 쇼핑백을 던지고는 후다닥 달려와 엄마를 흔들었다. 강 비서의 흔드는 손에 곧 깨어날 것이라는 기대와 달리 엄마는 일어나지 않았다.

'여, 여기 사람이 죽어 가요! 구급차, 구급차 보내 주세요!'

일부러 강 비서를 외출시키고 엄마는 일을 저질렀던 것이다. 다급한 목소리로 전화를 하는 강 비서를 지나 엄마의 손을 잡았다. 붉은 피가 자신의 손에 닿았지만 아무 느낌이 없었다. 뜨겁지도 차갑지도 않았다.

"흐음."

재준은 짙은 한숨을 내쉬고는 마른세수를 했다. 은준을 안은 날 이후로 계속 같은 꿈을 꾸고 있었다. 엄마가 자살하던 그날의 일이 반복되어 자꾸 머릿속을 지배했다. 아버지의 외도를 막아 보려고 엄마가 저지른 극단적인 방법. 어렸던 자신은 충격을 받고 말을 잃어버렸다.

엄마가 원하는 아들이 되기 위해 하고 싶은 것을 참으며 살았다. 자신을 보며 즐거워하는 엄마를 위해 모든 일에 노력을 마다하지 않았다. 그런데 엄마를 애정해 마지않는 아들을 필요에 의해 안아 주고 사랑해 주었다는 것을 안 이후 마음이 어그러졌다.

'재준이가 그 누구도 믿지 않는다고요?'

의사 선생님에게 무슨 말을 들었는지 엄마의 목소리가 불안하게 떨렸다. 마치 믿고 있던 버팀목이 쓰러지기라도 한 것처럼 절망적인 목소리였다. 아버지 대신 애정을 쏟았던 아들이 무감한 얼굴이 되자 그제야 후회를 하는 것 같았다.

"사장님?"

"……어?"

재준은 차갑게 가라앉은 눈빛으로 양 비서를 돌아봤다.

"황선휘 씨가 제니스 호텔에서 화보 촬영을 하자고 했답니다."

언제 통화를 했던 것인지 양 비서는 휴대폰을 쥔 채 자신을 쳐다보고 있었다, 조금은 걱정스러운 얼굴로.

"아…… 알았다고 하고 호텔에 협조 공문 보내."

"넵."

절도 있게 대답한 양 비서가 통화하는 것을 보며 재준은 머리카락을 쓸어 넘겼다. 침대 시트를 물들인 붉은 흔적에 어머니의 자해 순간이 떠올라 소름이 끼쳤다. 더불어 은준이 아직 처녀였다는 사실에 울컥하고 화가 치밀었다. 관계를 가지는 도중에라도 처음이라고 말하면 되지 않느냐 말이다. 아프다고 부드럽게 대해 달라고 하면 누가 뭐라 하느냐 말이다.

"염병할."

"네?"

양 비서가 눈을 동그랗게 뜨고는 자신을 빤히 보고 있었다.

"아, 아니. 못 들은 걸로 해."

"……네에."

떠름한 얼굴로 영문도 모른 채 대답하는 양 비서의 시선을 피해 커피를 마셨다. 처음부터 이은준은 제 사람이라 여겼고 그녀의 처음은 자신의 것이라 선언했었다. 은준도 그러겠다고 했다. 당연히 제 것이었기에 그녀를 탐하면서도 어떤 죄의식 따위는 느끼지 않았다. 다만 그 누군가가 만졌을 것을 생각하니, 그 누군가가 먼저 핥고 탐했을 것을 생각하니 억울했을 뿐이다.

□ ■ □

"화보 촬영 A컷 사진들입니다."

스톤블링의 모델인 황선휘가 보석을 착용하고 찍은 사진들은 눈에 들어오지 않았다. 회의실 단상과 반대편에 서 있는 은준밖에 보이지 않았다. 매끈한 다리에 탐스러운 가슴을 가진 은준을 다시 어지럽히고 싶은 기분이 들었다.

"이번 주력 상품으로 밀고 있는 목걸이 '신비한 마음'을 착용한 컷입니다."

목걸이 아래로 황선휘 모델의 가슴골이 드러나자 여기저기서 남자들의 낮은 감투사가 터져 나왔다. 하지만 재준은 덤덤한 얼굴로 팔짱을 끼고 있었다. 자신에게는 오히려 은준의 가느다란 손목이 더 섹시하게 보였다. 깨물어 터트리고 싶은 기분이 들 만큼 은준의 붉은 입술이 자신을 더 자극했다.

"경매로 나올 제품 디자인 봤어?"

은준과 밀착되어 속삭이는 승우를 보자 심장이 울컥하고 빠르게 뛰기 시작했다. 재준은 눈을 가늘죽하게 뜨고는 못마땅한 표정을 지었다.

"반지와 팔찌 컷입니다."

눈을 내리깔고 있는 황선휘의 요염한 자태를 보고 있자니 자신을 받아들이며 헉헉거리던 은준이 떠올랐다. 고개를 돌려 그놈, 전승우가 아직도 은준의 곁에 서 있는지 확인해 볼 생각이었는데 눈이 딱 마주쳤다. 자신을 보며 서 있는 은준의 시선이 무슨 말을 하는지 알 수 없었다. 그래서 기분이 상했다.

"씨발. 처녀였던 게 자랑스러운 거야, 뭐야."

재준은 아무도 듣지 못하게 뇌까리고는 자리에서 벌떡 일어났다. 모두의 놀란 시선이 자신에게로 쏟아지자 재준은 낮게 헛기침을 했다.

"모두 괜찮네요. 브로마이드로 쓸 컷의 최종 선택은 마케팅부에 일임하겠습니다."

술렁이는 회의실을 벗어나는 순간 은준이 자신을 쳐다보고 있다는 것을 알았지만 무시해 버렸다.

ㅁ ■ ㅁ

"지금 어디로······."

"저기."

환한 대낮부터 낮 뜨거운 정사라도 벌이겠다는 건가. 은준은 화가 난 얼굴로 재준을 보며 입술을 질끈 깨물었다. 자신의 째려보는 시선을 느꼈을 텐데도 재준은 태연자약하게 운전대만 잡고 있었다.

"지금 제정신 아니죠?"

"무슨 소리야?"

눈을 가늘죽하게 뜬 재준이 어이없다는 듯 쳐다보자 은준은 두 주먹을 꽉 움켜쥐었다.

"지금 이 시간에, 점심을 먹으러 나온 이 시간에 이게 무슨 횡포예요?"

"무슨 횡포?"

하! 자신을 약 올리기로 전략을 바꾼 것인지 그는 능글능글하게 응수하고 있었다. 이쪽은 열이 받아 바락거리고 있는데 상대는 멀건 얼굴로 쳐다보고 있으니 부아가 치밀었다.

"저기로 가서 뭐 하자는 건데요!"

은준은 폭발하기 직전처럼 얼굴이 발갛게 달아올랐다. 그 낯설고 아픈 일을 또 해야 한다는 사실에 몸이 쑤셔 오기 시작했다. 그가 자신을 위해 어떤 일을 했는지, 그 때문에 자신이 어떤 구렁텅이를 빠져나왔는지 잘 알고 있기에 그의 요구대로 반항하지 않고 받아들였던 것이다. 하지만 근무 시간에 이러는 것은 인격 모독이며 직권 남용이라고 말하고 싶었다.

"다리 벌리는 일이 너 좋을 때만 하는 것인 줄 알았어?"

"헛!"

재준의 말에 헛숨을 삼킨 은준은 입술을 감쳐물고 노려봤다. 그러는 사이 차는 호텔의 정문에 정차를 했다. 다가온 벨맨이 차 문을 열었지만 은준은 내리지 않고 가만히 앉아 있었다.

"호텔이 싫어? 그럼 차에서 할까?"

"내려요!"

은준은 바락 소리를 지르고는 차에서 내려 씩씩거리는 얼굴로 서 있었다. 그런 그녀를 스쳐 지나가는 재준의 얼굴에 짓궂은 웃음이 피어 있었다.

"맛있게 드십시오."

룸이 아닌 레스토랑으로 들어서자 은준은 자신이 오버한 것 같아 민망함에 입을 다물고 있었다. 이미 주문을 해 놓았던 것인지 자리에 앉고 얼마 되지 않아 음식들이 세팅되었다.

접시에 정갈하게 담아 놓은 스테이크를 보자 식욕이 일었다. 알게 모르게 신경전을 벌일 수밖에 없었던 은준은 허기진 식욕을 잠재우려 말없이 고기만 씹었다.

"네, 재준입니다."

진동하는 휴대폰의 발신인을 가만히 보던 재준이 전화를 받았다. 짧은 감투사를 내뱉은 재준이 자신을 한 번 쳐다보자 은준은 눈을 가느직하게 떴다. 통화하는 상대자가 자신을 거론하고 있음을 직감적으로 눈치챘다.

"네, 그렇게 전해 줄게요."

통화를 끝낸 재준이 테이블에 휴대폰을 올려놓더니 시선을 마주했다.

"저녁에 한남동에 잠시 들러."

"……왜요?"

은준은 멀뚱한 눈으로 재준을 쳐다봤다. 한남동은 재준의 본가였는데 그는 자신과 상관없는 곳인 양 말하고 있었다.

"어머니가 줄 게 있다고 하셔."

"저한테요?"

은준은 의아한 얼굴로 되묻다 미간을 좁혔다. 사모님이 자신의 번호를 모르는 것도 아닌데 왜 굳이 아들인 재준 선배한테 전화를 한 것일까.

"아!"

은준은 혼자 생각하다 짧은 감투사를 내뱉었다. 아까 재준의 차에서 휴대폰의 전원을 끈 것이 생각났기 때문이었다.

"혹시 뭘 주시려는 건지 알아요?"

"알면?"

알면? 이라니.

"알면 말해 주세요."

"내가 왜?"

뭐야, 도대체.

은준은 어이없다는 듯 재준을 쳐다보고는 입을 비죽 내밀었다.

말장난을 할 만큼 친하지도 자신에게 다정하지도 않으면서, 쳇.

"남기지 말고 먹어."

재준이 뜬금없이 남기지 말라는 말을 해서 은준은 떠름한 표정을 지었다. 이렇게 알뜰하게 챙겨 주는 저의가 무엇인지 궁금했다. 방금 속으로 다정하지 않다고 투덜거린 것을 눈치챘을 리는 없을 텐데 말이다.

"침대에서 뒹굴려면 체력이 중요하니까."

"!"

재준이 무슨 말을 하는지 선뜻 이해를 못 했던 은준은 눈만 깜빡거리다 아랫입술을 감춰물었다.

"왜? 식사만 하고 갈 줄 알았어? 난 그럴 생각이 처음부터 없었는데."

한쪽 입꼬리를 비틀어 올리며 씨익 웃는 재준은 악마가 분명했다. 덫을 놓고 먹이를 기다리는 잔인한 맹수 같았다.

"근무 시간이에요."

은준은 지지 않겠다는 생각에 또박또박하게 말했다.

"근무 시간이 아니면 다리를 벌릴 생각이 있다는 건가?"

"그런 말이 아니잖아요!"

"모르고 있는 것 같은데 너 다리 아주 잘 벌려. 그 체위 쉬운 거 아닌데 처음치고는 잘 버티던데?"

은준은 발개진 얼굴로 눈을 부릅뜨고 재준을 노려봤다.

"아, 처녀였던 것을 내가 측은하게 여길 거라 생각하면 오산이야."

"처녀였다고 책임지라 한 적 없어요."

"나도 책임질 생각은 없어."

은준은 주먹을 불끈 쥐고는 재준을 부셔 버리겠다는 듯이 한껏 노려봤다. 하지만 애석하게도 그에게는 전혀 먹히지 않는 것 같았다. 입꼬리를 올리고 있는 재준의 눈빛이 묘하게 빛나고 있었다.

"그런데 너하고 또 하고 싶긴 해, 섹스가."

"지금은 근무 시간이니 공과 사는 구분하시는 게 어떨까요? 그 정도는 구분할 줄 아는 상사이길 바랍니다."

은준은 치아에 깨물린 입술을 일그러트리며 재준을 쳐다봤다. 여기서 얼굴을 붉히는 건 지는 것이라 여겨 유연하게 대처하려 했다.

"그래?"

재준이 능글거리는 태도로 테이블에 올려 둔 휴대폰을 들더니 어딘가로 전화를 거는 듯했다.

"이은준 대리 개인적인 사정으로 오후 조퇴 처리 부탁합니다."

"이 무슨……."

은준은 머리를 한 대 맞은 얼굴로 재준을 쳐다봤다. 예상치 못한 대응에 말문이 막혀 버렸다.

"이제 나한테 다리 벌리는 데 문제없겠지?"

"뭐가 문제 없는데요!"

은준은 억울하고 짜증 나는 심정으로 바락 소리를 질렀다.

"인사과에서 바로 처리한다고 하니, 이제부터는 근무 시간이 아니라는 거지."

자신의 시선을 피하지 않고 물을 천천히 들이켜는 재준의 입가에 흉포한 미소가 번졌다.

"후회하는 건가?"

212

엘리베이터 앞에 선 재준이 버튼을 누르기 전 자신을 가만히 내려다보자 은준은 건침을 삼켰다.

"무슨 후회요?"

"모든 것에 대해. 그중에서 나에게 안겼던 일."

예의 바르게 행동하지만 사람들에게 곁을 두지 않던 재준 선배가 자신을 위해 다쳤다는 것을 알았을 때 고마움을 표하고 싶었다. 미안하다는 말에 그저 픽 웃을 뿐이던 재준 선배는 속이 곪고 있는 사람이었다. 그것을 안 것은 2학년이 거의 끝나 갈 무렵이었다.

"한 번으로 끝내자고 먼저 제안한 일도 후회하는 일 중의 하나려나?"

생각에 빠져 있던 은준은 고개를 들어 재준의 눈을 바라봤다. 한 번으로 끝나지 않는다고 자신에게 일갈하던 그의 목소리가 온몸을 옥죄어 오는 사슬이었다. 두려웠지만 피하지 않으려 마음을 먹고 있었다.

"후회 안 해요."

"오."

재준이 의외라는 듯 짧은 간투사를 내뱉으며 고개를 기울이자 은준은 눈을 가늘게 떴다.

'같은 마음이면 와.'

그날 밤 재준 선배에게 가고 있는데 휴대폰이 울렸다. 집이었다. 계속 울리는 휴대폰을 무시하려 했는데 그럴 수가 없었다. 제니스 호텔을 바라보며 받은 휴대폰에서 흘러나오는 소리가 기이하게 들렸다. 자신에게 일어난 일이 맞는 것인지 인지조차 못 하고 몸을 움직였다. 몇 걸음만 더 가면 제니스 호텔이었는데. 자신을 기다리는 재준 선배에게 가던 길은 그렇게 끊어져 버렸던 것이다.

"후회 안 한다는 그 마음 변치 마."

재준이 다짐을 받듯 말하고는 엘리베이터에 올라 자신을 기다렸다. 이제 곧 이 엘리베이터는 로비가 아닌 룸이 있는 곳으로 올라갈 것이다.

"씨발, 몸과 마음이 따로 노는 중인가?"

좀 전에 자신이 내뱉은 말을 조롱하듯 재준이 욕설을 내뱉으며 낮게 뇌까렸다. 은준은 비장한 얼굴로 주먹을 꽉 쥐고 엘리베이터에 올랐다. 그러나 재준은 비아냥거리는 것을 멈추지 않았다.

"한 번 뱉은 말은 지킨다는 건가?"

"……네."

은준은 당당한 얼굴로 고개를 들어 재준을 쳐다봤다. 잘생긴 얼굴에 어린 비소가 자신을 아프게 했지만 참을 수 있을 것이다. 그를 다시 만난 날 세상이 다르게 돌기 시작했으니까.

호텔 룸의 문을 열자마자 은준을 벽으로 밀어붙이고 입술을 탐했다. 입안의 여린 속살이 부드러워 아무 생각도 할 수 없었다. 그저 은준의 안으로 들어가고 싶다는 생각뿐이었다.

촉촉하게 젖어 있는 은준의 혀를 빠는 기분이 좋았다. 이리저리 달아나는 것이 좀 마음에 안 들었지만 나름 참을 수 있는 수준이었다. 입술이 엇갈리게 맞물린 상태에서 혀가 드나드는 것이 좋았다.

교정의 구석진 운동장 나무 그늘 속에서 은준이 건네준 음료 대신 그녀의 입술을 맛보았을 때 세상에는 없는 맛이라는 것을 알았다. 지금이 그때와 다를 바 없었다. 아니, 더 감미롭고 애증이 뒤섞인 맛이었다.

쿵.

"아!"

감정을 주체 못 한 재준은 은준을 몰아붙이다 또 벽에 머리를 찧게 했다. 미간을 구기는 은준을 보며 재준은 자신을 향해 부주의한 놈이라고 속으로 욕설을 날렸다.

며칠간 멀리서 또는, 가까이서 은준을 보며 참으려 했고 참아 보려 무시하고 외면했었다. 그런데 점심시간 전 회사 엘리베이터에서 은준의 살냄새를 맡자 돌아 버릴 것 같았다. 엘리베이터에서 당장 눕히고 싶을 만큼 애욕이 들끓었다.

재준은 은준을 번쩍 안아 들고는 소파로 향했다. 내려 달라는 은준의 말에 알았다는 답을 하고는 그대로 자신의 허벅지 위에 그녀를 앉혔다. 민망한 자세라 생각하는지 은준이 볼을 붉혔다. 붉게 물든 은준의 얼굴을 보며 셔츠의 단추를 풀었다. 천천히 드러나는 쇄골을 보자 눈앞이 확 밝아지는 느낌이었다. 하얀 살결이 빛을 내는 듯했다.

쇄골에 입술을 자잘하게 붙였다 떼며 브래지어를 끌어 내리자 젖가슴이 출렁이며 드러났다. 연한 갈색빛을 머금고 있는 유륜 주위를 혀로 길게 핥자 은준이 몸을 움츠리며 뒤로 빼려 했다. 한 손으로 달아나려는 은준의 등을 받치고 유두를 입안에 머금었다. 재준은 허겁지겁 유두를 빨며 다른 손을 치마 속으로 밀어 넣었다.

"흐읏. 아……."

거웃이 손에 닿기에 꼬집듯이 움켜쥐자 은준이 움찔하며 엉덩이를 들썩였다. 재준은 확 낚아채듯이 팬티스타킹을 찢어 버렸다.

"읍."

은준이 입술을 감쳐물며 당황스러운 표정을 짓자 재준은 삐딱하게 고개를 기울였다. 은준이 제 앞에서 스스로 옷을 벗는 날이 언제쯤 올지 궁금하기도 했다. 브리프를 젖히고 손가락으로 거웃을 쓰다듬자 은준이 몸을 움찔거렸다.

"아으윽."

은준의 얼굴에 드리워진 아릿한 표정을 보며 손가락을 움직였다. 손가락이 움직일 때마다 은준이 어떤 표정을 짓는지 보고 싶었다. 입술을 질끈 깨물던 은준이 얕은 신음을 터트리며 자신의 어깨를 움켜쥐자 입술 끝이 올라갔다.

"하아, 하아……."

입술 사이를 비집고 새어 나오는 신음 소리가 얼굴로 끼얹히는 감촉이 좋았다. 더운 입김을 쏟아 내는 은준을 보다 유두를 입안에 덥석 물고 빨며 손가락을 같이 움직였다. 은준이 견딜 수 없어 몸을 들썩거리는 것인지는 알 수 없었지만 다른 손으로 허리를 바짝 끌어당겼다. 더 깊이 들어가는 손가락 때문에 은준이 낮은 비명을 터트리자 만족스러웠다.

"얼마나 잘 물고 쪽쪽 빨아들이는지 알아?"

"하…… 그런 말 하지 말아요."

자신에게 안긴 은준이 도리질을 하며 민망한 얼굴을 하자 재준은 피식 웃었다. 압박 붕대로 손가락을 감싼 것처럼 조임이 엄청났다.

"이렇게 잘 벌리고, 쪽쪽 잘 삼킬 거면서 바락거리긴."

자신의 말에 은준이 막막한 눈빛으로 바라보다 눈을 감자 뒷머리를 끌어당겨 입을 맞추었다. 타액으로 젖은 입술이 미끄러지듯이 닿고 벌어지자 혀를 찾아 세게 빨아들였다. 쩝과 쪽의 중간쯤 되는 소리가 입술 사이에서 끊임없이 흘러나왔다. 젖은 입술이 서로 부딪치며 내는 소리가 자신의 손가락을 삼키고 있는 여음에서 나는 소리와 비슷했다. 손가락을 움직일 때마다 찔걱찔걱하는 소리가 흘러나와 흥분을 고조시켰다.

"젖은 거 보여 줄까?"

"아뇨!"

바락 소리를 지르는 은준의 눈앞으로 재준은 여음에 담갔던 손가락을 불쑥 들이밀었다. 긴 중지를 따라 애액이 타고 흐르는 것이 보였다.

"씨발, 젖기도 잘해."

"욕하지 마요!"

은준이 더 발갛게 달아오를 수 없을 만큼 붉어진 얼굴로 바락 소리를 지르자 재준은 눈썹을 일그러뜨렸다.

"그렇게 싫으면 못 하게 막아 보든가."

막막한 얼굴로 눈을 흘기고 있는 은준을 보며 재준은 비릿한 비소를 지었다.

"막을 자신도 없…… 읏!"

벼락같이 다가온 은준이 아랫입술을 꽉 깨물자 재준은 비명을 터뜨렸다. 그러다 은준의 뒷머리를 잡고는 입안으로 혀를 불쑥 밀어 넣었다. 뜨거운 혀에 여린 속살들이 움츠러들며 움찔거렸다.

"하아……."

길게 이어진 타액이 거미줄처럼 서로에게 드리우고 있었다. 재준은 손가락에 묻은 애액을 은준의 한쪽 유륜과 유두에 넓게 퍼듯이 비벼 닦고는 덥석 물었다.

"아앗!"

은준의 고개가 뒤로 젖혀지는 것을 본 재준은 혀로 길게 유두를 핥고는 입술로 슬쩍 깨물었다. 젖가슴의 유두를 검지와 엄지로 틀어쥐고는 가만히 비틀었다. 어깨를 떨며 몸을 움츠리는 은준의 모습을 즐기듯이 바라보던 재준은 유두를 톡톡 건드렸다.

빙글 돌렸을 때, 손가락으로 꾹 눌렀을 때, 잡고 비틀었을 때의 반응이 제각각인 은준을 보고 있자니 아래를 마구 헤집고 싶은 생각이 들었다.

바지와 드로어즈를 끌어 내리고는 남근을 잡고 그녀의 브리프를 옆으로 젖혔다. 여음 입구를 문지르자 탱탱한 살이 비벼지는 감촉이 좋아 정신이 아득해지는 것 같았다. 더불어 신음 소리를 받아 내며 달아나려 용을 쓰는 은준의 허리를 더 꽉 당겼다. 그 바람에 자신의 남근 앞부분이 여음에 머리를 들이미는 꼴이 되었다.

"아으으핫!"

이제까지와는 다른 신음을 쏟아 낸 은준이 손으로 입을 틀어막자 재준은 허리를 한 번 튕겨 남근을 여음 안으로 더 들이밀었다. 맞물리기 시작한 아래가 교묘하게 서로를 삼키고 있었다. 아니, 재준은 은준에게 삼켜지고 있었다.

"움직여 봐."

마주 보고 앉은 자세에서 교합한 부위가 떨어질 수 없을 만큼 밀착되자 재준은 은준을 재촉했다. 경험이 없다는 것을, 이런 행위를 해 본 적이 없다는 것을 알면서도 요구했다.

"어떻게 움직이라고……. 못 해요."

은준이 금방 울음을 터트릴 것처럼 거부하자 재준은 두 손으로 은준의 허리를 꽉 움켜쥐었다.

"지지리도 말을 안 들어. 기회를 줬는데 못 한다고 했으니 후회하지 마."

"뭐, 뭐예요?"

당황한 은준이 바짝 얼어붙는 것이 맞닿은 여음에서부터 느껴졌다. 유두를 쪽쪽 소리 나게 빤 재준은 한쪽 입꼬리에 미소를 지으며 입을 열었다.

"뭐긴. 못 걸을 정도로, 퉁퉁 부을 정도로 헤집어 놓을 거라는 거지."

눈을 커다랗게 뜨는 은준을 보며 재준은 손아귀에 힘을 주었다. 그러고는 허리를 튕겨 여음을 쑤셨다. 놀란 은준의 입에서 교성이 터지는 것을 들으며 재준은 그녀의 눈동자를 깊게 들여다봤다.

"나중엔 시키지 않아도 네가 스스로 움직이게 될 거야."

애원하는 은준을 상상하며 재준은 남근을 더 깊이 들이밀어 여음을 헤집기 시작했다. 눈앞에서 출렁이는 뽀얀 젖무덤이 꽤 탐스러웠다.

10화
미치다

"아!"

은준은 한 번으로 안 끝난다는 재준의 말을 시간이 갈수록 더 실감하고 있는 중이었다. 소파에 앉아 자신을 마구 흔들었던 재준이 밀치듯이 자신을 테이블에 내려놓고 화장실로 들어가 버리자 끝났다고 생각했었다. 그런데 그는 이번에도 젖은 타월을 들고 나와 자신의 다리를 벌리게 했다. 그 바람에 테이블에 반쯤 누운 상태가 되었다.

"여기 끝내주는 거 알아? 촉촉하게 젖어 나를 쪽쪽 빨아들이며 사람 환장하게 만들더니 아직도 젖어 있네."

낯 뜨거운 말을 너무나 아무렇지 않게 하던 재준이 손가락을 빙글 돌리며 거웃을 비벼 대자 은준은 더운 숨을 내뱉으며 볼을 발갛게 물들였다.

"웃."

젖은 타월이 닿자 시린 느낌이 들었다. 타월을 뜨거운 물에 적신 것 같은데도 허벅지에 닿은 느낌은 차가웠다.

"엉덩이 들어 봐."

은준은 민망한 얼굴로 재준을 쳐다봤다. 그러자 기다리기 싫다는 듯 재준의 손이 엉덩이를 받치더니 브리프를 확 끌어 내렸다. 브리프와 함께 찢어진 스타킹이 발 아래로 툭 떨어졌다.

"아! 저기……."

은준은 그제야 브리프와 스타킹도 벗지 않고 그와 하나가 되었다는 것을 깨달았다. 들이치고 빠져나가는 재준의 움직임에 헐떡거린다고 다른 건 생각할 틈이 없었다.

자신의 처음을 달라고 했던 재준에게 싫다고 말하거나 무리한 요구라고 생각한 적은 없었다. 그날 자신이 약속 장소로 갔다면 지금 둘의 사이는 많이 달라져 있었을 것이다. 더 애틋해져 있거나 아니면 타인처럼 살아가고 있을지도 모를 일이었다.

"무슨 생각 해?"

은준은 재준을 올려다봤다. 룸에 들어오기 전 사납게 굴며 까칠하게 나오던 재준이 조금은 누그러져 있는 것 같았다.

"그냥……."

은준은 그로 인해 벌어졌던 다리를 모으고 위로 올라간 치마를 끌어 내렸다.

"벗어."

재준이 넥타이를 느슨하게 풀며 고갯짓을 하자 은준은 입술을 감춰물었다.

"벗겨 줘?"

"……."

은준은 드레스 셔츠 단추를 풀다 고개를 삐딱하게 기울이는 그를 보며 테이블에서 몸을 일으켰다. 그가 셔츠를 벗는 것과 반대로 자신은 앞섶을 여미며 손으로 꽉 잡고 있었다. 자신을 한 번 더 안겠다는 뜻을 모르는 건 아니지만 자신이 없었다. 그에게 안겨 정신없이 흐느끼며 절정을 향해 내달렸던 다리가 후들거릴 정도로 지쳐 있었다.

"나 좀 자고 싶은데……."

정말 자고 싶었다. 눈은 뻑뻑하고 몸은 물 먹은 솜 같았다. 재준에 의해 이미 조퇴를 해 버린 몸이니 이 시간을 제대로 쓰고 싶었다. 자신을 위해 단 1시간만이라도.

"……장난해?"

재준의 한쪽 눈썹이 휙 치켜 올라가는 것을 보며 은준은 체념하듯이 입술을 달싹였다.

"며칠 잠을 못 자서…… 1시간 후에 깨워요. 그때는 거부하지 않고 안길 테니까."

실은 집으로 가고 싶다는 말을 하려 했지만 그가 들어줄 것 같지 않았다. 그래서 이동 시간도 줄이고 그가 수긍하게 하려면 여기서 자야 했다. 1시간. 그 정도는 그도 물러나 줄 것이라는 생각이 들었다.

"네가 잠 못 잔 것을 왜 내가 배려해야 해?"

아……. 도대체 무슨 기대를 한 것일까. 은준은 입술을 질끈 깨물었다가 손으로 여며 쥐고 있던 블라우스를 벗었다. 그의 눈이 가늘게 뜨이는 것을 보던 은준은 고개를 돌렸다. 까무러치든 기절을 하든 거쳐야 할 일이라면 빨리 해치우는 것이 좋을 것 같았다.

찌지직. 지퍼를 내리자 허리에 닿아 있던 치마가 맥없이 바닥으로 떨어졌다. 아래는 속옷을 입지 않고 브래지어만 착용하고 있는 자신의 모습이 우스울 것 같았다. 하지만 그는 웃지 않고 시선을 못 박은 채 셔츠의 소매 단추를 마저 풀었다.

"이리 와."

그가 드레스 셔츠를 벗어 아무렇게나 소파에 내던지고는 손을 내밀었다. 잠시 망설이던 은준은 그에게 한 발 다가섰다.

"!"

툭. 브래지어의 후크를 풀어 주려 그가 팔을 둘렀는데 다정하게 안아 주는 줄 알고 순간 흠칫 놀랐다.

"아닌 척하지만 넌 고단수야."

무슨 말인지 몰라 은준은 그를 의아한 얼굴로 바라봤다. 그러자 그가 픽 웃더니 얼굴을 가까이 하고는 속삭이듯이 말했다.

"뒤로 빼는 척하면서 사람 안달 나게 만들고."

그의 더운 입김이 뺨과 목덜미에 닿자 심장으로 전기라도 흐르는 건지 찌르르, 하는 소리가 들리는 것 같았다.

"뭐? 1시간만 자겠다고?"

짜증 난다는 듯 으르렁거리며 말한 재준에게 은준은 나지막이 속삭였다.

"하다가 까무러쳐도 놀라지 말아요."

"뭐? 씨발, 지금 날 놀려?"

어김없이 재준의 입에서 험악한 소리가 튀어나왔다. 그러자 은준은 입가를 끌어 올리며 피곤한 미소를 지었다.

"나도 같이 욕하는 게 좋은가요?"

"뭐라는 거야?"

"씨발, 1시간만 자겠다는데 그것 하나 못 들어줘요?"

"하! 미쳤구나."

황당해 미치겠다는 듯 재준이 간투사를 내뱉으며 눈을 흉포하게 찌푸렸지만 은준은 굴하지 않고 다시 말을 이었다.

"욕 안 하면 언제든, 어디서든 선배 받아 줄 테니…… 욕, 그만 해요."

"뭐라는 거야, 지금……."

"욕하는 선배는 내 상상 속에서 전혀 없던 모습이라."

재준이 미간을 팍 찌푸리며 콧방귀를 끼자 은준은 그의 가슴에 손을 살며시 올렸다. 앞뒤 다 잘라 버리고 지금 모습만 본다면 다정하게 보일 법도 했다. 연인이 하나가 되기 전 눈빛을 교환하는 애틋한 모습처럼 보일 지경이었다.

"그 차이가 너무 커서 적응이 안 돼요. 욕, 하지 마요."

"상상과 현실이 다르다고 내가 그것을 책임져야 해?"

재준이 못마땅해 죽겠다는 얼굴로 입술을 달싹이자 은준은 가만히 고개를 끄덕였다.

"씨발, 뭔 말이 이리 많아요?"

"하!"

"내가 욕하는 건 싫고 선배가 하는 건 괜찮다는 논리, 모순이지 않아요?"

재준의 잔뜩 찌푸려진 미간에 검지를 올린 은준은 그 부위를 손가락으로 가만히 쓸었다.

"욕 커플로 탄생하기 바란다면 난 기꺼이 응할 생각이 있는 데…… 앗!"

재준이 한쪽 젖무덤을 꽉 비틀어 쥐자 은준은 눈살을 찌푸렸다. 그를 길들인다는 것이 쉽지 않을 것이라는 예상은 했지만 이렇게 거칠게 거부할 줄은 몰랐다.

"씨발, 니 맘대로 욕하든지 말든지."

역시. 그는 호락호락한 사람이 아니다. 같이 세게 나가면 그가 멈 칫하며 고민이라는 것을 좀 할 줄 알았는데 전혀 먹혀들지 않았다.

□ ■ □

"현재 웹 사이트에서 이벤트 홍보를 진행 중입니다."

"반응은?"

최 부장이 보고하는 희경을 향해 여러 가지 질문을 던지는데 은 준은 그것이 귀에 들어오지 않았다.

'참지 말고 반응해!'

자신을 다시 안은 재준은 생각보다 거칠지 않았지만 안달 난 사 람처럼 소리를 버럭 질렀다. 몸이 침대 아래로 가라앉는 것처럼 무 거웠는데 정신은 그가 주는 자극에 충실히 반응하고 있어 난감했 다.

"이은준 대리?"

"……네?"

은준은 회의 도중 딴생각을 하다 이름이 불리자 무안한 얼굴로 대답했다.

"내일 론칭쇼에 차출된 직원들은 1시간 정도 일찍 도착하도록 합시다."

최 부장이 슬쩍 눈을 흘기더니 전체를 향해 지시하고는 회의실을 나가 버렸다.

"괜찮아?"

어제 일로 희경한테 한차례 추궁을 당한 터라 조금은 지친 상태였다. 어제 처리했어야 할 일을 오늘 다 하려고 하니 묵직한 돌을 안은 것처럼 갑갑함이 몰려들었다.

"괜찮아."

"많이 아팠던 것 아냐? 얼굴이 창백해."

"창백하긴."

은준은 괜찮다는 뜻으로 손을 휘휘 젓고는 회의실을 나섰다. 갑자기 조퇴를 하는 바람에 직원들에게 피해 아닌 피해를 준 것은 사실이었다. 그러니 오늘은 어제보다 더 열심히 뛰어야 했다.

"너 눈 충혈됐어…… 헛! 핏줄 터졌는데?"

"정말?"

은준은 작은 손거울을 꺼내 들여다봤다. 충혈된 것과는 다르게 핏줄이 터져 흰자위가 붉게 물들어 있었다. 침대에서의 정사가 끝났을 때 정말 손가락 하나 까딱할 수 없을 정도로 몸이 가라앉아 있었다.

그는 아무 말이 없었지만 그 시간 이후로 잠을 잔 은준은 저녁 8시쯤 자신을 흔드는 손길에 눈을 떴다. 샤워를 했는지 재준은 말끔한 모습으로 자신을 내려다보고 있었다. 그리고 팔에 꽂혀 있던 링거 바늘. 재준이 왜 자신에게 링거를 맞혀 주었는지는 알 수 없었다.

룸에 배달된 음식 냄새가 식욕을 자극했다. 저녁 식사를 하는 내내 자신은 먹는 것에만 열중했다. 체하지 않으려 의도적으로 꼭꼭 씹었다. 하지만 그는 고기 몇 점을 먹은 것이 다였다.

자신이 자고 있는 동안 그는 무엇을 했는지 궁금했지만 묻지 않았다. 그저 자게 내버려 두었다는 것에 안도감이 몰려들었을 뿐이다. 어쩌면 까무러친 자신을 보고 그가 마지못해 한발 물러선 것인지도 모른다.

"병원 가 봐야 하는 것 아냐? 아님 링거라도 하나 맞든가."

"링거 맞았어."

"어? 그랬어? ……잘했네."

링거를 맞았는데도 눈동자의 실핏줄이 터진 게 이상한지 눈을 동그랗게 뜨던 희경이 잘했다며 어깨를 다독였다.

"너 내일 입을 옷 있어? 아니면 오늘 쇼핑할까?"

"난 그냥 무난하게 정장을 입을까 하고."

"아, 그래."

쇼핑을 갈 생각이었는지 기대에 찬 표정을 짓던 희경이 풀 죽은 얼굴로 대답하고는 자리로 돌아갔다.

'앞으로 많이 부려 먹으려고 주는 뇌물이에요.'

늦은 시간이라 한남동에는 다음에 가야 할 것 같았는데 재준은 자신을 본가 앞에 내려 주었다. 같이 들어가는 것이 아닌가 싶어 기다렸지만 그는 차에서 내리지 않고 있었다. 혼자 다녀오라는 뜻인 것 같았다.

사모님을 따라 쇼핑을 갔던 날 입었던 와인빛 붉은 드레스가 고급스러운 상자 안에서 자신을 쳐다보고 있었다. 하지만 론칭쇼에 입고 가기에는 너무 과한 옷이었다. 적나라하게 드러나는 가슴골은 이미 재준의 입술에 빨려 검붉은 멍이 자리 잡고 있었다. 그것이 아니더라도 행사를 진행하는 직원인 자신이 입고 가기에는 난감한 차림이었다.

떠안기는 사모님의 막무가내에 어쩔 수 없이 받아 오기는 했지만 입을 일이 없을 것 같았다. 그렇다고 다시 되팔 수도 없는 노릇이었다.

"아깝게 썩겠네."

은준은 혼자 씁쓰름하게 웃고는 마우스를 움직였다.

"많이 아팠나 보네. 얼굴이 반쪽이잖아?"

급식판을 내려놓던 승우가 눈을 커다랗게 뜨고는 자신의 얼굴을 이리저리 살폈다.

"지금은 괜찮아."

은준은 애써 웃는 얼굴로 승우에게 고개까지 끄덕여 보였다.

"진짜 괜찮아?"

"으응."

"말로만 괜찮은 중이야."

희경이 중간에 끼어들어 자신을 나무라듯이 승우에게 일러바쳤다. 그러자 승우가 안쓰럽다는 얼굴로 자신을 바라봤다.

"아, 물 가져올게."

희경이 식수대로 가고 둘만 남게 되자 은준은 그의 시선이 부담스러웠다.

"결혼은 지금 당장 할 게 아니니깐 접어 두고. 누구를 사귀어 보지도 않고 도망부터 가는 거면 인생이 너무 재미없지 않을까?"

은준은 승우를 멍한 눈빛으로 바라봤다. 그러고 보니 사귀자는 말을 한 승우를 향해 결혼 같은 건 안 한다고 대꾸한 것은 자신이었다. 하지만 분명 사귀지 않을 것이라 대답했는데. 열 번 찍어 안 넘어가는 나무가 없다는 그 말에 승우는 지금 두 번째 도끼질을 하는 것일까.

"내 인생을 왜 네가 걱정해?"

"너도 나도 청춘이니까."

은준은 픽 웃고 말았다. 마치 무슨 책 제목처럼 말하는 승우가 싱겁게 보였다. 반면 그가 그만큼 순수하다는 생각도 들었다.

"걱정 고마워."

은준은 어깨를 으쓱하고는 시간을 확인하기 위해 휴대폰을 들었다가 멈칫했다. 엄마에게서 부재중 전화가 들어와 있었다.

"왜? 받기 싫은 전화야?"

"……스팸 전화."

은준은 조금 굳어진 얼굴로 휴대폰을 내려놓고 젓가락을 들었다. 밥을 입에 넣었는데 모래를 씹는 것 같았다. 버석버석한 소리마저 들리는 것 같았다.

[그 사람하고 자리를 한 번 더 만들어 보려고 하는데 넌 어떠니?]

맞선을 봤던 그 남자 이름이 뭐였더라. 은준은 엄마의 문자에 눈을 가느직하게 떴다.

[그 사람하고 저 인연이 아닌 것 같아요.]

전화로 말하다 보면 통화가 길어질 것이고 엄마는 제 고집을 내세울 것이 뻔했다. 문자를 읽었는지 엄마가 다시 전화를 걸어왔다. 무음이라 액정에 '어머니'라는 이름만 나타났다.

"내일 넌 뭐 입을 거야? 정장? 턱시도?"

물 잔을 각자 앞에 놓아 준 희경이 승우를 향해 묻자 은준은 휴대폰에서 시선을 거뒀다. 그렇게 지극정성을 들이던 아들이 죽은 후 할 일을 잃어버린 사람처럼 멍하게 지내던 엄마의 눈에 자신이 든 것은 또 다른 비극의 시작이었다. 가끔 자신을 은형이라고 부를 때는 소름이 끼칠 정도였다.

'오빠는 죽었어.'
'은준아!'

옆에서 보던 아빠가 눈을 커다랗게 뜨고 바락 소리를 질렀지만 은준은 말을 멈추지 않았다. 그 원망을 자신에게 다 쏟아부어 놓고 어떻게 아무렇지 않은 얼굴로 오빠 이름을 자신에게 붙여 부른단 말인가.

'이은형은 죽었다고!'

미웠다, 엄마가.
섭섭했다, 아빠에게.
한 번도 온전한 자신으로 보아 주지 않아 힘들었던 자신을, 아프다는 소리조차 할 수 없게 만들어 놓은 두 분이 싫었다.

'이은준! 너 어떻게 엄마한테 그런 말을 해!'

아빠의 아픈 눈이 자신에게 돌아오자 죽은 은형 오빠가 더 미웠다.

'그래요, 저 이은준이에요. 여자 같은 이름을 가지면 아프고

약한 오빠 잘 못 보살필까 봐 이름마저 남자도 아닌 여자도 아닌 중성적인 이. 은. 준이라고요!'

평생을 불리게 되는 그 이름을 자신은 오빠로 인해 부여받았었다. 오로지 자신을 위해 부여받은 이름이 아니었다. 태어나면서부터 그 어느 것 하나 자신의 것이 없었다.

[별 인연이 있니? 다 마음 주면 인연이 되는 거지.]

어르고 달래는 엄마의 문자에 은준은 미간을 좁혔다. 처음부터 선을 보러 나가지 말았어야 했다. 엄마는 아픈 오빠, 은형에게도 본인의 뜻을 강요하기도 했었다. 그러니 자신에게는 아주 당연하다는 듯 엄마의 뜻을 관철시키고는 했다.

[싫. 습. 니. 다.]

은준은 한 자 한 자 딱딱 끊어 말하듯이 문자를 넣고는 휴대폰 액정이 보이지 않게 뒤집어 버렸다.

"내가 주인공이냐? 턱시도는 무슨. 그냥 깔끔하게 정장 입으면 되는 거 아냐?"

"하…… 우리는 언제쯤 그런 파티를 즐길 수 있는 위치가 될까?"

승우의 심드렁한 말에 한탄하듯이 투덜거리는 희경을 보며 은준은 젓가락을 내려놓았다. 어제저녁에는 정말 배가 고팠다. 그가 깨웠을 때 음식 냄새에 반가운 마음이 들 정도였다. 그런데 지금은 엄마 때문인지 몰라도 식욕이 뚝 떨어져 버렸다.

□　■　□

"조명에 문제가 생겼다는데 들었어?"

은준은 희경의 말에 고개를 끄덕였다. 론칭쇼 시작 전까지 조명 교체가 어렵다는 말을 들은 터였다.

"구석진 곳이니까…… 테이블에 올리는 조명으로 대체를 해야 할 것 같아. 호텔 지배인이 곧 처리를 한다고 했으니 좀 기다려 보자."

은준은 휴대폰을 들고 점검 사항을 이리저리 체크하다 승우와 눈이 마주쳤다. 사은품을 보기 좋게 진열하던 승우가 손을 한 번 들어 보이자 은준도 손을 들어 주었다.

'네가 결혼식장에 들어가는 그 순간까지 난 너하고 사귈 수 있다는 희망 안 버려.'

판도라의 상자 안에 왜 희망만 남아 있었던 것인지 원망스러운 순간이었다.

'내가 너에게 희망 고문 하는 사람으로 남는 거 싫어.'

승우에게 농담처럼 말하며 웃었지만 그를 아프게 하는 건 싫었다. 승우에게서 사귀자는 말을 들은 순간부터 예전의 스스럼없던 관계가 그리웠다.

"이쪽은 체크 완료됐어."

"수고했어."

희경이 홀가분하다는 표정을 짓자 은준도 마지막 사항을 체크하고는 미소를 지었다.

"론칭쇼 전까지 40분 정도 여유가 있는데 커피 마실래? 내가 가서 사 올게."

"아, 여기 법인 카드 있어."

"법인 카드?"

희경이 카드를 보더니 눈을 동그랗게 떴다. 회사 일로 휴일을
반납해야 하는 어중간한 직책이 참 서러운 날이었다.

"오늘 같은 날 시간 외 수당도 안 주는데 커피까지 우리 돈으로
먹으면 억울하잖아."

씨익 웃으며 카드를 건네자 희경이 '동감.' 이라고 말하고는 카
드를 받아 쥐었다.

"혼자 다 들고 올 수 있겠어?"

"저기 승우 있잖아."

희경이 두어 걸음 떼다 승우한테로 방향을 틀었다. 승우가 귀찮
다는 듯 손사래를 치는데도 희경이 막무가내로 등을 떠미는 모습
이 보였다.

[지금 2017호로 와.]

둘을 보며 웃고 있던 은준은 문자를 읽고 얼굴이 살짝 굳어졌
다.

똑똑.

벨이 있음에도 불구하고 은준은 노크를 했다.

딸깍.

문이 열린 만큼 재준의 모습이 보였다. 그는 말끔한 정장 차림
으로 서 있었다.

"안 입었네."

"……."

"드레스가 마음에 안 들어?"

"그런 게 아니라……."

마음에 들고 안 들고가 중요한 것이 아니라 입고 나설 자리가 아니라 여겼다. 그런데 자신을 위아래로 훑는 재준의 눈빛에 실망감이 어리는 것 같았다.

"들어와."

그가 한 발 물러나며 길을 터 주었지만 은준은 그 자리에 가만히 서 있었다. 행사가 곧 시작될 것이고 초대된 손님들보다 먼저 행사장에 대기하고 있어야 했다.

"10분이면 돼. 들어와."

망설이는 자신의 태도를 읽은 것인지 그는 부드럽게 타이르듯이 말했다. 마치 손에 넣기 전 안심하게 만들기 위해 과도하게 친절을 베푸는 느낌이었다.

탁.

등 뒤로 문이 닫히는 소리가 등골을 시리게 만들었다.

"한 잔 마실래?"

그가 내미는 잔에서 독한 술 냄새가 진동했다.

"아뇨."

은준은 고개를 젓고는 그를 빤히 쳐다봤다.

"그럼 앉아. 아무 데나."

은준은 고민하지 않고 소파로 걷다 멈칫했다. 어제 재준이 자신을 안았던 소파를 보는 순간 얼굴이 발갛게 물들었다.

"앉기 싫은 모양이지?"

성큼 다가온 재준이 허리를 낚아채자 은준은 눈을 커다랗게 떴다.

"그럼 서서 할까?"

"무슨⋯⋯."

무슨 소리냐는 은준의 말이 재준의 입안으로 말려 들어갔다. 여린 살을 샅샅이 헤집듯이 핥고 빨던 재준의 혀가 치아를 훑자 은준은 얕은 신음을 흘렸다. 그러다 혀가 잡히자 신음 소리가 그에게 물려 제대로 나오지 않았다. 감아올렸다가 풀어 주고 풀어 주다 거칠게 낚아채는 그의 노련함에 은준은 숨을 헐떡였다.

"흣!"

재준이 자신을 번쩍 안아 올려 벽 한쪽에 놓여 있는 콘솔 위로 내려놓자 은준은 떨어지지 않으려 콘솔의 모서리 부분을 꽉 잡았다.

"그, 그만둬요."

다른 날, 다른 때라면 몰라도 이제 곧 론칭쇼가 시작될 시간이었다. 그러니 지금 재준과 이러고 있을 수는 없었다.

"걱정 마. 안 해."

"아앗!"

안 한다고 하면서 재준의 손이 허벅지 사이를 파고들었다. 자신도 모르게 아래가 젖어 드는 것을 느낀 은준은 입술을 질끈 깨물었다. 그의 손이 압박을 가하듯 둔덕을 내리누르자 브리프마저 축축하게 젖어 드는 것 같았다.

"젖은 것 같은데?"

은근한 눈빛으로 시선을 맞추는 재준을 밀어 내지 못한 은준은 죄 없는 아랫입술만 질끈 깨물고는 고개를 돌렸다. 흣, 그의 입술이 어쩔 수 없는 차선책이라는 듯 목에 닿았다. 축축하고 뜨거운 혀가 목을 길게 핥아 올리자 몸이 울컥하고 튀는 것 같았다.

"찢고 싶지만……."

이번만큼은 참아 준다는 듯 재준의 손이 브리프와 팬티스타킹을 끌어 내렸다. 콘솔의 차가움이 피부에 닿자 은준은 어깨를 떨었다.

왼쪽 발에 신고 있던 구두가 재준의 손에 의해 바닥으로 추락했다. 그리고 브리프와 팬티스타킹이 다리를 빠져나갔다. 한쪽만 벗겨진 브리프와 팬티스타킹이 오른쪽 허벅지에 맥없이 걸쳐져 있었다.

"하앗!"

다리가 한껏 벌어진다 생각한 순간 재준의 손가락이 거웃을 헤치고 불쑥 들어왔다.

"너무 젖어서 문지를 필요도 없는데?"

재준의 입가에 맺힌 미소가 잔인하면서도 부드러워 보였다. 그가 고개를 숙이는 것과 동시에 손가락을 여음에 깊숙이 박아 넣자 은준은 비명 같은 신음을 터트렸다. 하지만 재준의 입속으로 딸려 들어간 신음은 터지지 못하고 입안에서만 맴돌았다.

아래를 헤집는 재준의 손가락과 입안을 마구 헤집는 혀가 뇌를 좀먹는 것 같았다.

"젖꼭지가 발딱 섰어?"

옷을 벗지 않아 보이지 않았지만 은준은 느낄 수 있었다. 아까부터 유륜 주위로 저릿저릿한 감각이 맴돌고 있어 그의 말처럼 유두가 빳빳해진 것이 느껴졌던 것이다.

"빨아."

"읍."

여음을 쑤셨던 손가락을 은준의 입에 밀어 넣은 재준은 이리저리 휘둘렀다. 손가락에 묻은 애액을 맛보기라도 하라는 듯, 입안에 고르게 펴 바르듯 움직였다. 애액으로 범벅이 된 입안에 침이 가득 고이기 시작했다. 은준은 뱉어 내고 싶었지만 그럴 수 없었다. 그가 혀를 손톱으로 쭈욱 긁고 손가락을 빼더니 그대로 입술을 붙여 오는 바람에 침을 꿀꺽 삼키고 말았다.

"하아……."

다리 사이에 손을 집어넣은 재준이 허벅지를 벌리자 은준은 입술을 반쯤 벌리고 그를 쳐다봤다.

"울지 마. 울면 안 보내."

그가 무슨 말을 하는지 몰라 은준은 멀건 얼굴을 했다. 그러다 곧 그의 말뜻을 깨달았다. 여음에 입술을 붙인 그는 짐승의 혀를 가진 것처럼 탐욕스럽게 핥아 대기 시작했다. 여린 살이 절로 바들바들 떨릴 정도로 그는 집요하게 핥고 빨았다. 허벅지에 경련이 일 만큼 혀를 날름거리는 재준 때문에 은준은 죽을힘을 다해 신음을 입술 사이로 깨물고 있었다.

손으로 입을 틀어막아도 소용이 없었지만 손을 뗄 수도 없었다. 부드러운 혀가 잔인하게 더듬는다는 생각이 들 만큼 치명적인 감각에 은준은 숨이 넘어갈 것 같았다.

이미 재준의 몸을 받아들였던 곳이라서 그런지 그를 향해 활짝 열려 있는 기분이었다. 그 기분이 색스럽고 낯설어 은준은 도망가고 싶었다.

쩝쩝 소리가 날 정도로 빨고 있는 재준의 입술은 떨어질 줄을 몰랐다. 여음에 혀를 곧추세워 파고들 때는 온몸이 움찔하며 바들바들 떨렸다.

"홋."

은준은 자신의 다리 사이에 머리를 박고 있는 재준에게로 손을 뻗다 가만히 말아 쥐었다. 마치 혀로 씻겨 주기라도 하는 듯 핥고 있는 그를 말릴 자신이 없었다. 자신 또한 이 낯선 느낌에 녹아들어 버려 난처한 마음이 들었던 것이다.

"넣어 줄까?"

그가 시선을 마주하며 묻자 은준은 하마터면 고개를 끄덕일 뻔했다. 번들거리는 입가에 미소를 지은 그는 사탄의 아들같이 보였다. 쾌락에 빠트려 타락을 조장하며 무너지는 것을 즐기는 악마 같았다.

"훗, 넣어 달라고 말하는 건 아직 멀었나?"

그는 자신을 기다리고 있는 것 같았다. 해 달라고, 넣어 달라고, 안아 달라고 애원하기를 진정 바라고 있는 듯했다.

"이, 이제 그만…… 하윽."

재준이 고개를 숙여 다리를 더 벌리더니 허벅지 안쪽 살에 입술을 비볐다. 마치 애액을 질펀하게 묻히려는 듯한 행동이었다.

"론칭쇼 시작할 시간이 되어 가네."

"뭐, 뭐 하는……."

은준은 그가 놓아주면 당장 욕실로 들어가 씻을 생각이었다. 그런데 그는 브리프에 다리를 끼워 주고 있었다.

"씻으려고?"

은준은 당연한 것 아니냐는 표정으로 재준을 쳐다봤다.

"씻지 마. 내 흔적을 묻히고 연회장을 돌아다니는 너를 보고 싶으니까."

"미쳤어요?"

은준은 항의하듯 바락 목소리를 높였다. 그랬더니 재준이 씨익 웃으며 얼굴을 가까이 했다.

"몰랐어? 나 너한테 미쳐 있는 거."

"!"

재준의 눈빛이 한순간 획 돌아 버리는 것을 본 은준은 침을 꼴깍 삼켰다. 그의 짙은 욕망에 자신이 삼켜질지도 모른다는 생각을 하자 심장으로 두려움이 스며들었다.

11화
같은 침대에서

"어디 갔다 온 거야?"

은준을 본 승우는 희경이 잔소리를 늘어놓기 전에 먼저 치고 들어갔다.

"아, 잠깐 주방 쪽에……."

애써 웃으며 대답하는 은준의 안색이 약간 질려 있는 듯 창백했다. 원래 좀 핏기가 없이 하얀 얼굴이긴 했지만 평소의 안색과는 달라 보였다.

"한시도 가만 안 있고……. 너무 걱정하지 마. 우리 너무 완벽해서 나중에 칭찬 들을 거야."

"그, 그렇겠지?"

"그러엄!"

희경이 은준의 어깨에 팔을 두르며 장담하듯 목소리를 높이자 승우는 아이스커피를 내밀었다.

"일단 우리도 숨 좀 돌리자."

"어, 고마워."

스트로를 입에 무는 은준의 입술이 좀 발갛게 부풀어 있는 듯 보여 승우의 눈이 가늘어졌다. 하얀 얼굴 때문에 더 대조되는 입술이라는 건 알고 있었지만 이상하게 좀 전하고 분위가 달라져 있는 듯 보였다.

"어? 사장님 오셨다."

희경의 말에 고개를 돌리던 승우는 사장과 눈이 딱 마주치자 고개를 갸웃거렸다. 분명 이쪽을 슬쩍 돌아보는데 눈빛이 곱지 않았다. 마치 네가 왜 거기 서 있어, 하듯 나무라는 눈빛이라 적잖이 당황스러웠다.

반듯한 이목구비의 남자가 적의를 가지고 노려보니 기분이 과히 좋지 않았다. 너 찍혔어, 하고 말하는 것 같아 살짝 불만이 일기도 했다. 물론 이건 어디까지나 본인의 생각일 뿐이지만 뒤통수가 편치 않았다. 은준과 같이 서 있는 것만으로도 사장에게 미움을 받게 될 줄은 몰랐다. 그렇게 관심 있으면 직접 대시를 할 것이지 왜 저를 걸고넘어지는 것인지, 쯧.

"이제 슬슬 손님을 맞으러 갈까?"

"희경아, 네가 입구에 서."

"어?"

"난 조명 마지막으로 체크하고 갈게."

멀뚱한 얼굴로 묻던 희경이 대수롭지 않게 고개를 끄덕이고 연회장 입구로 가자 승우는 은준을 빤히 바라봤다. 평소 은준의 일하는 스타일로 보아 뭔가 아귀가 안 맞는 것 같았다. 자신의 일을 남에게 떠넘기는 은준이 생소했다.

"내가 과민한 건가?"

승우는 멀어지는 희경과 은준을 보다 고개를 저었다. 주말까지 나와 일을 하다 보니 은근 스트레스에 다들 피곤할 터였다. 그러니 은준도 좀 쉽게 가고자 하는 건 아닐까 싶었다.

"하긴. 이은준이라고 몸이 열 개도 아니고."

승우는 초대 손님을 맞이하는 사장과 희경을 슬쩍 바라보고는 사은품이 진열된 곳으로 걸음을 뗐다.

'나 결혼 같은 거 안 해.'

성큼 걷던 승우의 걸음이 우뚝 멈췄다. 호텔 지배인과 조명에 대해 대화하는 은준을 바라보는 승우의 눈이 아프게 찡그려졌다. 평범한 여자들은 남자의 그런 제안에 결혼 같은 거 안 한다고 못 박지는 않을 것이다. 자신을 염두에 두지 않아 사귀고 싶지 않다고 말하는 건 있을 수 있는 일이지만 결혼에 대해 회의적인 건 좀 의외였다.

"그냥 싫다, 안 한다는 말로 나를 설득하는 건 좀 아니지 않아?"

은준을 바라보던 승우는 입가에 미소를 지으며 다시 걸음을 뗐다. 고개가 끄덕여질 정도의 수긍을 이끌어 내지 못하면 물러설 생각 따위는 없었다.

은준은 누군가가 가까이 오는 것이 싫었다. 재준이 남긴 흔적이 혹시 불쾌한 냄새를 풍길까 봐 신경이 쓰였다. 그리고 찜찜한 기분으로 2시간을 버텨야 한다는 건 고역이었다. 그래서 손님맞이를 희경에게 넘겼는데 재준의 날카로운 시선이 자신을 긁어 대고 있었다.

손님들에게 간단한 안내를 하거나 필요한 사항을 해결해 주다 고개를 들면 어김없이 재준과 눈이 마주쳤다. 그럴 때마다 은준은 눈을 가느직하게 뜨고는 그를 흘겨봤다.

"은준 씨!"

돌아서던 은준은 혜란의 알은체에 움찔했다.

"사, 사모님 오셨습니까."

"아니, 왜 옷을……."

실망감을 감추지 않고 울상을 짓는 혜란의 솔직한 반응에 조금 미안함이 들었다. 그 드레스가 얼마짜리인지, 자신에게 선물하며 사모님이 어떤 마음으로 주었는지 다 알고 있었다. 순수한 호의였지만 자신에게는 과한 친절이었다. 하지만 그것을 내색할 수는 없었다.

"죄송합니다. 일하는 데 아무래도 거치적거릴 것 같아서……."

은준은 최대한 상대의 기분을 상하지 않게 하려고 애를 썼다.

"아, 정말 보고 싶었는데……. 백화점 직원이 너무 예뻤다고 칭찬을 하길래 은근 기대했는데…… 아쉬워서 어쩌나요."

혜란이 안타깝다는 듯 아쉬운 얼굴을 하자 은준은 웃어야 할지 말아야 할지 몰라 민망한 얼굴로 서 있었다.

"아! 부담 갖지는 말아요. 그냥 보고 싶었던 내 욕심이지 강요하는 건 아니에요."

자신의 표정을 읽은 것인지 혜란이 손을 가볍게 저으며 말을 이었다.

"네, 사모님. 이해해 주셔서 감사합니다."

"은준 씨는 말도 예쁘게 해."

혜란이 작게 소리 내어 웃자 주변의 시선들이 잠깐 모아졌다가 흩어졌다.

"뭐가 그렇게 재미있으세요?"

등 뒤에서 들리는 재준의 목소리에 은준은 태연한 척하며 건침을 삼켰다.

"은준 씨가 마음에 들어서……."

아들과 어머니가 대화 나누는 것을 옆에서 듣던 은준은 단상을 가리키는 희경의 손짓에 웅? 하는 표정으로 눈을 동그랗게 떴다. 그러다 곧 그 의미를 알아들은 은준은 알겠다는 듯 손을 한 번 들어 보였다.

"저기…… 대화 중에 죄송합니다."

두 사람의 시선이 자신을 향해 쏟아지자 은준은 혜란에게는 미소를 지어 보이다 재준을 향해서는 딱딱한 표정을 지었다.

"사장님, 회장님께서 오셨습니다. 그리고 오실 분들은 모두 도착을 한 것 같으니 단상 위로 올라가셔서 시작하시면 됩니다."

"……어머니 편한 자리에 앉으세요."

"으응."

착한 아들같이 구는 재준을 보며 은준은 눈을 게슴츠레하게 떴다. 학생 시절의 재준이라면 충분히 이해될 법한 행동이었지만 지금의 모습으로는 전혀 아니었다.

"괜찮아?"

사모님이 지정된 테이블로 가는 것을 보던 은준은 재준의 질문에 말간 표정을 지었다.

"못 씻었잖아?"

244

그의 말에서 장난기라고는 전혀 느껴지지 않아 은준은 잘못 들었나 싶었다. 그렇게 걱정되면 씻게 내버려 두었어야지, 쳇.

"발등을 한 번 밟으면 짜증 난 마음이 좀 가라앉을 것 같긴 합니다."

은준은 부러 상사와 부하의 예를 갖추어 재준에게 비아냥거렸다. 그러자 그가 쿡, 하고 웃음을 터트리더니 한마디를 던지고는 단상 쪽으로 몸을 틀었다.

"너한테서 좋은 냄새가 나."

은준은 돌아선 재준의 등을 한껏 흘겨보다 고개를 획 돌려 버렸다. 연회장만 아니면 진짜 신고 있는 핀 힐로 발등을 꽉 밟아 줬을 텐데.

"오늘 스톤블링의 론칭쇼에 참석해 주셔서 감사합니다."

단상 위에 선 재준은 당당하고 여유가 넘쳐 보였다. 그런 재준을 보던 은준은 론칭쇼에 참석한 귀빈들을 한 번 쓰윽 훑었다.

'지난 3년 동안 우리는 얼마나 찬란한 청춘을…….'

한성고등학교 학생이 아닌 몸으로 재준의 졸업식을 보러 갔었다. 단상 위에서 졸업생 대표로 고별사를 낭독하는 재준을 빤히 바라봤다. 금이 가 깁스를 했던 팔은 이제 자유로운 상태였다.

'마지막으로 미래를 위해 앞으로 나아가는 친구들에게 하고 싶은 말이 있습니다. 인생 별것 없다, 즐기자!'

환한 웃음을 짓던 재준의 얼굴에 장난기가 어리기 시작한 순간

강당 안은 웃음바다가 되었다. 어른들은 아직 어려서 그런다는 얼굴로 웃었고, 졸업생들은 환호성을 터트리며 박수를 쳤다. 그리고 자신은 재준을 미안하고 고마운 얼굴로 바라봤다.

'어머, 쟤 이은준 아냐?'
'어디? 헛!'

자신을 쳐다보는 눈길이 곱지 않은 건 괜찮았다. 하지만 자신과 함께 있는 바람에 따가운 눈총을 받는 재준에게는 미안했다.

'와 줘서 고마워.'

시선이 모여드는 것이 부담스러울 텐데도 재준은 전혀 개의치 않는 얼굴이었다. 춥다며 자신에게 가죽 장갑을 벗어 주던 그는 따뜻했고 자상했다.

마지막이라며 학교 근처 분식집에서 떡볶이를 먹었다. 가끔 다친 팔이 아픈지 자신의 눈을 피해 어루만지던 손길이 아직도 생생했다.

'같이 한국을 떠난다는 의미로 받아들일게.'

자신을 따라 유학을 가자던 그를 따라가고 싶었다. 그때는 그를 좋아한다는, 아니 사랑한다는 생각보다 벗어나고 싶다는 생각에 그의 손을 잡고 싶었다.

"즐거운 하루가 되시기를 바라며 건배를 제안하겠습니다."

재준의 손을 멍하게 바라보던 은준은 귀를 파고드는 또렷한 목소리에 생각을 접었다.

"스톤블링, 축 발전!"

잔을 든 사람들이 다 같이 외치며 건배를 했다. 그들이 잔을 내려놓기 바쁘게 웨이터들이 술잔을 다시 채웠다.

"이제 곧 경매가 시작되겠네."

언제 왔는지 희경이 옆에 서서 즐거운 표정을 짓고 있었다.

"경매 진행자가……. 아! 승우가 하기로 했지."

"……."

"……왜?"

말갛게 뜬 눈으로 희경이 빤히 바라보기만 하자 은준은 겸연쩍은 표정으로 물었다.

"커피 사러 갔다 오는 동안 넌 어디 다녀온 거야?"

"……주, 주방에 다녀왔다고 했잖아."

"주방? 진정 주방만 다녀온 거야?"

"왜 의심하고 그래?"

은준은 등골을 따라 식은땀이 흐르는 것을 느끼며 애써 미소 지으려 했다. 그런데 희경의 가늘어진 눈이 자신에게서 떨어질 줄을 몰랐다. 들킨 걸까, 재준을 만나러 룸에 다녀온 것을.

"그래, 주방이라고 쳐. 그나저나 나한테마저 숨길 거야?"

"뭐, 뭐가?"

희경이 섭섭한 얼굴로 입을 비죽 내밀자 은준은 건침을 꿀꺽 삼켰다.

"승우가 그러더라. 너한테 고백했다고."

"……아!"

은준은 안도하듯 간투사를 내뱉고는 긴장했던 어깨를 늘어트렸다.

"둘이 소문나는 건 시간문제겠던데?"

"아냐. 그냥 직장 동료일 뿐이야."

은준은 말도 안 된다는 얼굴로 픽 웃었다. 승우가 얼굴만 맞대면 으르렁거리는 희경에게 제 속내를 털어놓았다는 것이 의외였지만 소문이 날까 걱정되지는 않았다.

"너 몰라서 그러는데 남자가 제삼자에게 말해 줄 정도면 그건 각오를 했다는 말이야."

"무슨 각오?"

은준은 어이가 없다는 얼굴로 희경을 쳐다봤다. 승우가 아무리 적극적으로 나와도 자신은 누구를 사귈 생각이 없었다. 사귄 다음에 수순처럼 따라오는 결혼이라는 단어가 자신하고는 관계가 없다 여겼다.

"이렇게 완강한데 승우는 너 어디가 그렇게 좋다니? 벌써 몇 년째냐고."

입사 연수 시절부터 인연이 닿은 승우는 꽤 친절했고 배려심이 깊었다. 물론 자신에게만 그런 것이 아님을 알기에 부담스럽게 느끼지는 않았다.

"부서 발령 받고 참새가 방앗간을 그냥 못 지나가듯 드나드는 승우 보고 난 단번에 알았는데……. 그러고 보면 이은준 은근 무신경해."

희경이 자신의 어깨를 툭 치며 고개를 절레절레 젓자 은준은 입술을 앙다물었다. 관심이 없어서 몰랐다고 하면 수긍을 할까. 그당시 자신은 주변을 돌아볼 만큼 여유롭지 않았다. 그저 혼자가 되었다는 것에 행복해하던 시기였다.

대학을 졸업하고 부모의 곁으로 돌아가지 않고 직장을 가져서 마냥 좋았었다. 하지만 자신이 어디를 가든 엄마, 아빠의 딸이었다. 완전한 독립을 꿈꾸었지만 그건 이루어질 수 없는 꿈처럼 자신을 더 힘들게 만들었었다. 가끔 오빠 은형의 꿈을 꾸면 그날은 어김없이 아팠다. 머리가 묵직하고 몸이 가라앉고 예전에 찢어졌던 손바닥이 아려 왔다. 그리고 심장은 고통스럽게 이지러져 숨이 쉬어지지 않았었다.

"론칭쇼 한정판으로 나온 주얼리 세트 19종의 경매를 지금부터 시작하겠습니다."

승우가 단상 위에 올라가 인사를 하고 경매를 시작하자 사람들이 박수를 쳤다.

"먼저 상품 원가격의 100배를 넘어 입찰하실 수 없음을 알려 드립니다."

은준은 꽤 능숙하게 경매를 진행하는 승우를 보며 입가에 미소를 지었다. 부드러운 미소로 연회장을 둘러보던 승우가 이쪽을 쳐다보자 희경이 손을 가볍게 들어 알은체를 해 주었다.

"조명 아래 있어 그런지 더 잘생겨 보이네. 웃는 거 좀 봐 봐. 귀여워."

희경이 호들갑 아닌 호들갑을 떨며 승우를 칭찬하고 나왔다. 은준은 희경의 이런 태도가 자신 때문이라는 것을 눈치채고는 시큰둥한 표정을 지었다. 갑자기 큐피드를 자청하는 희경이 못마땅하기도 했다.

"저러니 여직원들이 승우 좋다고 난리지."

옆에서 희경이 박수를 치며 한마디 더 덧붙이자 은준은 고개를 절레절레 저었다.

"그런데 저런 승우를 엿 먹이고 있는 게 너란 건 알지?"

"뭐라는 거야."

은준은 희경의 일침에 눈썹을 구기며 짐짓 엄한 눈짓을 했다.

"승우랑 잘해 보라는 거야."

"소문난다고 조심하라고 한 건 너였어."

은준은 그새 잊었느냐는 얼굴로 희경을 향해 눈을 흘겼다. 그러자 '상황은 언제 어디서든 바뀌기 마련이야.'라며 희경이 지지 않고 대꾸했다.

"경매로 얻은 수익은 심장병 어린이를 위한 재단에 기부할 예정입니다."

은준은 순간 주먹을 꽉 말아 쥐었다. 언제 들어도 익숙해지지 않고 아픈 단어가 '심장병 어린이'였다.

"흐음……."

숨을 들이켜던 은준은 재준과 눈이 마주쳤지만 고개를 돌리지는 않았다. 이 경매가 누구의 머리에서 나온 것인지 알 것 같았다. 마케팅부가 제안한 것처럼 보이지만 실질적으로는 사장의 지시였을 것이라는 추측이 가능했다. 하필 그 많은 재단 중에서 심장병이란 말인가.

빤히 바라보던 재준에게서 시선을 돌리자 양 비서가 눈에 들어왔다. 자신을 보고 있었던 것인지 그가 헛기침을 하며 고개를 돌리는 것이 보였다.

"첫 경매품은 '태양의 눈동자'라는 목걸이입니다."

"오, 예쁘다."

희경이 기도하는 것처럼 두 손을 모으고 황홀한 표정으로 바라봤다. 중간에 밝은 노란색으로 빛나는 보석 주위로 빛이 뻗어 나가는 듯한 이미지를 형상화한 목걸이는 좌중들의 시선을 압도하고 있었다.

"이백만 원."

어디선가 가격을 부르는 소리에 은준의 고개가 돌아갔다.

"이백육십만 원."

흥정을 붙이듯 또 다른 누군가가 가격을 올려 말하자 여기저기서 작은 탄성이 터져 나왔다.

"흐음, 다들 있는 사람들이 쪼잔하게. 천 단위부터 부를 것이지."

풋. 은준은 희경의 신랄한 말에 피식 웃음이 터졌다. 그들은 저 상품의 가치를 재면서 서로 눈치를 보는 중일 것이다. 그리고 누가 더 재력가인지 으스댈 기회라 여길지도 모른다. 어떤 가격이 불리게 되느냐에 따라 운명이 바뀔 목걸이였다.

"삼천만 원."

"!"

목걸이를 쳐다보던 은준의 고개가 천천히 움직였다. 여기저기서 박수와 탄성이 터져 나왔다. 하지만 은준이 고개를 돌린 건 경매가 때문이 아니라 재준의 목소리 때문이었다.

"네, 저희 사장님께서 멋진 스타트를 끊어 주셨습니다. 누구에게 주시려는 건지 무척 궁금한데요. 사장님 누구에게 주실 겁니까?"

"노코멘트."

"아! 이런. 어디 숨겨 둔 애인이라도 있으신가 봅니다."

승우의 너스레에 좌중들은 웃으며 재준을 쳐다봤다. 자리에서 일어나 가볍게 허리를 숙여 보인 재준의 시선이 자신에게 닿자 은준은 숨을 참았다.

"뭐 하고 계시는 겁니까? 여러분들의 능력을 보여 주실 시간입니다."

재준이 능글맞게 오른손을 위로 들어 보이자 초대 손님들이 와자하게 웃으며 박수를 보냈다.

"사장님이 황선휘한테 주려나 보다."

"……."

은준은 희경을 아무 말 없이 바라봤다. 명분상 황선휘를 애인 자리에 둔 재준의 의도가 무엇인지 궁금해지기 시작했다. 전혀 관심 없는 일이었는데.

'뭐지? 내가 그의 애인이라도 된 듯 이 묘한 울렁거림은?'

은준은 눈을 감고 고개를 한 번 저었다. 그와 한 몸이 되었다고 애인처럼 굴 생각은 없었다. 그런데 심장이 거칠게 동요하고 있었다.

'몰랐어? 나 너한테 미쳐 있는 거.'

고등학생이던 재준이 자신을 안고 싶다고 했을 때, 졸업 선물로 자신을 달라고 했을 때 그가 자신에게 집착한다는 것을 어렴풋이 눈치챘었다. 하지만 그때 자신에게 이런 감정은 일지 않았다. 그저 고마웠기에 고개를 끄덕였을 뿐이다.

□　■　□

"제……가요?"

"왜? 다른 직원들도 맡았어. 이은준 대리만 시키는 거 아닌 거 알잖아."

김 과장이 오늘따라 왜 이상하게 굴어, 하는 표정으로 쳐다보자 은준은 낮은 한숨을 내쉬었다.

"그래도 이 대리한테는 두 건만 시키는 거야. 이틀 연속 휴일에 나와 일하니 짜증이 나겠지만 수당 두둑하게 챙겨 주신다니 힘내."

김 과장이 자신을 배려해 은근 챙겨 준다는 식으로 말하고 나오자 은준은 멋쩍은 얼굴로 '감사합니다.' 하고 대꾸했다.

브랜드 론칭과 경매를 접목한 파티는 성황리에 마무리되었다. 경매로 낙찰을 받은 이들 중 물건을 수령하지 않은 손님들에게는 직원들이 직접 배달을 해야만 했다. 지원사업부가 하는 일이 이런 사소하고 자잘한 업무라 불만은 없지만 은준은 자신이 배달해야 하는 손님 명단 중 재준의 이름에 눈을 가느직하게 떴다.

"은준, 어디로 가?"

마케팅 부서 때문에 이 무슨 고생이냐고 투덜거리던 희경은 벌써 나설 채비를 하고 있었다.

"한남동."

"아, 반대 방향이네. 배달 잘하고 내일 보자."

희경이 손가락을 살랑거리며 인사를 건네자 은준은 입가에 미소를 지어 화답했다. 그러다 희경이 사무실을 나가자 입가에 지었던 미소를 싹 지웠다. 왜 하필 재준에게 자신이 가야 하는지 묻고 싶었다. 그런데 누구한테 묻는단 말인가. 명단을 준 과장님한테 물을 수도 없는데 말이다.

"이런 건 양 비서님이 좀 챙기면 좋잖아."

재준이 의도적으로 챙겨 가지 않았음이다. 은준은 재준에게 전해 줄 보석 상자를 흘겨보다 이내 풀 죽은 얼굴이 되었다.

"죄 없는 양 비서님한테 괜히 혼자 짜증 냈네."

앞머리를 쓸어 넘긴 은준은 한숨을 푹 내쉬고는 가방을 챙겨 들었다.

딩동.

재준은 아일랜드 식탁에 앉아 커피를 마시다 고개를 돌렸다. 누가 찾아온 것인지 알기에 입가가 절로 올라갔지만 문으로 다가가지 않았다.

딩동, 딩동, 딩동.

짧게 세 번 연속으로 울리자 재준은 인터폰 모니터 앞으로 다가갔다. 문이 열리지 않자 입술을 질끈 깨무는 은준이 보였다.

디─잉동.

벨이 신경질적으로 길게 울리자 재준은 피식 웃었다. 비밀번호를 알고 있으면서도 벨을 누르고 있는 은준의 고집에 웃음이 나왔다.

"하긴, 이은준은 호락호락하지 않지."

철컹.

문을 열자 거북한 얼굴로 서 있던 은준이 자세를 바로잡더니 상자를 내밀었다.

"낙찰받으신 스톤블링 경매품을 가져왔습니다. 여기 인수증에……."

재준은 은준이 내민 상자를 받지 않고 팔짱을 꼈다. 인수증을 내밀던 은준 또한 말없이 자신을 올려다봤다.

"들어와."

"싫습니다."

돌아서던 재준은 어이없다는 얼굴로 은준을 돌아봤다.

"물건만 전해 드리고 돌아가겠습니다."

"……."

재준은 방어막을 가동시킨 은준을 보며 한쪽 입꼬리를 밀어 올렸다. 들어오는 순간 무슨 일이 벌어질지 예상한다는 듯 구는 그녀를 보며 재준은 천천히 입술을 뗐다.

"혼자 점심 먹는 거 싫어. 같이 먹자."

은준의 눈썹이 휙 치켜 올라가는 것을 본 재준은 손을 뻗어 손목을 잡았다. 그런데 은준이 꿈쩍도 안 했다.

"아직 한 군데 더 가야 합니다."

"쯧, 여기를 마지막으로 왔어야지."

은준이 일부러 그랬다는 것을 눈치챈 재준은 혀를 차며 나무랐다.

"잠깐 기다려."

은준의 손목을 놓고 그는 안으로 들어와 아일랜드 식탁에 올려둔 차 리모컨 키를 찾아 들었다. 그러고는 편한 운동화를 발에 꿰며 현관을 나섰다.

"가자."

"네?"

커다래진 눈으로 자신을 보는 은준에게 씨익 웃어 준 재준은 그녀의 손에 들린, 리본이 곱게 묶인 보석 상자 두 개를 낚아채듯이 받았다. 그러고는 뒤도 안 돌아보고 엘리베이터 앞으로 성큼 걸었다. 등 뒤로 은준의 한숨 소리가 들리더니 마지못한 걸음으로 따라오는 구두 소리가 들렸다.

"안 타?"

"뭐 하는 거예요?"

항의하듯이 은준이 따지고 들자 재준은 고개를 삐딱하게 기울였다. 배달할 곳이 남았다고 했으니 같이 가면 되는 일이었다. 그러면 은준이 더 이상 핑계 댈 것이 없을 것이다.

"배달."

은준의 망연한 표정을 보며 재준은 엘리베이터의 열림 버튼을 계속 누르고 있었다. 은준이 탈 때까지.

한 번 뒤돌아보던 은준이 대문 사이로 사라지자 재준은 담배를 꺼내 들었다. 차창을 내리자 낮의 더운 바람이 훅 끼쳐 왔다.

"덥네."

재준은 차의 시동을 켜 둔 채 차에서 내려 담배에 불을 붙였다.

"후우……."

차에 기댄 채 담배 연기를 내뱉던 재준은 자신의 신발을 가만히 내려다봤다. 뜨거운 지열을 버티고 있는 신발 밑창을 보기 위해 발을 든 재준은 혼자 피식 웃었다. 아마도 집에 있는 자신의 운동화는 모두 선강기업에서 만든 신발일 것이다.

어느 날 신발장을 열었다가 다른 브랜드의 운동화는 거의 없다는 사실에 당황한 적이 있었다. 제 손으로 산 것보다는 모두 어머니가 챙겨 주신 것이긴 했지만 말이다. 운동화가 있는 반대편 신발장에는 명품 구두와 이름만 들어도 유명한 캐주얼화들이 즐비해 있었다. 신발에 욕심이 없는데 어머니는 정장을 하나 살 때마다 구두도 꼭 맞춰 사야 한다고 고집을 부리는 분이었다. 덕분에 한 번도 안 신은 운동화며 구두들이 꽤 많았다.

"다른 것도 좀 신어 볼까."

재준은 자신의 외골수 같은 성격이 어이가 없다는 듯 중얼거리고는 고개를 돌렸다.

"아! 하성이네 집이었네."

은준이 들어간 집은 하성의 집으로 전자 산업을 잇고 있는 우성전자 사장의 집이었다. 하지만 하성의 관심은 다른 데 있었다.

"뭐 하냐?"

하성에게 전화를 건 재준은 꽤 긴 연결음 뒤에 통화가 연결되자 다짜고짜 물었다.

— 바쁘다.

"휴일에 데이트라도 하나?"

— 데이트는 무슨.

하성의 신랄한 음성에 재준은 벙싯 웃었다.

— 참 론칭쇼 하는 데 못 가서 미안하다. 내가 요즘 연구하는 프로젝트가……

"너 왔으면 재미있는 것 봤을 텐데."

— 어? 재미있는 것 뭐?

하성은 은준을 보는 순간 알아볼까. 은준이 웃을 때 귀엽다고 말한 하성 때문에 그녀를 더 관심 있게 본 적이 있었다.

끼이이익.

그때 대문 열리는 소리가 나자 재준은 들고 있던 담배를 껐다.

"그럼 수고."

— 재미있는 게 뭐냐니깐?

"그런 게 있어. 이 형님은 이제부터 재미있게 놀게. 넌 연구나 마저 해."

재준은 은준이 다가오는 것을 보며 통화를 끝냈다.

"덕분에 힘들지 않게 왔습니다. 조심해서……."

"보답은 기본 아냐?"

인사를 하고 사라지려는 은준을 향해 재준은 시니컬하게 말했다. 고약하게 어디서 제 볼일이 끝났다고 미련 없이 떨어져 나가겠다는 건지.

"그리고 나 아직 인수증에 사인 안 했는데?"

"아……."

은준이 곤란한 얼굴로 입술을 다물자 픽 웃은 재준은 차에 올랐다.

"비겁하게 좀 굴지 마요."

"이게 뭐가 비겁해?"

은준의 항의에 재준은 무덤덤한 얼굴로 대꾸했다. 좀 전까지 딱딱하게 존대를 하며 거리를 두더니 은준도 이제 한계인지 불퉁하게 입을 비죽거렸다.

"너 먹으려고 주문해 놓은 거라니깐."

샐러드를 포크로 푹푹 찌르는 은준을 보며 재준은 어깨를 살짝 들었다가 내려놓았다.

"그 말이 아니잖아요!"

"그건 내가 지시한 게 아니라고."

재준은 팔짱을 끼고 눈을 가늘죽하게 떴다. 지시한 적은 없지만 양 비서가 눈치껏 일 처리를 한 것까지 자신이 어쩔 수 없지 않느냔 말이다.

"쳇."

뽀로통한 얼굴로 콧방귀를 뀌는 은준을 보며 재준은 픽 웃다 마른세수를 했다.

"이거 다 먹으면 인수증에 사인해 준다는 말 지킬 거죠?"

"……응."

재준은 식탁에 팔을 괴고는 턱을 받쳤다. 오물오물 씹는 은준의 입술을 맛보고 싶다는 생각이 고개를 쳐들자 아까부터 아래에서 꿈틀거리던 녀석도 같이 고개를 쳐들었다.

"자, 다 먹었으니 인수증에 사인해 주세요."

"커피…… 마실래?"

이 집에서 나가려고 안달하는 은준을 보며 재준은 인상을 구겼다. 보내기 싫은 마음인지, 욕망을 채우고 싶어 그러는 것인지 명확하지 않아 심기가 뒤틀렸다. 어제도 시간만 더 있었다면 은준을 끝까지 안았을 것이다. 자신에게 안겨 울먹이다 숨을 헐떡이는 은준은 볼 때마다 질리지 않았다.

"사인해 주세요."

"볼펜."

재준은 가방을 뒤적이는 은준의 옆얼굴을 말끄러미 바라보며 미소를 지었다. 저 애 콧대가 저리 높았었나.

"여기."

자신에게 펜을 내민 은준의 하얀 손을 가만히 바라보던 재준은 마지못한 얼굴로 건네받았다. 휘갈기듯이 사인을 한 재준은 펜만 내밀었다.

"인수증."

은준이 눈을 부릅뜨고 인수증을 달라는 눈짓을 하자 재준은 그것을 가만히 접어 바지 주머니에 넣었다.

"뭐 하는 거예요!"

바락 소리를 지르는 은준을 향해 재준은 두 팔을 벌려 보이며 어깨를 으쓱했다.

"뺏어 보라고."

"하!"

어이가 없다는 듯 은준이 간투사를 내뱉자 재준은 자리에서 일어섰다. 그러자 은준이 자석처럼 따라 일어섰다.

"치사하게 굴지 말죠."

"치사한 게 아니라 기회를 안 놓칠 뿐이야."

씨익 웃어 보이자 은준이 입술을 다물지 못하고 자신을 쳐다봤다. 그러다 곧 눈을 가늘게 뜨고는 신랄하게 말했다.

"처음부터 이럴 작정이었죠?"

"무슨 작정?"

"……."

은준이 대답을 못 하고 입술만 꼭 깨물고 있자 재준이 그녀에게로 다가갔다.

"너하고 자고 싶어."

자신을 올려다보는 은준의 눈동자가 이럴 줄 알았다는 빛으로 물들자 재준은 입가에 미소를 지었다.

"단순하게 섹스만 말하는 게 아니야."

"섹스만 말하는 거잖아요."

은준이 거창하게 포장하지 말라는 듯 따지고 들었다.

"섹스가 끝나자마자 돌아서는 관계 말고 서로의 살갗을 비비며 같이 잠드는 거……. 같은 침대에서 자는 거, 그게 하고 싶어."

보내기 싫은 마음과 욕망을 채우고 싶은 마음 중에서 헷갈렸던 재준은 그 모든 것을 뛰어넘은 '함께'를 원하고 있음을 인지했다.

"이상하게 굴지 말아요."

은준이 혼란스럽다는 듯 고개를 젓자 재준은 입가에 미소를 지었다.

"이제부터는 밤을 함께 보내 볼까?"

재준은 흔들리는 눈동자로 자신을 바라보는 은준의 뺨을 가만히 쓰다듬다 엄지로 입술을 만졌다. 여린 살이 손가락에 눌려 이지러지자 조금 마음이 놓였다. 손에 잡히는 그녀가 좋았다. 끝을 알 수 없는 열기에 휩싸여 미워했고 밀어냈었다. 지금도 미운 건 변함이 없지만 그 마음이 좀 퇴색된 느낌이었다. 그래서 그런지 은준을 품에 안고 깊은 잠을 자고 싶었다. 자면서 은준이 옆에 있다는 것을 확인하고 또 확인하고 싶었다.

재준은 비스듬히 고개를 기울이며 억울하다는 표정을 짓는 은준에게 키스했다. 말캉한 입술을 지나 젖어 있는 혀를 찾아 옭아매자 심장이 쿵! 소리를 내며 바닥을 치고 다시 튀어 올랐다.

"읏."

번쩍 안아 아일랜드 식탁 위에 앉히자 은준이 낮은 간투사를 내뱉다 시선을 마주했다. 자신을 올곧게 바라보는 은준의 태도가 좋았다.

"실오라기 하나도 안 걸친 상태로 너하고 자고 싶어."

재준은 그녀의 셔츠 단추를 힘들이지 않고 톡톡 풀어냈다. 가늘게 떨면서도 자신을 외면하지 않는 은준을 가만히 바라봤다. 셔츠를 다 벗기자 은준이 숨을 깊게 들이마셨다. 그 바람에 쇄골이 옴폭하게 파였다. 재준은 은준의 쇄골에 입술을 붙이고 진하게 핥았다. 그윽한 향기를 품은 풀잎 냄새가 은준에게서 풍겨 왔다.

고개를 들어 은준의 입술을 맛보고 혀를 집어넣어 속살을 핥고 빨았다. 여린 살들이 혀에 눌리고 튕기는 모든 감각들이 자신의 신경을 날뛰게 만들었다. 은준의 입술을 제 것인 양 핥아 대며 재준은 브래지어를 풀어 바닥으로 떨어트렸다. 그러고는 은준이 가슴을 못 가리게 자신의 품으로 끌어안고는 등을 쓸었다. 오소소 떨고 있는 은준의 어깨가 가냘팠다.

"곧 따뜻하게 해 줄게."

재준은 한 손을 청바지 버튼에 얹고는 은준의 귀에 속삭였다. 버튼이 툭 풀리자 은준이 움찔하는 것이 느껴졌다. 찌지직 소리를 내며 지퍼가 열리고 하얀색의 브리프가 모습을 드러냈다.

"알고 입은 거야? 모르고 입은 거야?"

"……."

은준이 말간 얼굴로 쳐다보자 재준은 짓궂은 표정을 지으며 손을 브리프에 갖다 댔다. 그러고는 지독하게 낮고 은밀한 목소리로 속삭였다.

"다 비쳐. 나 보라고 그런 거지?"

"아, 아니에요!"

은준이 억울하다는 듯 바락 소리를 지르는 모습에 재준은 웃음이 터졌다. 툭 건드리면 팍! 하고 터질 것 같은 꽃봉오리처럼 그녀의 반응이 즐거웠다.

"약속이…… 읍."

방으로 들어온 후 그의 혀가 참을 수 없다는 듯 입안의 속살을 빨고 핥아 대는 바람에 항의를 할 수 없었다. 혀를 감았다 놓아준 재준이 그윽한 시선으로 자신을 내려다봤다.

"그냥 자는 거 아니었어요?"

"순진하긴."

"윽!"

픽 웃으며 답한 재준이 오른쪽 겨드랑이로 손을 집어넣더니 은준의 몸을 빙글 돌렸다. 베개에 얼굴을 박은 은준은 비명을 질렀지만 재준 때문에 옴짝달싹할 수 없었다. 자신의 등을 손가락으로 그리듯이 만지는 재준으로 인해 숨을 헐떡였다. 별것 아닌 것 같은데 굉장히 자극적이었다. 그의 손가락이 지나간 자리에 전기가 흐르는 것 같았다.

"라인이 정말 예뻐. 쏙 들어간 허리와 하트 모양 같은 엉덩이."

"핫. 자고 싶다고 했으면서……. 한다는 소리는 없었잖아요."

은준의 볼멘소리를 들으며 재준은 입꼬리를 기분 좋게 끌어 올렸다.

"그래. 자고 싶어, 너랑. 그런데 지금은 낮이라 자기에는 너무 이르잖아? 그러니 뭘 하면서 시간을 보내야겠어?"

"아흑."

재준이 손을 넣어 허리를 들어 올리자 은준은 간투사를 내뱉었다. 엉덩이만 하늘로 쳐든 몰골이 민망해 시트를 꽉 움켜쥐었다.

"여기 하트 모양 사이에 숨어 있는 건 더 예쁘고."

"학!"

재준이 엉덩이 사이로 손가락을 쑤욱 밀어 넣자 은준의 고개가 번쩍 들어 올려졌다. 그의 손가락 두 개가 번갈아 여음 입구를 문지르자 숨이 넘어갈 듯 헐떡여졌다. 그러다 불쑥 들어온 손가락이 질벽을 긁어 댈 때마다 아흑, 앙, 소리가 절로 터져 나왔다.

질펀질펀하는 소리가 방 안을 가득 메울 때쯤 은준은 바르르 몸을 떨며 움켜쥔 시트를 비틀었다. 다리에 힘이 빠지며 눈앞이 하얗게 변하는 것 같았다.

뽁.

그의 손가락이 여음을 빠져나가는 소리가 적나라하게 들렸다. 은준은 이제 끝났다는 생각에 숨을 몰아쉬었다. 하지만 이내 악! 하고 소리를 질렀다. 재준의 분신이 안으로 들이치는 순간 끝난 것이 아니라 이제부터 시작이라는 것을 깨달았던 것이다.

"울컥울컥 잘도 삼키는데?"

"윽."

은준은 그를 받아들이며 덜덜 떨리는 여린 살에 어금니를 물었다. 그가 움직이지 않고 가만히 있자 은준은 하아, 하는 짙은 숨을 몰아쉬었다.

"맞물려서 좋다. 여기 너하고 나 사이에 아무것도 없어서 그게 좋아."

은준은 그를 보기 위해 뒤를 돌아보다 신음을 터트렸다. 자신의 유두를 잡고 비틀던 재준이 엉덩이를 한 번 툭 치자 아래가 화끈 거리며 그를 왈칵 뱉어 냈다. 그러다 다시 그를 감싸듯이 안으로 들였다. 태양이 스며든 방 안은 너무 환해서 모든 것을 투영할 정도였지만 자신은 자세 때문에 그를 바라볼 수 없었다.

"하아……."

은준의 등 위로 몸을 겹친 재준의 진한 신음 소리가 울부짖는 짐승의 소리 같았다.

"헛."

젖무덤을 그러쥔 재준이 은준을 벌떡 일으켜 안자 창밖의 낮 풍경이 눈에 들어왔다. 지대가 높아 밖에 보일 리는 없지만, 은준은 민망함에 얼굴이 붉어졌다. 난처해하는 자신의 마음을 모르는지

재준은 미친 듯이 자신에게 들이치고 빠져나가기를 반복했다. 창
밖의 풍경이 저절로 오르락내리락하는 듯했다.

□ ■ □

자다가 혼자가 아니라는 사실에 멈칫한 재준은 잠이 든 은준의
머리를 가만히 쓰다듬었다. 등을 돌리고 아이처럼 몸을 웅크리고
자는 은준이 몸부림을 치는 것인지 어깨가 한 번 움직였지만 이내
잠잠해졌다.

"부드러워."

맞닿은 피부가 부드러워 충족감이 느껴졌다. 재준은 은준의 어
깨에 코를 박고 숨을 들이켰다. 정사가 끝나고 씻겠다는 은준을 그
냥 재웠다. 서로의 흔적을 묻힌 상태로 있는 것이 좋았다. 변태라
며 구시렁거리는 은준의 이마에 군소리하지 말라는 의미로 딱밤을
주기도 했다.

"좋다, 이은준 냄새."

땀에 젖은 은준의 냄새가 심장에 스며들듯이 물들었다. 부드러
운 살결이 입술에 스치듯이 닿자 재준의 입가가 빙긋 올라갔다.

"흑……."

"!"

재준은 갑작스러운 울음소리에 고개를 번쩍 들었다. 은준의 어
깨가 가늘게 떨리고 있었다.

"이은준?"

재준은 은준의 떨리는 어깨에 손을 얹고 가만히 흔들었다. 하지
만 그녀는 꿈을 꾸는 것인지 이번에는 몸까지 부들부들 떨기 시작

265

했다. 도대체 무슨 꿈이기에 이렇게 사시나무처럼 떨고 있는 것인지 몰라 재준은 몸을 일으켰다.

"이은준, 일어나 봐."

불끈 쥔 주먹을 가슴 앞으로 모으고 방어 태세를 취하고 있는 모습이 어딘지 이상했다. 게다가 식은땀까지 흘리고 있었다.

"은준……."

"살려 내! 살려 내라고…… 우리 오빠 살려 내라고!"

"하!"

그날의 일을 악몽으로 꾸고 있는 은준 때문에 재준은 안타까운 간투사를 내뱉었다. 악몽을 끝내 주어야 할 것 같아 손을 뻗던 재준은 순간 멈칫했다.

"개새끼! 죽어! 죽어 버려! 너희는 인간도 아냐!"

"은준아!"

재준은 악에 받쳐 몸부림치는 은준을 벌떡 일으켜 안았다.

"누가 쫓아옵니까?"

재준은 양 비서의 질문에 무슨 말이냐는 듯 눈썹을 치켜올렸다.

"흠흠, 평소와 다르게 좀 서두르시는 것 같아서······."

헛기침을 하며 눈치를 보면서도 할 말 다 하는 양 비서 때문에 재준은 픽 웃었다. 솔직히 마음이 급한 건 사실이었다. 하지만 서두른 것은 아니었다. 은준이 자신의 빌라, 자신의 침대 위에 누워 있을 것을 알기에 조바심이 났다.

새벽에 악몽을 꾼 은준은 열이 나기 시작했다. 무슨 꿈을 꾸었는지 다 알기에 속이 상했고 또 마음이 따가웠다.

"그럼, 이렇게 밀렸는데 천천히 할까? 나무늘보가 친구 하자고 할 정도로?"

"······죄송합니다."

양 비서가 멋쩍은 얼굴로 웃더니 결재가 난 서류를 챙겨 들었다.

"일단 이것부터 내려 주고 오겠습니다."

눈치껏 치고 빠지는 양 비서가 밉지 않았다. 아버지의 명에 싫은 내색 없이 자신이 있는 곳까지 날아온 양 비서였다. 처음엔 자신이 준비하는 사업의 감시자 역할이었던 양 비서는 첩자 노릇에는 소질이 없다는 말로 어느새 자신의 조력자가 되어 있었다. 그러면서 일 년 동안 같이 먹고 자고 하면서 미운 정 고운 정이 쌓인 것이다.

"이것도 들고 가."

"넵!"

막 사인을 끝낸 서류 하나를 더 얹어 주자 양 비서가 냉큼 사장실을 나갔다.

"하······."

재준은 들고 있던 펜을 책상에 던지듯이 놓고는 마른세수를 했다. 아프면서도 출근을 고집하는 은준에게 혀를 찼었다. 열이 나고 식은땀을 흘리는 정도라면 약을 먹고 나서 출근하라고 했겠지만 어지럼증에 제대로 서지도 못하는 은준을 보자 화가 치밀었다. 그래서 싫은 소리를 하고 말았다. 아침에 까칠하게 대한 것이 내내 마음에 걸렸던 재준은 휴대폰을 꺼내 들었다.

— 네······.

휴대폰을 통해 들려오는 은준의 목소리는 기운이 하나도 없었다.

"점심은?"

— ······먹었어요.

"약은?"

— ······그것도.

자는데 전화를 해서 깨운 것일까. 좀 괜찮아졌는지 궁금해 전화를 걸었는데 괜한 짓을 한 것일까.

"자고 있었어?"

— ……그냥 누워 있었어요.

자고 있었다는 말을 에둘러 하는 은준의 변명에 재준은 픽 웃음이 나왔다. 은준은 아파도 아프다는 소리를 안 하는 것이 문제다.

"더 자."

재준은 은준의 대답을 듣지 않고 전화를 끊어 버렸다. 자신과 있었기 때문에 그런 꿈을 꾼 것일까.

'재준아! 서재준! 빨리 와!'

영광이가 하얗게 질린 얼굴로 달려와 자신을 일으켜 세웠었다. 혼자서는 일어설 줄 모르는 아이를 일으키는 것처럼 영광의 손길은 다급했다. 무슨 일이냐는 말에 영광은 '얼른!' 하며 소리를 질렀다.

'은준이 사고 쳤어!'

'뭐!'

'개새끼! 너도 죽어! 살려 내! 우리 오빠 살려 내라고!'

영광을 따라 뛰는 도중에 패악을 부리는 은준의 목소리만 들을 수 있었다. 무슨 일인지 파악하기도 전에 은준이 선생님들의 손에 끌려가는 것을 봤다.

'어서 따라가 봐.'

영광의 손에 떠밀리듯이 계단을 향해 걷다 돌아봤다. 교실 앞에 아이들이 모여 웅성거리는 모양새가 심상치 않았다. 교실로 가서 사태 파악을 해야 할지 은준에게 가야 할지 고민하는 사이 교실을 들여다보던 영광이 어서 가 보라며 손을 휘휘 내저었다. 영광의 얼굴이 심각하게 구겨져 있는 것을 본 순간 은준에게 가야 할 것 같았다. 가슴을 치는 섬뜩함에 걸음이 빨라졌다.

'꼭 병원 가 봐. 세 바늘 정도는 꿰매야 할 것 같아.'

은준과 보건 선생님이 마주 보고 앉아 있었다. 선생님의 등에 가려 어깨만 살짝 보였을 뿐이지만 은준이 떨고 있는 것을 알 수 있었다.

'꿰매요?'
'어? 재준아…….'

얼굴이 일그러지는 보건 선생님의 뒤로 은준의 피 묻은 교복이 눈에 들어왔다. 무슨 일이 일어났는지 몰라도 체육 선생님이 감시자처럼 은준을 보며 서 있었다. 넌 상관없으니 교실로 돌아가라는 체육 선생님의 말에 학생회장으로서 알아야 하지 않겠느냐고 하며 물러서지 않았다. 그러자 체육 선생님은 난감한 얼굴로 한숨을 푹 내쉬었다.

'나한테 다 말해.'

전화를 받은 체육 선생님이 잠시 나가자 보건 선생님에게 부탁해 둘만 있게 자리를 피해 달라고 했다. 그리고 눈이 빨갛게 충혈된 은준을 보며 조심스럽게 물었다. 하지만 은준은 시선을 마주하지 않고 붕대가 감긴 손만 내려다보고 있었다. 마치 영혼이 빠져나간 아이처럼 얼굴에는 생기가 없었다.

'이은준 너 왜 그랬어? 왜 죄 없는 애한테 야구 방망이를 휘둘렀냐고?'

보건실로 돌아온 체육 선생님의 말에 은준의 고개가 번쩍 들렸다. 분노와 증오에 가득 찬 은준의 눈이 선생님을 빤히 쳐다보고 있었다.

"흐음."

길게 한숨을 쉰 재준은 남은 서류를 펼쳤다. 스톤블링의 브랜드 론칭이 끝났으니 다음 단계를 진행해야 했다. 그런데 머릿속은 은준으로 꽉 차 있었다.

"안 되겠다."

재준은 재킷을 챙기며 사장실을 나섰다.

"어? 사장님 어디를……."

눈을 휘둥그레 뜨고 엉거주춤 일어서는 양 비서를 향해 잠시만 나갔다 오겠다고 한 재준은 엘리베이터로 빠르게 걸었다. 은준이 자고 있을 것이라는 건 짐작이 되지만 또 아픈 것은 아닌지 확인하고 싶었다. 도우미 아주머니께 전화해서 상태를 물어도 되지만 직접 확인하고 싶었다.

열이 그렇게 안 떨어지는 경우는 처음 봤다. 열은 펄펄 나는데 오한이 들어 이불을 끌어당기는 은준이 안쓰러웠다. 하지만 집으로 돌아가겠다는 말을 하지 않고 얌전히 제집에서 잠을 자겠다고 약속하는 은준은 기특했다. 집에 간다고 했으면 출근을 하겠다는 말을 했을 때보다 더 불같이 화를 냈을 것이다.

차에 오른 재준은 시동을 걸고 지하 주차장을 빠르게 빠져나갔다. 잠깐이라도 은준을 보고 오는 편이 일에 집중하기에 낫겠다는 생각이었다.

'옆에서 말리던 유재는 손목에 금이 갔고, 윤은 손가락뼈가 아작 났대.'

은준이 작고 하얀 손으로 야구 방망이를 휘둘렀던 이유를 재준은 알고 있었다.

'송태진은?'

체육 선생님의 말처럼 죄 없는 애들이 아니었다.

'정강이뼈가 부러졌다고 하더라. 이제 걔 야구 못 하게 됐다고 그 엄마가 난리도 아닌 모양이더라. 은준이 어쩌냐, 이제?'

그 세 사람을 학교 폭력의 가해자라고 은준의 가족이 지명했지만 증거가 없었다. 다들 그들이 무서워 입을 닫았고 은형은 이미 죽어 버려 가해자가 누구인지 말해 줄 길이 없었다. 다만, 그들이 몰려다니며 은형을 괴롭혔다는 건 다들 아는 사실이었다. 하지만 그것만으로 학교폭력위원회를 열 수 없다고 가해자 부모들이 들고 일어났다.

그 와중에 은준이 송태진의 야구 방망이로 세 사람에게 폭력을 가했다. 우발적으로 일어난 일이라 다들 대처를 못 해 당한 것이었다. 그들의 입장에서 보면 재수 없는 일이 벌어진 것이다. 하지만 그 셋이 적어도 은준에게 미안한 표정이라도 짓고 조용히 지냈다면 이런 사태는 벌어지지 않았을 것이다.

순식간에 피해자 가족에서 은준은 가해자로 바뀌었다. 그러자 학교폭력위원회는 너무나도 쉽게 열렸다.

'송태진이 은형이를 두고 병신 같은 놈이라고 욕했나 봐. 그걸 들은 은준이 꼭지가 돌아 버린 거고.'

영광과 하성이 전해 주는 말을 들으며 자신은 은준의 마음만 생각했다. 찢어진 손바닥보다 만신창이가 되었을 은준의 마음이 걱정됐다.

'도와 달라고 해. 그 한마디만 하면 내가 해결해 줄게.'

은형이 죽었을 때 은준은 자신에게 손을 내밀지 않았다. 학교폭력위원회를 여는 건 아버지의 힘을 이용하면 가능한 일인데도 은준은 자신을 찾지 않았다. 그저 이용하려 해서 미안했다는 말만 할 뿐이었다. 자신을 밀어내는 상황에서 할 수 있는 것이 없었다.

하지만 상황은 변했다. 은준이 처음부터 자신을 이용하려 했든 말든 상관없었다. 자신을 이용해도 좋으니 손을 잡으라고 했다. 물러나 있는 은준의 마음을 그렇게라도 얻고 싶어 명확한 대답을 원했다.

은준의 폭력을 정당화할 수 없다면 편법을 써서라도 구해 줄 생각이었다. 동원할 수 있는 모든 힘을 끌어들여 판을 뒤집을 생각이었다.

'미쳤어! 내가 왜!'

'이거 보고 말해.'

'이, 이게 뭐야……'

영광과 하성의 도움을 받아 어렵게 구한 동영상이었다. 송태진이 은형을 괴롭히는 것을 누군가가 건물 안에서 숨어 찍은 것이었다. 거리가 좀 있었지만 송태진과 이은형의 얼굴을 확연하게 구분 지을 수 있을 정도의 화질이었다. 동영상을 찍은 사람이 누구인지 철저히 비밀에 부치기로 하고 손에 넣은 것이다.

세 사람 모두 전치 4주 이상이 나왔고 은준은 학교 폭력뿐만 아니라 형사 고소까지 당한 상태였다.

'고소 취하해. 합의금은 그 동영상 지워 주는 대가.'

은형은 선천성 심장병으로 인해 몸이 약한 아이였고 나중에 이식 수술을 받았지만 그것이 실패하고 나서 기계 심장을 다시 넣은 상태였다. 그래서 약을 제시간에 먹어야 했다. 그런데 송태진을 포함한 나머지 두 놈이 은형의 약을 진흙 바닥에 버리고 성적 수치심을 주며 괴롭혔던 것이다.

은형을 괴롭힌 이유는 남자면서 예쁘고 하얗게 생겼다는 것이다. 송태진의 패거리한테 걸린 건 순전히 운이 나빠서였다. 이유 없이 남들 위에서 군림하기 좋아하는 녀석들에게 은형은 너무나도 쉽고 가벼운 존재였다.

'지, 지워 주는 거지?'

증거가 없다며 당당하게 나오던 태진의 버벅거리는 모습이 꼴사나웠다. 하지만 방긋 웃으며 은준의 형사 고소에 관한 합의서를 내밀었다.

'지워 준다며! 내가 보는 앞에서 지워야지!'

합의서만 받고 돌아서려 하자 송태진이 버럭 소리를 질렀다.

'고소 취하 아직 안 했잖아?'
'자, 잠깐만! 지금 당장 엄마한테 전화할게!'

다급하게 휴대폰을 찾는 태진을 보며 재준은 한쪽 입꼬리를 비틀어 올렸다. 자신이 오기 전까지 휴대폰으로 게임하며 재미있어 죽겠다는 듯 히죽히죽 웃던 태진이 허둥거리는 모습이 꼴불견이었다. 자기 엄마한테 전화를 걸어 있는 짜증 없는 짜증을 부리던 녀석이 확답을 주었을 때 목을 조르고 싶은 심정이었다.

'송태진.'

'어?'

'여기 9층에서 뛰어내리면 죽을까?'

입술을 벌린 채 흔들리는 눈동자로 쳐다보는 태진의 표정이 너무 웃겨 재준은 크게 소리 내어 웃었다.

'야야, 농담이야, 농담.'

통화를 끝낸 태진이 썩은 얼굴로 억지로 따라 웃자 병실을 나서던 재준은 문을 닫기 전에 한마디를 덧붙였다.

'그런데 은형이는 많이 아팠겠다, 그지?'

커다랗게 뜬 태진의 눈을 똑바로 마주한 재준은 느릿하게 문을 닫았다. 평생 죄책감을 갖고 살기를 바랐다.

□ ■ □

은형 오빠의 꿈을 꾸고 나면 꼭 이렇게 아팠다. 이렇게 아프면서도 아프다는 소리 한 번 하지 않고 멀쩡한 것처럼 집을 나섰고 학교 보건실에 누워 있었다. 집보다는 학교가 차라리 편했다. 비록 선생님들이 곱지 않은 시선으로 바라보기는 했어도.

약에 잠이 오는 성분이 있는 것인지, 몸이 가라앉아 그런 것인지 자꾸 잠이 몰려들었다. 일어나고 싶은데 방 안이 빙글빙글 도는 것처럼 어지러워 쉽지 않았다. 그래도 아침보다는 나아지고 있어 다행이었다.

"찜찜한지 열이 내리면 씻고 싶다고 했어요. 하지만 오늘은 안 씻는 것이 좋을 것 같아요."

"네에."

방문이 열렸는지 두런두런 말을 나누는 소리가 들려왔다. 무거운 눈꺼풀을 들려고 하는데 생각처럼 되지 않았다.

오빠 꿈을 꾸면 항상 왜 이렇게 아픈지 의문이었다. 심장병으로 내내 고생한 은형이 자신에게 주는 형벌이라는 생각을 하고는 했다. 그래도 넌 튼튼한 몸을 가지고 태어나지 않았느냐는 원망같이 느껴졌다. 제 고통을 좀 겪어 보라는 뜻인 것 같아 아프면서도 기꺼이 마다하지 않았다.

"잠깐만 보고 나올게요."

"네, 아마 약을 먹어서 자고 있을 거예요."

사각거리는 발소리가 점점 가까워지고 침대가 약간 출렁거렸다. 그리고 조용하게 내쉬는 숨소리가 들려왔다. 분명 재준 선배라는 것을 아는데 약을 먹어 그런지 몸이 말을 안 들었다. 하지만 그의 손가락이 뺨에 닿자 거짓말처럼 눈이 떠졌다.

"……깨운 건가?"

낮지만 또렷한 음성에 걱정이 묻어 있는 것처럼 느껴지는 건 착각이겠지.

"그때…… 선배 아니었으면 지금의 나는 있을 수 없겠죠?"

고개를 살짝 기울인 그의 얼굴은 무표정이었다. 아무런 감정도 읽히지 않는 얼굴과 굳게 다물린 입술이 거대한 벽같이 느껴졌다.

"대가를 바라고 한 일이야."

차가운 음성이 내려앉았다. 신경 쓰지 말라는 듯 무감한 어투였지만 은준은 알고 있었다. 원래 재준은 누굴 도와주고도 생색내지 않는 성격이라는 것을.

"고마웠어요."

"……."

"항상 생각했어요, 고맙다고."

학교폭력위원회가 열리고 퇴학을 시켜야 한다는 요구를 강제 전학으로 바꾼 이는, 말하지 않아도 재준 선배라는 것을 알고 있었다. 이사장인 아버지를 어떻게 구워삶았는지 몰라도 전화를 끊은 교장이 난처한 얼굴로 좌중들을 돌아볼 때, 징계가 달라졌다는 것을 알 수 있었다.

"쓸데없는 생각 하지 말고 얼른 낫기나 해."

"저녁이면 다 나을 거예요."

하루 꼬박 앓고 나면 몸이 개운할 정도로 가벼워지고는 했다.

"그거 반가운 소리네."

"걱정……했어요?"

"응. 너하고 섹스해야 되는데 못 할까 봐."

은준은 황당한 얼굴로 입술을 벌린 채 재준을 올려다봤다. 어제 낮부터 시달린 몸이었다. 어둠에 숨을 수도 없는 상황에서 얼굴은 말로 할 수 없을 정도로 달아올랐었다. 구석구석 재준이 더듬지 않은 곳이 없을 정도였다.

세 번을 연거푸 안겼을 땐 완전 녹초가 되었다. 그러고 나서 저녁으로 피자 한 조각을 먹은 것이 다였다. 한 판은 거뜬히 먹을 수 있을 것 같았는데 재준이 그 짧은 시간도 기다려 주지 않고 또 덮쳤던 것이다. 그리고 씻지도 못하고 잠들어 버렸다.

"안 피곤해요?"

볼멘소리로 물었다, 항의하듯이.

"피곤해."

"그럼, 쉬어야……."

"운동한다고 생각하면 돼. 운동하고 나면 잠이 잘 오잖아."

피곤하면 쉬어야 하는 것 아니냐는 말이 쏙 들어가 버렸다. 은준은 재준을 한 번 흘겨보고는 이불을 턱 아래까지 끌어당기고는 눈을 감았다.

"안에 뭐 입고 있어?"

"!"

은준은 감았던 눈을 번쩍 떴다. 어제 입었던 속옷은 다시 걸쳤지만 겉옷은 입고 누워 있을 수가 없었다. 그래서 아침에 재준이 건네준 박스형 티셔츠 하나만 걸친 채였다. 방 안에 딸린 욕실이 있어 도우미 아주머니와 부딪치지 않고 화장실을 드나들 수 있기에 하의를 입어야 한다는 생각을 못 했다. 찾아서 입는다 해도 저번처럼 너무 커서 흘러내릴 것이 뻔했기 때문이다.

"일하다 나온 거 아니에요? 아님 조퇴라도 했나요?"

은준은 은근슬쩍 화제를 돌리며 어서 가 보라는 뜻으로 말했지만 재준은 개의치 않는 얼굴로 씩 웃더니 입고 있던 재킷을 벗었다.

"뭐, 뭐 하는……."

설마, 도우미 아주머니가 밖에 있는데 뭔 짓을 하려는 것은 아니겠지. 은준의 눈동자가 불안하게 이리저리 굴러다녔다.

"헛!"

재준이 이불을 확 걷어 내자 은준은 몸을 움츠렸다. 하지만 몸

위로 날렵하게 올라온 재준으로 인해 반듯하게 누울 수밖에 없었다.

"나 지금 아픈 사람……."

"그래서?"

"쉬게 해 줘야……."

왜 이리 말이 안 나오고 떨리는 것인지 모를 일이었다. 평소 당차게 재준을 향해 일갈을 하던 자신이 어디로 사라진 것인지 궁금할 지경이었다. 새벽에 악몽에서 깨워 주고 아픈 자신을 따스하게 보듬어 준 손길이 낯설지 않아서였을까. 자신을 멋대로 취한 재준에게 조금 누그러져 있었다.

"아픈 척은."

재준이 못마땅하다는 듯 눈썹을 휙 치켜올리더니 무릎으로 다리를 확 밀쳤다. 하지만 그의 시선은 자신의 눈을 뚫어질 듯이 바라보고 있었다.

"이은준."

"……."

"꾀병 앓지 마."

가만히 재준의 입술이 닿았다. 아프지 마라는 말을 저리 또 못되게 하는 것도 재주면 재주일 것이다.

조심스럽게 맞닿은 입술 사이로 물이 출렁거리며 넘어오는 것처럼 뜨거운 혀가 울컥 들어왔다. 까슬해진 입안에 물기를 전해 주기라도 하는 것처럼 그의 혀는 여린 속살들을 샅샅이 훑었다. 얼떨떨하게 휘둘리는 혀를 감고 빨아들이는 힘이 억세지 않고 감미로웠다. 마치 연인들이 하는 키스처럼 부드럽고 배려심이 느껴지는 입맞춤이었다.

윗입술의 안쪽 살을 빨고 아랫입술을 혀로 쓰윽 핥은 재준이 거칠어진 목소리로 속삭였다.

"아래, 젖었어?"

"!"

은준은 설마가 설마가 되는 것을 눈치채고는 몸을 비틀어 도망가려 했다. 하지만 키스하는 도중에 잡힌 것인지 손목에 수갑을 찬 듯 재준에게 잡혀 침대에 눌려 있었다.

"질문이 어려워? 젖었냐니까."

"그, 그건 왜요?"

젖었는지 안 젖었는지 은준은 대답할 수 없다 생각했다.

"이 손으로 입을 막아."

은준의 한 손을 풀어 준 재준이 의미심장한 미소를 짓더니 다리 사이에 자리를 잡았다.

"헛."

그녀의 두 다리를 접어 무릎이 가슴에 닿게 한 재준이 브리프 위에 입술을 갖다 대자 은준은 비명을 지르다 입을 틀어막았다. 그가 냄새를 맡는지 코를 비비고 있었다. 은준은 애써 브리프를 벗지 않았으니 괜찮을 것이라는 생각을 하며 두 손을 겹쳐 입을 막았다.

"하악!"

하지만 예상은 빗나갔고 다리를 접는 바람에 위를 향해 들린 여음은 재준에게 적나라하게 드러났다. 손가락으로 브리프를 옆으로 젖힌 재준은 망설이지 않고 그곳을 핥기 시작했고 방 안에는 자신이 내뱉는 신음 소리와 여린 살을 할짝거리는 소리가 울려 퍼졌다.

부드러운 혀가 쓰다듬듯이 더듬고 핥듯이 미끄러지는 일련의 움직임들이 정신을 아득하게 만들었다. 다리를 내리고 싶어도, 허리를 침대에 닿게 하여 여음을 감추고 싶어도 어느 것 하나 맘대로 되지 않았다. 그저 재준의 혀에 휘둘리는 것밖에 할 수 있는 게 없었다.

"으윽, 그, 그만······."

몸이 덜덜 떨릴 만큼 자극적인 쾌감에 은준은 그만하라고 말하고 싶었지만 말마저도 시원하게 나오지 않았다. 쓰읍, 춥, 쩝쩝, 하는 소리가 다양하게 들려왔다.

"아! 하학······."

혀로 길게 쓸어 올리듯이 핥자 은준은 고개를 뒤로 젖혔다. 이것이 오르가슴인지 모르겠지만 몸이 전기 충격을 받은 것처럼 짜릿하고 뻣뻣해졌다.

"쓰읍, 나머지는 저녁에 마저 해."

만족스러운 얼굴로 고개를 든 재준이 손등으로 입술을 쓰윽 닦자 은준은 힘이 빠진 다리를 축 늘어뜨렸다. 그러다 여음에 아직도 그 감각이 꾸물거리는 것 같아 저도 모르게 허벅지를 꼭 붙였다.

□　■　□

"어서 오······."

인사를 하던 은준이 말을 끝맺지 못하고 바라보기만 하자 매장을 들어서던 재준은 고개를 기울였다.

"안녕하세요?"

옆에 선 양 비서가 서글서글하게 웃으며 인사를 건네자 은준의 얼굴에도 미소가 어렸다. 그것이 예의상 짓는 미소라도 재준은 기분이 나빴다.

"어서 오세요."

"저희는 매장 점검차 사모님도 만날 겸……."

"가서 커피 좀 사 와."

"네? ……아, 네."

양 비서가 떠름한 얼굴로 멈칫하더니 이내 매장을 나섰다.

"사모…… 아니, 지점장님은 지금 외부에 일이 있어 나가셨습니다."

딱딱하게 구는 은준을 보며 재준은 소파에 털썩 앉았다.

"알아."

긴 다리를 겹쳐 올린 재준은 소파에 느긋하게 등을 기대며 은준을 쳐다봤다. 알면서 왜 헛걸음했느냐는 듯 은준이 의아한 표정을 지어 보였다.

"빌라로 들어오라는 내 말을 무시하기로 한 거야?"

은준은 대답하기 곤란한 질문이나 상황에 맞닥뜨리면 단단한 껍질을 뒤집어쓴 것처럼 방어적이 되고는 했다.

"싫다고 말했어요."

"난 그것을 용납 안 한다고 했어."

재준은 소파 등받이에 팔을 걸치고는 손으로 머리를 받쳤다. 정사가 끝나고 아무 일 없었다는 듯이 은준이 옷을 입고 집으로 돌아가는 것이 못마땅하고 싫었다.

"동거, 안 합니다."

은준이 낮게 혀를 차는 소리가 들렸지만 재준의 입술 끝이 기분 좋게 휘었다. 호락호락하게 굴지 않아서 정복하고 나면 더 성취감이 들게 했다. 은준은 자신의 그런 행동이 남자로 하여금 의지를 불태우게 만든다는 것을 모르는 것 같았다. 하긴, 그런 것을 알 정도로 은준은 약지 않았다.

"싫다고만 하지 말고 실리적……."

"어머, 아들!"

재준은 매장에 들어서며 환하게 웃는 어머니를 보며 자리에서 일어섰다. 두 팔을 벌려 자신을 안아 주는 어머니에게 안기며 재준은 슬쩍 은준을 돌아봤다. 마주친 시선 속에서 은준의 눈살이 찌푸려졌다.

"얼굴 좋아 보이시네요."

"그래?"

어머니가 일을 시작한 이후로 히스테리도 줄고 복용하는 약도 달라졌다고 강 비서가 전했다. 신경 안정제를 먹고 있어 늘 축 처져 보였던 어머니가 활기차 보여 좋았다.

"점심은?"

"아직요."

"아! 난 모임이 있어 점심을 먹고 들어오는 길인데……. 참, 은준 씨 아직 점심 전이지?"

"네?"

놀라 눈을 동그랗게 뜨는 은준을 보며 재준은 픽 웃었다. 어머니가 알아서 멍석을 깔아 주시니 그저 감사할 따름이었다.

"은준 씨, 우리 아들 점심 상대 좀 해 줘. 얘가 맨날 바빠서 혼자 밥을 먹는 게 안쓰러워."

"아니, 사장님은 양 비서님이……."

"밥 얘기를 하니 갑자기 배가 고프네요."

재준은 어머니를 향해 미소를 지으며 중얼거리는 은준의 말을 잘라 버렸다.

"이 대리 얼른 같이 다녀와."

혜란의 재촉에 은준이 입술을 가만히 깨물자 재준은 입꼬리를 살짝 비틀었다. 싫은 티를 그만 내라고 말하고 싶었다. 차라리 자신에게 안겨 헐떡거릴 때의 표정이 훨씬 낫다고 생각했다. 그때는 조금이라도 감정에 솔직하게 구니깐.

"여기 푸드 코너에 있는 한정식이 고급스럽고 맛도 있어. 그곳으로 가 봐."

"네, 어머니."

재준은 혜란을 향해 방실 웃어 주고는 은준이 나오기를 기다렸다. 마지못한 얼굴로 휴대폰을 챙겨 나오는 은준의 걸음이 더디었다.

"굳이 저랑 점심 같이 하지 않아도 되는 거잖아요?"

은준이 볼멘소리로 항의하자 재준은 어깨를 가볍게 으쓱하고는 자리를 잡았다. 기품 있는 매화 그림이 그려진 작은 파티션이 자리를 구분 짓고 있는 한정식집은 아늑한 분위기였다.

"어차피 먹을 거면 혼자보다는 낫잖아."

"양 비서님이 항상 옆에서 같이……."

"혼자 먹는 건 너라고."

"네?"

"너 매장 파견 나간 후로는 계속 혼자 먹잖아?"

은준이 눈을 가느직하게 뜨고는 불만스러운 표정을 짓자 재준은 소리를 내지 않고 벙싯 웃었다. 고등학생 때는 은준의 무덤덤한 표정을 읽는 것이 꽤 어려웠는데 지금은 한결 나아진 것 같았다.

"먹고 싶은 거 다 주문해."

"됐습니다. 하나만 주문하면 되는데 무슨."

은준이 입을 비죽 내밀자 재준은 픽 웃다 손을 들어 음식을 주문했다. 그러고는 은준을 빤히 쳐다봤다.

"왜 그렇게 봐요?"

"보면 안 돼?"

살짝 붉어지는 은준의 볼을 보며 재준은 눈꼬리를 접었다. 당장 눕히고 싶다는 생각이 들었다. 자신이 이런 생각을 하고 있다는 것을 안다면 은준은 또 버럭 할 것이다.

"보지 마세요. 불편해요."

"난 아무 짓도 안 했는데?"

은준이 눈을 가느직하게 뜨고 째려보자 재준은 어깨를 으쓱해 보였다.

"본인의 눈빛이 지금 어떤지 아세요?"

"어떤데?"

"뭔가 탐색하며 해치우기 직전처럼 부담스러운 눈빛입니다요."

피식 웃은 재준은 한쪽 입꼬리를 올리며 턱을 괴었다.

"……잠시만."

정확하게 짚어 내는 은준의 통찰력에 감탄하던 재준은 진동하는 휴대폰을 꺼내 들었다. 그리고 그와 동시에 주문한 음식이 테이블에 세팅되었다.

[은준 씨 어때?]

휴대폰을 꺼내 들던 재준은 눈을 가늘죽하게 떴다. 문자를 보던 재준은 검지로 이마를 문지르다 어머니께 문자를 보냈다.

[어떠냐고요?]

무슨 의도로 묻는 것인지 잘 알고 있었다. 은준이 어머니의 눈에 들었거나 마음에 들 정도로 예쁜 짓을 한다는 말이었다.

[잘해 볼 생각 없냐고.]

재준은 밥을 먹고 있는 은준을 힐끔 쳐다봤다. 아프고 난 이후로 은준을 안는 일에 자제심을 발휘하고 있었다. 그건 자신에게 있어 엄청난 인내력을 요구하는 일이었다. 하지만 이런 제 마음을 몰라주고 있는 그녀에게 심통이 났다.

[참, 양 비서는 여기서 잠시 미아 보호 해 줄게.]

풋, 재준은 웃음이 터졌다. 은준과 같이 밥을 먹는다는 생각에 양 비서를 잠시 잊고 있었던 것이다. 이 정도로 자신이 은준에게 빠져 있었다. 그 누가 증명해 주지 않아도 스스로 깨달을 수 있을 정도로 그녀에게 올인하고 있었다.

[은준 씨 진지하게 생각해 봐.]

진지하게라……. 재준은 고개를 비스듬히 기울이고는 휴대폰을 내려다봤다. 한순간도 은준에게 진지하지 않은 적이 없었다. 제 자신보다 은준을 먼저 생각했고, 은준에게 도움이 되는 일엔 부탁받지 않아도 먼저 나서곤 했다. 그런데 은준은 보란 듯이 자신을 물 먹였었다.

[찾아오는 남자가 있긴 하던데, 애인이냐고 물으니 아니라고 하더라.]

찾아오는 남자? 재준의 눈살이 찌푸려졌다. 누가 찾아온다는 거지. 고개를 드는 순간 은준과 눈이 딱 마주치자 재준은 고개를 삐딱하게 기울였다.

"안 먹어요? 난 점심시간이 한정적이라……."

"먹어."

재준은 개의치 말고 먹으라는 고갯짓을 하고는 젓가락을 들었다.

[한 치의 망설임도 없이 그렇게 대답했어!]

입꼬리가 절로 휘어졌다. 어머니는 지금 아들의 연애에 열을 올리고 있는 것일까, 아니면 본인의 안목이 맞다는 것을 증명하고 싶은 것일까. 아리송한 기분이 들었다.

[저 지금 어머니가 말하는 이은준하고 밥 먹고 있어요.]

눈치 없이 자꾸 문자를 보내는 어머니 때문에 재준은 은준에게 집중할 수가 없었다. 빌라로 들어오는 문제를 매듭지어야 하는데 계속 휴대폰만 잡고 있을 수는 없었다.

[그게 뭐?]

[문자받는 것에 신경 쓰고 있으면 저를 좋게 보지 않을 것 같은데요?]

[아차! 쏘리~]

화들짝 놀란 표정을 짓고 있을 어머니가 떠올라 재준은 혼자 피식 웃고 말았다.

— 너 파견 나간 지 2주밖에 안 됐는데 얼굴 못 본 게 한 달은 된 것 같아.

"한 달은 무슨. 너 삼 일 전에 매장 점검이라면서 왔다 간 건 생각 안 나?"

은준은 희경의 앓는 소리에 피식 웃음이 나왔다. 매일같이 붙어 있는 것이 일상이 되었던 사이라 떨어져 있는 것에 적응이 필요했다.

그리고 삼 일에 꼭 한 번은 매장으로 승우가 찾아와 점심을 같이 먹자고 해서 난처하기도 했다. 누구냐고 묻는 지점장의 질문도 부담스러웠다. 승우는 회사 안이 어떻게 돌아가는지 전해 주는 것을 핑계 삼아 자신에게 오는 것 같았다. 하지만 회사 일은 사실 희경을 통해서도 충분히 파악하고 있었다.

— 퇴근했어?

"응. 집 근처 다 왔어. 넌?"

— 난 이제 퇴근하려고.

"어서 들어가. 푹 쉬어."

— 내일 우리 저녁 같이 먹자. 너한테 따로 할 말도 있고.

"응."

은준은 휴대폰을 가방에 넣으며 자신의 원룸을 올려다봤다.

'싫다는데 별수 있어? 말을 물가에 끌고 갈 수는 있어도 물을 먹는 건 말의 선택이지.'

며칠 동안 빌라로 들어오라며 자신을 들들 볶던 재준이 포기해 주니 고마울 지경이었다. 갑자기 그가 왜 그런 제안을 한 것인지 묻지 않았지만 아마 그날 자신이 아팠던 것이 발단인 것 같았다.

은준은 동거와 결혼은 같은 맥락이라고 생각했다. 다만 법적인 효력이 있느냐 없느냐의 차이일 뿐 자신에게는 둘 다 달갑지 않은 일이었다.

건물 입구로 들어선 은준은 자신의 보금자리로 돌아왔다는 사실에 기분이 좋아지고 있었다. 재준이 낮에 저를 만났기 때문인지 연락도 하지 않아 평온한 저녁이 될 것 같았다.

또 다른 맞선 자리를 내밀던 엄마와 언쟁을 벌이기는 했지만 마음에 걸리지는 않았다. 엄마는 아들에게 쏟아붓던 그 열정을 쏟을 곳이 없어 자신에게 집착하는 것뿐이다. 딸이 무엇을 하면 행복해

하는지 전혀 관심 없는 사람이었다.

"지금 와?"

"!"

은준은 자신의 원룸 앞에 서 있는 재준을 보고 눈을 휘둥그레
떴다.

"여기는 왜……."

"네가 안 온다고 해서."

"그게 무슨……."

"빌라로 들어오라니 네가 싫. 다. 고 했잖아."

"그랬죠……."

은준은 재준보다 그의 옆에 있는 커다란 캐리어가 눈에 들어왔
다.

"그래서 내가 왔어, 너에게."

순순히 물러선 줄 알았던 재준의 말을 곡해한 것은 자신이었다.

　은준은 황당한 얼굴로 재준을 보며 그 자리에서 얼어붙은 듯 움직이지 못했다. 그러자 재준이 손을 뻗어 자신을 현관문 앞에 서게 했다.

　"열어."

　은준은 커다랗게 뜬 눈으로 재준을 올려다봤다. 입가에 짓고 있는 건 분명 미소가 맞는데 자신의 눈에는 사악하기 그지없는 덫처럼 보였다.

　"내가 집에 들어와도 된다고 허락하지 않았는데 이러는 건……읍."

　한쪽 벽을 짚던 재준이 고개를 숙여 은준의 입술을 막아 버렸다. 벌어진 입술 사이로 들어온 혀가 말을 안 듣는다고 나무라는 것처럼 입안을 난폭하게 휘저었다.

　도망가던 혀가 잡히고 그에게 핥아지고 강하게 빨렸다. 물러서던 은준은 등에 현관문이 닿자 더 이상 도망갈 곳이 없음을 깨달았다. 그래도 포기하지 않고 고개를 비틀어 저항했지만 재준 또한 고개의 각도를 바꿔 가며 탐하는 것을 중단하지 않았다.

툭.

셔츠 단추가 하나 툭 풀리자 은준은 화들짝 놀라 눈을 커다랗게 떴다. 입술을 잠깐 뗀 재준이 음탕하게 속삭였다.

"난 장소에 상관없이 너 안을 수 있는데."

명백한 협박이었다. 문을 열지 않으면 사람들이 다니는 복도에서 꼴사나운 모습을 보이게 될 거라는 비겁한 협박이었다.

"나쁜 놈."

"틀린 말은 아니네."

빙긋 웃은 재준이 다른 손으로 세 번째 단추를 풀려고 하자 은준은 그의 손을 덥석 잡았다.

"미쳐도 적당히 좀 미쳐요!"

"미친놈한테 그런 말 해 봤자 소용없어. 미친놈 눈에는 미쳐 있는 대상만 보이거든."

"하."

은준은 한탄스러운 간투사를 내뱉고는 재준을 째려봤다. 그를 절대 집 안으로 들일 수는 없었다.

"나한테 미쳐 있으면 내 말을 좀 듣지 그래요?"

"너한테 미쳐 있는 건 맞는데 달아난 전적이 있는 사람이라 안 믿어."

"그래서 마음대로 한다는 거예요, 뭐예요?"

"응, 맞아."

학생회장 때도 말 하나는 기가 막히게 잘한다고 느꼈지만 지금은 능글함까지 장착하고 있어 속이 뒤틀리고 짜증이 났다.

"저녁에 만나는 걸로 만족하는 게 어때요?"

"그렇게 안 되니깐 집으로 들어오라고 했잖아. 그런데 네가 딱 부러지게 싫다고 했지."

은준은 입술을 감쳐물고는 눈을 가느직하게 떴다. 자신이 재준의 집에 들어가는 것과 재준을 집에 들이는 문제는 차원이 다른 것이었다. 전자도 후자도 다 마음에 안 드는 선택지였다.

"집에는 못 들…… 헛!"

재준의 손이 단전 아래를 스치며 청바지 안으로 들어오려 하자 은준은 눈을 휘둥그레 뜬 채 움직이지 못했다. 그러다 누군가가 계단을 올라오는 소리에 그의 가슴을 힘껏 밀쳤다.

"떨어져요!"

재준은 한 걸음 정도만 뒤로 밀려났을 뿐이었다.

"떨어지라니? 이제 관객 등장이니까 우리는 공연을 해야지."

"이런 미친……!"

재준의 입술이 깨물듯이 덮쳐 오더니 혀를 들이밀었다. 그러고는 고개가 젖혀질 정도로 깊게 들어와 혀를 옭아매며 빨았다.

"하아……."

"비밀번호."

은준은 숨을 몰아쉬며 재준을 째려봤다.

"발소리가 점점 가까이 들리는 것 같지 않아?"

그가 지적하지 않아도 하이힐의 구두 소리가 또렷하게 들려왔다. 은준은 울상을 짓다 휙 돌아서서 비밀번호를 눌렀다. 띠릭, 소리가 나자 재준이 문을 확 젖히더니 자신을 향해 고개를 살짝 기울였다.

"들어가실까요, 집주인님?"

은준은 울상을 지으며 마지못한 걸음을 뗐다.

— 관리실에서 알립니다. 차량 번호 75조 7330 주차 이동해 주십시오. 다시 한번 알려 드립니다. 7330 차주는 주차 이동 부탁합니다.

거실로 들어서던 재준은 자신을 돌아보는 은준을 향해 멀건 눈으로 어깨를 으쓱했다.

"내 차라고 생각하는 거야?"

"아닌가요?"

"내 차를 몇 번이나 탔는데…… 아직 번호를 못 외우고 있어?"

"내가 그걸 왜 외워야 하는데요?"

불퉁한 목소리로 퉁퉁거리는 은준을 보며 재준은 한쪽 입꼬리를 올리며 씩 웃었다. 까칠하게 굴긴.

"저거 내 차 아니고, 이미 관리실에 차량 등록 신청했어."

"허……."

은준이 눈을 가느직하게 뜨자 재준은 캐리어를 한쪽 벽으로 붙여 놓고는 식탁 의자에 앉았다.

"방금 철저한 놈이라고 생각했지?"

"……."

"맞지?"

"뭐, 철두철미한 놈이나 철저한 놈이나."

"이제 좀 보이는 것 같다."

"뭐가요?"

자신의 집임에도 어디에, 어떻게 있어야 하는지 모르는 사람처럼 은준은 뻘쭘하게 서 있었다.

"고등학생 때는 네 표정을 읽을 수 없어 무척 힘들었는데……
이제는 조금 감을 잡은 것 같다."

입을 비죽 내미는 은준을 보던 재준은 다리를 꼰 뒤 팔짱을 꼈
다.

"집에 들어왔는데 옷, 안 갈아입어?"

은준이 눈동자만 굴려 자신을 힐끔 째려보자 재준은 의자의 방
향을 틀었다. 그러고는 자신의 허벅지를 툭툭 치며 오라는 손짓을
했다.

"뭐요?"

"내가 벗겨 줄게. 윽! 야!"

테이블에 있던 티슈 상자가 자신을 향해 날아오는 것을 엉겁결
에 받아 든 재준은 더럭 목소리를 높였다.

"다음에는 딱딱한 거 던질 거예요. 맞으면 꽤 아픈 걸로."

비장하게 말하는 은준을 보며 재준은 자리에서 일어섰다. 그러
자 은준이 흠칫 놀라며 뒤로 슬쩍 물러났다.

"던지지 못하게 꼭 붙어 있어야겠네."

"뭐…… 악!"

방으로 도망가려는 은준을 뒤에서 덥석 안은 재준은 단전 앞으
로 팔을 교차해 그녀를 자신의 가슴에 밀착시켰다.

"흣!"

은준의 목선에 입술을 내린 재준은 여린 살을 맛보듯 빨아 당기
다 이로 살짝 깨물었다. 어깨를 움츠리는 은준의 귓불을 또 이로
깨물었다. 긴장으로 몸에 힘을 준 은준의 뒷머리에 입술을 묻은 재
준은 청바지의 버튼을 풀었다. 그러고는 오른손으로 단전을 쓰다
듬다 브리프 안으로 넣었다.

"아무리 발버둥 쳐도 넌 내 앞에서 다리 벌리게 되어 있어."

"그런 말 좀……."

"손가락 끝에 묻어나는 이 끈끈한 액은 뭘까? 이은준이 흥분하고 있다는 거 아냐?"

몸을 움츠려 손을 더 깊이 못 넣게 하려는 은준의 의도를 파악한 재준은 그녀를 안은 채로 청바지와 브리프를 끌어 내렸다.

"핫!"

"벌써 젖다니."

재준은 손바닥으로 거웃 전체를 덮고는 꾸욱 눌렀다.

"내 것을 삼킬 준비가 다 됐나 봐."

"웃, 준비는 무슨……."

재준은 은준의 고개를 돌려 입술을 핥았다. 살짝 벌어진 은준의 입술 사이로 들어가고 싶었지만 참으며 입술만 건드렸다.

"준비됐는지 안 됐는지 확인해 볼까?"

"으윽!"

재준은 은준을 살짝 안아 올려 방향을 틀고는 테이블에 엎드리게 했다. 그러고는 청바지와 브리프를 허벅지까지 내리고는 엉덩이 살을 손가락으로 벌렸다.

"하지…… 웃! 아아."

재준은 벌떡 일어나 똑바로 일어서려는 은준을 가슴으로 누르고는 엉덩이 사이로 손가락을 넣어 부드러운 여음 주변의 살을 툭툭 건드렸다. 찔꺽찔꺽하는 소리가 기분 좋게 들렸다.

"엄청 젖었는데? 손가락이 미끄러져 들어갈 정도로…… 윽. 봐이렇게 물고 쪽쪽 빨아 대고 있잖아."

재준은 성이 잔뜩 난 녀석을 진정시키며 은준의 여음에 손가락을 넣고 휘저었다. 그러자 은준이 작게 몸부림을 치며 거친 숨소리를 받아 냈다.

"핥아 줄까?"

"하아…… 핥지, 흐읏. 핥지…… 아앗!"

재준은 몸을 낮추고 고개를 숙여 혀로 찌르듯이 은준의 속살을 핥아 댔다. 움찔움찔 수축과 이완을 반복하며 자신의 혀마저 삼키려는 은준의 여음에 타액을 흠뻑 발랐다. 허벅지의 살들이 바들바들 떨리는 것을 보며 재준은 손으로 쓰다듬듯이 어루만졌다.

매끈한 다리 사이에 자리 잡고 있는 여음에서 입술을 뗀 재준은 의자에 앉으며 다시 손가락을 밀어 넣었다. 마치 애벌레가 꿈틀거리는 것처럼 손가락을 움직이자 은준이 신음을 내뱉으며 주저앉으려 했다.

"내 위에 앉아, 언제든지."

재준은 은준을 자신의 허벅지 위에 앉히고는 허리를 끌어안다가 들숨과 날숨을 어지럽게 내뱉는 그녀의 가슴을 꽉 움켜쥐었다. 손 안에 가득 들어차는 젖무덤의 크기가 좀 달라져 있는 듯했다.

"이은준, 너 나랑 섹스하더니 가슴 엄청 커진 것 같은데?"

"뭐예요!"

"윽!"

재준은 은준이 버럭대며 휘두른 팔꿈치에 턱을 맞고 말았다.

□　■　□

"얼굴이 왜 그래?"

"어?"

은준은 희경의 질문에 속으로 뜨끔 놀라며 눈을 커다랗게 떴다. 어제 집에 재준을 끝까지 못 들어오게 했어야 했는데 그러질 못했던 것이다. 싱글 침대에서 몸을 제대로 움직이지도 못하고 재준에게 안겨 잠을 잤더니 어깨가 뻐근했다.

묵직한 어깨와 목 때문에 하루 종일 피곤에 시달리고 피로가 겹겹이 쌓이는 기분이었다. 집에 빨리 가서 쉬고 싶은데 재준이 들어와 있는 집은 이제 더 이상 편안한 곳이 아니었다.

"많이 피곤해 보인다. 일이 힘들어? 아님, 지점장이 힘들게 해?"

"지점장님이 힘들게 할 일이 뭐가 있어. 내가 하는 말은 무조건 옳다고 하시는 분인데."

은준은 피식 웃으며 밥을 한 술 떴다. 물건의 진열부터 손님의 응대까지 지점장님은 모든 것을 자신에게 일임해 주셨다. 그저 모르는 것투성이니 잘 가르쳐 달라는 말만 하면서 스펀지처럼 모든 것을 빨아들이고 있는 분이었다.

"마케팅부에서 매출 분석을 했는데……."

"벌써?"

브랜드 론칭을 하고 개점을 한 지 겨우 2주가 된 시점이라 매출 분석은 좀 이르다는 생각이 들었다.

"응, 위에서 지시가 내려왔다네."

위에서 지시가 내려왔다면 재준이라는 말이었다. 새 브랜드의 매출이 궁금해서 서둘렀다고 하기에는 평소 그의 성정과는 거리가 좀 있었다. 그렇다면 재준이 아닌 회장님인가.

"매출 잘 나왔어?"

"신생 브랜드치고는 꽤 잘 나온 편이래."

"다행이네."

"그렇지?"

어깨를 으쓱하는 희경의 태도가 어딘지 떨떠름하게 보여 은준은 의아한 표정을 지었다.

"왜? 무슨 다른 일이 있어?"

"다른 일은 아니고……. 그날 이벤트로 나온 한정판 주얼리가 왜 딱! 열아홉 점인지 알아?"

"어? 아니 몰라."

은준은 '19'라는 숫자에 별 의미를 두지 않았지만 왜 스무 점이 아닌 열아홉 점인지는 궁금했었다.

"내가 우연히 디자인 부서 서 대리한테 들은 얘긴데……."

들떠 보이는 희경의 표정에 은준은 입술 끝에 웃음을 걸었다. 남들이 모르는 은밀한 사연을 알고 있다는 것이 희경을 신나게 만드는 것 같았다.

"사장님이 첫사랑을 만났을 때가 열아홉 살이라서 열아홉 점만 준비했다는 거야."

"아……."

은준은 자신이 뱉은 감투사에서 아쉬운 여운이 느껴져 살짝 민망스러웠다. 그의 첫사랑이 자신이라는 말도 아닌데 왜 얼굴이 붉어지는 것인지…….

"그래서 경매 이벤트로 산 그 목걸이……."

"……."

"그 첫사랑한테 주려고 산 걸까?"

"설마……."

은준은 고개를 가로저었다. 정말 첫사랑한테 주려고 산 것인지 몰라서 고개를 저었고, 자신이 그 첫사랑이 아닐 것이라는 생각에 또 고개를 저었다.

"네가 전달했잖아. 그런 낌새 없었어?"

희경의 말대로 그 목걸이를 울며 겨자 먹기 하듯이 배달한 사람은 자신이었다. 하지만 재준이 그 목걸이를 어떻게 처리하는지는 보지 못했다.

"……전혀."

은준은 어깨를 으쓱하고는 들고 있던 숟가락을 내려놓았다. 식욕이 거짓말처럼 뚝 떨어졌다.

"사장님 첫사랑은 어떻게 생겼을지 너무 궁금해."

희경이 두 주먹을 잘게 흔들며 호들갑 떠는 것을 본 은준은 고개를 비스듬히 기울였다.

그의 첫사랑이 누구인지 한 번도 궁금해한 적 없었다. 그저 자신에게 최선을 다하려 한 그에게 언제나 고마운 마음뿐이었다. 그런데 희경의 말을 듣고 나니 기분이 묘한 것이 난처하기도 하고 속이 부글부글 끓기도 했다. 게다가 심장은 짜증스럽게 뛰는 것 같았다.

"예쁘게 생겼겠지?"

"그, 그렇겠지."

재준의 옆에 다른 사람이 서 있는 것을 상상한 적이 없기에 건성으로 대답한 은준은 낮은 한숨을 내쉬었다.

'네 처음은 내 거야.'

그렇게 말했다고 자신이 그의 첫사랑이라는 법은 없었다. 그가 제 입으로 자신에게 미쳐 있다고 했지만 제정신을 찾는 순간 어떻게 돌아설지 모르는 일이었다.

"치이, 나쁜 놈."

"어? 뭐라고?"

은준은 자신의 혼잣말을 희경이 듣는 바람에 화들짝 놀랐다.

"뭐라고 하지 않았어?"

"아니, 전혀."

은준은 시치미를 떼고는 물을 마셨다. 희경을 만나 기분 좋은 저녁을 보낼 생각이었는데 그 마음이 다 사라져 버렸던 것이다. 희경은 왜 재준의 이야기를 꺼내서는 기분을 망치게 하는 것인지 슬쩍 원망스러웠다.

띠링.

[우리 저녁에 삼겹살 구워 먹을까.]

은준은 재준이 보낸 문자를 읽다 낮게 혀를 찼다. 첫사랑 얘기를 들어서 그런지 슬쩍 심기가 꼬였다. 사랑 따로 섹스 따로 하는 나아쁜 놈, 쳇.

[무신경한 건지, 약 올리는 건지.]

은준은 짜증 나는 마음을 고스란히 담아 문자를 보냈다.

[뭐라는 거야? 그럼, 저녁 굶어?]

재준에게서 섭섭하다는 듯 투덜거리는 문자가 들어오자 은준은 미간을 좁혔다.

"기억 상실증이구만."

"누가?"

"어? 아, 아냐."

은준은 희경을 보며 겸연쩍은 표정을 짓다 테이블 아래로 손을 내려 문자를 보냈다.

[돼지고기 알레르기 있음!]

이쯤 되면 배려가 없는 것이다. 은준은 문자로 버럭 하듯이 느낌표까지 넣어 보냈다. 그랬더니 한동안 재준에게서 문자 없었다.

"승우가 지원사업부를 그냥 지나가더라? 너 있을 때 없을 때 너무 티 나게 행동하는 거 있지?"

은준은 희경의 말에 웃을 수도 울 수도 없었다.

"승우하고 그만 연결시켜."

"연결은 무슨. 그냥 사실을 말했을 뿐인데."

희경이 말도 못 하느냐는 듯 입을 비죽 내밀자 은준은 앞머리를 쓸어 넘겼다. 재준에게 첫사랑이 있었을 것이라는 말을 듣는 순간부터 기분이 착잡해졌다. 저녁을 먹은 속이 시큰거리고 울렁거리는 것 같기도 했다.

[돼지고기 먹은 입으로 키스하는 건 괜찮아?]

"뭐야."

은준은 재준의 문자에 눈꼬리를 휙 치켜 올리다 눈을 가느직하게 떴다.

[입술이 부풀어 오르려나? 아님, 가슴을 빨면 젖꼭지가 커지려나? 커지면 좋은 거 아닌가?]

"이런 미친……."

"어?"

희경의 커다래진 눈을 보는 순간 은준은 난처한 얼굴로 소리 내어 웃었다. 너한테 한 소리가 아니라며 희경에게 손을 내저은 은준은 휴대폰을 째려보며 입술을 씰룩거렸다.

탕!

캔을 테이블에 내려놓는 소리가 경쾌했다.

"아! 시원하다."

재준이 한껏 미소 지으며 만족스러운 표정을 짓는 것이 은준은 못마땅했다. 한 사람이 지내기엔 더할 나위 없이 아늑한 공간이 답답한 곳으로 변해 있었다.

"안 마셔?"

"이 집에서 언제 나갈 건데요?"

"왜 나가야 하는데?"

은준은 윗입술을 씰룩거리다 이내 비죽 내밀었다. 얄밉게 구는 재준을 한 대 때리고 싶었다.

"샤워하고 마시는 맥주가 얼마나 맛있고 시원……."

"살쪄요."

재준의 말을 툭 자른 은준은 팔짱을 끼고 고개를 기울였다. 지금부터 데설궂게 구는 아이처럼 재준의 말에 반기를 들 생각이었다.

"넌 좀 쪄야 하지 않을까?"

재준이 그렇지 않느냐는 눈짓으로 자신을 훑어보자 은준은 눈살을 찌푸렸다. 그저 한 번 스치듯이 지나간 눈짓에 자신도 모르게 움찔하는 바람에 속으로 당황했다.

"내일 캐리어 빌라로 보낼게요."

"응."

"어?"

은준은 재준이 너무 쉽게 대답해서 잘못 들었나 싶었다. '싫어.' 나 '왜?' 또는 '안 나가.'라는 답을 기대했던 것인지 몰라도 '응.' 이라는 답을 듣는 순간 마음 한 귀퉁이가 툭 떨어져 나가는 기분이었다.

"……정말 보내도 돼요?"

"어. 안 그래도 옷도 바꾸어야 되고 정리도 좀 해야 해. 가져올 것도 있고."

은준은 입술을 살짝 벌리고 재준을 쳐다보다 이내 의미 모를 한숨을 내쉬었다. 집에서 나가겠다는 것이 아님을 아는 순간 나온 이 한숨은 뭐지? 안도하면서 내쉰 것인가, 아니면 자신의 뜻대로 되지 않은 답답함의 표출인가. 은준은 제 속이지만 당황스럽고 모르겠다는 생각을 잠시 했다.

"내가 '응.' 이라고 대답할 때 너 당황했지?"

"네?"

재준이 한쪽 입꼬리를 올리며 빙긋 웃자 은준은 소름이 오소소 돋아났다. 제 속을 읽어 내는 재준이 버겁기 시작했다. 그냥 몸만 맞대는 사이가 아니라 말하지 않아도 그 사람의 생각을 읽어 낸다는 것에 적잖이 당황스러웠다.

"맞네."

"뭐라는 거야."

불퉁한 얼굴로 구시렁거린 은준은 그만 자야겠다는 생각에 자리에서 일어섰다. 그런데 따라 일어선 재준에게 허리가 잡혔다.

"그냥 자려고?"

"……바닥에 이불 깔아 줄게요."

은준은 좁은 침대에서 둘이 잘 수 없다는 생각에 차선책을 생각했다. 오늘도 좁은 침대에서 둘이 잔다면 이번에는 어깨뿐만이 아니라 온몸의 근육이 결린다고 아우성을 칠 것이다.

"됐어. 난 이은준 덮고 잘 거야."

"뭐라고…… 홋."

맥주 맛이 확 끼쳐 오는 재준의 혀가 불쑥 들어와 아무 말 하지 말라는 듯 혀를 감아올렸다. 그와 떨어지려고 뒷걸음을 치던 은준은 이내 주방의 벽과 재준 사이에 갇혀 옴짝달싹할 수 없었다. 저녁에 양 비서와 삼겹살을 구워 먹었다는 그에게 깨물리며 핥아지고 빨리면 입술이 정말 부을지도 모를 일이었다.

재준이 입술을 핥아먹듯이 혀로 쓰다듬었지만 아직은 붓는 느낌이 없었다.

"윽."

그가 귓불을 깨물자 은준은 몸을 움츠리며 낮은 신음을 터트렸다.

"걱정하지 마. 삼겹살 안 먹었어."

"……."

"무신경하게 굴어서 속상했어?"

말간 눈길로 재준을 올려다보던 은준은 피식 웃음이 나왔다. 나름 그가 배려라는 것을 하고 있는 것일까.

"삼겹살 안 먹었으니 오늘 네 몸 구석구석 핥아도 아무 일 안 일어날 거야. 그러니 반항하지 말고 안겨."

"으앗!"

자신을 번쩍 안아 올린 재준에게 은준은 매달렸다. 까칠하게 굴던 그가 좀 변하고 있다는 생각이 들었다. 그의 첫사랑이 누구인지 몰라 조금 심통이 났지만 자신이 상관할 문제가 아니라고 결론지으니 마음이 좀 편안해졌다.

딱.

"무슨 생각을 하는 거야?"

재준이 손가락을 소리 나게 튕기고는 자신의 시선을 잡아챘다.

"섹스할 땐 나한테만 집중해."

그래, 그에게는 이것이 사랑일 리가 없다. 물론 자신도 사랑일 리가 없다. 은준은 옷 벗기는 일에 집중하는 재준을 가만히 바라봤다. 꽤 진지한 재준의 눈빛에 저도 모르게 허탈한 웃음이 지어졌다. 아마도 무방비한 마음으로 있었다면 그 눈빛에 심히 설레었을 것이다.

"하앗."

유두를 덥석 물고 빨기 시작하는 재준 때문에 은준은 어깨를 들썩했다. 그의 혀에 눌리고 밀리고 핥아지며 더듬어지는 유두가 온 신경을 자극하기 시작했다. 간지럽고 작은 감전이 일어나는 것처럼 숨이 헐떡여졌다.

그의 입술이 유두를 핥는 동안 그의 손이 닿은 곳은 거웃 안에 숨어 있는 여음이었다. 질퍽질퍽하는 소리가 날 정도로 아래가 젖었음을 깨달은 은준은 재준의 머리카락 속으로 손가락을 집어넣었다. 그가 여음을 헤집는 만큼 자신은 그의 머리카락 속을 헤집었다.

"으음……."

자신의 다리를 벌리는 재준의 손길에 은준은 몸을 부르르 떨었다. 손가락보다 더 굵고 단단한 것이 제 안으로 들어올 것이라는 기대감에 호흡이 거칠어졌다.

"내 것을 얼마나 잘 삼키는지 보여 주고, 욱!"

재준이 얕은 비명을 내지르더니 숨을 고른 후 앞머리를 쓸어 넘겼다.

"이은준 몸에 힘줘 봐."

"으응?"

은준은 무슨 말인지 몰라 눈을 동그랗게 떴다.

"그냥 화장실에서 큰 볼일 본다고 생각하고 힘을 한번 줘 봐."

재준의 말을 그대로 따라 하자 그가 다시 얕은 비명을 내질렀다.

"하아…… 안 되겠다. 앞으로 그거 하지 마. 죽을 것 같아."

그가 숨을 몰아쉬며 자신의 젖무덤을 꽉 그러쥐자 은준은 미간을 좁혔다. 젖무덤을 비트는 그의 악력과 여음 안으로 밀고 들어오는 힘이 동시에 일어나자 몸이 버겁다고 소리치고 있었다. 그리고 이내 자신은 침대 헤드에 머리를 콩콩콩 찧게 되었다.

"아파, 아…… 아프다고."

"내 것을 몇 번이나 받아들이고 삼켰었는데 아프긴 뭐가 아파. 이제 익숙하다 못해 맞춰질 때 아냐?"

"그, 그게 아니라……."

은준은 침대 헤드에 계속 박는 머리를 손으로 감싸 쥐고는 징징거렸다. 그러자 재준이 알아들었다는 듯 몸을 뒤로 조금 물리고는 자신을 아래로 확 끌어 내렸다. 맞물렸던 곳이 조금 풀어지다 다시 블록을 끼운 것처럼 딱 맞물리자 은준은 저도 모르게 몸을 들썩였다.

"힘주지 말라고."

재준이 투덜거리듯이 낮게 으르렁거렸다. 이마에 툭 불거진 핏줄을 보자 그가 참을 수 없어 하는 것 같았다. 특히 콘돔을 하지 않고 그가 사정을 늦출 때는 꼭 저런 표정을 짓고는 했다.

'이제는 조금 감을 잡은 것 같다.'

자신의 표정을 읽을 수 있다는 그의 말처럼 은준 자신도 그를 하나둘 더 알아 가고 있었다.

"이은준 힘주지 말라고!"

더럭 목소리를 높이는 재준을 보며 은준은 어이가 없다는 얼굴로 힘없이 웃었다. 힘준 적 없다고 말하고 싶은데 그가 너무 들이치고 빠져나가는 중이라 입술을 달싹일 여유조차 없었다.

"힘을 준 게 아니라…… 하윽."

퍽퍽퍽 소리가 날 정도로 재준이 파고들자 은준은 또다시 침대 헤드에 머리를 박았다. 그러자 재준이 자신을 안아 일으켰다. 맞물린 상태에서 마주 보고 앉게 되자 마치 뿌리가 닿듯이 더 깊숙이 들어오는 것 같았다.

"목에 팔 둘러."

재준의 요구에 은준은 그의 목에 팔을 감았다. 자신의 젖무덤에 얼굴을 묻은 재준의 입안으로 젖꼭지가 말려 들어가 마구 빨리고 핥아졌다. 아릿한 통증에 몸을 뒤로 빼려 젖혔지만 등을 받치고 있는 그의 손에 더 이상 물러날 수 없었다.

쪽쪽 소리가 나게 빨수록 아래가 흥건하게 물드는 것 같았다. 재준이 자신의 허리를 잡고 몸을 튕겨 올리자 아래가 화끈거리기 시작했다. 누가 누구에 의해 움직이는 것인지 모를 정도로 서로의 몸이 들썩였다.

"입술 벌려 봐."

은준은 얌전한 아이처럼 재준의 말을 들었다. 불쑥 들어온 혀가 자신의 젖은 혀를 감고 거칠면서도 다급하게 빨아 당겼다. 들썩거리던 몸이 그의 입맞춤으로 고요해지려는 찰나 은준은 자신도 모르게 몸에 힘을 주었다.

"윽!"

재준이 단말마 같은 신음을 터트리더니 자신을 확 밀쳐 넘어트리고는 비말을 확 뿌렸다. 단전 위에 따스하며 물컹한 감촉이 와 닿자 은준은 거친 숨을 골랐다. 이제 끝났다는 안도감과 함께 아쉬움이 몰려들었다. 안도감은 이해를 하겠는데 이런 와중에 드는 아쉬움은 뭐란 말인가.

"어!"

쿵!

재준의 외마디 간투사와 함께 뭔가가 떨어지는 소리가 나자 은준은 몸을 벌떡 일으켰다.

"아……."

풋, 은준은 그만 웃음이 터지고 말았다.

"지금 웃음이 나와?"

재준이 침대 옆에 놓인 티슈로 손을 뻗다가 중심을 잃고 침대 아래로 떨어지고 만 것이다.

"그럼 울어요?"

바닥에 부딪친 무릎을 안고 인상을 찌푸리고 있는 그의 모습이 웃겨 은준은 웃지 않을 수 없었다.

□　■　□

[다품침대 20시 30분에 배달 예정입니다.]

"어?"

은준은 이해할 수 없는 문자에 눈을 멀뚱하게 떴다. 그러다 침대를 주문한 적이 없어서 잘못 들어온 문자라 여겼다.

[다품침구류 20시 30분에 배달 예정입니다.]

"뭐야, 대체?"

은준은 의아한 얼굴로 통화 버튼을 눌렀다. 침대에 이어 침구류까지 배달 예정이라는 문자에 확인을 안 할 수 없었다.

— 네, 정성으로 모시겠습니다. 다품침대입니다.

"저기…… 다품침대요?"

— 네, 고객님 다품침대 한남동 매장입니다.

한남동이라는 말에 자동으로 떠오른 재준 때문에 은준의 미간이 모아졌다.

"오늘 침대가 배달된다는 문자를 받았어요. 어떻게 된 건지……."

— 네, 확인해 드리겠습니다. 성함과 주소가…….

통화를 하는 내내 은준의 얼굴은 답답함과 막막한 빛으로 변했다. 전화를 받은 직원은 자신들의 제품이 얼마나 좋고 탁월한 선택인지, 사용하는 내내 절대 후회하지 않을 것이라는 말로 끝맺음을 했다.

"하아……."

전화를 끊은 은준은 매장을 한 번 휙 둘러보고는 심호흡을 했다. 얼마 전 침대에서 떨어진 재준이 차후에 같은 일을 방지하기 위해 구입한 것이 분명했다.

— 무슨 일?

"무슨 일일 것 같아요?"

전화를 받자마자 무슨 일이냐고 묻는 재준이 불손하게 느껴져 볼멘소리가 나왔다.

— 혹시 침대?

"네."

은준은 목소리를 딱딱하게 내고는 침묵을 지켰다. 묻기 전에 어서 설명해 보라는 뜻이었다. 자신이 전화한 이유를 이미 알고 있는 재준이었다.

— 그게 뭐?

오히려 반문하는 재준 때문에 은준은 속이 부글부글 끓었다. 침대를 바꿀 의향도 없었고 좁은 집에 킹사이즈의 침대가 가당키나 하냔 말이다.

"누가 멋대로 침대를 바꾸라고 했어요? 얹혀사는 주제에."

은준은 그의 심기를 건드리기 위해 얹혀산다고 덧붙였다. 그러다 지점장을 힐끔 돌아보고는 목소리를 낮추었다.

"그것도 킹사이즈라니."

분명 발 디딜 틈도 없을 것이 뻔했다. 방문을 열면 여유 공간 없이 바로 침대일 것이다.

— 나도 좁은 침대가 좋아.

"그런데 왜……"

— 너한테 내 것을 넣은 채 자고 싶은 사람이니 당연히 좁은 침대가 제격이지.

뭐, 뭐를 넣고 잔다고? 은준은 기가 막혀 할 말이 사라지는 것 같았다.

— 네가 어쩔 수 없이 나한테 안겨 잘 테니깐. 하지만 섹스할 때 행동반경이 좁아서 안 되겠더라고.

"하!"

은준은 말문이 막힌 얼굴로 간투사를 내뱉다가 휴대폰을 꽉 움켜쥐었다. 옆에 있다면 구두코로 정강이뼈를 팍 차 버리고 싶었다.

"넓다고 안 떨어질 줄 알아요?"

은준은 이를 갈듯이 낮고 음산하게 말했다.

— 뭐?

"밀어 버릴 거야."

— 푸읍!

수화기 너머에서 재준의 웃음소리가 타고 넘어오자 은준은 휴대폰이 재준인 것처럼 눈을 한껏 흘겼다.

"뭐?"

놀라 눈을 둥그렇게 뜬 어머니를 보며 재준은 설핏 미소를 짓다 표정을 갈무리했다. 아버지에게서 독립할 생각으로 주얼리 브랜드를 론칭한 것이었다.

원래 운동화에 운동복을 기반으로 성장한 선강기업에서 주얼리 브랜드를 론칭한다고 했을 때 다들 미쳤냐고 말했었다. 하지만 같은 분야로 성공해 봐야 아버지 그늘에서 벗어날 수 없을 것이 뻔했다.

"세계적인 브랜드로 만들 거예요."

당황한 얼굴로 입술을 못 다물고 있는 어머니를 보며 재준은 무슨 말이든 해 보라는 표정을 지었다.

"그, 그러니까……."

"어머니가 대표가 되는 겁니다."

"하……."

두렵다는 듯 숨을 몰아쉬는 어머니를 보며 재준은 부드러운 미소를 지었다. 어머니의 독립과 자신의 독립은 이제 한배를 탄 것이다.

"내가…… 잘할 수 있을까?"

"어머니 기억 안 나세요? 제가 처음에 매장을 맡아 달라고 했을 때도 그 말씀을 하셨는데."

"아!"

기억난다는 듯 어머니가 짧게 고개를 끄덕이자 재준은 와인을 한 모금 마셨다.

"지금 지점장으로서 손색이 없을 만큼 잘하고 계시지 않습니까?"

"네가 그렇게 봐 줘서 고맙긴 한데, 사실 이은준 대리가 다 케어해 주고 있는 거야."

멋쩍은 미소를 지으며 말하는 어머니에게 짐짓 그러느냐는 대꾸를 한 재준은 왠지 모르게 뿌듯함이 들었다. 마치 제 자식이 누군가에게 칭찬을 들으면 들 법한 그런 기분이었다.

"넌 이은준 대리하고 잘해 볼 생각 있는 거지? 저번에 문자로는 좀 긍정적으로 생각하는 것 같던데?"

"……."

재준은 고개를 살짝 기울이며 어머니를 빤히 바라봤다. 결혼을 하고 싶다거나 해야겠다는 생각을 한 적은 없지만 은준을 가져야 겠다는 생각은 늘 했었다.

"진지하게 만나 볼 의향 있어?"

그동안 꽤 궁금했던 것을 이참에 확인하고 싶었던 혜란은 슬쩍 의견을 떠보았지만 재준은 입술을 굳게 다물었다.

재준은 어머니가 자살을 시도했던 그때 사람에 대한 신뢰가 무너졌었다. 그래서 세상은 혼자 살아가는 것이며 혼자 버티는 거라고 생각했다. 그러다 은준을 만났고 의도를 숨기고 다가왔다는 것에 허탈한 감정을 느꼈었다. 하지만 사랑이라며 매달리지 않고 거짓말하지 않는 은준에게서 편안함을 느끼기도 했다.

"싫어? 직원이라서, 남들 이목 때문에 그래?"

조심스럽게 묻는 어머니를 보며 재준은 와인 잔을 만지작거렸다. 붉은 와인이 잔 안에서 출렁거렸다.

"너도 이 대리하고 같은 생각이야?"

"네? 무슨 생각 말입니까?"

"이 대리는 결혼 같은 건 안 할 거라고 하더라고."

"결혼을 안 한다고요?"

"응. 왜 그런 생각을 하느냐고 했더니 그냥 민망한 얼굴로 웃기만 했어."

고개까지 끄덕이며 대답하는 어머니를 멀건 눈길로 바라봤다. 재준은 은준과 결혼을 해야겠다는 생각을 한 적이 한 번도 없었다. 수없이 몸을 맞대고 그녀가 주는 자극에 만족하면서도 결혼이라는 것을 떠올린 적이 없었다.

'내 집에 자꾸 흔적 남기지 말아요!'

은준은 집을 치우다 자신에게 더럭 목소리를 높이며 짜증을 냈었다. 그때는 그저 치우는 것이 귀찮아서 그런다고 생각해 성질 더럽게 굴지 말라고 대꾸했었는데. 타인의 흔적이 은준에게는 버거웠던 것일까.

"너도 결혼 생각이 없어?"

재준은 갑자기 답답함을 느끼며 넥타이를 느슨하게 늘어트렸다. 한쪽은 감추고 속이고 한쪽은 그런 상대 때문에 힘들어하는 것을 보며 자란 자신이었다. 그래서 단단하게 겉을 포장했지만 사실 자신의 내면은 물러 터진 것과 다름없었다.

"아직은 없습니다."

"아직?"

혜란이 눈을 커다랗게 뜨다가 이내 실망한 표정을 지었지만 재준은 더 이상 입을 열지 않았다. 은준과 가정을 이룬다는 생각을 하자 입안이 바짝 마르는 것 같았다. 조급증이 일기도 하고 뭔가 불안한 기운이 느껴지기도 했다.

"이제 나이도 앞자리가 2에서 3으로 바뀌는데 좀 진지하게 생각해 봐."

재준은 입꼬리를 비스듬하게 비틀다 와인을 들이켰다. 결혼은 누구나 하는 것이기 때문에 자신도 해야 한다는 말에는 동의할 수 없었다.

"아직도 신뢰할 만한 사람을 못 만난 거야?"

걱정스러운 얼굴로 쳐다보는 어머니에게 재준은 어깨를 가볍게 으쓱해 보였다. 미안하다며, 너에게 그런 험한 모습을 보여 정말 미안하다며 자신을 안고 울던 어머니로 인해 다친 가슴은 조금 나았을지 몰라도 그 흉터는 사라지지 않았다. 사람은 언제나 배신할 수 있는 동물이라는 자각이 내면의 깊은 곳에 심어져 있었다.

"신뢰할 만한 사람이 없다는 건…… 네가 마음을 안 열기 때문이야. 그러니 너도 마음을 열고 상대를 대하다 보면……."

"어머니."

"……으응?"

"천천히 할게요."

"어? ……으응, 그래."

재준은 다시 와인 잔을 빙글 돌렸다. 은준이 갑자기 너무 보고 싶었다. 매일 보는데도 이렇게 진한 그리움을 안고 가슴이 시릴 정도의 감정이 인 적이 없었다. 이은준은 언제 이렇게 자신의 감정에 스며든 것일까. 이것은 은준을 신뢰하기 때문에 일어나는 사고(思考)의 연상 작용일까. 그래서 보고 싶다는 생각이 들었던 것일까.

[어디야?]

재준은 이 감정들이 조금 혼란스러웠다. 앞에 앉은 혜란 모르게 은준에게 문자를 보낸 재준은 초조한 마음으로 답을 기다렸다.

[왜요?]

재준은 한쪽 눈썹을 치켜올렸다. 어디냐는 물음에 질문으로 답해 오는 것이 못마땅했다.

[그냥 어딘지 대답하는 것이 그렇게 어려…….]

"딱히 만나는 여자가 없으면 선을 한번 볼래?"

혜란의 말에 문자를 보내던 재준은 고개를 들었다. 다른 여자를 생각한 적도 없고 만나야겠다는 마음이 든 적도 없었다. 그저 감정 없이 서로의 욕구 해소를 위해 잠깐 만난 여자가 다였다. 열아홉 살에 열병처럼 앓던 그 감정 이후 자신에게는 오로지 이은준 그 이름뿐이었다. 그것을 인지하고 인정하기까지 시간이 걸린 것임을 최근에 들어 깨달았다.

"싫은 거야?"

재준은 테이블 아래로 들고 있는 휴대폰을 말끄러미 바라봤다.

'은준이라면.' 하는 가정을 하자 결혼이라는 것을 해 볼 의향이 조금 일었다.

"네 아버지는 너무 여자를 밝혀 문제고, 넌 너무 관심이 없어 문제네."

어머니의 한탄 같은 푸념에 재준은 저도 모르게 픽 웃다가 쓰던 문자를 다 지웠다.

[보고 싶어서.]

은준이 왜요? 하고 물었으니 답을 주는 것이다. 어디냐고 물은 자신의 문자에 투덜거렸을 테지만 아마도 이 문자를 보는 순간 당황하지 않을까.

[갑자기 왜 이상하게 굴어요?]

픽. 재준의 입가에 그럴 줄 알았다는 듯 미소가 걸렸다.

[어디야?]

다시 원점으로 돌아가 같은 질문을 던지면 은준은 이제 다른 반응을 할 것이다.

[집에 도착했어요.]

역시. 재준은 자신의 생각이 맞아 들어 감에 희열을 느끼며 고개를 들었다.

"어머니는 이은준 대리가 마음에 드세요?"

"어?"

"제가 이은준 대리하고 결혼했으면 좋겠느냐는 말입니다."

눈을 동그랗게 뜨고 깜빡이던 어머니의 얼굴에 화색이 점점 번지자 재준은 입꼬리를 끌어 올렸다.

"응! 좋을 것 같아."

"그럼, 정식으로 어머니께 인사시킬 때까지 모르는 척해 주세요."

"어머!"

환호성을 내지르는 어머니를 보며 재준은 잔을 한 번 빙글 돌리고는 와인을 목 안으로 밀어 넣었다. 이은준이 아무리 단단한 껍질 속에 들어가 있어도 그 속마저 단단하지는 않을 것이다. 부술 수 없다면 스스로 벗게 만들면 되는 것이다.

처음 보낸 문자에선 원하는 답을 얻어 내지 못했지만 결과적으로는 자신이 원하는 답을 들었다. 은준이 단단함 속에 들어가 있어도 자신이 흔든 만큼 출렁인 이 와인처럼 고요할 수만은 없을 것이다.

"술 마셨어요?"

"왜?"

와인 두 잔 마셨다고 대답해 줄 수도 있지만 재준은 일부러 되물었다.

"술 냄새 풍기고 들어온 적이 없어서……."

재준은 입꼬리를 올리며 씨익 웃었다. 마치 아내가 남편의 늦은 귀가에 술 마신 것을 얹어 나무라는 기분이 들었다.

"양치하고 올게."

재준은 재킷과 넥타이를 풀어 식탁 의자에 걸어 두고는 욕실로 들어갔다. 칫솔을 꺼내 양치를 시작하려던 재준은 손을 멈칫했다.

"아니잖아."

자신이 들고 있는 칫솔이 은준의 것임을 안 재준은 잠시 망설이다 그냥 양치질을 시작했다. 칫솔을 다시 바꾸는 것이 귀찮기도 했고 은준의 것이니 뭐 어떠냐는 생각도 들었다. 키스도 나누는 사이에 이깟 칫솔이 뭐 대수라고.

욕실에서 나오니 식탁 의자에 아무렇게나 걸쳐 두었던 재킷과 넥타이를 은준이 정리하고 있었다. 그 모습이 참 예쁘다는 생각이 문득 들었다.

"그냥 저기 걸어 놔도 되는데."

재준은 은준을 뒤에서 가만히 안고 어깨에 입술을 내렸다. 그동안 은준이 습관처럼 해 오던 행동이었지만, 지금은 좀 색다르게 느껴졌다. 매번 언제 집에서 나갈 거냐고 묻는 은준이 어느새 이 집에 머무는 것을 허락하고 있는 느낌이었다.

"다음부턴 제자리에 좀 걸어요. 걸리적거리니깐."

잠시 안겨 있던 은준이 자신의 손을 떼어 내며 가르치듯 말했다.

"싫은데? 난 또 저 자리에 걸 거야. 그러면 넌 또 제자리에 옮겨 놓는 거지."

"무슨 심보예요?"

"이은준에게 나를 각인시키는 방법이지. 이 남자는 항상 여기에 옷을 걸어 둔다, 는 각인."

"어이없어."

은준이 황당하다는 듯 입을 비죽 내밀자 재준은 미소를 지었다.

"웃."

"뭐야?"

고개를 숙이던 재준은 눈썹을 일그러트리며 입을 가린 손과 은준의 눈을 번갈아 쳐다봤다. 이렇게 가린다고 못 할 위인이 아님을 알라는 듯 엄한 눈빛을 보냈지만 은준이 버티고 있었다.

"강제로 할까?"

은준이 눈만 커다랗게 뜬 채 자신을 올려다보기만 하자 심기가 뒤틀렸다. 얘가 오늘따라 왜 안 하던 짓을 하고 그래?

"수, 순대 먹었어요."

얼굴이 발갛게 물든 은준을 보며 재준은 웃음이 터졌다. 언제는 그런 것을 따져 키스를 했었느냔 말이다.

"그게 뭐?"

"야, 양치하고 올게요."

재준은 은준을 가만히 내려다봤다. 오늘은 그냥 키스만 하고 재울 생각이었는데……. 그 생각을 접어야 할 것 같다.

"빨리 와."

잡고 있던 허리를 놓아주자 은준이 욕실로 후다닥 들어갔다. 재준은 픽 웃으며 셔츠 단추를 풀다 면 티셔츠를 꺼내 들었다.

"으아앗!"

재준은 옷을 갈아입으려다 비명 소리에 눈을 커다랗게 떴다. 성큼성큼 걸어가 욕실 문을 확 열자 은준이 칫솔을 꼭 쥐고 부들부들 떨고 있었다.

"아."

순간 사태 파악이 된 재준은 짧은 간투사를 내뱉었다.

"누가 쓰라고 했어요! 색깔 구분 안 되는 색맹이에요?"

은준이 씩씩거리는 것을 보며 재준은 미안한 웃음을 지었다.

"색맹은 아냐."

"그럼, 분홍색과 파란색이 구분 안 되는 색약인가요?"

재준은 욕실로 들어가 자신의 칫솔에 치약을 짰다. 그러고는 은준의 손에 들린 칫솔을 다시 칫솔 통에 꽂았다.

"이거 써. 그러면 공평하잖아."

"이게 공평한 거하고, 읍!"

재준은 자신이 들고 있던 칫솔을 은준의 입에 불쑥 넣고는 잠시 기다렸다. 눈을 커다랗게 뜬 은준을 향해 씨익 웃은 재준은 손을 가만히 움직여 양치질을 시작했다. 어금니를 닦기 시작하자 은준이 자신의 손을 탁 쳐 내더니 칫솔을 쥐었다.

"나가요."

은준이 시선을 휙 돌리자 재준은 그제야 자신이 윗옷을 안 입고 있다는 것을 알았다. 은준도 칫솔로 흥분하는 바람에 미처 인지를 못 하다 뒤늦게 깨달은 듯했다.

"한두 번 본 것도 아닌데 갑자기 왜 내외를 하는데?"

"딴소리하지 말고 나가요. 얼른!"

은준이 손을 휘휘 저으며 나가라는 손짓을 하자 재준은 심통이 났다. 그래서 은준에게 한 발 더 다가서며 손목을 잡아챘다.

"뭐 하는……."

칫솔을 들고 어떻게 할지 고민하던 은준이 말간 표정으로 돌아보자 재준은 씨익 웃었다.

"치약을 머금은 이은준 입안은 어떤 맛인지 궁금해서."

"뭐…… 흡!"

치약에서 나는 특유의 상쾌한 향이 코끝을 간질이고 은준의 부드러운 입술이 자신을 녹이는 것 같았다. 꿀 성분이 함유된 치약이 타액에 섞여 맛이 희석되는 것이 안타까우면서도 은준의 촉촉한 혀에 취해 몽롱한 기분이었다. 은준의 입을 벌리고 자신의 뜻대로 핥고 빨고 있는 순간들이 흐뭇했다.

"샤워했어?"

"……."

재준은 은준이 대답하지 않자 목선에 코를 대고 숨을 들이켰다.

정사가 끝났을 때와는 다른 끈적한 땀 냄새가 코끝을 맴돌았다.

"아직 안 씻었네. 내가 씻겨 줄게."

"싫어요!"

은준이 화들짝 놀라며 소리를 질렀지만 재준은 개의치 않고 그녀의 윗옷 안으로 손을 넣었다. 브래지어에 눌려 있는 젖무덤을 해방시켜 주고, 치마 허릿단의 단추를 풀고 지퍼를 내렸다.

"손 들어 봐."

"뭐 하는 건데요?"

은준의 볼멘소리가 욕실에 울렸다.

"아이들 옷 벗길 때 어른들이 하는 말이잖아? 만세라고 해야 알아들어?"

"……하."

자신을 빤히 보던 은준이 한숨을 푹 내쉬자 윗옷의 끝자락을 잡은 재준은 옷을 끌어 올렸다. 은준이 마지못해 손을 들어 주자 이미 풀려 있던 브래지어와 같이 벗겨 냈다.

재준은 샤워기를 틀어 물의 온도를 맞춰 놓고는 은준의 치마를 마저 벗겨 냈다. 가슴을 가리고 서 있는 은준과 눈을 한 번 마주친 재준은 보일 듯 말 듯 한 미소를 짓고는 팬티스타킹과 브리프를 한 번에 내렸다.

"속옷은 손빨래할 거지?"

은준이 몇 번 손빨래하는 것을 본 재준은 겉옷만 욕실 밖으로 내놓고 속옷은 세면대 안에 넣었다. 고개를 돌리고 있는 은준을 보며 재준은 자신의 바지와 드로어즈를 벗었다.

"웃, 차가워."

자신을 피해 샤워기 밑으로 들어간 은준이 차갑다면 몸을 움츠리자 재준은 피식 웃었다. 나중에는 열에 들떠 더 차가운 물을 틀어 달라고 애원할 것이다.

"차가우면 여기 안겨."

두 팔을 벌리고 안기라는 제스처를 취하자 은준이 입을 비죽 내밀고는 눈을 흘겼다. 어차피 안길 거면서 튕기는 모습이 귀엽다고 생각한 재준은 한쪽 입꼬리를 비틀었다.

"하앗."

허리를 안아 끌어당기고는 젖꼭지를 덥석 물자 은준이 비명을 내뱉었다. 물에 점점 젖어 가는 몸이 서로 미끌거리면서 마찰이 일어났다. 재준은 입안에 넣은 유두를 힘껏 빨아들이며 은준을 더 당겨 안았다. 고개를 움직여 다른 유두를 입안에 머금자 아까와 달리 물맛이 느껴졌다. 물에 젖은 유두는 더 자극적이고 통통거리듯이 입안에서 굴러다니는 것 같았다.

"아……."

허벅지 사이로 손을 넣어 벌리자 은준이 중심을 못 잡고 비틀거렸다. 재준은 무릎을 은준의 다리 사이에 넣고는 오른손을 내려 여음을 찾았다. 젖은 거웃 사이에 움츠려 있는 여음에 손가락을 대자 은준이 자신의 어깨를 꽉 움켜쥐었다. 그 바람에 손톱이 살을 파고 들었지만 아프지 않았다.

손가락을 불쑥 들이밀자 은준의 입술이 저절로 벌어지며 신음이 쏟아져 나왔다. 물에 점점 젖어 가는 은준의 몸을 타고 물방울이 맺혔다 떨어지는 것을 보며 손가락을 좌우로 움직였다. 꽉 다물린 여음을 좀 느슨하게 만들 생각으로 손가락을 움직였는데 소용없는 짓 같았다.

"다리 벌려."

재준은 은준의 한쪽 다리를 무릎으로 밀며 사이를 더 벌렸다. 하지만 손가락을 물고 더 조이기만 하는 은준으로 인해 이마에 핏줄이 불거졌다.

"하악!"

재준은 손가락을 빼고 잔뜩 고개를 쳐든 녀석을 은준의 몸에 밀어 넣었다. 힘을 바짝 준 은준 때문에 제대로 들어가지 않자 조바심이 났다. 욕실 벽에 은준을 밀어붙이고 재준은 허리를 튕겨 올렸다. 은준의 몸이 이리저리 휘청할수록 젖무덤도 같이 출렁거렸다.

"나 꽉 안아."

잠시 망설이던 은준이 자신의 목을 끌어안자 재준은 숨을 몰아쉬었다. 자신을 의지하며 몸을 기댄 은준을 꽉 끌어안은 재준은 낮게 속삭였다.

"너무 부드러워. 마치 아기 같아."

고개를 돌린 은준과 눈이 마주치자 재준은 입술을 포개었다. 맞물린 아래처럼 입술을 엇갈리게 한 재준은 떨어지고 싶지 않다는 생각을 하며 은준을 품에 머금었다.

□ ■ □

"이 세트는 한정판으로 나온 제품이라 이제 몇 점 남지 않았습니다."

"아, 네에……."

"어때 보여?"

주얼리 세트를 바라보는 여자의 시선과 그런 여자를 바라보는 남자의 시선 속에서 은준은 재준을 떠올렸다. 아이에게 하듯이 옷을 벗기는 재준이 무척 생소하게 느껴졌다.

'자, 우리 은형이 손 들어 볼까? 마아안세!'

오빠 은형의 옷을 갈아입히는 엄마를 물끄러미 바라본 적이 있었다. 자신에게도 엄마가 그렇게 해 줬으면 하고 바랐었다. 엄마가 오빠 옷을 갈아입히면 자신은 혼자 하거나 아빠를 찾아가야 했다. 아빠는 엄마와 달라서 만세 하듯이 손을 들 필요가 없었다. 아빠는 먼저 한쪽 소매를 잡고 팔을 빼낸 후 나머지 한쪽 팔은 머리와 같이 벗겨 주었던 것이다.

그런데 재준이 손을 들어 보라며 만세라고 말했을 때 순간 엄마 같다는 생각이 들었다. 전혀 그런 분위기가 아니었는데 그렇게 느껴졌다.

"맘에 들면 한번 껴 봐. 아, 한번 껴 봐도 되죠?"

"네. 얼마든지."

은준은 미소를 지으며 반지를 꺼내 내밀었다. 여자의 작고 하얀 손에 끼워지는 반지는 조명을 받아 더없이 반짝였다. 그 반짝거림에 시선을 뺏긴 남녀를 보며 은준은 미소를 지었다.

'마치 아기 같아.'

심장이 쿵 하고 바닥을 울리는 것 같았다. 애틋한 눈빛으로 자신을 안고 있는 재준에게서 떨어지기 싫었다. 처음으로 그와 정사를 나누며 그만두고 싶지 않다는 생각을 했다. 그 전에는 의무감처럼 안긴 것이 사실이었다. 물론 의무감을 느끼며 안겼다지만 절정을 느끼지 못한 건 아니었다. 하지만 그날은 미칠 것 같은 기분에 휩싸여 재준을 원했다.

"잘 맞네. 이걸로 하자."

"으응?"

"이걸로 할게요."

"어머! 정말?"

남자의 말에 여자가 두 손으로 입을 가리며 좋아서 어쩔 줄 몰라 했다.

"정말이지, 그럼."

여자가 원하는 건 뭐든지 해 줄 것처럼 남자가 든든한 미소를 지어 보였다.

"사이즈 수정은 안 하셔도 되니 지금 바로 결제해 드리겠습니다."

남자가 지갑에서 카드를 꺼내 내밀며 애인을 향해 뭐라고 속삭였다. 그러자 여자가 깔깔 웃더니 그의 어깨를 툭 때렸다. 행복해 보이는 커플이었다.

"잠시만 기다려 주십시오."

보석함을 들고 진열장으로 다가가자 지점장이 손을 내밀었다.

"계산은 내가 할게. 은준 씨는 포장해 드려."

"네, 지점장님."

은준은 눈치 빠르게 일을 돕는 지점장을 보며 조용히 미소 지었다. 얼마 전 재준 선배 때문에 한잠도 못 자고 시달린 날 지점장을 바라보며 속으로 구시렁거렸었다. 아들이 짐승인 건 아느냐고.

그런데 오늘은 그런 아들을 낳아 주셔서 감사합니다, 하고 인사하고 싶은 심정이었다. 숨겨 두었던 심장을 툭툭 치고 들어오는 그가 애틋하게 느껴졌다.

'그러고 보니 요즘 욕을 안 하네요?'
'네가 하지 말라고 해 놓고 안 하니 이상하냐? 왜, 섭섭해? 한번 해 줘?'

투덜거리는 재준의 말을 들으며 길들이는 맛이 이런 것이구나, 하고 생각했었다. 아닌 척하며 자신에게 모든 걸 맞춰 주는 그였다. 집을 어지르지 말라고 했더니 쓰던 물건을 제자리에 챙겨 넣는 건 물론이고 청소도 거들어 주었다. 다만 재킷과 넥타이만 아직 식탁 의자에 걸쳐 놓는 것은 여전했다. 엉뚱한 데 고집을 피우는 그가 좀 귀엽다는 생각이 들었다.

"예쁘게 차고 다니세요. 이용해 주셔서 감사합니다."
"감사합니다."

포장된 상자를 내밀자 남녀가 약속이나 한 듯이 인사를 했다. 물건을 사 줘서 감사한 쪽은 오히려 이쪽인데 그들이 감사 인사를 건넸다. 그들이 저 주얼리를 사면서 지금의 좋았던 기억을 잊지 않기를 바랐다.

"좋을 때다."

지점장이 부러운 눈으로 매장을 나서는 남녀를 향해 한마디 하자 은준은 피식 웃었다.

"행복하겠죠?"
"행복은……."

잠시 말을 끊은 지점장이 돌아보자 은준은 눈을 멀뚱하게 떴다. 쓸데없는 말을 한 것일까. 웃고 있던 지점장의 얼굴이 금세 씁쓰름하게 변했다.

"반짝거리는 보석만큼 허황되기도 해."

"아……."

은준은 짧은 간투사를 내뱉다 입을 닫았다. 직원으로서 회장님의 그 수많은 스캔들을 모를 리가 없었다. 굳이 직원이 아니어도 그의 바람기에 대해 모르는 이가 없을 정도였다.

"행복은 누가 가져다주는 것이 아니라는 말이 오늘따라 새삼스럽네."

은준은 상념에 젖어 드는 지점장을 말끄러미 바라봤다. 재준 선배와 지점장님은 어떤 시간을 공유했을까. 아들에 대한 자부심이 있는 지점장님과 애정으로 어머니를 대하는 아들 재준은 분명 행복한 시간을 가졌을 것이다. 자신이 그토록 하고 싶었던 '만세'를 아주 당연하다는 듯이 하면서.

"이 대리 그거 알아? 재준이가 어렸을 때 큰 충격을 받아 한동안 말을 못 했었는데……."

"네?"

처음 듣는 말에 당황한 은준은 눈을 커다랗게 떴다.

"어린 녀석에게 참 미안했어. 지금도 미안하고."

그렇게 청산유수같이 말을 잘하던 학생회장이 어렸을 때 말을 못 할 정도로 받은 충격이 무엇인지 궁금했다.

"내가 잘못 생각하는 바람에……."

지점장의 눈가에 물기가 어리는 것 같아 은준은 순간 당황스러웠다. 지점장님이 어떤 잘못을 하셨기에 그가 충격을 받은 것일까.

"그때 이후로 그 녀석 좀 냉정하고 까칠해졌는데 그래도 커 가면서 제 어미라고 다시 다정하게 굴기는 했지."

애써 웃음을 지어 보이는 지점장의 얼굴이 무척 아프게 보였다.

재준의 학창 시절 중 고작 일 년밖에 시간을 공유하지 못했다. 그것도 자신의 고의적인 접근으로 만나게 되면서 알게 된 생활이었다. 접근하지 않았으면 모르고 지나갔을 그의 생활은 바른 학생의 이미지였다. 그래서 그가 학교 안에서 키스했을 때 많이 놀랐고 또 두근거렸다. 정신이 하나도 없는 와중에도 느껴지는 건 그의 입술이 무척 달콤했다는 것과 가슴이 미어진다는 것이었다.

"시간을 돌릴 수만 있다면……."

지점장이 넋두리처럼 하는 말에 은준은 입술 끝을 끌어당겼다. 한때 자신도 미치도록 염원했던 일이었다. 시간을 되돌려 잘못된 일을 바로잡고 싶다고.

□　■　□

"갑자기 서민 체험이냐?"

영광이 의외의 장소에 눈을 휘둥그레 뜨고 쳐다보자 하성이 어서 앉으라며 손을 잡아끌었다. 연구하던 프로젝트가 잘 마무리돼서 곧 좋은 결과가 나온다며 연락한 하성이 모임 장소로 정한 곳은 연구소 근처 곱창전골집이었다.

"이모, 여기 소주 한 병요!"

재준은 처음 왔으면서도 넉살 좋게 외치는 영광을 보며 픽 웃다 은준에게 문자를 보냈다.

"여기 양곱창 맛있어서 은근 단골이 많아."

좌우로 고개를 돌려 보니 하성의 말처럼 빈자리가 거의 없었다. 재준은 휴대폰에 눈길을 한 번 주었다가 미간을 모았다. 은준에게

서 답이 오지 않고 있었다. 퇴근을 했을 텐데 왜 답이 없는 것일까.

"아! 얼큰한 것이 맛이 좋다."

영광이 국물 맛을 보더니 엄지를 치켜올리며 만족스럽다는 표정을 지었다.

"자, 다들 한 잔씩 해."

하성이 소주를 따라 주자 다 같이 잔을 부딪쳤다. 보글보글 소리를 내며 끓는 곱창전골의 냄새가 좋았다.

'양곱창에 소주 먹고 싶다.'

곱창에 소주 한잔하고 싶다던 은준의 혼잣말이 생각난 재준은 이곳에 한번 데리고 와야겠다는 생각을 했다.

"획기적인 아이템이 되는 건 물론……."

[안 기다림.]

훗. 하성의 말을 듣는 도중에 은준의 문자를 확인한 재준은 웃음을 지었다. 약속이 있어 늦어질 것 같다고 했더니 보낸 답이 안 기다린다는 것이었다.

[샤워하고 기다리면 좋을 것 같은데?]

문자를 본 은준이 미간을 좁히고 눈을 가늘게 뜰 것을 상상하니 절로 웃음이 나왔다.

[샤워는 이미 함. 하지만 안 기다림.]

이런 일관성 있는 여자를 봤나, 쯧. 재준은 속으로 혀를 차며 검지로 미간을 문질렀다.

"야! 내 얘기 안 듣고 있지?"

하성이 버럭 하자 재준은 눈을 멀뚱하게 떴다가 이내 손을 내저

331

었다.

"귀는 열려 있어. 말해."

"눈도 나를 봐."

"얘가 왜 이리 느끼하게 굴어?"

하성이 지지 않고 대꾸하자 영광이 적응 안 된다는 얼굴로 나무랐다. 재준은 휴대폰을 재킷 안주머니에 넣으려다 테이블 위에 놓으며 얘기를 계속하라는 손짓을 했다.

"우리 인류는 말이야. 스스로가 지구를 망치고 있다는 것을……."

하성의 뜬구름 잡는 말을 듣고 있으려니 술이 술술 넘어갔다. 그의 연구는 정말 인류를 위한 아이템들이 많았지만 이익이 창출되지 않는 것들이 대다수라 지원을 받는 것이 어려웠다.

"얼마 만에 먹어 보는 곱창전골인지 모르겠다."

"곧 울겠는데?"

"!"

턱을 괴고 하성의 말을 듣던 재준의 고개가 휙 돌아갔다. 옆 테이블에 앉은 남녀가 눈에 들어오는 순간 재준의 눈빛이 차갑게 가라앉았다.

"난 너 파견 나갔는지 모르고 무작정 회사로 갔지."

집에 있을 거라고 생각한 은준이 낯선 남자를 보며 웃고 있었다. 매장 파견 근무 중인 것을 모르고 회사로 찾아갔었느냐며 남자에게 핀잔을 주고 있는 은준이 너무 예쁘게 웃고 있었다. 문자로 안 기다린다며 자신에게는 무심하게 굴던 은준이 다정하게 웃고 있었다. 정말 즐겁다는 듯 그렇게 웃고 있었다.

"늦은 시간에 전화를 걸어서……."

뭔가에 놀란 재준의 눈이 큼직하게 뜨였다.

── 너 누구야? 누군데 이 시간에 전화를 걸어서 은준이를 찾
아?

"!"

갑자기 떠오른 목소리에 재준은 반사 작용처럼 자리에서 벌떡
일어섰다. 무한 반복 되듯이 오랜 시간 동안 잊히지 않고 머릿속에
맴돌던 목소리였다.

"재준아!"

퍽!

"윽!"

뒤에서 영광의 다급한 목소리가 자신을 잡아챘지만 주먹이 거침
없이 나갔다. 얼굴을 맞고 넘어진 남자에게 손을 뻗는 은준의 모습
이 마치 느린 화면처럼 보였다.

"너 누구야!"

착각이 아니었다, 놀라 외치는 남자의 목소리가 9년 전 그 목소리
와 닮았다는 것은. 지금은 어디에 있는지도 모르는 그 휴대폰에 저
장된 음성을 듣고 또 들으며 곱씹었던 시간이 주마등처럼 지나갔다.

"젠장!"

재준은 그날 은준과 같이 있었던 남자의 실체를 확인하자 눈이
뒤집히는 것 같았다.

15화
신뢰

Rrrrr, Rrrr, Rrr.

은준은 젖은 머리를 말리다 손가락으로 대충 쓸어 넘기고는 휴대폰을 찾아 들었다.

"오빠?"

— 하이, 은준. 잘 지내고 있어? 보고 싶다.

은준은 입술 끝을 말아 올리며 앞머리를 쓸어 넘기다 픽 웃었다. 얼마 전 재준이 보고 싶다고 했을 때는 가슴이 두근거렸는데 지금 은석의 말은 그저 싱거운 농담처럼 여겨졌다.

— 왜 대답이 없어?

은준은 재촉하는 은석의 말투에 눈을 반으로 접고 입술을 달싹였다.

"오빠는 잘 지내?"

사촌 오빠 은석을 못 만난 지 5년의 시간이 흘러 있었다. 종종 통화를 하기는 했지만 떨어져 있는 거리만큼 만나는 것이 쉽지 않았다.

— 응, 잘 지내고 있어.

"그런데 이 시간에 무슨 일로……."

은준은 벽에 걸린 시계를 확인하다 미간을 설핏 찌푸렸다. 재준이 퇴근하고 들어올 시간이 훌쩍 지나 있었다. 그런데 다른 때와 달리 재준에게서 연락도 없다는 것을 깨닫자 고개가 기울어졌다.

— 너 내가 보고 싶다고 하는데 왜 대답 안 해?

싱거운 농담이라고 치부하려 했는데 은석이 끝까지 대답을 듣고 말겠다는 듯 걸고 넘어졌다.

"진정성이 안 느껴져서."

— 허! 그럼 진정성이 느껴지게 우리 얼굴 볼까?

"어? 한국에 들어왔어?"

은준은 눈을 커다랗게 뜨며 반가움 반, 놀라움 반이 섞인 표정을 지었다.

— 너 주소 불러. 내가 데리러 갈게.

은준은 은석에게 주소를 알려 주고 전화를 끊은 후 다시 시계를 쳐다봤다. 그러다 휴대폰을 내려다봤지만 재준에게서 들어온 연락은 여전히 없었다.

"흐음……."

은준은 어깨를 으쓱하고는 드라이기를 꺼내 젖은 머리카락을 말리기 시작했다.

막무가내로 밀고 들어온 재준이 자신의 공간을 차지하고 흔적을 남기는 일련의 일들이 힘들었다. 그것에 태연할 수 없는 자신의 심리 상태도 울렁증처럼 불안했다. 그리고 지금 연락 없이 늦어지는 재준을 기다리고 있는 상황이 서글퍼지려 했다.

"이래서…… 싫은 거야."

누군가를 기다린다는 것은 익숙한 일이 아니었다. 이런 명확하지 않은 감정들이 생길까 봐 재준이 집에 들어오는 것이 싫었던 것이다.

"은준! 더 예뻐졌다?"

자리에 앉기도 전에 칭찬을 날리는 은석의 말에 은준은 어이없다는 듯 픽 웃었다.

"항상 예뻐졌다고 말해 주는 거 알지만 기분은 좋네."

"녀석."

대수롭지 않다는 듯 말하고 자리에 앉자 은석이 픽 웃더니 '커피 가져올게.' 하고는 진동벨을 들고 일어섰다. 못 본 사이에 은석 오빠가 더 멋있어진 것 같았다. 긴 다리로 성큼성큼 걸어 카운터로 가는 그를 바라보던 은준은 시선을 돌리다 멈칫했다. 몇몇의 여자들이 자신을 경계와 부러움의 눈으로 바라보고 있었던 것이다.

"애인 아닌데……. 같이 있다고 다 애인인가."

은준은 혼잣말을 하며 어둠이 깔린 도로를 쳐다봤다. 어디를 그렇게 가는지 차들이 꼬리에 꼬리를 물고 어두운 밤거리를 밝히고 있었다. 저 차들 중에 재준 선배의 것도 있을까. 그는 지금 무엇을 하기에 연락이 없는 것일까. 먼저 연락을 해 볼까. 이제껏 자신이 먼저 재준에게 연락을 한 적은 없었다. 늘 그가 먼저 전화나 문자를 보내왔기에 그것에 익숙해져 있었다.

[약속 있어서 오늘 늦을 거야.]

때마침 재준에게서 문자가 들어오자 은준은 피식 웃었다. 안 그래도 연락을 해 봐야 하나 생각하던 중이었는데 양반은 못 되나 보네.

"누구? 애인이야?"

은준은 재준에게서 들어온 문자를 보다 고개를 들었다. 은석이 미소를 지으며 궁금한 얼굴로 자신을 바라보고 있었다. 남들에게 애인이라고 말하기에는 뭔가 삐걱거리는 사이라 선뜻 대답하기가 꺼려졌다. 그리고 보니 재준과 같이 있지만 애인은 아니라는 생각이 들자 씁쓰름함이 얼굴에 새겨졌다.

"아냐?"

은석이 고개를 갸웃하며 쳐다보자 은준은 어깨를 으쓱했다. 뭐라고 말해야 할지 막막한 기분이었다. 애인이 아닌 것은 확실한데 그와 같이 살고 있고 연락을 기다리는 사이였다. 보통 이런 사이면 다들 애인이라 지칭할 법했다. 그런데 재준을 연인으로 인정하고 있지 않은 자신을 깨닫자 기분이 차가운 바닥으로 추락했다.

"애인은 무슨."

"아."

은석이 짧은 간투사를 뱉고 대수롭지 않다는 듯 커피를 마시자 은준은 휴대폰을 내려다보다 손가락을 움직였다. 그는 자신을 어떤 범주에 넣고 있을까.

[안 기다림.]

이제껏 연락을 기다려 놓고는 안 그런 척 문자를 넣었다.

"작은아버지, 어머니는 잘 지내시지?"

"네, 뭐……."

은준은 떠름한 얼굴로 대답을 얼버무렸다. 그러고 보니 다시 맞선 보는 것 때문에 엄마와 언성을 높이고 이후로 통화를 한 적이 없었다.

"대답이 시원찮은데?"

"잘 지내."

재준이 집에 들어오고 나서 시간이 어떻게 흘러갔는지 모를 정도로 하루하루 정신이 없었다. 제 생활에 충실하느라 정신이 없었다고 말할 수도 있지만 실상은 재준에게 휘둘리고 있었던 것이다.

"혼자 지내는 게 좋아?"

"……응."

은준은 고개를 끄덕였다. 가족들과 같이 살 때는 숨이 막힌다는 생각을 종종했었다. 오빠 은형이가 살아 있을 때는 돌봐야 한다는 이유로 숨이 막혔고, 죽었을 땐 더 이상 존재하지 않는다는 이유로 숨이 막혔었다.

[샤워하고 기다리면 좋을 것 같은데?]

은준은 재준의 문자에 저도 모르게 픽 웃음이 새어 나왔다.

의도적인 접근이라는 것을 밝혔을 때 그는 아무 말도 하지 않았다. 이미 알고 있었던 사람처럼 태연했다. 자신을 원망하지도 않았고 오히려 이용하라고 했었다. 그때의 그는 무슨 마음이었을까.

"소주나 한잔하러 갈까?"

은준은 휴대폰에서 시선을 거두고 은석의 말에 고개를 끄덕였다.

"얼마 만에 먹어 보는 곱창전골인지 모르겠다."

은준은 소주잔에 술을 따라 주는 은석을 향해 웃음을 지었다. 최근에 바쁘기도 했고 매장으로 파견을 나와 있다 보니 회식 자리가 뜸해 술을 마실 기회가 별로 없었다.

"곧 울겠는데?"

놀리는 은석의 말에 은준은 입을 비죽 내밀다 이내 픽 웃어 버렸다. 파견 나가 있는지 모르고 회사 로비에서 무작정 기다렸다는 말에 어이없다며 핀잔을 주었다.

픽!

"꺄악!"

술병이 넘어지고 곧이어 여자들의 비명 소리가 터지자 식당 안에 있던 사람들이 술렁였다.

"너 누구야!"

순식간에 일어난 일이라 멍한 기분이 들었다. 씩씩거리며 서 있는 남자가 누구인지 눈에 들어오지 않았다. 그저 넘어져 있는 은석 오빠를 일으켜야 한다는 생각밖에 들지 않았다.

"괜찮아? 다쳤어?"

"이은준."

"!"

서릿발 같은 음성이 귀를 파고들자 은준은 온몸이 얼어붙는 것 같았다. 목소리를 듣고서야 시야를 완전하게 막고 서 있는 사람이 재준임을 알았다. 노려보는 시선이 살벌하고 잔혹해 흠칫 몸을 움츠릴 정도로 그의 눈빛이 검게 물들어 있었다.

"여, 여기는 어떻게……."

"지금 뭐 하는 겁니까!"

은석 오빠의 날카로운 음성이 귀를 파고들었지만 고개를 돌릴 수가 없었다. 재준의 눈빛에 스민 알 수 없는 감정이 자신의 목을 조이는 것 같았다.

"저, 저기 잠깐만요."

"무슨 오해가 있는 것 같……. 이은준?"

재준의 뒤에 서 있던 남자 둘이 다가와 은석 오빠와의 상황을 정리하려 했다. 그러다 그중 한 사람이 자신을 보며 놀란 듯 눈을 커다랗게 떴다.

"집에 얌전히 있는 줄 알았는데 아니었네. 다른 남자 만난다고 그런 문자를 넣은 건가? 나 없어도 아쉬울 거 없다는 거야?"

"그런 게 아니…… 앗!"

"어? 야, 재준아!"

"은준아!"

"서재준! 너 어디 가는 거야!"

재준에게 손목이 잡힌 은준은 그냥 끌려갈 수밖에 없었다. 팔에 가해지는 악력을 감당할 수 없었다. 무엇을 오해하는지 몰라도 은준은 이대로 끌려가서는 안 된다는 생각에 재준의 걸음을 잡아챘다.

"어디 가는 거예요? 지금 이렇게……."

"이은준, 누가 질질 흘리고 다니라고 했어?"

"질질 흘리다니 무슨 말이에요?"

은준은 자신을 오해하고 있는 재준을 달래야 한다고 생각했지만 순간 화가 나 말이 곱게 나가지 않았다.

"씨발, 이 남자 저 남자 저울질하는 거야 뭐야?"

은준은 기가 찬 얼굴로 재준을 올려다봤다. 미간을 잔뜩 찌푸린 그의 얼굴은 험악하게 일그러져 있었다.

"저울질한 적 없어요!"

"현장을 들키고도 거짓말이냐."

"아!"

은준은 다시 걸음을 떼는 재준의 손에 붙들려 끌려갈 수밖에 없었다.

"오해하지 말아요. 같이 있던 사람은…… 읍!"

재준에게 끌려가면서 은준은 설명해야 한다고 생각했다. 같이 있던 사람이 누구인지 설명하고 그를 달래려 했는데 입술이 닿는 순간 말을 할 수 없었다.

무자비하게 들어온 혀가 자신의 혀를 강탈하듯이 옭아매며 목구멍을 눌렀다. 벗어나려 했지만 자신의 뒷머리를 잡고 있는 재준의 손 때문에 그러지 못하는 사이 혀가 깨물리고 입안의 여린 살들이 거칠게 핥아졌다. 입술을 떼려 하자 재준이 이로 씹듯이 혀를 깨물어 버려 아픔이 느껴졌다.

"하…… 왜 말을 들어 보지도 않고…… 하아, 무작정……."

"누군지 알아! 아니깐 말하지 말라고!"

은준은 황당한 눈으로 재준을 바라봤다. 누군지 알면 이렇게 나올 수 없다 여겼다. 그런데 그는 자신을 부정한 사람 취급하며 화를 내고 있었다.

"누군데요?"

은준은 여전히 자신에게 화를 내며 거칠게 끌고 가는 재준에게 물었다. 하지만 그는 입을 꾹 닫고 묵묵히 걸을 뿐이었다.

"아까 같이 있던 그 사람은……."

"말하지 말라고!"

걸음을 우뚝 멈춘 재준이 더럭 소리를 질렀다. 눈을 커다랗게 뜬 은준은 다시 걸음을 떼려는 재준을 저지하며 입술을 달싹였다.

"그 사람은……."

"그날 같이 있었던 남자라는 걸 내 입으로 꼭 말해야겠어!"

"어떻게……."

그의 말대로 재준과 만나기로 한 그날 같이 있었던 사람이었다. 그가 그것을 알고 있다는 사실에 은준은 말문이 막혔다. 처음부터 약속을 지키지 않고 다른 남자와 있었다고 오해했던 그였다. 아니, 그는 오해가 아니라 확신하고 있었다. 그래서 자신을 처음 안을 때 그토록 살벌하고 인정 없이 굴었던 것일까.

"내 말 들어 봐요. 그 사람은 사……."

"지금부터 한마디만 더 하면 그놈을 죽여 버릴 거야."

"!"

은준은 놀라 커다래진 눈으로 재준을 쳐다봤다. 정말 죽일 것처럼 말하는 재준 때문에 속이 뜨거운 것에 데인 것처럼 아려 왔다.

"타."

택시를 잡은 그는 뒷문을 열고 자신이 타기를 기다렸다. 아까까지만 해도 팔을 잡고 마구잡이로 끌고 가던 재준이 아니었다. 선택을 하라는 듯 그는 자신을 놓아주고 차 문을 연 채 기다리고 있었다.

"왜 내 말은 들으려고 하지 않아요?"

냉장고 문을 거칠게 열고 생수병을 꺼내 마시는 재준을 향해 은준은 목소리를 높였다. 입을 닫아 버린 재준을 보며 답답함을 느꼈다.

택시 안에서 은석 오빠에 대해 말하려 했지만 재준은 조용히 가자며 귀를 닫아 버렸다. 그의 분위기가 하도 음침하고 으스스해 더이상 말을 할 수가 없었다. 게다가 택시 안이라 언쟁을 피하고 싶기도 했다.

"안다고 하는데 무슨 말이 더 필요해?"

팔짱을 끼고 내려다보는 재준의 눈빛에 자신을 깔보는 듯한 기운이 서려 있어 은준은 그것이 못마땅했다.

"나를 어떤 눈으로 보는지 알아요?"

재준의 고개가 살짝 갸웃거려지자 은준은 한숨을 내쉬었다. 자신은 재준에게 처음부터 신뢰할 수 없는 여자였다.

"내가 너를 어떻게 보는데?"

낮게 가라앉은 재준의 눈빛만큼 목소리가 탁하게 퍼져 나왔다.

"나 못 믿잖아요. 그래서 내가 말하겠다고 하는데도 안 들으려고 하는 거잖아요."

한쪽 눈썹이 휙 치켜 올라가는 재준을 보며 은준은 입술을 감쳐 물었다.

"그날 그놈하고 있었다는 것을 감추고 싶은 거야?"

"……아뇨."

감추고 싶은 건 그날 은석 오빠와 있었다는 사실이 아니었다.

"너한테 얼마나 중요한 놈인지 몰라도 같이 있는 것을 본 내 기분은 어떨 것 같아? 그날의 악몽이 재생되는 기분이야."

은준은 그에게 대꾸하려 입술을 벌렸다가 그대로 다물어 버렸다. 왜 이렇게 어긋나는 기분이 드는 것일까.

"선배가 생각하는 그런 사이 아니에요."

은준은 속상한 마음을 누르며 재준을 달랬다. 그가 자신을 오해하는 것도 싫고 그를 아프게 하는 것도 싫었다.

툭.

재준이 넥타이를 풀어 바닥에 던지자 시선이 자연스럽게 그곳으로 향했다. 아침까지만 해도, 아니 저녁에 샤워를 하고 나왔을 때만 해도 기분이 좋았었는데 엉망이 되는 건 한순간이었다.

"이리 와."

재준의 눈빛이 무섭게 가라앉아 있는 것과 달리 목소리는 부드러웠다.

"그놈과 아무 사이 아니라면 나한테 안겨."

은준은 재준의 집착에 어깨를 가늘게 떨며 가만히 서 있었다. 자신을 안으며 확인하고 싶은 것이 무엇일까.

"봐, 아무 사이 아니라는 네 말은 거짓……."

은준은 무엇에 홀린 것처럼 혼자 중얼거리는 재준 앞으로 다가갔다.

"안고 싶으면 안아요."

은준은 재준의 팔을 살며시 잡으며 시선을 마주했다. 그가 자신을 안아 마음이 좀 풀어지면 그때 은석 오빠 얘기를 할 생각이었다. 지금 지독하게 자신을 불신하는 그에게는 먼저 믿음을 주어야 했다. 한쪽이 노력하지 않으면 이 관계는 곧 무너질 것이다.

"하읏!"

바지가 벗겨지고 브리프를 내리던 그가 성가시다는 듯 확 잡아채자 찢어지는 소리가 났다. 하나도 젖지 않았는데 재준이 손가락을 쑤셔 넣고는 마구 휘젓는 바람에 아픔이 느껴져 몸을 움츠리려 했다. 하지만 다리 사이에 자리를 잡고 있는 재준 때문에 뜻대로 되지 않았다.

"씨발, 이은준 탄력 하나는 끝내주지. 손가락이 절로 튕겨 나올 정도야."

푹푹푹 찌르듯이 쑤시는 재준의 손가락을 밀어 내려는 것이 아니라 그저 몸에 힘을 주고 있을 뿐이었다. 은준은 속상한 마음에 재준을 한껏 흘겨봤다.

입가에 싸늘한 미소를 건 재준이 바지 지퍼를 내리더니 몸을 붙여 왔다. 뜨거운 것이 닿는다고 느끼는 순간 불쑥 치고 들어와 머릿속을 하얗게 만들어 놓았다.

"이렇게 질질 흘리면서 나를 삼킨 주제에 딴 놈이랑 놀아나? 좆같네."

눈에 맺힌 눈물 때문에 거친 말을 쏟아 내는 재준이 제대로 보이지 않았다. 다만 그의 눈썹이 일그러져 있고 목소리가 음산하게 탁해져 있다는 것은 알 수 있었다.

"내 말 들을 생각도 없으면서 내 몸에는 넣고 싶은 거죠? 그러면서 그놈하고 아무 사이 아니라는 말을 듣고 싶은 거죠?"

뚝. 재준의 움직임이 거짓말처럼 멈추었다. 은준은 그가 멈추자 거친 숨을 몰아쉬며 마음을 다잡았다. 그의 오해를 방치하고 싶지 않았다.

"그날 같이 있던 사람인 건 맞아요. 하지만 일부러 그 사람하고 같이 있었던 건 아니에요."

은준은 눈을 깜빡여 눈물이 흐르게 만들었다. 그러자 시야가 밝아지며 재준의 굳은 얼굴이 눈에 들어왔다.

"이은준."

"……."

그에게 그날의 일을 다 말하고 나면 홀가분해질지도 모른다. 감추고 싶은 일이라 망설였지만 이제 더는 가만히 있을 수만은 없다 생각했다.

"좆같이 굴지 마."

"하!"

안타까운 간투사를 내뱉은 은준은 그의 거친 행동에 결국 포기하고 싶은 마음이 들었다. 그가 오해를 하든 말든 이제는 변명하고 싶은 생각이 달아났다.

□　■　□

"보석 박람회 일정에 맞춰 호텔을 예약해 두었습니다."

재준은 턱을 괴고 앉아 양 비서의 말에 건성으로 고개를 끄덕였다.

"저희도 출품을 할 수 있는지 의견을 타진 중이긴 하나 아직 미지수입니다."

어제는 은준을 정신없이 안았다는 말이 맞을 것이다. 내 것이라는 확인을 하고 싶었는지 몰라도 울며 대드는 은준이 안쓰럽다는 생각조차 들지 않았다. 새벽에 눈을 떴을 때 은준은 조용한 숨소리를 내며 깊이 잠들어 있었다. 어깨에 스며든 빛이 하얗게 빛나는 와중에 울긋불긋하게 멍든 자국이 보였다.

은준과 같이 있는 남자에게 말할 수 없는 분노가 일었다. 그날 은준을 뺏어 간 위인이라는 생각이 자신을 미치게 만들었다. 상상만 해 오던 대상을 직접 만난다는 건 생각보다 힘들고 더러운 기분이었다. 만나면 가만두지 않을 것이라는 생각을 줄곧 해 왔기 때문에 단번에 그 목소리를 알아들었던 것인지도 모른다.

'미친놈처럼 굴지 말아요!'

바락 대드는 은준을 향해 터진 입으로 함부로 지껄이지 말라고 일갈을 했다. 미꾸라지 빠져나가듯이 제 안에 머물기를 거부하는 은준 때문에 속이 뒤틀리다 못해 배알이 꼴렸다.

어제 은준과 같이 있던 남자가 다른 남자였더라도 이렇게 화가 났을까. 은준과 친하다던 마케팅부의 전승우 대리였다면 이렇게까지 분노했을까.

재준은 눈을 험악하게 구겼다. 승우는 승우대로, 그날의 남자는 그 남자대로 다 마음에 안 들었다.

"사장님?"

"······어?"

재준은 자신을 조심스럽게 부르는 양 비서를 멀건 얼굴로 쳐다봤다. 순간 무슨 보고를 받고 있었는지 기억나지 않았다.

"왜?"

"그게······."

울상을 짓듯 일그러지는 양 비서의 얼굴을 보자 미안함이 들었다. 적어도 일할 때는 정신을 차려야 하는 것인데.

"아, 미안. 보석 박람회 보고 중이었지?"

"그게 아니라 김하성 씨라는 분이 찾아오셨습니다."

"아."

재준은 한 손으로 얼굴을 쓰윽 문지르고는 거북한 표정을 지었다. 지금 하성을 보고 싶지 않았다. 하지만 여기까지 찾아온 하성을 문전박대할 수는 없었다.

"그럼······."

"재준아."

양 비서가 사장실 문을 열자 하성이 들어서며 손을 살짝 들어 보였다. 이에 재준도 화답을 하며 자리에서 일어나 소파에 앉기를 권했다.

"앉아."

"그래."

소파에 앉은 하성이 자신을 뚫어지게 쳐다보자 재준은 입술 끝을 비틀었다. 어제 황당했을 것이다. 묻고 싶은 말도 많을 테지.

"하고 싶은 말 있음 해."

재준은 각오한 얼굴로 말했다.

"뭐 잃어버린 거 없냐?"

"잃어버린 거?"

새벽에 일어나 현관부터 방까지 이어져 있는 옷가지들을 보며 혼자 허탈한 감정을 느껴야 했다. 은준을 안는 일이 그리 급한 일이었을까. 그녀가 하려는 말에 좀 더 귀를 기울였어야 했던 건 아니었을까.

"휴대폰 말하는 거야?"

영광과 하성이 황당해하며 전화를 수없이 했을 것이라는 생각에 휴대폰을 찾았지만 없었다.

"그래. 나중에 보니 식당 테이블에 놓여 있더라."

하성이 휴대폰을 꺼내 살짝 흔들어 보였다. 그런데 녀석이 그냥 줄 생각이 없다는 듯 재킷 안주머니에 도로 넣었다. 그것을 본 재준은 눈을 가늘죽하게 떴다. 이제 하성의 입에서 은준에 대한 질문이 나올 것이다.

"이은준하고 만나고 있었던 거야?"

"응."

"언제부터? 어디서 다시 만났어? 서로 금방 알아봤어?"

녀석이 취조하는 것도 아니고 뭐 하자는 거야. 어쭙잖게 경찰 흉내는, 쯧. 재준은 심드렁한 얼굴로 하성을 쳐다봤다.

"대답하기 싫거나 곤란하면 안 해도 돼. 그냥 이은준하고 네가 다시 만나는 사이일 줄 몰랐어."

"왜. 우리가 만나면 안 되는 사이야?"

하성이 묻는 의도가 그런 것이 아닐 텐데도 재준은 까칠하게 반응했다.

"그건 아니지만. 어제 잠깐 봤는데…… 분위기가 완전 달라져 있어서 좀 놀랐어."

"무슨 분위기?"

"그냥 귀염성 있게 생긴 건 알았지만 어제 봤을 때는 성숙미 가……."

무슨 말을 하는 거냐는 눈빛으로 째려보자 하성이 배시시 웃으며 입을 다물었다. 고등학생 때 은준이가 웃으면 예쁘다고 한 하성이었다.

"성숙미 같은 소리 한다."

은준과 아침부터 냉랭하게 굴었던 것이 생각나 재준은 입술을 일그러뜨렸다. 이른 출근을 하고 싶었지만 은준에게 도망간다는 인상을 주기 싫어서 아침에 얼굴을 보고 나왔던 것이다.

"둘이 잘 어울리더라."

하성이 휴대폰을 내밀며 눈치 빠르게 칭찬하고 나왔지만 재준은 대꾸하지 않았다.

"이건 어제 그 남자 전화번호."

테이블에 하성이 내려놓은 메모지를 본 재준의 미간에 금이 그어졌다. 연락을 하라는 무언의 압박이 전해져 왔다.

"무슨 일인지는 몰라도 해결을 봐야 하지 않겠어?"

하성이 자리에서 일어서며 잘해 보라는 듯 미소를 지어 보였다.

"점심 같이 해."

"아냐, 잠깐 시간이 되서 나온 거야. 그리고 너 지금 밥 생각 없을 것 같아."

"밥 생각이 왜 없어?"

재준은 하성이 손 인사를 하며 나가려 하자 못마땅한 얼굴로 물었다.

"네가 내 머릿속에 들어왔다 나간 것도 아닌데 어떻게 알아?"

문을 잡고 돌아보던 하성이 눈꼬리를 반으로 접으며 고개를 삐딱하게 기울였다.

"내가 이제까지 살면서 서재준이 주먹질하는 건 처음 봤거든."

그만큼 복잡한 일이 아니겠느냐는 하성의 은유에 재준은 한숨을 내쉬었다. 다음에 보자며 하성이 고개를 까닥하고는 문을 닫자 재준의 시선이 테이블의 메모지로 향했다.

□ ■ □

은석은 거울에 비친 자신의 얼굴을 보며 눈을 찡그렸다. 살짝 부은 것 같지만 자세히 보지 않으면 모를 것도 같았다.

— 서재준입니다.

낯익은 얼굴은 아니었지만 귀에 익은 이름이었다. 누군가가 꽤 친숙하게 불렀던 이름이라는 것까지는 기억을 더듬었는데 그 이상 떠오르는 게 없었다.

"예약하셨습니까?"

"네. 서재준이라는 이름으로 예약되어 있을 겁니다."

"네, 잠시만 기다려 주십시오."

직원이 예약자 명단을 확인하곤 이내 미소를 지으며 룸으로 안내를 해 주었다.

"주문은……."

"일행이 오면 그때 하겠습니다."

"네."

깍듯하게 인사한 직원이 문을 닫고 나가자 은석은 밖이 훤히 보이는 큰 창가로 다가갔다. 자신에게 주먹을 날리던 남자는 분명 적의를 가지고 있었다. 황당하고 놀란 가슴을 진정시키기도 전에 남자는 은준을 데리고 나가 버렸다. 뒤에 남은 친구들도 황당해하는 건 마찬가지인 듯했다.

남자와 같이 사라진 은준이 걱정되어 전화를 걸었지만 받지 않아 초조함이 극에 달했었다. 친구들에게 자신의 연락처를 남기고 남자의 친구 중 한 명에게 연락처를 받기는 했지만 안심이 되지 않았다.

경찰에 신고하려는 마음을 먹은 찰나, 은준에게서 미안하다며 전화가 걸려 왔다. 괜찮으냐는 물음에 대답하는 은준의 목소리가 좋지 않았다. 그 남자가 누구냐는 물음에 선뜻 대답을 못 하더니 나중에 만나서 얘기해 주겠다고 했다. 답답하고 어이가 없어 몇 가지를 더 물으려 했는데 은준이 전화를 피했다.

그러다 기다리던 남자의 전화가 걸려 왔다.

딸깍.

문을 여는 소리가 들려 돌아서니 자신에게 주먹질을 한 남자가 입구에 서 있었다. 큰 키에 다부진 어깨하며 뚜렷한 이목구비를 보는 순간 여럿 여자 울렸을 것 같다는 생각이 들었다.

"앉으시죠."

인사 같은 건 서로 귀찮으니 집어치우자는 듯 남자가 자리를 권하며 앉았다. 당당함이 온몸에 배어 있는 사람이었다. 눈빛은 예리하게 빛났고 눈길은 빈틈없이 자신을 훑고 있었다.

"이은석입니다."

자신의 이름을 들은 남자의 눈썹이 휙 치켜 올라갔다.

"……서재준입니다."

이쪽이 이름을 밝혔기 때문에 마지못해 자신의 이름을 알려 주는 듯한 뉘앙스가 풍겼다.

"은준이와는 무슨 사입니까?"

"그게 왜 궁금합니까?"

왜 그런 질문을 하느냐는 듯 남자가 의아함을 띠자 은석의 입꼬리가 올라갔다. 쉽지 않은 자리가 될 것 같았다.

"그럼 무슨 질문을 할까요?"

"은준이와 무슨 사이인지는 제가 물어야 할 것 같습니다만."

남자의 입가에 어린 묘한 미소가 왠지 자신을 놀리는 것 같아 은석은 기분이 상했다. 호의적이지 않은 상대와 마주 앉아 대화를 한다는 건 생각보다 꽤 불쾌했고 신경이 쓰이는 일이었다.

"주먹을 맞은 사람은 접니다. 그러니 이유를 먼저 설명해야 하는 건 서재준 씨입니다."

낮은 한숨을 내쉬는 재준을 보며 은석은 팔짱을 꼈다. 자신이 말하고도 이름이 너무 낯익어 고개가 갸웃거려졌다. 정말 어디서 들었던 이름일까.

"이은준과 결혼할 사이입니다."

"네?"

은석은 눈을 커다랗게 뜨고 제 귀를 의심했다.

"결······혼이라고 했습니까, 지금?"

은준이 제게는 속에 있는 말을 종종 드러내고는 했기에 결혼에 부정적이라는 것을 잘 알고 있었다. 그런데 이 남자가 아무렇지 않은 얼굴로 결혼을 말하고 있었다. 그것도 은준과의 결혼이라며 당당하게 굴고 있었다. 혼자만의 생각인지 은준도 눈앞의 남자와 똑같은 생각인지 궁금했다.

"은준이와 결혼한다고 한 것이 맞습니까?"

못 만나고 지낸 세월이 있으니 그동안 은준이 결혼에 대한 생각을 달리했을 수도 있지만 왠지 믿음이 안 갔다. 그리고 초면에 다짜고짜 주먹을 날리는 위인에게 은준을 보내고 싶지 않았다.

"말을 듣는 것이 아니고 먹기라도 하는 겁니까? 왜 두 번 말하게 합니까?"

까칠하고 냉랭하게 대꾸하는 재준을 보며 은석은 어이없게도 실소가 터지려 했다.

"은준이도 같은 생각입니까?"

"같은 생각이 아니면 어쩌시려고요?"

결혼을 막기라도 할 것이냐는 듯 묻는 재준의 반응은 의외로 차분했다. 아니, 오히려 막을 테면 어디 한번 막아 봐, 라고 말하는 듯 거만한 표정이었다. 거칠 것 없이 살아온 자거나 실패를 모르고 살아온 자일 것 같은 느낌이 들었다. 그리고 그를 적으로 돌리면 무척 괴로울 것 같은 기분이 들었다.

"말장난하러 나온 것이 아니니 제가 먼저 묻겠습니다. 그날, 아니 9년 전 2월 12일에 은준이와 같이 있던 사람이 맞습니까."

질문이기는 했지만 확신하는 말투였다. 은석은 재준이 말한 그날에 무슨 일이 있었는지 천천히 기억을 더듬었다.

"그날이라 하면……."

"9년 전을 말하는 겁니다."

은석은 미간을 모으며 눈을 가늘게 떴다. 9년 전 그때는 너무 많은 일들이 일어났다. 첫째로 은형이가 죽었고, 작은집이 완전 쑥대밭처럼 엉망이었던 때였다. 은형의 죽음으로 다들 망연해 있던 때 은준이 학교 폭력에 연루되고 형사 고소를 당했었다. 퇴학을 당하게 될지도 모른다던 은준은 강제 전학으로 징계가 바뀌었고 작은집은 그길로 지방으로 이사를 갔다.

"……아!"

은석은 커다랗게 뜬 눈으로 재준을 바라봤다. 생각을 더듬던 은석은 서재준이 왜 귀에 익은 이름이었는지 기억이 났다.

"이제야 생각났습니다."

"……."

"한성고등학교 학생회장 서재준."

재준의 미간이 좁혀 들자 은석은 입가에 미소를 지었다. 은준이 은인이라며 몇 번이나 얘기해 줬던 사람이 지금 제 앞에 앉아 있었다.

"맞죠? 은준이의 퇴학 징계를 강제 전학으로 바꾸어 준 장본인."

그걸 어떻게 아느냐는 듯 재준의 눈이 가늘죽해지자 은석은 반가운 얼굴로 미소를 지었다.

"전 은준이의 사촌 오빠입니다."

"······사촌 오빠?"

믿을 수 없다는 듯 재준의 고개가 기울어졌지만 은석은 확인해 주듯 고개를 끄덕였다.

"그럼, 그날 같이 있었던 사람이······."

"그날은 은준이에게 너무 힘든 날이었습니다."

입을 꾹 다문 재준은 무슨 말이든 들을 준비가 되었다는 듯 각오한 얼굴이었다.

"무슨 일이 있었습니까?"

은석은 짙은 한숨을 내쉬고는 재준을 올곧게 바라봤다.

"작은어머니가 자살 시도를 한 날입니다. 다행히 미수로 그쳤지만 정신을 차린 작은어머니는 현실을 견디지 못하고 은준이에게 폭언을 퍼부었었죠."

아픈 몸으로 태어나 작은어머니의 관심과 사랑을 독차지했던 은형이었다. 반면 작은어머니의 사랑에 목말라하던 은준은 끝내 가족들과 섞이지 못하고 겉돌기만 했었다.

"자살 시도, 폭언······. 은형이 때문이었군요."

서리가 앉은 듯 차가워진 눈빛, 모든 것을 파악한 듯 주먹을 꽉 쥔 재준을 보며 은석은 가만히 고개를 끄덕였다.

16화
회사(悔謝)

"야, 서재준 오랜만이네?"

"……그래, 오랜만이네."

재준은 건성으로 대답하고는 잔을 들었다.

"귀국하고 코빼기도 안 보이더니 무슨 바람이 분 거냐?"

있는 집 자제들이 모여 만든 모임에 이름만 올려놓고 몇 번 참석한 것이 다였다. 진상같이 노는 놈들이 섞여 있어 보기 싫은 꼴을 몇 번 보고 나자 정나미가 뚝 떨어졌었다. 그래서 모임에는 잘 나오지 않았다. 그런데 오늘은 미친 듯이 놀고 마시는 놈들 사이에 끼여 정신없이 술을 마시고 싶었다.

"어이, 째준!"

채령이 옆에 앉으며 어깨동무를 하자 재준은 그 팔을 풀어내며 몸을 슬쩍 뒤로 뺐다.

"치이, 누가 보면 내가 병잔 줄 알겠다."

"넌 항상 재준이한테 퇴짜 맞으면서도 포기가 안 되냐?"

"시끄러."

대림그룹의 장남 현지석이 비아냥거리며 나오자 재준보다 학교를 한 해 먼저 간 채령이 발끈했다. 년도로 따지면 같은 나이였지만 학교를 일찍 들어간 탓에 누나 행세를 하는 편이었다.

"넌 언제 들어왔냐?"

"그저께."

"아, 또 언제 나가?"

지석이 채령의 일정을 묻자 그녀가 빙긋 웃으며 말했다.

"나 완전 귀국한 거야. 우리 째준이도 들어왔잖아?"

"허, 물귀신이 따로 없네. 재준이 얼굴 썩어 그만 들이대."

"야!"

바락 소리를 지른 채령이 지석을 힐끗 노려봤다. 하지만 지석은 그에 굴하지 않고 또 비아냥거렸다.

"어째 재준이가 불쌍하게 보여."

"웃기지 마. 우리 재준이가 얼마나 신중하고 멋있는 녀석인지 너 몰라?"

"그건 알지만 재준이는 너한테 관심 없거든."

"아냐! 재준이가 나한테 얼마나 자상한데."

"쟤가?"

지석이 맞은편에 앉은 그를 손가락으로 가리키다 어이없다는 듯 웃기 시작했지만 재준은 두 사람이 티격태격하든 말든 관심이 없었다.

"야! 재준이 깔보지 마. 재준아, 쟤 말은 신경 쓰지 마."

재준은 자신의 어깨에 손을 걸치고 턱을 괸 채령을 돌아보고는 술을 들이켰다. 독한 술이 목을 타고 넘어가 속을 화끈거리게 만들었다.

"난 네가 하는 말도 신경 안 쓰는데?"

"어우! 야아아."

채령이 무슨 그런 경우가 있느냐는 듯 입을 비죽 내밀며 토라지는 시늉을 했다. 그러자 맞은편에 앉아 있던 지석과 대영이 고개를 절레절레 저었다.

"한 잔 더 해."

대영이 잔에 술을 채워 주자 재준은 그것을 꽉 움켜쥐었다.

"째준, 너희 회사에서 나온 한정판 세트, 그거 나 하나만 구해 줘. 론칭쇼 가고 싶었는데 일정이 안 맞아 나 진짜 속상했어."

재준은 찰랑이는 술을 쳐다보다 고개를 들었다. 눈꼬리를 예쁘게 접으며 채령이 웃고 있었다.

"웃음이 과하네."

"어? 뭐라는 거야."

재준은 채령의 말을 무시하고 술을 벌컥 들이켰다. 꼬리를 치듯 웃음을 만들어 내는 채령을 보고 있자니 무표정으로 큰 눈동자만 굴리던 은준이 떠올랐다. 웃지 않아도 예쁘고, 웃으면 더 예쁜, 하성의 말처럼 웃으면 진짜 예쁜 아이가 은준이었다.

'은준이의 사촌 오빠입니다.'

지금껏 자신이 누구를 오해하고 질투했던 것인지를 깨닫자 허탈한 감정이 일었다. 쓸데없는 감정 소모전을 하며 은준을 힘들게 했고 제멋대로 휘둘렀다. 그것이 당연하다 여겼는데 얼마나 억지

같은 일이었는지 깨닫자 고개를 들 수가 없었다.

"째준, 쟤들 춤추는 것 좀 봐. 완전 웃겨."

술에 취하고 음악에 취한 몇몇이 흐느적거리며 몸을 흔들어 대자 채령이 재미있다며 웃었다. 하지만 재준은 전혀 웃을 기분이 아니었다. 잔에 술을 다시 채운 재준은 목구멍으로 위스키를 들이붓고는 마른세수를 했다.

'작은어머니가 자살 시도를 한 날입니다.'

사정이 있었다는 은준의 말에 그 어떤 사정도 이해해 줄 수 없다고 생각했었다. 하지만 자살 소동을 벌인 어머니를 외면하고 자신에게 올 수는 없었을 것이다. 은준의 어머니에게 있어 은형은 낫지 않는 아픈 손가락이었다. 그렇지만 은준은 깨물면 아프지만 그냥 두며 마구 써도 되는 손가락이었다. 그리고 그 손가락이 곪고 있다는 것을 그 누구도 알지 못했다.

"어? 여보세요?"

옆에 앉은 채령이 전화를 받으며 목소리를 높였다. 그제야 재준은 룸 안에서 울리는 음악과 웃음소리가 들려오기 시작했다. 휴대폰을 들고 일어서는 채령을 보다 재준은 자신의 휴대폰을 꺼내 들었다. 은준에게 전화를 하고 싶은데 손가락이 움직여지지 않았다. 어떻게 이 손가락이 제 몸의 몇 배나 되는 무게로 느껴질 수 있는 것일까.

'생각하는 그런 사이 아니에요.'

그날 자신에게 오지 않고 그 남자를 택했다는 사실에 버림받았다 여겼었다. 그래서 은준이 변명할 때 듣고 싶지 않았다. 버림받았다는 것을 확인하고 싶지 않았다.

은준을 안은 첫 남자이면서 왜 더 자상하게 배려하지 않았던 것일까. 은준이 다른 사람에게 마음을 내준 적 없다는 것을 알면서 왜 믿어 주지 않았던 것일까. 그저 은준을 신뢰할 수 없다는 생각만 했던 것이 모든 일의 발단이었을까.

"너 알고 있나?"

재준은 멀건 얼굴로 말을 걸어오는 대영을 쳐다봤다.

"선강기업에 곧 혼담이 들어갈 거라던데?"

대영이 아까 채령이 앉았던 자리를 눈짓으로 가리키며 은근한 목소리로 말했다.

"누가 그래?"

재준은 전화를 받으러 나간 채령이 문 앞에 서 있기라도 한 듯 날카로운 눈길을 주었다.

"채령이가 그러던데. 너한테 촉을 세우고 있는 채령이가 하는 말이라 좀 신빙성이 있다 여겼는데, 아니었어?"

"쓸데없는 소리."

재준은 기분이 나빠져 혀를 낮게 찼다. 이익으로 얽혀 결혼하는 관계만큼 싫은 게 없었다.

"채령이는 그 긴 세월 동안 너 외국에서 돌아오기를 이 모임에서 손꼽아 기다린 유일한 사람 아니냐."

"하아……."

재준은 두 손으로 얼굴을 쓰윽 문지르고는 자리에서 일어섰다.

"어? 가게?"

"……갔으면 좋겠냐?"

"내가 언제 가라고 했나? 왜 이리 까칠하게 굴어? 평소 너답지 않게."

대영이 적응 안 된다는 얼굴로 떨떠름하게 말하자 재준은 손을 한 번 휙 내젓고는 룸을 나섰다. 복도 끝에 다다라 비상구 문을 열자 외부로 연결된 계단이 나왔다. 짙은 밤하늘이 눈앞에 펼쳐지자 재준은 제 마음 같다고 생각하며 담배를 꺼내 물었다.

"평소의 나답지 않다?"

재준은 담배 필터를 이로 질끈 씹다 연기를 길게 내뱉었다.

철이 들면서부터 아버지의 외도를 알고 자랐기에 남들에게 행동을 조심했었다. 아버지를 닮아 그렇다는 말을 안 들으려 나름 신경을 쓴 탓이었다. 그래서 그랬는지 몰라도 쓸데없는 소문에 입을 더하지 않았고 확인되지 않은 사실에 말을 보태지 않았다. 모두에게 바르게 행동했고 그 결과 바른 사람으로 인식되었다.

그런데 왜 자신은 은준에게만 까칠하고 제멋대로고, 막무가내로 굴었을까. 자신의 믿음을 깨 버려서 상처 입었다는 것을 은연중에 드러내고 보상받고 싶었던 것일까.

재준은 휴대폰을 꺼내 단축 번호를 꾹 눌렀다.

"이은준, 퇴근했어?"

재준은 통화가 연결되자마자 기다리지 않고 물었다. 예전처럼 은준을 대할 수가 있을까. 자신처럼 같은 아픔을 지닌 은준이지만 그 깊이와 넓이가 달랐다.

― 네.

가라앉은 은준의 목소리에 재준은 한숨을 낮게 내쉬었다.

"퇴근하고 뭐 했어?"

싱거운 말들만 입안을 맴돌았다. 하고자 하는 말이 이것이 아닌데도 핵심을 못 짚어 빙빙 도는 것처럼 헛소리가 나왔다.

— 씻고 저녁 먹었어요.

"아, 저녁……. 맛있게 먹었어?"

— …….

뭔가 이상하다고 생각했는지 은준이 대답하지 않고 가만히 있었다. 자신이 생각해도 이상했다. 미친놈처럼 지금 뭘 하고 있는 건지 모르겠다.

"혼자 먹으니 맛없었지?"

서재준, 왜 자꾸 말이 빙빙 돌아.

— 익숙한 일이라…….

"이은준."

— ……네.

착하게 대답하는 것 좀 봐. 재준은 피식 웃음이 나왔다.

"너 안고 싶어."

은준이 당황한 듯 숨을 삼키는 소리가 들려왔다. 자신을 받아들이며 버거움에 숨을 몰아쉬던 얼굴이 떠올랐다. 그렇게 원하는 대로 은준을 안았는데, 미안함 하나 없이 은준에게 당당했었는데.

— 술 마셨어요?

"응…….

재준은 마치 은준이 앞에 있는 듯 고개까지 끄덕이며 대답했다.

"술 취해서 그런 말 하는 거 아냐."

은준이 앞에 있다면 두 팔을 벌려 품에 꼭 안았을 것이다. 그러면 은준은 자신을 마주 안고 등을 토닥여 줄까. 오늘은 그녀가 주는 따스함이 간절했다.

— …….

"그런데 이제는 그러면 안 될 것 같아. 내가……."

재준은 손가락에 끼고 있던 담배를 끈 뒤 앞머리를 길게 쓸어 넘겼다. 심장의 피가 모두 빠져나가 바싹 마른 것처럼 통증이 느껴 졌다.

"너한테 미안해서……."

— 무슨…….

"이은준, 아프게 해서 미안하다."

은준은 처음부터 자신을 배신한 것이 아니었다. 그저 상황이 그 렇게 흘러갈 수밖에 없었던 것이다. 그러니 아프다고 징징거릴 것 이 아니라 자신의 상처쯤은 스스로 보듬을 줄 알아야 했다. 알고 보면 스스로 낸 상처에 아파하고 혼자 분노했던 거였다.

"왜 말이 없어?"

무슨 말이든 듣고 싶었다. 미워한다고 해도 괜찮고, 다시는 보 고 싶지 않다고 해도 괜찮았다. 사과했다고 죄가 없어지냐고 핀잔 을 주고 나무라도 괜찮았다. 그러니 은준이 무슨 말이든 하기를 바 랐다.

— 언제…….

"……."

은준의 침묵이 전이된 것인지 말이 나오지 않았다. 침묵 속에 숨어든 긴장감을 느끼며 재준은 건침을 삼켰다.

— 술 조금만 마셔요.

하, 재준은 속에서 우러나온 한숨을 내쉬고는 휴대폰 쥔 손을 아래로 떨어트렸다. '언제'라며 말을 멈추던 은준은 뒤에 무슨 말 을 하려 했던 것일까. 언제 집에 들어오느냐는 말이었을까, 아니면 언제 집에서 나가느냐는 말이었을까.

□　■　□

"걱정 있어?"

"으응?"

은준은 승우의 걱정스러운 눈길에 멋쩍은 미소를 지으며 자신의 뺨을 슬쩍 만졌다. 며칠 전 통화를 끝으로 재준이 집에 들어오지 않고 있었다. 그는 자신의 빌라나 한남동의 본가로 갔을 수도 있다. 갈 곳이 없어 떠도는 사람도 아니었고, 다 큰 어른이니 무슨 일을 당해도 대처할 능력이 있는 사람이었다.

매번 그를 집에서 내쫓을 생각만 했으면서 막상 그가 돌아오지 않으니 신경이 쓰였다. 거실 한구석에 덩그러니 놓인 캐리어가 마치 그인 것 같아 마음이 편치 않았다.

'어? 사장님? 관심 있어?'

은근 슬쩍 재준의 행방을 물었더니 희경이 짓궂게 웃으며 되물었다.

'또 뭔가를 기획하는지 오늘 디자인 부서하고 마라톤 회의 했어.'

바쁘게 움직이는 그와 달리 자신은 제자리걸음만 하는 것 같았다.

'오늘은 안 물어봐? 아까 낮에 구내식당에서 양 비서님하고 밥 먹는 거 봤어.'

이젠 묻지 않아도 희경이 자진해서 그의 근황을 알려 주었다. 그녀의 말에 따르면 출근도 정상적으로 하는 것 같고 어디 아픈 데도 없는 것 같았다. 그는 자신을 신경 쓰지 않는데 혼자만 애달 파하고 궁금해하는 것 같아 속이 살짝 상하기도 했다.

"매장 파견 근무가 힘들어?"

"아니……."

"아! 그럼, 퇴근 시간이 늦어 피곤할 수도 있겠다."

승우가 나름 이유를 찾았다는 듯 고개를 끄덕였지만 은준은 그 저 픽 웃었다. 백화점의 폐점 시간이 사무실 퇴근 시간보다 늦긴 해도 지원사업부의 야근에 익숙해져 있던 터라 그리 힘들거나 버 겁다는 느낌은 없었다.

"마케팅부는 별다른 일 없어?"

"곧 보석 박람회 때문에 출장 갈 것 같아."

"아, 이번엔 어디서 열리지?"

"스위스 바젤."

"그럼 이번에 사…… 아니, 너도 가?"

그 출장에 재준이 가는 것이냐고 묻고 싶은데 말이 나오다 기어 들어 갔다. 자신이 전화를 걸어 물어본다면 그는 거리낌 없이 답해 줄 것이다. 그런데도 자신은 그에게 전화조차 못 하고 있었다.

— 이은준, 아프게 해서 미안하다.

사실 그날의 약속을 못 지킨 자신에게 화가 나서 까칠하고 못되게 군 것은 재준이었지만, 그런 그의 잘못을 다 덮을 만큼 그는 자신에게 잘했었다. 인생이 구렁텅이로 떨어질 뻔한 것을 그가 건져 주었고 자신으로 인해 팔에 금이 가 깁스를 했으면서도 생색 한 번 내지 않았다.

"이번 출장엔 가고 싶긴 한데 아직 명단이 안 내려와서……."

승우가 어깨를 으쓱하고는 커피를 마셨다.

'네가 하는 것보다는 나을 것 같아서 내가 다 말했어.'

은석 오빠의 말에 왜 그랬느냐고 원망을 못 했다. 가장 듣기고 싶지 않은 엄마의 자살 소동을 재준에게 말하기가 너무 어려웠다. 동정도 싫었고 그래서 그랬구나, 라는 연민을 품은 이해를 구하기도 싫었다. 다만, 다른 남자와 있었다는 것에 대한 재준의 오해는 풀고 싶었다. 그런데 그 오해가 막상 풀리니 이번에는 재준이 거리를 두고 있었다.

"집에서 사귀는 사람이 있으면 데리고 오라는데……."

은준은 말간 눈으로 승우를 말끄러미 바라봤다.

"너 사귀는 사람 있어?"

은준은 부러 눈을 휘둥그레 뜨고는 장난스럽게 넘길 생각이었다. 승우의 고백에 거절하긴 했지만 물러나지 않고 있어 난처했다. 포기하지 않을 거라던 승우와 이렇게 마주 앉아 커피를 마시는 것이 옳은 일인지 헷갈리기 시작했다.

"하아…… 이은준 끝까지 고집 피우네."

승우가 마른세수를 하며 착잡한 표정을 짓자 은준은 창밖을 내다봤다. 자신의 어느 부분이 승우를 붙잡아 두었던 것일까.

'씨발.'

유리창에 비친 자신을 바라보던 은준은 눈을 감았다가 떴다. 욕설을 내뱉던 재준의 음성이 귓가에 울리자 저도 모르게 피식 웃음이 나왔다.

"왜 웃어? 미련하게 구는 나를 보니 어이가 없어 그래?"

"응, 어이없어."

승우 때문에 웃은 것이 아니면서도 은준은 그가 가진 미련의 싹을 자르기 위해 그렇게 말했다.

"너 처음 봤을 때 방어적으로 웃어서 마음이 참 아팠는데."

"!"

은준은 놀라 커다래진 눈으로 승우를 쳐다봤다.

"남들에게 잘 웃는 것처럼 보였지만 그게 난 어색하게 보였거든. 그래서 네가 눈에 더 들어왔나 봐."

"그……랬구나."

부모님의 곁을 벗어나 첫 직장 생활을 시작하며 다짐한 것은 '잘 웃자'였다. 이제 챙겨야 할 오빠 은형도 없고 눈치 봐야 할 엄마도 곁에 없으니 마음껏 웃어 보자였다. 그래서 더 의식적으로 웃었는지도 모른다. 그 속뜻진 잘 몰라도 의식적으로 웃으려 한 자신을 승우는 느끼고 있었던 것 같다. 그만큼 자신을 관심 있게 지켜봤다는 말이었다.

"알고 보니 전승우 내 스토커였구나?"

"야! 사람을 그런 식으로 매도하냐."

가라앉는 분위기가 싫어 싱거운 소리를 했더니 승우가 볼멘소리를 하며 입을 비죽거렸다. 그런 승우를 보며 은준은 눈꼬리를 한껏 접어 웃어 보였다. 그러다 문득 웃는 것도 우는 것도 힘이 든다는 생각이 들었다.

□　■　□

"저한테 이렇게 관심이 많으신 줄 몰랐습니다."

재준은 서 회장을 바라보며 망부석처럼 서 있었다. 서류를 쳐다보던 서 회장의 눈썹이 꿈틀거렸다.

"그걸 이제 알았느냐?"

비아냥거리며 받아치는 서 회장의 태도에 재준은 낮은 한숨을 내쉬었다.

"서로 아는 사이니 번거로운 절차는 생략하고……."

"누가 한다고 했습니까? 멋대로 진행하지 마세요."

서 회장의 날카롭게 번뜩이는 눈빛이 박혀 들었지만 재준은 물러서지 않았다. 아버지의 힘을 빌린 그때의 자신은 선택의 여지가 없었지만 지금은 아니었다.

"자고로 여자가 좋다고 하는 결혼은 탈이 나지 않아. 하지만 남자가 매달려 하는 결혼은 불행해."

"그래서 아버지의 결혼 생활은 무난하셨습니까?"

어머니가 첫눈에 반해 아버지를 쫓아다녔다고 했다. 옆에서 강 비서가 아닌 것 같다고 말렸지만 어머니는 외할아버지에게 매달려 아버지와의 결혼 승낙을 받아 낸 것이라고 했다.

"지금 어린 나이도 아니면서 반항이라도 하겠다는 거냐?"

한 번도 자신은 아버지와 진지한 대화를 나눈 적이 없었다. 늘 어머니를 힘들게 하는 아버지가 미웠지만 딱히 부딪칠 일도 만들지 않았다. 하지만 은준을 지켜 주고 싶다는 마음이 아버지를 향해 맞설 힘을 주었다.

"반항이 아니라 제 결혼 정도는 알아서 할 거라는 말입니다."

"알아서?"

어이가 없다는 듯 웃는 서 회장의 얼굴이 험상궂게 일그러졌다. 이제 와 아들의 장래를 재단한다는 것이 우스웠다. 정작 아버지의 그늘과 관심을 필요로 할 때는 돌아보지도 않았으면서 말이다.

"기업을 이끌어 가는 사람들에게 사랑이 전제가 된 결혼은 사치일 뿐이야. 그건 너도 잘 알고 있는 사실이잖아."

사랑이 뭔지 잘 모른다. 결혼에 대해서도 모르는 건 마찬가지였다. 같이 있어 불행해지느니 헤어지는 것을 선택하는 것이 더 낫다는 생각은 늘 가지고 있었다. 하지만 은준을 다시 만나고 나서는 함께 있는 것이 서로에게 더 힘이 된다는 것을 깨달았다. 은준이가 제 곁에서 웃기를 바라고, 울기를 바라는 것이 사랑이라면 자신은 지금 그녀를 사랑하고 있는 것이다.

"선강기업이 결혼이라는 결속으로 유지되는 기업이었습니까?"

재준은 못마땅한 얼굴로 서 회장을 쳐다봤다. 어렸을 때는 아버지가 너무 크고 무서워 벌벌 떨었지만 은준의 일을 계기로 더 이상 아버지는 위협과 두려움의 존재가 아니었다. 은준을 구했다는 것과 아버지에 대한 두려움이 사라졌을 때 드디어 세상을 향해 한 발 내디딜 수 있었다.

사실 어머니와 저를 방치하던 아버지에게 대항할 힘을 차근차근 기르면서 오늘 같은 일이 일어날 것이라는 예상은 했었다.

"튼튼하다고 방심하면 안 되는 일이지."

자신은 아버지에게 도구 같은 존재일 뿐이었다. 구멍을 메우기 위한 도구. 무슨 고통을 받든 관심은 두지 않고 그저 둑이 무너지지 않게 처박아 두기만 하는 도구.

"주위를 돌아봐. 다들 그렇게 연계되어 결속을 다지고 상생하는 거다."

예전 같으면 자신에게 위협을 가하고 윽박지르고 소리쳤을 아버지가 부드럽게 타이르고 있었다. 그런 모습과 태도가 생소해 재준은 머릿속이 멍해지는 기분이었다. 불꽃이 튀듯 맞붙을 것이라 각오하며 회장실로 들어왔는데 아니었다.

"기업들은 거미줄처럼 이어져 서로가 서로를 받쳐 주고 있는 것이다. 그것을 왜 몰라?"

기업을 유지시키는 거미줄과 거미줄에 매달려 희생을 강요당하는 불쌍한 생명체가 되는 것을 자신은 받아들일 수가 없었다.

"약해 보이는 거미줄이지만 몇 배의 힘을 견디고 있는 것이 누구 하나의 힘일 것 같으냐? 군소리하지 말고 서울 YN그룹 채령이와 결혼을 하도록 해."

할 말 다 했다는 듯 다시 서류를 펼치는 서 회장을 보며 재준은 눈을 감았다 떴다.

"제가 아버지 명령 때문에 외국에서 못 돌아왔다고 생각하시는 겁니까?"

고개를 휙 돌리는 서 회장의 눈살이 찌푸려졌지만 재준은 가만히 미소를 지었다. 외국에서 시키는 것만 하며 생각 없이 지낸 것이 아니었다.

"전 제 인생 멋지게 살아 보려고 돌아온 겁니다."

눈이 험악하게 일그러지는 서 회장을 똑바로 바라보며 재준은 말을 이었다.

"그 상생의 거미줄 속에서 저는 나가겠습니다. 아버지는 아버지 인생을 사세요. 예. 전. 처. 럼."

"재준아, 이 시간에 무슨……."

재준은 충혈된 눈으로 혜란을 보며 싱긋 웃어 보였다. 은준에게 가야 한다는 생각을 하면서도 발길은 본가로 향했다. 아들도, 부인도 멋대로 휘두를 수 있다고 생각한 아버지가 갑자기 측은하다는 생각이 들었기 때문이다.

"잠깐 기다려. 내가 꿀물 타 줄게."

주방으로 바쁘게 뛰듯이 가는 어머니를 말끄러미 바라보던 재준은 소파에 털썩 앉았다. 늦은 저녁의 본가는 고요하고 을씨년스러울 만큼 적막했다. 안방을 뚫어지게 바라보던 재준은 손을 들어 눈을 가렸다. 아들이 왔는데 내다보지도 않는 아버지였다.

"재준아 이것 좀 마시고……."

안 먹어도 된다는 말을 하려다 목울대가 크게 움직일 정도로 어머니가 타 준 꿀물을 들이켰다. 그런 저를 안쓰러운 눈으로 바라보던 어머니가 눈이 마주치자 웃어 보였다.

"재준아?"

재준은 어머니의 허벅지를 베개 삼아 머리를 뉘였다. 깜짝 놀라던 혜란이 이내 재준의 머리카락을 가만히 쓰다듬어 주자 그의 눈이 스르륵 감겼다. 마음속으로는 은준에게 가야 한다고 생각하는데 몸이 천근만근이라 움직이기가 싫었다.

"힘든 일 있었어?"

"아뇨."

"일이 잘 안 돼?"

"아뇨."

머리카락을 스치는 어머니의 손길이 부드러워 잠이 올 것 같았다. 그런데 눈을 감고 있자 은준의 모습이 보였다. 마주 앉아 밥을 먹었던 어느 날의 일상이 눈앞에 펼쳐졌다. 무심한 듯 챙겨 주던 은준의 모습과 안 치운다며 짜증을 내던 모습이 겹쳐졌다. 그런데 그 겹쳐진 영상에서 은준이 웃고 있었다.

"혼담 들어온 거 아시죠?"

"어?"

재준은 몸을 일으켜 어머니를 쳐다봤다. 눈을 커다랗게 뜨고 당황하는 것으로 보아 이미 알고 계셨으면서 전하지 않은 것 같았다. 대영의 말을 들었을 때는 어쭙잖은 농담 하지 말라고 했었는데 채령의 의미심장한 눈짓을 보고 뭔가 있구나 싶었다.

그리고 아버지의 호출. 업무 보고조차 양 비서를 통했던 분이 굳이 자신을 불러올린 이유가 알고 보니 결혼에 관한 것이었다.

"어머니는 제가 아무하고나 결혼이라는 것을 했으면 좋겠어요?"

"재준아."

걱정스러운 얼굴로 자신을 부르는 어머니의 얼굴빛이 어두워졌다.

"채령이하고의 혼담은 아버지가 너 유학 보내 놓고 나서 지나가는 말로 한 번 하시더구나."

재준은 허탈한 마음에 웃음이 나왔다. 은준을 구제하는 조건으로 받아들인 유학이 아버지에게는 채령과의 결혼을 위한 밑밥이었던 것이다. 그동안 자신의 유흥만 생각하며 나 몰라라 하고 살던

분이 갑자기 아들의 결혼에 관심을 가진다 여겼는데 아니었다. 이미 아들을 재단하듯이 틀에 짜 맞추고 계셨던 것이다. 아들의 부탁을 빌미로 올가미를 만들어 놓고 계셨던 것이다.

"하지만 엄마는 네가 좋아하는 사람하고 하기를 바라. 사랑하면서 살기에도 부족한 시간이라고 하잖아."

재준은 혜란을 보며 입가에 엷은 미소를 짓다 자리에서 일어났다.

"어디 가게? 늦었는데……."

"지금 봐야 할 사람이 있어요."

그 사람이 은준이라는 것을 어머니도 안다는 듯 가만히 고개를 끄덕여 주었다.

재준은 현관을 나서다 어머니를 돌아봤다. 아들에게 상처 준 것이 미안해 죄인처럼 사신 분이었다. 어머니가 바란 것은 그저 관심과 사랑이었을 텐데.

'그 상생의 거미줄 속에서 저는 나가겠습니다.'

재준은 서 회장이 추구하는 그 상생의 길로 발을 들이고 싶지 않았다. 떠날 생각은 오래전부터 했지만 결심을 하게 만든 건 아버지였다. 그리고 그 길을 은준의 손을 잡고 걷고 싶었다. 은준에게 거부당할지도 모른다는 불안함이 있었지만 부딪쳐 볼 생각이었다.

"어머니."

"으응?"

혜란의 눈시울이 붉게 물들고 있었다.

"다녀오겠습니다."

"……응!"

아들이 지금 나가면 다시는 돌아오지 않을 것이라 여겼는지 다녀온다는 인사에 혜란이 눈물을 쏟아 냈다. 재준은 그런 어머니를 한 번 꽉 안아 주고는 돌아섰다.

□　■　□

쿵! 쿵!

은준은 누군가가 문을 두드리는 소리에 설핏 들었던 잠에서 깼다.

"누구세요?"

시계를 보니 시침이 새벽 2시를 넘어가고 있었다.

똑똑. 이번에는 노크 소리가 들렸다. 은준은 누구냐고 묻는 대신 인터폰을 켰다. 복도의 난간에 기대어 서 있는 사람이 보였다. 뒷모습이었지만 그가 누구인지 단번에 알아볼 수 있었다.

끼이익. 고요한 복도에 원룸의 현관문이 열리는 소리가 기이하게 울려 퍼졌다.

"자다가 일어났어?"

"뭐 하는 거예요?"

그가 현관 비밀번호를 몰라 못 들어오고 있는 것이 아님을 알기에 은준은 의아한 얼굴로 물었다.

"나와 봐."

며칠 만에 와서는 아무 일 없었던 사람처럼 재준은 천진난만하게 웃고 있었다.

"달이 밝아."

자다가 뜬금없이 달구경하자는 재준의 말에 은준은 눈썹을 일그러트렸다. 하지만 이미 발에는 슬리퍼가 신겨 있었고 마음은 재준의 곁에 있었다.

"쌀쌀한데."

혼잣말을 하며 어깨를 감싸 안자 그가 재킷을 벗어 주었다. 재킷을 어깨에 걸쳐 주며 가만히 시선을 맞추는 재준의 행동에 이상하게 속이 데워지는 것 같았다.

"술 마셨어요?"

"응."

"누구하고 마셨어요?"

"양 비서."

"많이 마셨어요?"

"양 비서하고 반반 마신 것 같아."

"그 반반이 얼만데요?"

"취했지만 이은준은 알아볼 정도."

은준은 성인 가슴 정도 오는 복도 난간에 기댄 재준을 빤히 바라봤다. 얌전한 아이처럼 묻는 질문에 꼬박꼬박 대답하는 그가 낯설었다.

"얼굴이……."

그의 얼굴이 수척해져 있는 것을 보니 이상하게 마음이 아렸다. 자신의 말에 손등으로 뺨을 한 번 문지른 재준이 난간에 기대 원룸 아래를 내려다보며 입을 열었다.

"그때 좋아해서 다가온 것이 아니라는 네 말에 내색은 안 했지만 난 그 고백이 좋았어. 징징거리듯이 좋아한다고 하지 않아 홀가분했거든."

난간에 팔을 올려 턱을 기대고 있던 재준이 돌아보자 은준은 말간 표정만 지었다. 그를 좋아해서 다가간 것이 아니었기에 마음마저 속일 수는 없다 생각했었다.

"친구가 재미있는 오락 게임기가 있다고 자기 집에 가자고 했는데 이상하게 기분이 좋지 않아 집에 가야 한다며 고집을 피웠었어. 그런데 그날 친구의 집에 가서 게임을 했으면 난 괜찮았을까? 우리 사이가 이렇게 되지는 않았을까?"

"무슨…… 말이에요?"

알아들을 수 없는 재준의 말에 은준은 그저 커다란 눈만 깜빡였다.

"그날 어머니가 손목을 그었어."

"아!"

은준은 얼핏 보았던 지점장님의 손목이 떠올랐다. 자신의 엄마와 같은 상흔.

"침대에 피가 묻어 있고 엄마는 불러도 대답이 없었지."

그 장면을 재준이 봤다는 것을 깨닫자 어깨로 한기가 들며 소름이 돋았다. 자신은 늦은 연락을 받고 병원으로 갔을 뿐 엄마가 피 흘리는 모습을 본 것은 아니었다. 하지만 피 흘리는 모습을 보지 않았다고 해서 충격이 덜하지는 않았다.

"아버지가 외도하는 것을 본 어머니가 견디지 못하고 자살 시도를 했어. 일찍 발견돼서 생명에 지장은 없었는데 고장은 내가 나 버렸지."

은준은 픽 웃는 재준이 무척 아파 보였다. 고등학생이었던 그는 늘 모두에게 웃는 얼굴을 보여 주었고 규칙에 어긋나는 행동을 하지 않았다. 그런 그가 이런 아픔을 안고 있는 줄은 꿈에도 몰랐다.

"어머니의 자살 시도를 목격한 난 사람을 신뢰하지 않게 되었어. 의지하고 있던 엄마가 나를 배신하고 떠날 수 있다는 것에 충격을 받았거든."

은준은 가만히 고개를 끄덕였다. 얼마 전 지점장님이 했던 말이 무슨 의미였는지 이제야 이해가 되었던 것이다. 죽음이라는 것 자체가 아이에게는 엄청난 충격이었을 것이다. 그런데 그것이 엄마의 죽음이라면 정신적으로 얼마나 큰 충격이었을까.

"그래서 친구를 사귀지 않았지."

"하지만 늘 같이 다니던……."

"속없는 놈처럼 착한 영광이가 먼저 다가온 거야. 내 비밀 다 알면서 입도 벙긋하지 않는 녀석을 보며 믿음이 갔지. 물론 하성이도 마찬가지고. 하성이는 우리 집에 숟가락이 몇 개인지까지 아는 사이였지."

"속을 내보일 수 있는 친구가 있다는 건 좋은 거죠."

집안 사정을 다 안다고 친구가 되는 건 아니다. 그것을 알기에 은준은 재준과 영광, 하성의 우정이 얼마나 끈끈하지 짐작할 수 있었다.

"고1 때 고백한 여자애와 한 번 사귄 적이 있었어."

"아, 난 전혀 사귄 적이 없는 줄 알았는데."

픽 웃는 재준의 얼굴에 장난기가 어리더니 이내 사라졌다.

"너도 알다시피 내가 좀 무심하잖아. 어느 날부터 그 여자애가 다른 놈하고 다니기 시작하더니 곧 이별을 통보하더라고."

"속상했겠네요."

"속상했다기보다는…… 먼저 다가와 놓고는 다른 남자 만나는 것을 보고 그럼 그렇지, 하는 생각을 했었어. 여기가 고장 나서 사람을 신뢰할 수 없었거든."

재준이 검지로 심장을 가리키자 은준은 미간을 모았다.

"난 여자는 언제든지 거짓말을 하는 사람이라고 단정 짓고 살았어."

"여자에만 국한되는 건 아닌 것 같은데……. 모든 사람들은 자신에게 유리하게 거짓을 보태요."

자신의 말에 입꼬리를 끌어 올리던 재준이 공감한다는 듯 고개를 끄덕였다.

"그래, 거짓말을 안 하는 사람은 없지."

마른세수를 한 재준이 한숨을 쉬더니 말을 이었다.

"어머니는 자신이 필요할 때는 나를 찾았어. 내가 무엇을 하든 상관하지 않고, 시간에 관계없이. 힘들었지만 내가 곁에 있음으로 어머니에게 위로가 된다면 기꺼이 그렇게 해야 한다고 생각했어. 그런데 어머니는 나를 두고 떠날 생각을 했지."

"아……."

"그래서 어머니의 그 일 이후로 여자를 안 믿었어."

짧은 간투사를 내뱉은 은준은 재준이 겪었을 고통을 조금은 이해할 수 있을 것 같았다.

"상담을 수없이 받았지만 밑바탕에 깔린 생각은 변하지 않았어. 그래서 포기했어, 고친다는 거, 고칠 수 있다는 생각을."

몰랐었다. 그가 사람을 신뢰하지 않는다는 것을. 그런 그에게 의도를 갖고 접근했으니 얼마나 기가 막혔을까. 이용하고 버리려 했던 자신이 얼마나 미웠을까.

"내가 많이 미웠겠네요."

"……안 미웠어. 오히려 네가 나를 미워할 것이라 생각하는데?"

"내가 왜요?"

"네 말을 안 들어 주고 막무가내로 안고, 멋대로 굴었으니까."

"미운 것보다는 속상했죠."

은준은 어깨를 가볍게 들었다 내려놓으며 미소를 지었다. 다른 사람이 없다고 말했지만 들어 주지 않는 그가 야속했고, 입 다물라고 윽박지르던 재준 때문에 속이 상했었다.

"키스해도 돼?"

미소를 짓던 은준은 동그랗게 뜬 눈으로 재준을 올려다봤다. 그가 이렇게 조심스럽게 물으며 의견을 구한 적이 있었던가.

"생소한 경험을 하네요."

"뭐가?"

"정중하게 묻고, 초조한 얼굴로 기다리는 모습을 처음 본 것 같아서."

훗. 입술 사이로 바람 빠지는 웃음소리를 낸 재준이 다시 하늘을 올려다보며 말을 이었다.

"이은준이 올 줄 알았거든. 아주 당연하게 와 줄 것이라 여겼어. 그런데 넌 안 왔고, 난 또다시 누구를 믿는다는 건 바보 같은 짓이라 여겼지."

재준이 손을 뻗어 은준의 뺨을 가만히 그러쥐더니 엄지로 볼을 살살 쓸어 주었다.

"왜 당연히 올 것이라 여겼던 것일까."

은준은 건침을 꿀꺽 삼키고는 재준을 말끄러미 올려다봤다.

"그런데 시간이 지나면서 나 자신에게 자문했을 때 혼란스러웠어."

"가고 싶었어요."

"……."

"정말 가고 있었어요."

은준은 그날 제니스 호텔을 바라보는 심정으로 재준을 쳐다봤다. 몇 걸음만 더 내디디면 되는 거리에서 발길을 돌려야 했던 마음이 지금도 생생했다.

"몰랐는데 내가 그렇게 화가 났던 건…… 바보 같은 짓이라 여기면서도 너를 믿고 있었기 때문인 것 같아. 나를 배신하지 않을 것이라는 생각."

재준이 더 다가와 거리를 좁히자 은준은 떨리면서 살짝 긴장이 되었다.

"미안해요."

배신하지 않을 것이라는 생각에 믿고 있었는데 그것이 아니라는 것을 알게 되면 사람은 미치고 마는 것이다. 은형 오빠를 지켜 줄 것이라 믿었는데 지켜 주지 못하고 죽게 내버려 둔 자신에게 엄마가 미친 듯이 폭언을 퍼부었던 것이 이제야 조금은 이해가 되었다. 하지만 완전하게 받아들이는 건 아직 어려웠다.

"그런데 그게 아니더라."

은준은 눈을 깜빡이며 재준을 쳐다봤다.

"그런 감정과는 다른 것이라 여겼는데 생각하고 또 생각하면서 얻은 결론은…… 너를 사랑하고 있었다는 거야."

"……아."

은준은 가슴 밑바닥에서 뭔가가 울컥하고 치솟는 기분에 눈을 질끈 감았다가 떴다.

"그래서 네가 엄청 미워졌었나 봐."

살며시 닿은 입술이 뜨거운 열기를 안고 있었다. 입안을 유영하듯 움직이는 재준의 혀가 달콤했다. 물기 젖은 입술이 맞닿았다 떨어지는 소리가 원룸의 복도에 울렸지만 그 누구도 신경 쓰지 않고 서로를 탐했다.

혀가 얽혀 들고 숨소리가 젖어 드는 동안 은준은 재준의 품 안으로 끌려 들어갔다. 맞닿은 심장과 단전, 그리고 아래가 뜨거워지는 것 같았다.

"네가 나를 신뢰했기 때문에 너만은 놓고 싶지 않았나 봐."

자신을 바짝 끌어안은 재준에게 안긴 은준은 볼이 발갛게 물들었다.

"내가 선배를 믿고 있다는 걸 어떻게 알았어요?"

"네 처음은 내 거라는 말에 힘겹게 고개를 끄덕이던 너를 봤을 때."

은준은 눈썹을 찡그리며 피식 웃었다. 남들이 들으면 미쳤냐는 소리가 나올 말이었지만 그때 재준 선배의 눈빛을 봤다면 그런 말이 나오지 않았을 것이다.

"나 그때 미성년자였는데."

은준은 개구진 눈빛으로 재준을 올려다보며 말했다.

"호텔에서 만난다고 다 섹스하냐?"

은준은 재준의 힐난에 민망한 얼굴로 웃었다. 그 호텔로 가면서 그와 하나가 된다는 생각보다는 재준을 만나고 싶다는 생각이 더 컸었다. 그를 놓치고 싶지 않아 가는 걸음걸음 조바심을 쳤었다.

"처음을 가지겠다는 내 말의 숨은 뜻을 넌 알아들은 거 같았어. 알아들은 거 맞지?"

은준은 가만히 고개를 끄덕였다. 남들에게 마음을 닫고 살았던 자신의 마음을 온전히 가지고 싶다는 말이었음을 시간이 한참 지난 후에 깨달았다. 그래서 선배를 생각하면 가슴이 더 많이 아려왔었다.

"선배?"

"그렇게 좀 부르지 마라."

자신을 빤히 내려다보는 재준의 얼굴이 애석한 빛으로 물드는 것 같았다.

"너한테 잘못한 것, 살면서 갚아 나갈게."

자신을 꼭 껴안는 재준에게 살면서 어떻게 갚는다는 말이냐고 물으려던 은준은 그의 다음 말에 그대로 굳어 버렸다.

"결혼하자."

"웃."

뭔가 말해야 할 것 같은데 입안으로 재준의 혀가 침범해 들어오는 바람에 아무런 말도 할 수가 없었다. 고른 치아를 확인하듯이 훑던 혀가 입천장을 어르며 더듬었다. 그러다 혀를 확 낚아채 휘감는 움직임에 은준은 흡! 하며 숨을 들이켰다. 붙잡힌 혀를 빨았다 놓아주고 감아올렸다 다시 놓아주는 반복된 동작들로 인해 숨이 헐떡여졌다.

"하아, 하……웃!"

재준이 검지로 젖꼭지를 꾸욱 누르자 얇은 티셔츠를 통해 찌릿한 감각이 고스란히 전달되었다. 그와 동시에 은준은 허벅지를 꼭 붙였다.

"섰어?"

"뭐……가요?"

은준은 그가 말하는 것이 무엇인지 알면서 민망한 얼굴로 모르는 척 물었다. 그러자 그가 입가에 미소를 짓더니 고개를 숙여 다가왔다.

"네 유두."

"헛."

적나라한 말에 은준은 누가 들었을까 봐 복도 좌우를 빠르게 살폈다. 귓가에 속삭였다지만 고요한 복도고 밤이라 누군가에게 충분히 들릴 후두음이었다.

삑삑, 삐리릭.

은준이 주변을 살피는 사이 재준은 그녀를 안은 채로 현관문 비밀번호를 빠르게 눌렀다. 등 뒤로 문이 철컹하고 열리는 소리가 들려오는 것도 잠시 몸이 번쩍 들렸다.

"으앗!"

놀란 은준은 반사적으로 떨어지지 않으려 재준을 꼭 붙들었다.

"그래, 그렇게 꼭 잡고 있어."

"갑자기 뭐 하는 거예요?"

"내가 섰냐고 물어도 네가 대답을 안 하니 벗겨 놓고 내 눈으로 직접 확인하려고."

"뭐, 뭐라는…… 헛."

은준을 고쳐 안은 재준은 거침없이 방으로 향했다. 침대에 자신을 내려 준 그는 사냥감이 달아나지 못하게 억압하듯 위로 올라와 단전 아래를 지그시 누르며 앉았다.

"자, 잠시만."

그의 재킷을 깔고 누운 상황이라 은준은 상체를 일으키려 했다. 하지만 그는 재킷이 구겨지는 건 개의치 않는 듯 자신의 어깨를 눌러 못 움직이게 했다. 넥타이를 풀면서도 한 손을 떼지 않은 그는 집요하게 시선을 마주하고 있었다. 마치 사냥감의 기를 꺾어 놓으려는 듯 음산하게 물든 눈동자였다. 달아나면 인정사정없이 물어뜯어 버릴 것처럼 기괴한 빛도 머금고 있는 것 같았다.

"자, 잠깐만."

"또 뭐 하려고?"

입술을 달싹이던 은준은 말간 눈으로 재준을 쳐다봤다. 그의 말처럼 뭐 하려고 잠깐을 외쳤던 것일까.

"그, 그게……."

"대답할 시간 필요해? 아님, 고민할 시간이 필요해?"

은준은 아랫입술을 질끈 깨물고는 난감한 표정을 지었다. 자신의 삶에서 결혼은 없는 일이라 여기며 살아왔다. 엄마가 만든 수많은 맞선 자리에 등 떠밀려 나가서 미적지근하게 행동하며 상대가 질리기를 바랐다. 그러고는 결과를 궁금해하는 엄마에게 복수하듯이 답을 얼버무렸다.

그런데 생각지도 못한 재준이 결혼을 하자고 하니 얼떨떨하면서 착잡한 기분이었다.

"쓸데없는 일에 진 빼지 말자."

재준이 셔츠 소매부터 단추를 빠르게 풀다 움직임을 멈추고는 입가에 미소를 지었다. 당연히 승낙할 거면서 시간 허비, 감정 허비 하지 말자는 재준의 말에 은준은 어색한 표정을 지었다.

"내가 싫다고……."

재준이 입술을 붙여 오는 바람에 또 말을 할 수가 없었다. 길고 긴 입맞춤, 부드럽고 감미로운 입맞춤. 심장이 두근거리다 못해 아픈 통증을 느끼는 순간 재준의 입술이 자신의 귓불을 깨물었다 놓았다.

"윽."

그의 혀가 귓불을 핥는 소리가 여과 없이 들려왔다. 참으려 했지만 숨이 헐떡여졌고 뜨거운 숨결이 받아졌다. 그의 손에 얇은 티셔츠가 말려 올라가고 브래지어마저 들춰지자 찬 기운이 스며들었다. 기대감인지 스며든 한기 때문인지 몰라도 몸이 작게 떨렸다.

"훗!"

재준의 입안으로 유두가 삼켜질 것이라 여겼는데 그가 검지로 꾸욱 눌렀다 떼자 얕은 비명이 터져 나왔다.

"어서 삼켜 달라고 고개를 빳빳하게 드네?"

은준은 낯부끄러운 말에 볼이 발갛게 물들었다. 슬그머니 가슴을 가리려다 재준에게 손목이 붙들렸다.

"말해 봐. 핥아 줄까? 아님 빨아 줄까?"

"!"

희롱하듯이 말한 재준이 다른 손으로 파자마 바지를 끌어 내리자 은준은 몸을 비틀었다. 하지만 몸 위에 올라탄 재준 때문에 움직이는 덴 한계가 있었다. 그가 짓궂은 눈빛으로 어서 선택해 보라는 듯 눈을 찡긋하자 은준은 볼멘소리를 했다.

"핥는 거나 빠는 거나…… 같은데 무슨……."

푸하하. 갑자기 재준이 웃음을 터트렸다. 호탕하게 웃은 그가 앞머리를 손으로 쓸어 넘기는 모습이 무척 섹시하게 보였다.

"그래, 둘 다 해 줄게."

바지와 브리프를 같이 끌어 내린 재준이 손바닥으로 단전을 천천히 어루만지기 시작하자 몸에 열이 올랐다. 엉덩이에 반쯤 걸쳐져 있는 바지와 브리프가 은준은 더 민망한 것 같았다.

"어디를 먼저 핥아 줄까? 위? 아래?"

"……."

"먼저 빨아 주는 게 더 좋은가?"

재준이 얼굴을 불쑥 들이밀며 입꼬리를 말아 올리자 은준은 입술을 질끈 깨물었다.

"대답을 안 하는 건 내가 둘 다 해 준다고 해서 당연하게 받아들이는 건가?"

"아……."

자신의 바지와 브리프를 벗기는 재준의 손놀림은 군더더기 없이 빨랐다. 그의 앞에서 활짝 벌어진 두 다리 사이로 재준이 자세를 잡더니 고개를 숙였다. 각오는 했지만 뭔가가 불쑥 닿자 은준은 흡, 하며 숨을 참았다. 쩝쩝 소리가 날 정도로 재준이 게걸스럽게 핥기 시작하자 몸이 배배 꼬였다. 달아나려 했지만 그에게 꽉 붙잡힌 다리로 인해 움직이는 건 불가능했다.

깔짝거리는 소리가 아래에서 적나라하게 들려오자 은준은 두 손으로 입을 틀어막았다. 이렇게 막지 않으면 미친 듯이 신음을 내지를 것만 같았다. 그의 혀가 무슨 짓을 하는지 덜덜덜 떨리는 살을 확연하게 느끼고 있었다. 혀가 소음순을 툭 건드릴 때 은준은 비명을 지를 뻔했다.

"훗."

"소리 질러. 입 틀어막지 말고."

은준은 애액으로 번들거리는 입가를 손등으로 쓰윽 문질러 닦는 재준을 보다 고개를 돌렸다. 갈수록 전희에 공을 들이는 재준이었다. 절정을 맛본 자신이 숨을 몰아쉬면 재준은 그제야 자신의 여음을 열고 들어왔다. 몸이 바다 위에 뜬 배처럼 출렁거린다고 착각할 정도로 집요하게 박아 대는 그였다.

"아아……."

그가 고개를 숙여 유두를 불쑥 삼키자 은준은 신음을 흘렸다. 브래지어 끈에 눌린 젖무덤으로 인해 유두가 더 곤두서 있는 듯했다. 그런 유두를 재준이 혀로 슬쩍 밀자 몸이 움찔하며 여음이 애액을 왈칵 쏟아 냈다.

젖꼭지를 정신없이 핥고 빨고 깨물던 재준이 아래에 손가락을 들이밀자 은준은 몸에 힘을 바짝 주었다.

"하아…… 꽉 물렸어. 틈이 없어."

"으으윽."

손가락이 움직일 틈이 없다고 하면서도 그는 뽁뽁 소리가 나게 전진과 후진을 번갈아 하며 여음을 마구 헤집고 있었다. 그의 입에 삼켜진 유두는 타액이 번들거릴 정도로 지분거려지고 아래는 애액을 질질 흘릴 만큼 손가락에 의해 좌우로 뒤적여지고 있었다.

"스위스로 일주일 출장 다녀올 건데 고민할 시간으로 그 정도면 충분하지?"

몽롱하던 머릿속의 안개가 확 걷히는 기분이었다.

그가 바지와 드로어즈를 벗고 다가오는 것을 보면서 은준은 입술을 질끈 깨물었다. 고민하기에 충분한 시간일까. 그와 결혼하게 될까. 한 번도 상상해 보지 않았던 일이라 무척 막막해지는 기분이었다.

"이은준?"

은준은 생각에 빠져 있다 어색한 표정으로 그를 바라봤다. 그러자 재준의 눈빛이 못마땅하다는 듯 차가워졌다.

"내가 편법을 쓰게 만들지 마."

편법? 은준은 무슨 말인지 몰라 커다란 눈을 깜빡였다. 그러자 재준이 입가에 사악한 미소를 짓더니 몸을 가까이 댔다. 여음 입구에 닿은 감촉이 손가락이 아니라는 것을 파악한 은준은 심호흡을 했다. 이제 그가 자신의 아래를 가득 메울 것이라는 생각을 하자 몸에 절로 힘이 들어갔다.

재준이 들어오려 허리를 튕기자 은준은 저도 모르게 신음을 흘리며 입술을 깨물었다. 두 번의 큰 움직임으로 들어온 재준이 단전을 가만히 쓰다듬어 주자 조금 긴장이 풀리는 것 같았다.

"천천히 숨 쉬어."

"하아…… 윽."

마지막에 확 밀치듯이 들어온 재준의 분신으로 인해 은준은 고개를 젖혔다. 그가 무릎걸음으로 한 걸음 더 다가와 엉덩이를 들었다 내려놓자 아래가 꽉 맞물린 느낌이 들었다. 그가 천천히 두 번을 나누어 다가왔다가 뒤로 한 번에 쓰윽 물러나자 은준은 자신도 모르게 고개를 번쩍 들었다. 그러다 재준과 눈이 딱 마주쳤다.

"왜?"

그의 입가에 걸린 진한 미소가 눈에 들어왔다.

"아래 보고 싶어?"

"아, 아뇨!"

은준은 화들짝 놀라며 손까지 내저었다. 그가 무릎 뒤쪽으로 팔을 넣어 들어 올리자 엉덩이가 살짝 올라가는 느낌이 들었다.

"앗!"

퍽퍽퍽, 소리와 함께 재준이 허리를 빨리 튕기자 머리가 침대 헤드에 쿵쿵쿵 부딪쳤다. 아픔에 미간을 찌푸리자 재준이 낮은 소리로 웃더니 자신을 번쩍 안아 일으켰다. 교합이 더 깊어지고 서로의 단전이 맞붙었다.

"성이 났는데?"

"아흑."

그가 놀리듯이 말하고는 유두를 빨기 시작했다. 그의 입안으로 들어간 유두는 혀에 눌리고 차이고 핥아졌다. 그러다 강하게 빨리기를 반복했다. 유두에서 시작된 찌릿한 감각이 젖무덤을 뒤덮고 있었다. 맞붙은 아래가 출렁이듯 흔들리고 유두는 그의 입안에서 벗어날 줄을 몰랐다.

"그, 그만…… 그만 빨아요."

은준은 온몸을 떨리게 만드는 재준의 혀 놀림에 비명 같은 소리를 내질렀다. 순간 움직임을 멈춘 그가 고개를 들어 시선을 맞춰 왔다. 그의 눈동자는 모든 것을 삼킬 것처럼 폭풍이 휘몰아치고 있었다.

"그만두기 싫은데? 젖꼭지를 빨면 넌 나를 꽉 물고 놓지를 않아."

"윽."

재준이 유두에 쪽 소리가 나게 입을 맞추고는 다시 시선을 마주했다.

"그러니 그만둘 수는 없어."

"아윽!"

은준은 몸을 뒤로 뺄 생각이었지만 등을 받친 재준의 팔에 단단히 묶여 그럴 수도 없었다. 재준이 허리를 한 번 튕기면 자신은 위로 올라갔다가 그를 다시 삼켰고, 다시 또 움직이면 자신은 그를 꽉 물듯이 조였다. 마주 안은 재준이 움직일 때마다 은준은 그의 허벅지에 엉덩이를 쿵덕쿵덕 부딪쳤다.

재준이 놓아주지 않은 것이지, 자신이 놓기 싫은 것인지 모를 정도로 애욕에 물든 새벽이었다. 방 안에선 두 사람이 내뱉는 거칠고 끈적한 신음 소리와 살과 살이 부딪쳐 내는 철퍽거리는 소리가 끊임없이 휘돌았다.

�口　■　口

"째준! 먼저 연락을 다 하고……. 나 완전 감동 먹었잖아!"

채령이 호들갑스럽게 말하며 자리에 앉자 재준은 팔짱을 끼며 고개를 삐딱하게 기울였다.

"그러게. 살다 보니 내가 별짓을 다 하네."

채령에게 먼저 만나자고 연락하게 될 줄은 재준 자신도 몰랐다. 살면서 절대 하지 않을 것이라는 장담이 얼마나 쓸모없는 짓인지 깨닫는 중이었다.

"별짓이라니?"

채령이 고개를 모로 돌리며 짐짓 섭섭하다는 듯 눈을 흘겼다.

"안 하던 짓이니까."

"쳇. 어서 꺼내 봐."

"뭘?"

재준은 멀건 눈으로 채령을 쳐다봤다. 줄 것이 있었던가.

"저번에 말한 한정판."

"한정판?"

"내가 모임에서 한정판 하나 구해 달라고 했는데 너 그것 때문에 연락한 거 아냐?"

"아……."

재준은 생각지도 못한 한정판 소리에 간투사를 내뱉고는 한쪽 입꼬리를 밀어 올렸다. 한정판은 말 그대로 한정판이었다. 하물며 자신이 채령을 위해 한정판을 구하려고 애써 줄 이유는 없었다.

"뭐야? 한정판 때문이 아니면……."

채령이 고개를 삐딱하게 기울이자 재준은 못마땅한 표정을 지었다. 결혼 얘기가 오가고 있는 것을 모를 리가 없을 텐데 저리 시치미를 떼고 있으니 말을 꺼내기가 꺼려졌다. 섣불리 건드렸다간 본전도 못 찾을 수 있겠다는 생각이 들었다.

"나한테 전화해서 만나자고 할 정도면 중요한 일 아니야?"

채령이 말뚱한 눈빛으로 쳐다보고 있자 재준은 낮은 한숨을 내쉬었다.

"아니면 갑자기 나한테 관심이 생겼어? 그래서 의미 있는 시간을 가져 보자 뭐, 이런 거?"

재준은 어이가 없다는 표정을 짓다 입을 열었다.

"의미 있는 시간 좋아하네."

"야아―"

기가 찬다는 듯 재준이 비아냥거리자 채령이 토라진 표정으로 투덜거렸다.

"결혼 얘기가 오가는 건 알고 있지?"

더 이상 본론에서 벗어나 빙빙 돌기는 싫었다. 채령과 빨리 매듭을 짓고 다음 순서로 나아가야 했다.

"……응."

순간 멈칫하던 채령이 대답하고는 커피 잔을 들었다.

채령과 결혼 얘기가 오갈 줄은 꿈에도 몰랐다. 아버지의 독단으로 진행된 일이라 나 몰라라 할 수도 있지만 그러기엔 서울 YN그룹은 만만한 상대가 아니었다. 서로 간에 감정 상하는 일을 만들었다간 좋을 일이 없었다.

"나 결혼할 사람 있어."

"뭐?"

커피를 마시던 채령의 고개가 번쩍 들렸다. 커다랗게 뜬 눈으로 재준을 바라보는 채령의 얼굴이 점점 울상으로 변했다. 아니, 화가 난 듯 일그러지는 것 같았다.

"그러니깐 결혼 얘기는 없었던 일로 하자."

재준을 빤히 쳐다보는 채령의 눈빛이 원망으로 물들어 갔다.

"결혼할 사람? 그런 말 전혀 없었잖아?"

"그렇게 따지면 너도 저번에 나 만났을 때 우리 쪽에 혼담 넣었다는 말은 하지 않았잖아?"

"그, 그건……."

채령이 난감한 얼굴로 입술을 질끈 깨물고 시선을 피하자 재준은 한숨을 내쉬었다. 채령이 자신과의 결혼을 포기하게 만드는 것이 가장 깔끔한 해결 방안이라 여겼다. 채령이 안 하겠다는데 아버지가 무슨 수로 자신의 등을 떠밀 것이며, 김 회장님 또한 딸이 변심했는데 무슨 할 말이 있겠는가 말이다.

"너를 놀래 주려고 그런 거야."

재준은 황당한 얼굴로 채령을 보다 픽 웃어 버렸다. 이건 놀래 주려는 것이 아니라 완전 경기하게 만드는 일이라는 것을 왜 모르는 거지. 좋아하는 감정이 전혀 없었던 사이에 서프라이즈식 통보는 반가운 일이 아니었다.

"두 번 놀랬다간 무덤 속에 있겠다."

"쳇."

채령이 토라진 얼굴로 콧방귀를 뀌다 시선을 마주했다.

"네가 결혼하겠다는 사람은 누구야?"

예상했던 반응과 달리 꽤 담담한 얼굴로 묻는 채령이었다. 재준은 팔짱을 꼈던 한 손을 풀어내 마른세수를 했다.

"고등학생 때부터 좋아했어."

"그러니깐 누구냐고?"

"누구라고 하면 알아?"

재준은 심드렁한 얼굴로 딱 잘라 대꾸했다. 지금 자신의 결혼 상대가 누구인지가 중요한 것이 아니었다.

"왜 말을 못 하는데?"

채령이 기분 나쁘다는 듯 턱을 치켜올렸다.

"내가 결혼할 사람이 누구냐에 따라 네가 물러날지 말지를 정하게 되는 것도 아니잖아?"

재준의 말이 정곡을 찔렀는지 채령이 싸늘한 표정을 지었다.

"우리 결혼해 봤자 불행해져."

"왜 해 보지도 않고 불행해진다고 해? 미래는 아무도 모르는 거잖아."

채령이 담담한 척하려 애쓰는 것이 안쓰럽기는 했지만 재준은 측은지심을 접었다. 채령의 마음을 아프게 할 생각으로 나온 자리니 확실하게 매듭을 지어야 했다. 어정쩡하게 마음을 다독일 생각 따위는 없었다.

"사업은 서로의 노력으로 이루어 낼 수 있지만 결혼과 사랑은 노력만으로 해결이 안 되는 부분이 있어."

"내가 너 바라본 세월이 20년이야."

"친구도 아닌 어정쩡한 사이로 보낸 게 20년이라면 맞아."

"하! 친구도 아닌?"

채령의 입에서 탄성이 터지는 순간 눈에서 눈물이 뚝 떨어졌다. 그 모습에 재준은 아랫입술을 이로 짓이겼다. 채령의 마음을 알고 싶은 생각도 없었고 관심도 없었다. 그런데 저 눈물은 뭐란 말인가.

"그러니깐 나를 사랑하지 않기 때문에 결혼을 할 수 없다?"

어머니의 마르지 않는 눈물을 보며 사랑은 집착의 또 다른 형태가 아닐까, 하고 생각했었다. 그 사람에게 있어 자신이 전부이기를 바라는 마음이 이기적이라 여겼었다. 그런데 은준을 만나고 나서는 이기적인 것이 나쁘지만은 않다는 것을 깨달았다. 은준에게 있어 자신이 최우선이기를 바라는 마음 때문이었다. 물론 자신에게도 은준이 최우선이듯이.

"난 네가 진정으로 누군가에게 사랑받으면서 살기를 바라."

강요해서 얻어지는 것이 사랑이라면 얼마든지 줄 수 있었다.

"기업의 오너들이 진정한 사랑을 얻을 수 있을 것 같아?"

채령은 개인의 감정 같은 건 한 수 접어야 한다고 말하고 있지만, 그렇게 따지면 그녀 또한 자신의 사랑을 쟁취하려고 이러는 것이었다. 더 나은 조건을 가진 기업들은 많으니까 결혼을 함에 있어 굳이 선강기업일 필요가 없었다.

"그러는 넌 네가 사랑한다고 생각하는 사람과 결혼하려고 이러는 거잖아."

"하!"

정곡을 찔린 채령이 한탄 같은 간투사를 내뱉고는 입술을 질끈 깨물었다.

"노력해 봐."

"뭐?"

"네가 나를 사랑하도록 노력해 보라고."

재준은 벽을 마주한 기분이 들었다. 소리가 벽을 넘지 못하고 부딪쳐 상대에게 도달하지도 못하고 되돌아오는 먹먹한 기분이었다.

"미안하지만 노력해도 너한테 줄 사랑은 없어."

재준은 처음부터 채령을 설득하고 달래야겠다는 생각을 하지 않았기에 매정하게 굴었다. 달랠수록 막무가내로 고집을 피울 것이 뻔했다.

"사랑 따위 없어도 돼."

눈물을 쓱 닦던 채령이 단호해진 얼굴로 말했지만 재준은 답답하다는 듯 눈을 감았다 떴다.

"어차피 어렸을 때부터 사랑 따로 결혼 따로라는 거 알고 자랐어."

"난 사랑 따로 연애 따로 아냐."

"서재준, 너 혼자 고귀한 척 굴지 마. 너도 별수 없을 거야."

채령이 벌떡 일어나 카페를 나가 버렸다. 그런 채령을 잡지 않고 내버려 둔 재준은 두 손으로 마른세수를 하고는 한숨을 푹 내쉬었다. 쉽지 않을 것이라는 예상은 했지만 생각보다 기운이 빠졌다.

□　■　□

"갑자기 매장으로 찾아가서 곤란했던 거 아냐?"

"……아뇨."

은준은 애써 미소 지으며 고개를 가로저었다. 신대륙이라도 발견한 듯 놀란 얼굴로 은석 오빠를 쳐다보던 지점장님의 얼굴이 머릿속을 떠나지 않았다. 재준에게서 결혼하자는 소리를 들은 지금 지점장님이 예전처럼 편하지만은 않았다. 사촌 오빠라는 말에 안도의 표정을 짓는 지점장님을 어떤 얼굴로 바라봐야 할지 막막하기도 했다.

"그 친구…… 서재준이라고 했던가?"

"……."

"너하고 결혼할 사이라고 하던데, 너도 같은 생각이야?"

결혼을 왜 하는지 모르겠다는 생각을 은석 오빠에게 자주 말하곤 했다. 남녀가 만나면 그다음은 당연히 결혼이라는 순리를 자신은 공감할 수 없었다. 엄마의 영향 때문인지 몰라도 부정적인 생각을 가지고 있었다. 건강한 자식을 낳지 못할 수도 있다는 강박증과 행복해지지 못할 것이라는 생각들이 결혼을 기피하게 만들었다.

"넌 아직 고민 중이구나. 그 친구는 아주 확고하던데."

은석이 커피를 한 모금 마시는 동안 은준은 창밖을 바라봤다.

"작은어머니가 아시면 좋아할 일이네."

은준은 엄마를 들먹이는 은석의 말에 고개를 확 돌렸다. 그러고는 커다래진 눈으로 절대 말하지 말라는 눈빛을 보냈다. 아직 재준에게 답을 하지도 않았고, 머릿속이 엉망이라 생각을 정리할 시간이 필요했다.

"넌 할 생각이 없는 거야? 거절했어?"

"……."

은준은 입술을 깨물며 난감한 표정을 지었다. 아침에 재준이 둘 사이를 지점장님이 알고 계신다고 하는 바람에 머릿속이 멍해지고 말았다.

"서재준이 너한테 어떤 사람이야?"

은준은 사촌 오빠, 은석을 말끄러미 바라봤다. 재준에겐 늘 미안하고 고마운 마음이 먼저였다.

"너한텐…… 고마운 사람?"

은석이 자신의 속마음을 들추고 나오자 은준의 미간이 설핏 찌푸려졌다. 아픈 오빠, 은형을 보호하기 위해 필요에 의해 접근했던 선배였다.

"사랑하는 건 아니구나."

"……!"

은준은 정곡을 찌른 말에 속으로 적잖이 당황했다. 재준에게 마음을 온전하게 열지 못한 건 사랑이 아니라서 그런 것일까.

"고마운 거나 사랑하는 거나."

입술을 비죽 내민 은준은 항변하듯 구시렁거렸다.

"고마운 거와 사랑하는 건 달라. 혼동하지 마."

뜨끔한 얼굴로 은석을 바라보던 은준은 고개를 푹 숙였다. 그를 생각하면 고마운 마음이 제일 먼저였고 그다음은 항상 아픔이 동반된 통증이었다. 은형 오빠와의 일에 얽혀 있는 사람이라 재준을 떼고 그 시절을 추억할 수 있는 건 없었다. 그에게 다가간 순간부터 같은 인생 궤도를 돌고 있었다고 해도 과언이 아니었다. 그러다 중간에 그 궤도를 이탈한 건 자신이었을까, 재준이었을까.

"사랑은 어떤 거야?"

은준은 약간 혼란스러운 얼굴로 질문했다. 남들은 그렇게 쉽게 하는 사랑이 자신에게만은 다르게 다가왔다. 연인과 통화를 하면서 사랑한다고 말하는 여자를 한참 동안 바라본 적도 있었다.

"그 사람을 생각하면 여기가 아픈 거 아닐까?"

자신을 빤히 바라보던 은석이 심장 부위를 검지로 쿡 찌르며 말했다.

"보고 싶은 거…… 그것도 사랑일까?"

"……"

바보 같은 질문인지 은석이 자신을 가만히 쳐다보기만 했다. 그가 전화를 걸어 와 미안하다고 말하고 며칠 동안 집에 들어오지 않았을 때 보고 싶다는 생각이 들었었다. 그와 다시 재회를 하고 나서 그렇게 오랜 시간 동안 떨어져 있어 본 적이 없었다.

"사랑의 한 형태가 아닐까?"

"아……"

은준은 입술 사이로 작은 간투사를 내뱉고는 손바닥으로 심장 부위를 지그시 눌렀다. 심장이 점점 아프게 박동하기 시작했다. 그가 결혼하자는 말을 충동적으로 했을 수도 있다고 생각했는데, 그는 이미 사랑하고 있었다며 담담하게 고백했다.

"재준이가 보고 싶다고 했어? 아님 네가 그랬어?"

"보고 싶다는 문자를 먼저 받긴 했지만 나도 보고 싶다는 생각을 했었어."

"그래? 이은준 많이 발전했네."

은석이 싱겁게 웃자 은준은 멋쩍은 표정을 지었다. 달구경 하자며 나오라던 그가 자신의 볼을 살살 어루만졌을 때 문득 애틋하다는 생각이 들었다.

"혹시 애틋한 마음이 드는 건……"

"그것도 사랑이지."

"아……"

단호한 은석의 대답에 은준은 고개만 끄덕였다. 명확하지는 않지만 그래도 은석 오빠에게 말하고 나니 조금은 마음의 방향이 잡히는 것 같았다.

"나 출국하는 날 같이 브런치 먹을래?"

카페를 나서며 은석이 물었다.

"좋아."

은석의 말에 은준은 가볍게 고개를 끄덕이며 대답했다.

"백화점까지 데려다줄까?"

"오빠, 내가 어린앤 줄 알아?"

은석의 싱거운 말에 은준은 웃음을 지으며 손사래를 쳤다. 묵직하던 머리가 한결 가벼워진 것은 자신의 고민을 진지하게 들어 준 은석 오빠 덕분이었다. 늘 자신의 편에 서서 모든 소리를 다 들어 주고 받아 주는 오빠였다.

"그럼, 그날 보자."

"아, 참! 오빠."

돌아서려던 은석이 걸음을 멈칫하자 은준은 멋쩍은 웃음을 지었다.

"엄마한테는 당분간 아무 말 말아 줘."

"기뻐하실 텐데……."

엄마의 반응을 대충 예상하고도 남음이지만 솔직히 가장 먼저 전하고 싶은 사람은 아니었다. 그리고 아직 자신은 재준에게 확답을 하지 않은 상태라 섣불리 행동하고 싶지도 않았다.

"쉿! 부탁합니다."

검지를 입술에 댄 은준은 장난스럽게 눈을 찡긋하며 말했다.

"……그래."

고맙다는 의미로 고개를 끄덕이고 손을 흔들던 은준은 멀어지는 은석을 바라보다 낮은 한숨을 내쉬었다.

'어머니는 너 환영하는 입장이야.'

재준 선배의 어머니인 지점장님은 환영하는 입장이지만 아버지, 즉 선강기업의 회장님은 모르고 있거나 반대를 할 수도 있다는 말이었다.

위이잉.

은준은 주머니에 넣어 둔 휴대폰을 꺼내 발신인을 확인하고 전화를 받았다.

— 어디야?

재준이었다. 뭔가 심기가 뒤틀린 것인지 억양이 억눌려 있었다.

"무슨 일 있어요?"

— 어디냐고 묻는데 무슨 일 있냐니? 그리고 그렇게 매장을 비워도 돼?

매장으로 찾아온 사촌 오빠를 본 지점장님이 나가서 편하게 얘기하고 오라고 배려를 해 주셔서 잠시 나온 길이었다. 그래서 백화점 안의 카페를 벗어나 큰길 근처 카페로 온 것이었다.

"지금 매장에 왔어요?"

— 군기가 빠져서는. 당장 안 뛰어가냐?

뚝.

은준은 무정하게 끊긴 휴대폰을 보다 입술을 비죽 내밀었다.

"하여튼 성질머리하고는. 쯧."

"무슨 성질머리?"

"헛!"

뒤에서 들린 재준의 목소리에 은준은 화들짝 놀라며 두 주먹을 가슴 앞으로 모았다.

"너 그거 나 욕한 거지?"

"⋯⋯흐, 서, 설마요."

은준은 난처한 얼굴로 배시시 웃으며 휴대폰을 꼭 움켜쥐었다.

"일하라고 돈 주는 건데 이렇게 땡땡이나 치고, 게다가 상사 욕을 아무 데서나 하고 말이야. 문제네."

"그러는 사장님도 일 안 하고 이렇게 나와 있잖아요."

"너랑 나랑 같냐?"

"저도 지점장님의 허락을 받고 나온⋯⋯."

은준은 볼멘소리를 하며 억울함을 호소하다 입을 닫아 버렸다. 자신을 보며 반원을 그리듯이 입꼬리를 끌어 올리고 있는 재준의 얼굴에 장난기가 어려 있었다.

"뽈뽈 돌아다니긴. 가자, 매장에 데려다줄게."

그가 손을 내밀었지만 은준은 그 손을 슬그머니 외면하며 물었다.

"혹시 지나가다가 나 봤어요?"

"어. 정확하게 말하면 내가 아니라 양 비서가 봤지."

"아."

"누구 만나고 오는 길이야?"

"얼마 전에 사장님 주먹에 맞은 분요."

"뭐?"

재준의 한쪽 눈썹이 휙 치켜 올라가자 은준은 작게 소리 내어 웃다 정색하고 물었다.

"참, 치료비는 줬어요? 그걸 물어보지 않았네."

"내가 왜? 그 긴 세월 동안 마음에 스크래치 입은 거 생각하면 오히려 내가 보상을 받아야지."

"어이없는 거 알죠?"

은준이 눈살을 찌푸리며 쳐다보자 재준이 대꾸도 하지 않고 방향을 틀어 걷기 시작했다.

"어머니가 이것저것 안 물어보셔?"

재준과 나란히 걷던 은준은 어깨를 으쓱하고는 고개를 저었다. 지점장님의 눈빛은 뭔가 궁금하다는 듯 반짝반짝 빛나고 있는데 눈이 마주치면 그저 멋쩍게 웃기만 할 뿐이었다.

"얼굴에선 벌써 몇만 가지를 묻고도 남을 표정이시긴 해요."

"그래? 어머니가 많이 참고 계시네."

은준은 재준의 말에 고개를 끄덕이다 휴대폰을 꺼내 시간을 확인했다. 곧 점심시간이었다.

"점심은?"

"자리를 너무 오래 비워서 그만 들어가야 할 것 같아요."

"참, 신혼집은 어디가 좋아? 회사하고 가까우면 좋겠지?"

아직 확답을 주지 않았는데 그는 당연히 자신이 승낙한다고 생각하는 듯했다.

"나 아직 고민할 시간 주는 거 아니었어요?"

"내가 출장 다녀와서라고 했는데 그거 철회야. 나 출국하기 전 공항에 나와서 대답해."

"그런 게 어디 있어요? 완전 제멋대로야."

"출장 가 있는 동안 일을 제대로 하려면 답을 듣고 나가야겠어."

"남자가 한 입으로 두말하고……."

은준은 황당하다는 얼굴로 눈살을 구기다 입을 비죽 내밀고는 꿍얼거렸다.

"두말이 아니고 이게 다 너와 나를 위하고, 나아가서는 회사를 위한 거야."

"허. 입만 살아서는."

"물론 넌 공항에 나와서 긍정적인 대답을 하겠지?"

"……."

은준은 입을 꼭 다문 채 눈을 가늘게 뜨고 있는 재준을 애써 외면했다. 남녀는 왜 결혼을 선택하는 것일까. 나중에 혼자가 되지 않으려 그러는 것일까. 부모와 자식이 평생을 살 수 없으니 그때를 대비하려는 무의식의 작용일까.

"어머니, 은준이 점심 먹여 들여보낼게요. 아, 앞에서 만났어요. 네."

생각에 빠져 멍한 눈빛이던 은준은 통화하는 재준의 목소리에 눈살을 구겼다.

"왜?"

휴대폰을 재킷 주머니에 넣던 재준이 의아한 눈길로 묻자 은준은 볼멘소리를 했다.

"지점장님이 안다고 해서 이렇게 대놓고 그러는 거 싫어요."

"뭐라는 거야."

재준이 군소리하지 말라는 듯 일갈하고는 은준의 손을 잡았다.

"가자. 점심 먹으러."

손이 잡힌 은준은 재준의 걸음 보폭에 맞추려 발을 움직일 수밖에 없었다.

"보양식 먹자. 너 어젯밤에 한숨도 못 잤으니까."

"아, 진짜 뭐야!"

발갛게 물든 얼굴로 은준이 버럭 소리를 지르자 재준이 큰 소리로 웃었다. 그러다 이내 둘은 보양식을 삼계탕으로 합의하고는 가장 가까운 식당으로 향했다.

□　■　□

출장을 가야 한다며 자신에게 짐을 싸 달라고 한 재준 때문에 그의 빌라로 온 길이었다. 백화점이 쉬는 날 매장도 같이 쉬므로 그날을 손꼽아 기다린 자신에게 일거리를 떠안긴 그였다. 못 들은 척하며 늦잠을 자려 했는데 은석 오빠의 출국일이라 그럴 수도 없었다. 쉬는 날 일거리를 주는 그가 얄미워 째려봤지만 결국 자신이 지고 말았다.

삐리릭.

은준은 현관 비밀번호를 누르다 고개를 기울였다.

"2436? ……무슨 의미일까."

그의 생일도 아니고 처음에 생각했던 배수의 관계도 아니었다. 고개를 갸웃한 은준은 드레스 룸으로 들어가 캐리어를 찾았다. 그러고는 현지의 날씨를 체크하며 필요한 옷가지들을 꺼내 침대에 늘어놓았다.

위이잉. 윙윙윙.

옷걸이에 걸린 양복을 이리저리 살피던 은준은 발신인을 확인하고는 통화 버튼을 눌렀다.

— 빌라야?

"네."

양복을 하나하나 살피며 무심결에 대답하던 은준은 손을 멈췄다. 손끝에 닿은 건 양복이 아닌 교복이었다. 서재준이라는 이름이 정갈하게 새겨져 있는 교복은 오랜 시간 동안 손질을 해 온 것인지 꽤 깨끗했고 낡아 보이지도 않았다.

"교복을 아직 가지고 있었어요?"

— 응.

후배들에게 물려주거나 의류함에 넣는 것이 보통인데 그는 버리지 않고 소중하게 간직하고 있었다. 매년 관심을 가지고 신경 써서 꼼꼼히 관리한 흔적도 보였다.

"과거에서 못 벗어난 거예요?"

은준은 약간 장난스럽게 물었다. 그가 과거의 그 시절에서 벗어나지 못한 건 자신 때문인 것 같아 신경이 쓰였다. 진심이었던 그를 그곳에 버리고 온 것처럼 마음이 서걱거렸다.

"왜 안 버렸어요?"

— ……이은준의 흔적이 남아 있는 옷이니까.

"아……."

뭐라고 말해야 할 것 같은데 목이 메어 말을 할 수가 없었다.

— 네가 나한테 안겨 울었던 건 기억해?

당시 정말 힘들고 지쳐 있었던 자신은 될 대로 되라는 심정이었다. 그래서 야구 방망이를 들고 그들에게 무자비하게 휘둘렀으며 인생을 포기하려 했었다. 하지만 그는 자신이 인생을 포기하게 그냥 내버려 두지 않았다.

"내가 언제 울었어요?"

은준은 믿을 수 없다는 얼굴로 물었다.

— 기억력이 나쁘네.

울면 상대가 얕잡아 본다고 생각해 남들 앞에서는 절대 울지 않았다. 눈물이 날 정도로 힘들고 괴로우면 차라리 고개를 숙여 얼굴을 가렸다. 자신이 진짜 재준 선배의 품에 안겨 울었다면 그 당시 자신은 그를 무척 의지하고 있었다는 뜻이 되는 것이다. 그때의 감정을 되새기는 게 새삼스러웠다.

— 나한테 의도적인 접근이었다며 고백할 때 너 울었는데.

"아!"

은준은 그제야 기억이 나 고개를 끄덕였다. 그에게 너무 미안해서 저도 모르게 눈물이 났다. 그런데 그가 자신의 뒷머리를 가만히 쓰다듬더니 괜찮다고 해 줬다. 절대 괜찮을 수 없는 상황이었는데 그는 그렇게 말해 주었던 것이다.

— 이제 기억났어?

"……네. 듣고 나니 좀 민망하네요."

— 민망하긴. 난 그때 이은준이 처음으로 여리여리한 여자 같다고 생각했었는데.

"치이, 그럼 그동안은 내가 남자로 느껴졌어요?"

— 아니 그냥 여자였지.

"아, 뭐야. 놀리기나 하고."

휴대폰 너머에서 재준이 유쾌하게 웃는 소리가 심장을 간질거리게 만들었다. 선배 웃음소리가 이렇게 청아한 음을 냈었던가.

— 짐 대충 싸 놓고 기다려. 같이 점심 먹자.

"오늘 선약 있다고 했잖아요."

— 꼭 가야 해?

"은석 오빠랑 같이 브런치 먹기로 했어요."

― 왜 하필 오늘인데?

불퉁하게 대꾸하는 재준의 목소리에 은준은 피식 웃었다.

"내가 쉬는 요일이 오늘뿐이라 일부러 출국일을 맞춘 거라고요."

― 맞출 게 없어 그런 걸 다 맞추냐?

"누구는 쉬는 날 일도 시키면서."

― 캐리어에 옷 몇 가지 넣는 게 일이냐?

마음에 안 든다는 듯 구시렁거리는 재준의 목소리를 들으며 은준은 양복을 하나 꺼냈다.

"짐 챙기는 거 이거 은근 중노동인 거 몰라요?"

― 어, 몰라.

투덜거리는 은준의 말을 재준이 일언지하에 잘라 버렸다.

― 저녁 시간은 비워 둬.

"좋아요. 아, 참!"

― 할 말이 더 남았어?

"현관 비밀번호 숫자는 뭘 의미해요?"

전화를 끊으려는 재준을 다급하게 부른 은준은 현관 비밀번호에 대해 물었다. 별 의미 없는 숫자일 수도 있지만 누를 때마다 뭔가 아련해지는 느낌이 들었다.

― 이은준 너 나 만났을 때 몇 반이었지?

"만났을 때요? 그야 2학년이었으니까…… 2학년 4반, 아! 3학년 6반."

― 내가 몇 반이었는지 기억하네?

재준의 말에 은준은 가만히 눈을 감았다. 이제 와 돌이켜 보니 고등학생이었던 재준에 관한 건 하나도 잊지 않고 있었다. 잊으려

애를 쓴 적이 없었다. 기억하려 애를 쓴 적도 없었지만 그건 하나
도 잊지 않았기 때문이었다.

"그런 의미인 줄 몰랐어요."

— 처음에 가르쳐 주었을 때 네가 기억해 냈다면 내가 화를 덜
냈을 수도…….

"치이, 변명은……."

은준은 입술을 씰룩이다 픽 웃어 버렸다. 진짜 기억해 냈다면
그가 자신을 다르게 대했을까.

— 공항 조심해서 다녀와.

"네."

은준은 입가에 잔잔한 미소를 짓고는 재준과의 통화를 끝낸 뒤
전기면도기를 챙겼다. 지퍼백에 넣어 일단 침대 위에 올려 두고는
옷들을 하나하나 개서 캐리어에 넣기 시작했다.

위이잉, 위이이잉.

은준은 면 티셔츠를 집어 캐리어에 넣다 다른 손을 뻗어 휴대폰
을 쥐었다.

"뭐, 할 말이 또 남았어요?"

— 이은준 대리?

낯선 목소리에 은준은 흠칫 놀랐다. 당연히 재준이 전화를 다시
걸었을 것이라 여겨 발신인을 확인하지 않았던 것이다.

"네? 누구……."

은준은 알 수 없는 불안함이 스며들어 건침을 꿀꺽 삼켰다.

18화
결심

　회사 로비로 들어선 은준은 떨리는 마음을 가다듬듯 심호흡을
했다.

　── 지금 만나 뵙기를 바라십니다.

　회장님, 재준 선배의 아버지 호출에 안 갈 수는 없었다. 그분은
선배의 아버지이기 이전에 자신의 직장 오너였다. 그래서 부름에
응할 수밖에 없었다. 은준은 혹시 회사 내에서 재준과 마주칠까 신
경 쓰며 엘리베이터에 몸을 실었다.
　"안녕하세요, 이은준입니다."
　회장실로 들어서자 비서진들의 시선이 일제히 은준에게 박혀 들
었다.
　"아, 네. 기다리고 계십니다."

비서실장이 사무적인 얼굴로 자리에서 일어서더니 손을 펴 가까이 다가오라는 손짓을 했다. 정중한 손짓이지만 사람을 기죽게 만드는 몸짓이었다. 아니, 어쩌면 자신이 여기에 왜 불려 왔는지 짐작하기 때문에 그렇게 느끼는 것인지도 모른다. 은준은 답답한 가슴을 틔우려 후, 하고 또다시 심호흡을 했지만 소용이 없었다.

똑똑.

비서실장이 노크를 한 후 문을 열고 옆으로 비켜서자 묵직한 방 안의 분위기가 모습을 드러냈다.

"이은준 대리, 도착했습니다."

아무런 대답이 들려오지 않았지만 비서실장은 들어가 보라는 눈짓을 했다.

"네."

작게 대답한 은준은 회장실로 한 발을 들여놓았다. 드라마 같은 데서 보던 흔한 오너들의 사무실과 별반 다르지 않았다. 혼자 있을 것이라는 예상을 깨고 회장은 소파에서 어떤 여자와 앉아 담소를 나누고 있었다.

"안녕하십니까, 회장님."

은준은 단전 앞에 손을 모으고 45도로 허리를 굽혔다 폈다.

"어서 와요, 이은준 대리. 여기 앉아요."

첫 대면이라 직책을 붙여 부르는 것이 당연하게 받아들여져야 하는데 마음이 그렇지 않았다. 마치 다른 의도가 있는 것처럼 느껴졌다. 미소를 짓는 회장의 얼굴은 손님 때문인지 몰라도 평온하기 그지없었다. 자신을 뚫어질 듯이 바라보고 있는 여자의 시선이 부담스러웠지만 은준은 소파에 자리를 잡고 앉았다.

"아, 둘이 초면이겠구나."

"네, 아버님."

여자가 생글생글 웃으며 대답하자 은준은 입술 안쪽 살을 지그시 깨물었다. 회장님을 '아버님'이라 칭하는 것으로 보아 개인적인 친분이 있는 사이임이 분명했다. 혹은 재준과 관계가 있는 사이거나. 그리고 그것을 은연중에 드러내고 싶어 하는 여자의 의도에 미간이 찌푸려졌다.

"이쪽은 지원사업부 이은준 대리."

"만나서 반가워요."

회장이 은준을 소개하자 여자가 고개를 살짝 기울이며 인사를 건넸다.

"네, 처음 뵙겠습니다."

여자의 눈웃음치는 모습에서 여유가 넘쳐흘렀다.

"그리고 이쪽은……."

"아버님, 제 소개는 제가 할게요."

웃으며 말을 자르고 들어온 그녀는 회장이 고개를 끄덕이자 손을 내밀며 자신을 소개했다.

"김채령이라고 합니다."

"네, 이은준이라고 합니다."

은준은 여자의 부드러운 손을 살짝 맞잡았다 놓았다. 적의는 느껴지지 않았지만 뭔가가 있다는 생각을 떨칠 수가 없었다.

"아버님, 저는 이만 가 볼게요."

자신을 유심한 눈길로 바라보는 시선이 조금 부담스러울 즈음 그녀가 그만 가 보겠다는 말을 했다.

"그래, 다음에 또 보자."

"네, 아버님."

아버님을 강조하는 채령과 눈이 마주쳤다. 자신을 보며 이제 사태 파악이 되었느냐는 듯 웃고 있었다.

"은준 씨, 먼저 일어설게요."

"……네."

그녀를 따라 일어선 은준은 떫은 감을 한입 베어 문 것처럼 입안이 텁텁했다. 고개를 까딱여 인사를 한 그녀는 뭔가 재미있다는 듯 입술 끝을 길게 늘이곤 회장실을 빠져나갔다.

"이은준 대리."

"네."

"우리 아들, 재준이와 만나고 있다고?"

그녀가 나간 후 문이 닫히자마자, 자신이 자리에 채 앉기도 전에 회장이 물었다.

"……."

은준은 천천히 자리에 앉으며 무슨 말을 해야 할지 순간 고민했다. 그와 만나고 있는 것은 사실이지만 처음부터 연인 관계가 되어 만난 것은 아니었다. 그에게서 결혼하자는 말을 듣긴 했지만, 서회장이 듣고자 하는 답은 아니라는 생각이 들었다.

"재준이 다시 만나 보니 어떻던가?"

다시, 라는 말에 은준은 미간을 설핏 찌푸렸다. 이미 자신이 누구인지 파악하고 있다는 말이었다. 자신의 뒷조사를 했거나 재준 선배의 행적을 주시하고 있었던 것일까. 철두철미한 재준 선배의 성격이 누구를 닮은 것인지 알 것 같았다.

"……황량하게 거칠어졌습니다."

"뭐? 황량하게 거칠어?"

회장이 의아하다는 듯 눈을 커다랗게 뜨자 은준은 긴장한 표를 내지 않으려 애를 썼다.

"학교 다닐 때는 잘 웃고 모두에게 상냥한 사람이었는데……."

"지금은 거칠다?"

"……네."

흐음, 하는 깊은 한숨 소리를 낸 회장이 생각에 잠긴 듯 손가락으로 팔걸이를 톡톡 두드렸다. 나이가 들어 중후한 멋이 있는 회장은 재준 선배와 닮아 있었다. 젊었을 때는 지금의 재준보다 더 거침없이 굴었을 것 같은 인상이었다.

"방금 나간 김채령 양은……."

은준은 바짝 마른 목으로 침을 넘겨 적셨다.

"서울 YN그룹 김 회장의 장녀로 재준이와 결혼할 사이네."

자신이 생각하고 있는 바와 다르기를 바랐지만 소용이 없었다.

"……."

짐작하던 일이라 크게 놀라진 않았지만 그렇다고 평온한 건 아니었다. 은준은 두 손을 가만히 힘주어 맞잡았다.

"결혼 전에 연애 한 번 안 해 보는 사람이 어디 있겠어?"

"……."

"이은준 대리."

"……네."

겨우 대답을 한 은준은 주먹을 꼭 쥐었다. 자신이 예상한 대로 그의 아버지는 반대하는 쪽이었다. 재준 선배도 집안에서 결혼 상대로 생각해 둔 사람이 있다는 것쯤은 알고 있었을 것이다. 그런데도 결혼하자는 말을 한 건 그만큼 자신에게 진심이라는 뜻일까.

"그러니 이제 그만 정리하는 게 맞지 않겠나?"

"……."

정리? 머릿속이 멍해지는 기분이었다.

"돈을 달라고 하면 돈을 주고, 다른 일자리를 원하면 알아봐 주지."

"그러면 그 조건은 무엇입니까?"

자신이 생각해도 너무 당돌하게 말한 것 같아 은준은 혀를 치아로 꾹 깨물었다.

"조건?"

"서재준 사장님과 헤어지는 겁니까?"

아까까지만 해도 멍하던 머릿속이 갑자기 맑아지기 시작하며 무엇이 옳고 그른지 판단하기 시작했다.

"못 헤어지겠나?"

회장이 화를 내거나 기분 나쁜 표를 낸다면 같이 대응할 수 있을 것 같은데 그는 기괴할 정도로 평온하게 말하고 있었다.

"기업을 이끄는 오너들에게 기업 간의 결혼은 생명과도 같은 일이네."

"……."

그런 것쯤은 이미 알고 있는 사실이었다. 기업들끼리 사돈을 맺고 경영 확장을 하고 있다는 건 자신뿐만 아니라 모두가 아는 사실이다. 그러니 새삼스러울 것도 없고 섭섭할 일도 없었다.

"이은준 대리가 깔끔하게 정리하는 것이 가장 최선의 방법이라고 생각하는데……."

말끝을 흐리며 쳐다보는 회장의 눈빛은 헤어지는 데 문제 될 건 없겠지, 라고 묻는 것 같았다.

"은준아!"

넓은 공항 로비에서 은준은 어디로 가야 할지 몰라 정처 없이 걷다 은석의 부름에 고개를 돌렸다.

"아, 오빠. 미안. 오래 기다렸지?"

"차가 막혔어?"

"어? 그게……. 아! 아직 점심 안 먹었지? 가자."

은준은 부러 명랑하게 웃으며 은석의 팔을 잡아당겼다. 가장 가까이 있는 한식당으로 들어간 은준은 메뉴판을 든 채 멍한 얼굴을 하고 있었다.

"정했어?"

"어? ……아니, 아직."

"한정식 A세트 먹자."

"으응."

은준은 건성으로 고개를 끄덕이고는 직원이 가져다준 물을 벌컥 들이켰다. 물을 마시고 나서야 자신의 속이 열기로 가득했다는 것을 깨달았다. 속이 좀 시원해지니 정신이 맑아지는 것 같았다.

"무슨 일인데?"

"뭐가?"

"쉬는 날이니 일 때문은 아닐 거고……. 차가 막힌 것도 아닌 것 같고? 재준이하고 싸웠어?"

"싸우긴."

"그럼 누가 속상하게 했어? 도대체 누가 우리 은준이 맘을 상하게 한 거야, 쯧."

은준은 배시시 웃으며 아무렇지 않은 얼굴로 시치미를 뗐다.

"고민을 끝내지 못한 거야?"

고민을 끝내고 말고 하기도 전에 복병이 나타나 전선을 엉망으로 만들어 버린 기분이었다. 진지하게 다시 한 번 더 결혼에 대해 깊이 생각하려던 은준은 폭격을 맞은 것처럼 만신창이가 된 심정이었다. 어쩌면 재준의 프러포즈를 고민하는 것 자체가 어불성설이었는지도 모른다.

"오빠 외국에서 사는 거 좋아?"

"어?"

은석이 멀건 눈으로 쳐다보자 은준은 어설픈 미소를 지었다. 만일 재준과 헤어지게 된다면 자신은 이곳에 더 이상 있을 수 없을 것 같았다.

"나도 외국 나가 살까?"

"……."

"생각해 보니 우물 안 개구리같이 한국에만 틀어박혀 좋은 구경도 제대로 못 하고……."

"외국에서 사는 내가 부러워?"

"……으응."

은준은 멋쩍은 얼굴로 고개를 끄덕였다. 그러자 은석이 팔짱을 끼고는 빤히 바라봤다.

"오늘 누구 만났어?"

"!"

자신의 말을 자르고 들어온 은석의 질문에 은준은 당황했다. 눈치가 빠른 은석이었다. 어렸을 때부터 은석에게는 속내를 털어놓고 지내 왔기 때문에 잘 아는 것일지도 모른다.

"왜 누구를 만났을 거라 생각해?"

눈을 가늘게 뜬 은석의 시선을 외면한 은준은 태연하게 행동하려 애썼다. 하지만 팔짱을 낀 채 자신을 빤히 바라보는 은석의 얼굴을 은준은 똑바로 쳐다볼 수가 없었다.

"너 왜 내 시선 피해?"

"내가 언제……."

"흐음."

한숨을 푹 내쉰 은석이 자세를 고쳐 앉으며 상체를 조금 가까이 기울였다.

"재준이하고 관계된 사람이야?"

"무슨 소리야?"

은준은 헛다리 짚지 말라는 듯 손까지 휙 내저으며 태연한 척 굴었다.

"한 번도 외국 나가 사는 거 묻지 않던 너였어. 나 외국에서 사는 거 부러워한 적도 없었고."

은준은 당황한 것을 숨기려 아랫입술을 슬그머니 감쳐물었다.

"내가 해 주고 싶은 말은 그냥 네 마음이 하는 말을 들으라는 거야."

"내 마음이 무슨 말을 하는데?"

은준은 불퉁한 얼굴로 시큰둥하게 대꾸했다. 어디로 갈지 정하지도 못했는데 길을 잃어버린 기분이었다. 그런데 마음이 무슨 상관이란 말인가.

"서재준 없이 네가 살 수 있는지, 없는지 그것만 생각하면 답은 나오지 않아?"

"……."

아무런 대꾸도 못 한 은준은 그를 말끄러미 바라봤다.

그날 제니스 호텔을 앞에 두고 발길을 돌리는 바람에 마음 한구석이 늘 아리고 아팠다. 그런데 이번에도 그런 결정을 해야 하는 순간이 오니 아무것도 손에 잡히지 않았다. 생각을 하면 할수록 머릿속은 초토화가 되고 있었다.

그가 한국을 떠났다는 것을 알았을 때 속에서 무엇인가가 빠져나간 느낌이 들었었다. 하지만 자신은 견디며 살았고 살아왔다.

"사람은 적응의 동물이기 때문에 또 다른 환경에 적응하며 살지 않을까?"

"적응은 하겠지만 그 마음은 다른 소리를 할 것 같은데?"

검지로 제 심장을 가리키는, 속을 들여다보는 듯한 은석의 시선이 부담스러웠다.

"음식 나왔습니다. 맛있게 드세요."

테이블에 음식을 내려놓는 직원 때문에 은석의 시선에서 놓이자 숨통이 좀 트이는 기분이었다.

"일단 먹자. 네 속 허전하니 채워야지."

"내 속이 허전하다고 장담하는 이유가 뭔데?"

은준은 뾰로통한 얼굴로 투덜거렸다. 선강기업의 회장실을 나와 생각 없이 걷다 은석 오빠의 전화를 받고 그제야 택시를 잡아탔다. 열어 둔 차창으로 바람이 불어오는데 하나도 시원하지 않았다. 이상하게 속이 상하고 심장이 거칠게 두근거리고 머리가 어지러웠다.

"너 지금 까칠하거든."

"무슨 헛소리?"

정작 화를 내야 하는 곳은 여기가 아닌데 애먼 은석에게 하는 꼴이었다.

"봐. 까칠하게 짜증 내고. 그러니 얼른 먹자. 먹고 속이 든든하면 생각도 잘돼."

"치이."

밥을 복스럽게 먹고 있는 은석을 향해 눈을 흘기던 은준도 밥을 한 술 떴다.

"은준아."

"으응?"

"속이 비어 있다는 건 아프다는 소리야."

하아. 은준은 비명 같은 간투사를 삼키며 밥을 꾸역꾸역 입으로 밀어 넣었다. 이제까지 재준 없이 살아왔는데 앞으로 못 그러라는 법이 있을까. 그런데 왜 자꾸 목이 메어 오는 건지 모르겠다.

"커피 마실래?"

"아, 내가 갔다 올게."

은석은 공항 로비 의자에 앉아 카페로 들어가는 은준을 가만히 바라봤다. 어렸을 때부터 머릿속이 시끄러우면 은준은 몸을 움직여 혹사하는 아이였다. 작고 여린 아이가 제 오빠의 말 한마디에 재깍재깍 반응하는 속도는 놀라울 정도였다. 귀찮아서라도 하지 않을 일을 은준은 두말하지 않고 들어줬던 것이다.

은석은 그런 은준이 꽤 안쓰러웠다. 그래서 더 자신이 알뜰히 챙겨 주려 했는지도 모른다. 자신에게도 저런 여동생이 있으면 좋을 텐데, 라는 소망은 은준을 데리고 오자는 생떼로 이어지기도 했었다.

"대답은 안 했지만 분명 재준과 관련된 사람을 만났겠지?"

은석은 휴대폰을 꺼내 만지작거렸다. 은준이 재준의 어머니나 아버지를 또는, 두 분을 같이 만났을 수도 있었다.

"반대하는 건가? 그 힘든 과정을 모두 견디면서도 저 녀석이 나가서 살고 싶다고 한 적은 없었는데……. 그렇다는 건…… 지금 도망가겠다는 건가?"

은형의 죽음으로 작은어머니는 은준에게 원망을 퍼부었다. 그 폭언을 들으면서도 은준은 묵묵히 학교를 다녔고 좋은 성적으로 졸업까지 했다. 색안경을 끼고 바라보던 선생님들도 나중에는 은준을 인정해 주었다.

"그때는 어려서 견딜 수밖에 없었나?"

은석의 눈이 가늘어졌다. 자신이 그동안 알고 있던 은준이 아닌 것 같았다. 일이 닥치면 당당하게 헤쳐 나가던 은준이 움츠러들어 있었다. 정신을 어디에 빼놓고 온 아이처럼 눈동자에 초점이 없었다.

"전화를……."

은석은 휴대폰 화면을 열어 통화 버튼을 누를지 말지 고민했다. 자신이 나서는 건 저번 일로 끝이라 여겼는데.

"하아…… 오지라퍼 이은석."

자신을 향해 핀잔을 준 은석은 마른세수를 하고는 고개를 돌렸다. 은준이 들어간 카페로 시선을 두고 한참을 바라봤다. 바닥을 보며 서 있는 은준의 모습이 꽤 고민스러워 보였다.

— 여보세요.

"이은석입니다."

휴대폰을 꽉 쥔 은석은 재준이 전화를 받는 순간 이미 일은 저질러졌다고 생각하며 두 눈을 질끈 감았다.

□　■　□

"배웅은 잘했어?"

"네?"

"사촌 오빠."

"아, 네."

저녁을 먹기 위해 레스토랑으로 들어온 이후부터, 아니 자신을 만날 때부터 은준은 말이 없었다. 묻는 질문에만 겨우 대답을 할 정도였다.

"3시 출발이니깐 늦어도 1시까지 공항에 나와."

"……그날 근무라서."

"너 내일부터 본사 출근이야. 매장에는 다른 직원 발령 냈어."

"네에? 갑자기 무슨……."

"매장 점원으로 너를 뽑은 게 아닌데 이제 그만 복귀해야지. 그리고 어머니도 일이 이제 손에 익었으니 밑에 사람에게 가르침을 받을 게 아니라 반대로 가르치며 매장을 운영하는 법도 배우셔야 하고."

어쩔 수 없다는 듯 고개를 끄덕이는 은준을 보며 재준은 미간을 모았다. 낮에 은준의 사촌인 은석의 전화로 대충 사태 파악이 된 재준은 당장 회장실로 올라가려다 말았다. 지금 흥분하는 모습을 보여 좋을 것이 없다는 판단에 한발 물러선 것이다.

— 은준이는 결혼을 두려워합니다.

그 한마디로 모든 의문점이 풀린 재준은 왜 은준이 자꾸 답을 미루고 도망갈 궁리를 하는지 깨달았다. 행복할 수 없을까 봐, 은형이처럼 아픈 아이를 낳게 될까 봐 두려워하는 은준의 마음을 십분 이해했다.

"맛없어?"

"네?"

재준은 눈을 가늘죽하게 뜨고 은준의 앞에 놓인 접시를 턱짓으로 가리켰다.

"아, 아뇨. 맛있어요."

멋쩍은 웃음을 지으며 스테이크를 입에 넣은 은준이 기계적으로 씹는 듯하자 재준은 포크와 나이프를 내려놓았다.

"아버지 말 신경 쓰지 마. 결혼하는 사람은 너하고 나야. 다른 누군가가 너와 나의 상대가 될 수는 없어."

아버지 만난 것을 어떻게 아느냐는 듯 은준이 눈을 동그랗게 뜨고 쳐다봤다.

"회장님 만난 거 어떻게 알았어요?"

"내가 모르는 게 있겠어?"

낮게 한숨을 내쉬는 은준의 얼굴이 어두워 보여 재준은 입술 끝을 끌어당겼다. 은준이 고민한 후 대답할 시간을 주려 했는데 기다릴 수 없을 것 같다는 생각이 들었다. 자신의 곁에 있으면 더는 두려워할 필요가 없다고 말해 주고 싶었다.

"아직도 나하고 결혼할지 말지 고민하는 거야?"

"……."

"난 이은준 안 보내. 그러니 너도 고민 그만 접어."

"참 쉽네요, 선배는."

"안 쉬우면?"

"회장님 뒤를 이을 사람이잖아요, 선배는? 그런데 아무하고나 결혼해서 되겠어요?"

은준의 자존감이 낮아진 듯한 발언이었지만, 재준은 그것이 아님을 알았다. 재준 자신을 향한 비아냥이었다. 아버지에게 들은 말이 은준에게는 상처가 되었을 것이다.

"이은준 네가 아무나야?"

"봤어요."

"뭘?"

"회장님 호출에 불려 갔다가 선배하고 결혼할 여자분 봤어요."

"!"

재준은 뒤통수를 맞은 것처럼 순간 머리가 어질했다. 귀찮아서 채령의 전화를 피했는데, 받았어야 했던 것일까. 아버지가 의도적으로 은준과 채령을 만나게 했다는 것을 알자 이가 갈렸다.

"예쁘더라고요."

"이은준, 지금 그 소리가 나와?"

"그럼, 무슨 소리가 나와야 하는 건데요?"

"하아."

재준은 마른세수를 하고는 앞머리를 길게 쓸어 넘겼다. 아버지가 먼저 선수를 치고 나올 줄은 몰랐다. 은석의 전화를 받고 적잖이 당황했지만, 은준의 마음 정도는 수습이 가능할 것이라 여겼다. 그런데 자신에게 확답을 주기 전에 은준은 이미 삐뚤어져 있었다.

"네가 더 예뻐."

"장난하지 말아요."

"넌 내가 결혼하자는 말이 장난으로 보여? 그러는 너야말로 노선 확실하게 해."

"제가 노선을 확실하게 하지 않은 게 뭔데요?"

"확답을 줄 듯 말 듯 미적거리지 말라고."

입술을 질끈 깨문 은준이 원망하는 눈길로 재준을 째려봤다.

"대답해 줄 시간이 안 돼서 그런 거지 누가 대답을 미적거렸다고……."

고개를 돌린 은준이 불퉁한 얼굴로 구시렁거리자 재준은 눈을 가늘게 떴다.

"이은준, 이번에도 도망치면 너 죽고 나 죽어. 알아?"

고개를 돌려 마주한 재준의 눈빛은 검게 물들어 사나운 바다를 연상케 했다. 하얗게 일렁이는 눈빛이 광기에 가까워 보였다.

□ ■ □

드르륵, 드드득.

은준은 책상 위에서 진동하는 휴대폰을 내려다보다 손을 뻗어 통화 버튼을 눌렀다. 본사로 복귀한 첫날부터 인상을 구기고 있을 수 없어 만나는 사람들마다 미소를 지어 보였지만, 속은 조각조각 부서지는 것 같았다. 결혼에 대한 확답을 미루자 약 올리는 것이냐고 말하는 재준과 크게 싸우고 말았던 것이다.

"네."

— 출근은 잘했어?

은준은 입이 딱 붙은 것처럼 대답하지 않았다. 자신과 언쟁을 벌인 후 양 비서와 꽤 오랜 시간 통화를 한 재준은 그길로 집을 나가 돌아오지 않았다.

— 잠깐 얼굴 보자. 10분 후에 옥상으로 와.

"……하아."

은준은 일방적으로 끊긴 통화에 한숨을 내쉬었다. 집을 나가는 건 헤어지겠다는 의미가 아닐까, 하는 생각에 밤새 한숨도 자지 못한 것이다.

"어이! 이은준!"

지원사업부를 나서 엘리베이터로 가던 은준은 어깨를 멈칫하다 돌아봤다. 승우가 환한 얼굴로 손을 흔들면 알은체를 하고 있었다.

"본사 복귀 축하해."

"아, 고마워."

은준은 애써 웃으며 인사를 건넸다. 갑자기 통보받은 발령이라 지점장님에게는 전화로 인사를 할 수밖에 없었다. 갑자기 발령을 낸 재준을 나무라는 지점장님의 말에 속이 좀 풀리긴 했지만 딱 그때뿐이었다.

"아, 맞다. 나 이번에 스위스 바젤로 출장 가."

"잘됐네."

들떠 보이는 승우를 보자 은준은 슬그머니 걱정이 들었다. 혹시나 재준의 화가 승우한테 튀는 건 아닐까, 하는 생각이 들었다.

"이번 스위스 출장 인원이 어떻게 돼?"

"세 명으로 알고 있는데?"

"그렇구나."

아무래도 그 세 명 중 한 명이 양 비서일 것 같아 은준은 승우 걱정을 내려놓았다. 재준이 치사하게 굴면 적어도 양 비서가 중간에서 잘 중재해 줄 것이라는 생각이 들었다.

사흘 후 스위스 하늘 아래에 있을 것이라는 승우의 말을 뒤로한 은준은 옥상으로 향했다. 근무 시간이라 옥상은 한산하게 비어 있었다. 하지만 하늘을 보며 서 있는 재준의 존재감은 그 어느 때보다 커다랗게 느껴졌다.

"무슨 일인데요?"

"저 하늘이 스위스 하늘하고 같을까?"

은준은 이런 싱거운 소리나 하자고 불렀느냐는 얼굴로 재준을 처다봤다.

"뭐, 지구는 둥그니까…… 아!"

건성으로 대답하던 은준은 재준이 팔을 아프게 꽉 잡자 눈을 커다랗게 떴다.

"저 하늘은 스위스의 하늘하고 달라. 왜지 알아?"

자신을 내려다보고 있는 재준의 눈빛에 짙은 소유욕이 넘실거리고 있었다.

어제 집에 들어서자마자 재준이 자신을 굴복시킬 것이라 짐작했는데 의외로 손끝 하나 대지 않았다. 그래서 당황한 것은 오히려 자신이었다. 그 당황스러움이 채 가라앉기도 전에 그가 집을 나가버렸지만.

"왜 다른데요?"

"스위스의 하늘 아래에는 이은준이 없거든."

무덤덤하게 말하는 재준의 말에 심장이 툭 하고 바닥으로 떨어졌다. 그리고 은준의 몸이 재준의 품으로 끌려갔다.

"뭐 하는 거예……."

재준이 자신을 와락 안자 은준은 방어적인 태도를 취했다. 여긴 회사고 직원들이 쉬러 오는 곳이라 들킬 위험이 많았다.

"누가 봐요!"

항의하듯 목소리에 힘을 줬지만 재준은 자신을 더 꼭 끌어안으며 가슴에 닿게 뒷머리를 지그시 눌렀다.

"너 며칠 못 안을 것을 생각하니 벌써부터 몸이 근질거려. 지금 여기서……."

"미쳤…… 읍!"

조심하는 것 없이 재준의 혀가 입안으로 불쑥 들어왔다. 그가 정말 참고 있던 것을 터트리는 것처럼 입안의 혀가 거칠면서도 집요했다. 자신의 입술을 강탈하고 한껏 맛을 본 재준이 귓바퀴에 입술을 붙였다.

"사장실로 갈까?"

"떨어져요!"

쿡. 자신의 말에 재준은 뭐가 그리 우스운지 웃음을 터트렸다.

"아쉽네. 내일 공항에서 보자."

"으."

자신을 다시 한번 꽉 안았다가 풀어 준 재준이 뒤로 한 발 물러서자 은준은 달아오른 뺨을 수습한다고 애를 먹었다.

"너 공항에 안 나와도 편법을 쓸 거야."

"무슨……."

무슨 소리냐고 물으려는데 그는 벌써 등을 돌려 옥상을 빠져나가고 있었다. 저번에도 똑같은 말을 했지만 그는 설명할 마음이 없는 것 같았다.

"뭐야, 도대체."

은준은 자신의 뺨을 손등으로 쓰윽 문지르고는 입술을 비죽거렸다.

나이를 먹었다. 재준 선배를 처음 만났을 때는 열여덟 살이었는데 지금은 스물여덟이라는 나이를 달고 산다. 그런데 참 우스운건, 떨어져 있던 9년의 공백이 하루아침에 사라지고 종이를 접어그 간극을 메운 것처럼 시간이 훌쩍 뛰어넘었다는 것이다. 자신은 서재준에서 시작해 서재준으로 마무리되는 인생일까.

"결혼?"

은준은 몸에 벌레라도 붙은 것처럼 소름이 오소소 돋아났다.

"하…… 이은준이 결혼을 한다고? 내가 결혼을?"

은준은 눈동자만 좌우로 굴리다 고개를 저었다. 결혼이라는 단어를 몇 번 입에 올리니 거부감이 좀 사라지기는 했지만 못마땅함이 가라앉지는 않았다.

탁.

비어 버린 캔 맥주를 테이블에 소리 나게 내려놓고는 마른세수를 했다. 아무도 없는 방 안을 바라보는 은준의 눈빛에 슬픔이 몰려들었다. 보호하는 것에 익숙했던 자신은 보호받는 것이 어색했다. 그런데 그 어색함을 재준이 다 없애 주었다.

보호받는다는 것, 그건 가슴이 한없이 따스해지고 뜨거워지는 것이었다.

"치이, 연락도 없고. 들어오지도 않고."

은준은 유령처럼 휘적휘적 걸어가 침대로 기어들어 갔다.

빌라로 간다는 말도 없이 나가 버린 재준이 오늘은 들어올 줄 알았는데 아니었다. 내일 스위스로 출장을 가니 당연히 오늘은 집에 올 것이라 여겼다. 싸우고 나간 재준이 오늘 회사에서는 전혀 싸우지 않은 사람처럼 다정하게 굴어 당황스러웠다.

'너 며칠 못 안을 것을 생각하니 벌써부터 몸이 근질거려.'

그 말 때문에 재준이 올 것이라고 생각했다. 그리고 지금 그 말에 매달려 그를 기다리고 있는 중이었다. 은준은 순간 자신이 한심하게 느껴졌다.

"기업을 이끄는 오너들에게 기업 간의 결혼은 생명과도 같은 일이네."

은준은 회장의 말을 흉내 내다 자리에서 벌떡 일어났다. 속에서 불이 나는 것 같았다. 결혼은 하기 싫은데 재준은 놓고 싶지 않은 상반된 심리가 자신을 지배하고 있으니 짜증이 극에 달했다.

거실로 나온 은준은 냉장고에서 생수병을 꺼내 그대로 입에 대고 물을 들이켰다. 너무 차가운 물이 목을 긁고 내려가더니 끝내는 기침을 유발했다.

"캑, 콜록콜록. 크윽, 아⋯⋯."

은준은 기침으로 인해 맺힌 눈물을 손등으로 닦다 식탁 의자를 멍한 눈길로 바라봤다.

'난 또 저 자리에 걸 거야. 이은준에게 나를 각인시키는 방법 이지. 이 남자는 항상 여기에 옷을 걸어 둔다, 는 각인.'

정말 그랬다. 식탁 의자를 보는 순간 재준의 말이 떠오르며 그가 벗어 놓은 재킷과 넥타이가 보였다.

"어이없어."

은준은 그때와 같은 말을 하며 고개를 저었다.

띠링.

방으로 들어와 다시 침대에 누우려던 은준은 휴대폰을 집었다.

[자?]

재준에게서 온 문자를 가느직하게 뜬 눈으로 째려보던 은준은 답을 하지 않았다.

[나도 없는데 혼자서 잠이 와?]

"우이 씨! 장난해요?"

[네! 잠이 아주 잘 와요!]

은준은 심통 난 얼굴로 문자를 넣고는 다시 침대에 누워 이불을 목까지 끌어당겼다.

[잘 오긴, 못 자고 있는 게 훤히 보이는데.]

"뭐야, 도대체."

약을 올리는 재준의 문자에 은준은 미간을 팍 찌푸리고는 입을 비죽 내밀었다.

[푹 자고 내일 공항에서 보자.]

"쳇. 안 가 버릴까 보다."

[올 때까지 기다릴 거니깐 안 간다는 생각은 접어.]

"헛!"

은준은 놀라 벌떡 일어났다. 집에 어디 도청 장치라도 설치되어 있는 것은 아닐까 하는 생각에 이리저리 고개를 돌렸지만 의미 없는 짓이었다.

[네가 공항에 나올 결심을 하기에 동기 부여가 되는 말을 해 줄게.]

"또 무슨 소리를 하려고요?"

은준은 재준이 옆에 있는 것처럼 혼잣말을 하며 휴대폰을 내려다봤다.

[사랑해, 많이.]

"흐음."

순간 눈물이 핑 돈 은준은 손으로 입을 가리고 고개를 숙였다. 심장이 사랑해, 라는 말에 격하게 반응하고 있었다. 많이, 라는 단어를 눈에 담던 은준은 나도, 라고 중얼거렸다.

"그게 정말 먹히겠습니까?"

일단은 사내 스캔들을 먼저 터트릴 생각이었다. 자신의 힘으로 안 된다면 사람들에게 가십거리를 제공해서라도 결과를 만들 생각이었다.

아버지에게 절대 굴복할 생각 따위는 없었다. 은준 때문에 아버지 뜻대로 한 번 움직였으면 된 것이다. 제 인생이었다. 그 누구에게도 휘둘리기 싫은 인생이었지만 유일하게 은준에게 휘둘린 인생이었다. 그래서 자신의 인생을 쥐고 흔든 은준을 놓을 생각이 추호도 없었다.

"안 먹히면?"

재준은 다리를 꼬고 앉아 공항 로비를 지나가는 사람들을 무의미한 시선으로 바라보고 있었다. 채령도, 아버지도 제 뜻만 내세우겠다면 자신은 다른 방법을 쓸 작정이었다.

"잘못하면 사장님 이미지만 실추될 수도 있습니다."

"걱정은."

재준은 그까짓 것 대수롭지 않다는 듯 말하며 은준이 올 방향으로 고개를 돌렸다. 언론에 선강기업의 이름이 오르내려 자신이 손해 볼 일은 없었다.

"짐은 먼저 부칠까요?"

양 비서가 캐리어 두 개를 양손에 각각 챙기더니 물어 왔다.

"하나도 안 빼고 잘 챙겼어?"

"……그게 말입니다."

양 비서가 난처한 얼굴로 벙싯 웃자 재준은 고개를 삐딱하게 기

432

울었다.

"마치 도둑질하는 기분이 들어서……."

"그래서 제대로 안 챙겼어?"

"아닙니다. 필요한 것들을 세심하게 적어 가서 잘 챙겨 왔습니다."

"그래? 뭐, 나중에 열어 보면 알겠지."

뒷머리를 긁적이는 양 비서에게 픽 웃어 준 재준은 자리에서 일어섰다. 로비를 한 바퀴 휙 둘러본 재준은 초조한 얼굴로 손목시계를 확인했다.

"어? 저기 오십니다."

양 비서가 가리키는 손가락 끝에 은준이 서 있었다. 이리저리 고개를 돌리던 그녀가 자신과 시선이 마주치자 그 자리에서 꼼짝하지 않았다.

"가 보십시오. 저는 일단 짐을 부치고 오겠습니다."

눈치껏 자리를 피하는 양 비서를 뒤로한 재준은 성큼성큼 걸어가 그녀 앞에서 딱 멈췄다.

"결혼은 현실이에요."

"알아."

"특히 선배 같은 사람들이 하는 결혼은 치열하죠."

"알아."

"마음만 있다고 되는 게 아니라고요."

"알아."

알아, 소리만 해 대는 자신이 답답한지 은준이 한껏 눈살을 구겼다. 재준은 일단 무슨 대답이든 하려고 공항에 나타난 은준이 기특했다.

"그래서 대답은?"

"선배 하나만 보고 결정할 만큼 현실과 이상을 혼동하지는 않아요."

재준은 뒤로 물러서는 은준을 뚫어지게 바라봤다. 그럴듯한 말로 거절하고 도망가면 용납하지 않을 생각이었다. 사실 그녀의 대답은 애당초 중요한 것이 아니었다. 은준의 대답이 무엇이든지 간에 자신은 물러서지 않을 생각이었다.

"이상과 현실이 같을 수도 있어. 그래서 네 다음 생각은?"

재준은 은준의 고삐를 당길 때임을 직감했다.

"생각해 봤어요. 선배가 내 인생에서 사라져도 괜찮을지……."

"그 말은…… 예스라는 말이네."

"결혼에 긍정적이지 않으면서 굳이 반대하는 결혼을 해야 하나 고민을 했는데……."

"했는데?"

"선배하고 같이 있는 게 싫지 않다는 결론을 내렸어요."

"승낙한 건가?"

"나…… 선배로 인해 부수적으로 따라오는 문제를 기꺼이 받아들일 준비가 된 것 같아요."

은준이 약간 붉어진 뺨으로 고개를 숙이자 재준은 반원을 그리듯 입술을 끌어 올렸다. 전투에 앞서 그녀의 각오에 안도감이 몰려들었다.

"아버지가 하는 말 때문에 너 많이 혼란스러운 거 알아. 하지만 아버지가 백기를 드실 거야."

"어떻게……."

"편법을 쓸 생각이야."

"편법? 저번에도 그 소리를 하더니…… 그게 뭔데요?"

재준은 재킷 안주머니에 있던 항공 티켓을 은준에게 건넸다.

"이게 뭐…… 스위스? 내가 왜……."

티켓에 적힌 자신의 이름을 이해 못 한 듯 은준이 눈을 동그랗게 뜨고는 쳐다봤다.

"오늘 출장 가는 사람, 변경됐어. 이은준으로."

"네에?"

"가자."

"선배! 잠깐……."

재준은 성큼 걷던 걸음을 우뚝 멈추고는 은준을 돌아봤다.

"선배? 그렇게 부르지 말라고 몇 번이나 말했잖아."

은준이 선배라고 부르면 벽을 쌓는 기분이 들었다. 그래서 은준에게 그렇게 불리는 게 싫었다.

"하, 하지만……."

"어! 사장님, 티켓요!"

재준은 은준의 손을 잡고 곧장 출국 검색대를 향해 걸었다. 그러다 헐레벌떡 뛰어온 양 비서에게서 자신의 티켓을 건네받았다.

"잘 다녀오십시오!"

짐을 부친다고 그의 티켓을 들고 갔던 양 비서가 고개를 꾸벅 숙이더니 활기차게 인사했다. 그에 재준은 씨익 웃으며 고개를 끄덕였다.

"어? 양 비서님은 안 가요? 그리고 갑자기 이게 무슨 일이에요? 난 여권도 없고……. 어? 내 여권!"

눈앞으로 불쑥 들이밀어진 여권을 보며 은준이 눈을 커다랗게 뜨자 재준은 씨익 웃었다. 은준이 출근을 한 후 빈집으로 양 비서를 보내 짐을 꾸린 재준은 이미 며칠 전에 은준의 여권을 확보하고 있었던 것이다.

"도대체 어떻게 된 건지 상황 설명을 해 줘야 할 거 아니에요?"

출국 검색대를 지나 비행기에 올라 좌석에 앉을 때까지 재준의 손을 벗어나지 못한 은준은 황당한 얼굴로 물었다.

"네가 마음을 정할 때까지 기다리려 했는데 변수가 많아서 포기했어. 우리는 그냥 스위스 출장만 신경 쓰면 돼."

"그게 무슨 말이에요?"

"이은준."

정색을 하며 이름을 부르는 재준의 눈빛이 짙게 물들자 은준은 저도 모르게 건침을 꿀꺽 삼켰다.

"나 사랑해?"

"……."

"대답하기 민망하면 고개를 끄덕여도 돼. 나 사랑해?"

은준은 살짝 붉어진 얼굴로 고개를 끄덕였다. 그러자 재준이 은준의 정수리에 입을 맞추었다.

"한국 돌아오면 상황 정리는 끝나 있을 거야. 그리고 무엇보다 사랑하면 같이 있어야지."

씨익 웃는 재준을 보며 은준은 고개를 기울였다.

"무슨 정리요?"

"넌 굿이나 보고 떡이나 먹어."

재준이 더 이상 대답은 않고 흡족한 얼굴로 웃기만 하자 은준은 울상을 지었다.

"아! 우리 결혼하면 다 네 맘대로 해. 딱 한 가지만 빼고."

"그게 뭔데요?"

"침대에서만큼은 양보 못 해."

"허, 뭐라는 거예요."

은준이 민망해 죽겠다는 얼굴로 바락거리다 고개를 휙 돌렸다. 그런 은준에게 몸을 기울인 재준이 가만히 속삭였다.

"뭐긴. 날밤을 샐 거라는 말이지."

어깨를 움찔하던 은준이 눈을 게슴츠레하게 뜨고는 째려보자 재준은 빙싯 웃어 보였다.

"스위스의 밤하늘은 어떻게 생겼을까?"

짓궂은 농담을 하자 은준이 자신의 어깨를 투닥 때리며 입을 다물라고 투덜거렸다. 그러다 생각난 듯 눈을 동그랗게 떴다.

"아! 그런데 난 준비를 하나도 못 했는데 가서 뭘 입고 있으라는……."

"양 비서가 다 챙겼을 거야."

"네에?"

커다랗게 뜬 눈으로 재준을 빤히 보던 은준은 서서히 미간을 좁혔다.

"그러니깐 내 짐을 양 비서님이……."

"응. 잘 챙겼다고 했어."

아무 문제 없다는 듯 벙긋 웃고 있는 재준을 보며 은준은 입술을 잘근잘근 씹다 입을 열었다.

"호, 혹시 속옷도?"

"……아마도?"

"헛."

큰 눈동자를 좌우로 돌리던 은준은 민망함에 얼굴을 두 손에 묻었다.

　이후 스위스 바젤의 호텔에 도착한 은준은 속옷을 세트로 칼갈이 챙긴 양 비서의 철저한 직업 정신에 말문이 막혔다. 그러다 비서 하나는 잘 뒀다며 박수 치는 재준의 어깨를 불끈 쥔 주먹으로 강타했다. 애인 속옷을 굳이 비서 손에 맡겼어야 했느냐는 나무람과 함께.

에필로그
다시 움직이는 밤

"넌 도대체 뭘 한 거야!"

서 회장의 불같은 성화에 양 비서는 입을 꼭 다물고 두 손을 다소곳이 모은 채 서 있었다.

준비한 기사가 따로 있었지만 스위스 바젤의 성과가 의외로 좋아 굳이 손을 쓰지 않아도 스톤블링의 기사가 경제 신문에 실렸다. 게다가 사장님이 예정에 없던 이은준 대리와 출장길에 오른 일이 사내에서 발 빠르게 돌고 있었다. 업무적으로 유능해서 데려갔다는 말과 그렇고 그런 사이라는 말이 함께 돌았다.

"이것 하나 못 막고 뭐 하고 있었어? 비서라는 게 멍청해서는!"

탁—

인격을 모독하는 말을 내뱉은 서 회장이 들고 있던 신문을 바닥에 내동댕이쳤다. 그 신문에 실린 사진은 바로 재준이 은준의 허리에 가볍게 손을 얹고 바라보고 있는 모습이었다. 상사와 직원 사이

439

로는 절대 보이지 않았다. 자신의 상사인 재준이 의도한 사내 스캔들보다 더 강한 한 방이 터진 것이다.

"잘 감시하라는 내 말이 우스웠어? 어!"

"……아닙니다."

재준의 개인 비서로 발령이 났을 때 자신에게 주어진 임무 중에 그를 감시하는 업무가 포함되어 있었다. 그를 지켜보고 일주일에 한 번 회장에게 정기적인 보고를 해야 했다.

하지만 양 비서는 아들을 감시하는 서 회장을 이해할 수 없었다. 회사와 집밖에 오가지 않는 재준을 지켜보며 참 무료한 삶을 살고 있다는 인상을 받았었다. 그런데 그를 깊이 알면 알수록 아픔에 몸부림치고 있다는 것을 알았다. 그 상처가 무엇인지 몰랐지만 그저 원만하지 않은 아버지와의 관계 때문이라 여겼었다.

'혹 마음에 담아 둔 사람이 있으십니까? 그래서 다른 여자도 안 만나고…….'

재미있는 소리를 들었다는 듯 한쪽 입꼬리를 올리며 씨익 웃는 그의 눈이 아프게 보였다. 그가 제 마음을 인정하는 것을 두려워한다는 걸 한국에 들어온 후 깨달았다. 하지만 한국으로 돌아와 그녀, 이은준 대리를 만나고 나서 그의 눈빛에 생기가 돌기 시작했다. 모래가 바람에 쓸려 가듯 그의 마음이 그녀에게 몽땅 쓸려 가는 소리가 끊임없이 들렸다.

삐빅.

— 네, 회장님.

인터폰을 통해 회장의 수행 비서 목소리가 들려왔다.

"지금 당장 기사 내리고 앞으로 나올 기사 다 막아."

— 네?

당황한 수행 비서의 목소리에 양 비서는 눈살을 찌푸렸다.

"기사 막으라고!"

— 아, 그게 비용이…….

픕. 양 비서는 그만 웃음이 터져 주먹으로 얼른 입을 가리고 고개를 돌렸다. 막는 것엔 한계가 있기 마련이다. 더군다나 사장님이 이미 기자에게 넘기고 간 기사가 있어 막는다는 건 어려울 것이다. 설사 큰돈을 받고 기사를 내지 않는다고 해도 포기할 재준이 아니었다. 무슨 각오를 안고 출장길에 오른 것인지 잘 알기 때문이었다.

'서울 YN그룹이 먼저 나가떨어지게 하려면 스캔들이 좋을 것 같아. 사위 될 사람이 연인과 출장을 갔으니 마음에 안 내키겠지.'

그는 이미 서울 YN그룹의 눈 밖에 날 각오를 하고 움직였다. 반짝반짝 빛나던 사장님의 눈동자를 보고 있는 제 가슴이 다 두근거리는 듯했다.

"얼마가 되든 막아, 막으라고!"

소리를 꽥 지르던 서 회장이 의자에 털썩 주저앉자 양 비서는 표정을 갈무리했다.

"재준이 입국하는 즉시 회사로 들어오라고 해."

"……네."

짧게 대답한 양 비서는 휴대폰을 꺼내며 회장실을 나섰다. 엘리베이터를 타기 전 문자를 보낸 양 비서는 시간을 확인했다. 이제 곧 두 번째 기사인 스톤블링의 독자 노선에 관한 기사가 터질 시간이었다.

□ ■ □

재준은 휴대폰으로 기사를 검색하며 기분 좋은 얼굴로 입꼬리를 말아 올렸다. 사내 스캔들을 넘어 스위스 바젤 출장 건이 성공을 거두면서 스톤블링이 국내에서 주목을 받았을 뿐 아니라 은준과 자신의 핑크빛 열애설까지 터졌던 것이다.

위이잉.

[공항에서 바로 회사로 들어오시랍니다.]

양 비서의 문자를 읽은 재준은 입술 끝을 묘하게 비틀었다. 곧 이륙하겠다는 안내 멘트를 들은 재준은 전화 목록을 뒤져 채령에게 문자를 보내고는 휴대폰의 전원을 껐다.

"눈 좀 붙이는 게 어때?"

재준은 박람회 자료를 열심히 정리하고 있는 은준의 손에서 서류를 뺏어 들었다.

"어?"

서류를 뺏긴 은준이 눈을 동그랗게 뜨고 쳐다보자 재준은 입술 끝만 올려 씨익 웃어 주었다.

"자는 게 보약이라는 말이 있어. 어서 자."

"치이."

뾰로통한 얼굴로 눈을 흘기는 은준의 눈을 손으로 덮어 준 재준은 나지막이 속삭였다.

"옆에서 지켜 줄 테니 악몽 꾸지 말고 잘 자."

굳어 있던 은준의 입꼬리가 서서히 올라갔다.

12시간의 비행 중 반 이상을 넘게 날아왔지만 아직 3시간은 더 가야 한국이었다. 옆에 앉아 세상모르고 자는 은준을 눈으로 가만히 훑던 재준은 그녀의 이마에 입을 맞추었다.

예정된 출장이 아니라 아무런 준비도 못 햇을 것인데 은준은 준비된 것보다 더 부지런히 현장을 뛰었다. 그 모습에서 책임감과 열정을 읽은 재준은 그녀가 더 소중해졌다. 사업의 조력자로 손색이 없을 뿐 아니라 놓을 수 없는 제 인생의 파트너였다.

'넌 여기 신경 쓰지 말고 일이나 잘하고 와. 이건 스톤블링 미래의 대표로서 명령하는 거야.'

어머니의 목소리는 활기차 있었다. 아무 걱정 하지 말라는 말을 하며 아버지가 화를 내든지 말든지 상관하지 않는다고 했다. 게다가.

'그런다고 누가 무서워한다니?'

은근슬쩍 아버지를 비꼬는 말에 웃음이 터졌었다.
"으음……."
"깼어?"
"네……. 안 잤어요?"

잠에서 막 깬 은준의 눈동자에서 맑은 빛이 나는 것 같았다. 스위스에서 보낸 일주일을 잊지 못할 추억으로 만들어 주고 싶었다. 아침을 먹고 호텔 주변을 산책하다 무릎을 꿇고 은준에게 반지를 내밀었다. 결혼 생활을 잘할지 장담은 못 하지만 최선을 다하겠다는 은준의 대답을 듣고 더 이상의 산책은 미루고 침대로 직행했었다.

"반지 예쁘다?"

싱거운 소리를 하자 은준이 피식 웃으며 반지를 가만히 바라봤다.

"내 손이 더 예쁘지 않나?"

풋. 재준은 은준의 농담에 웃음이 터졌다.

"반지 디자이너가 들으면 울겠는데?"

개인적인 보수를 줘 가며 맞춘 반지였다. 몇 가지 디자인 중에서 마음에 드는 것이 없어 디자이너와 머리를 맞대고 이미지를 형상화해 만든 반지였다. 스위스 출장 전 시간이 촉박해 디자이너를 수없이 재촉했었다.

"반지에 애정이 듬뿍 들어가 있는 것 같아 볼 때마다 가슴이 두근거려요."

재준은 은준의 손에 깍지를 끼며 입가에 미소를 지었다. 한국에 도착하는 순간부터 전쟁이 시작될 테지만, 지금은 이 평화를 즐기고 싶었다.

"양 비서가 마중 나올 거야. 내 빌라로 가 있어."

"같이 안 가요?"

"내가 갈 때까지 얌전히 기다릴 수 있지?"

재준은 은준의 질문에 답하지 않고 달래듯이 말했다.

"……빨리 올 거죠?"

은준의 말에 눈꼬리를 접으며 재준은 환하게 웃어 보였다. 헤어지라는 아버지의 말에 도망가지 않은 은준이 고마웠다. 결혼을 두려워하면서도 자신의 손을 잡아 준 은준이 대견했다. 아니면 도망치면 죽는다는 말이 통한 것일까.

"응, 깨끗하게 씻고 있어. 내가 맛있게 빨아 줄게."

"헛! 미쳤어요? 그런 말을."

화들짝 놀란 은준이 어깨를 가볍게 때리며 나무랐지만 재준은 짓궂게 웃기만 했다.

□ ■ □

"나와 줘서 고마워."

"하아."

채령은 재준의 예의 바른 말에 입술을 일그러트렸다. 기사를 본 아버지는 침묵을 지키시며 아무 말이 없으셨다.

"기사 봤어."

한쪽 입꼬리를 올리며 픽 웃는 재준의 얼굴에 그럴 줄 몰랐느냐는 듯 여유로운 기색이 내발려 있었다.

"혹시 의도한 거야?"

채령은 그의 기색을 살피며 눈을 가늘게 떴다.

"계획한 거야."

"하!"

저도 모르게 한스러운 간투사를 내뱉은 채령은 입술을 질끈 깨물었다. 어렸을 땐 재준의 아버지가 바람을 피우고 다녀 그냥 그가 안쓰럽다는 생각만 했을 뿐이었다. 그러다 한동안 얼굴을 못 보다 고등학교에 입학한 재준을 우연히 만났을 때 그 진지하고 정중한 태도에 놀랐었다. 선강기업의 회장님과는 달리 어머니에게 다정하게 구는 재준에게 매료됐었다.

"그 여자가 그렇게 좋아?"

"이은준이야."

"뭐?"

"그 여자가 아니라 이은준이라고. 네가 그렇게 함부로 불러도 될 사람이 아니라고."

채령은 입술을 반쯤 벌린 채 재준을 멍한 얼굴로 바라봤다. 그러다 기분이 상했다는 듯 가늘게 뜬 눈으로 째려봤다.

호칭 하나에도 까칠하게 굴고 이렇게 챙길 만큼 좋아한다는 말인가. 채령은 알 수 없는 패배감을 느꼈다. 결혼을 하면 자신이 좋아하는 만큼 재준도 당연히 그에 상응하는 태도를 보일 것이라 여겼다. 처음부터 사랑이 아니었다고 해도 생의 마지막엔 사랑이 될 것이라 여겼었다. 그런데 착각이고 오만이었다.

"정말 사랑하는구나."

"내가 처음부터 그렇게 말하지 않았던가?"

고개를 살짝 기울이는 재준을 보며 채령은 체념한 듯 픽 웃었다. 마음이 따끔거렸다. 눈물이 펑펑 날 것 같았지만 꼴사납게 울 수는 없었다.

"내가 마음을 접기를 바라는 거지? 그래서 스위스에서 돌아오자마자 날 설득하려고 다시 만나자고 한 거고."

입을 꼭 다문 재준을 쳐다보며 채령은 앞에 놓인 주스 잔을 움켜쥐었다. 그를 잡을 수 있을 줄 알았다. 어쩔 수 없이 그도 포기라는 것을 하고 수긍할 줄 알았다. 그런데 그는 예상을 벗어나 제 길을 걸으려 했다. 게다가 모든 것을 철저하게 준비한 재준이었다.

"이미 접은 거 아냐?"

다 안다는 듯 묻는 재준의 말에 채령은 고개를 돌렸다. 그러다 재준을 올곧게 다시 쳐다보며 물었다.

"내가 물러서지 않고 괴롭히면 어떻게 할래?"

"······."

한숨을 낮게 내쉰 재준이 팔짱을 끼며 다리를 겹쳐 올리자 채령은 주먹을 말아 쥐었다.

"그러면 그 여자가 끝까지 결혼한다고 나올까?"

"김채령."

순간 재준의 목소리가 물속에 금속의 침전물이 가라앉아 있는 듯 어둡고 지독한 음색을 냈다.

"네가 아니라 서울 YN그룹이 나서서 괴롭혀도 상관없어."

"뭐?"

"내 인생을 엉망으로 만들겠다고 하는데 당하고만 있을 것 같아?"

채령은 바싹 마른 목으로 건침을 삼켰다. 자신이 실수를 해도 싫은 내색 한 번 하지 않고 넘어가 주던 재준은 이제 없었다. 그를 건드리면 어떤 화가 돌아올지 모른다.

"난 아버지도 버린 사람이거든."

나른하면서도 메말라 있는 재준의 후두음은 머리가 울릴 정도였다. 눈을 질끈 감았다가 뜬 채령은 아랫입술을 깨물었다. 그가 서 회장을 버렸다는 말에 오랜 시간 동안 마음을 다졌음을 알 수 있었다. 그렇게 자상하게 웃던 얼굴로 그는 저런 결심을 했던 것이다. 채령은 천천히 생각하며 그 생각을 다지고 실행에 옮긴 그가 두렵기 시작했다.

"그런 마음으로 기사를 낸 거구나."

"응."

고개를 끄덕이는 재준의 얼굴엔 여유가 넘쳐흘렀다. 고등학생 때 예의 바르게 웃던 재준의 웃음이 인고의 시간을 거쳐 만들어졌다는 것을 알게 되자 채령은 제 뜻을 내세울 수가 없었다.

□ ■ □

— 얼마나 놀랐는지 아니?

은준은 휴대폰을 쥔 채 재준의 빌라 거실을 천천히 거닐고 있었다. 충전이 된 휴대폰 전원을 켜자마자 엄마의 전화가 걸려 온 것이다.

— 걱정하지 말라는 전화를 받았지만 너하고 통화가 안 되니…….

"누가 걱정하지 말라고 했어요?"

— 너희 회사 사장이라는 사람이. 너하고 결혼할 사이라고 말하면서 연락이 안 돼도 걱정하지 말라던데?

재준이 출장을 가기 전 이미 엄마한테 연락을 취했다는 사실을 처음 안 은준은 걸음을 멈췄다.

"걱정했어요?"

— 어?

왜 걱정했느냐고 물은 것인지 자신도 알 수 없지만 그 말이 불쑥 튀어나왔다. 뜻밖의 질문에 당황한 것인지 엄마가 대답을 못 하자 픽 웃음이 새어 나왔다. 하긴, 엄마가 자신을 걱정할 리가 있겠는가 말이다.

— 부모는 늘 자식 걱정뿐이야.

하! 은준은 속으로 어이없다는 듯 간투사를 내뱉고는 머리카락을 귀 뒤로 넘겼다.

— 은형이가 많이 아파서 너한테 신경을 못 써 준 거…… 늘 가슴에 남아 있었어.

웃기지 마세요. 은준은 속으로 비아냥대듯 말하고는 빌라 밖의 풍경을 내려다봤다.

— 너도 어렸는데……. 하루는 은형이가 그러더구나. 은준이를 돌볼 만큼 건강해지겠다고. 그런데…… 흑.

엄마가 울음을 터트리는 바람에 목소리가 끊어졌다. 은준은 베란다 창에 은형의 이름을 천천히 썼다. 참 아픈 이름이고 아픈 과거였다.

— 미안하다, 은준아.

"!"

검지로 베란다 창을 지분거리던 은준은 손을 멈칫했다. 창끝에 닿은 손가락이 가늘게 떨렸다. 엄마에게 한 번도 미안하다는 말을 들은 적이 없었다. 심지어는 은형이 죽고 그 원망을 자신에게 다 퍼부었던 사람이 엄마였다. 그런데 이제 와 미안하다고 하면 자신은 어쩌란 말인가.

— 너무 미안해서 너한테 그 말을 하지 못했어. 너무 미안하고 미안해서. 미안하다, 은준아. 엄마가 잘못했어.

엄마의 울음소리가 귀 안으로 끊임없이 흘러 들어오는 것이 싫어 은준은 휴대폰을 들고 있던 손을 툭 떨어트렸다. 은형만 챙기던 엄마는 당연하다는 듯 오빠를 돌보라며 자신에게 요구했었다.

이제껏 엄마는 은형 오빠 때문에 울었지 자신을 위해 운 적이 없었다. 그런 엄마가 적응이 되지 않아 가만히 있던 은준은 휴대폰을 다시 들어 쥐어짜듯이 겨우 한마디를 내뱉었다.

"……울지 마세요."

— 흑흑, 은준아…… 흐흑…….

베란다 밖을 바라보던 은준은 눈을 감았다 떴다. 누가 노란 물감을 콕콕 찍어 놓은 듯 어둠 속에서 하나둘 불이 켜지고 있었다.

— 서재준이라고 하더구나.

"……네."

— 그 사람이 걱정하지 말라며 이제는 본인이 너를 지키는 일을 하겠다고 하더구나.

재준이 무슨 마음으로 그런 말을 했는지 지금 물어볼 순 없을 테지만 짐작은 가능했다. 은준의 눈에 그동안 꾹꾹 눌러 담아 두었던 물기가 서서히 차올랐다.

□　■　□

퍽! 쿠당당탕!

회장실로 들어서자마자 서 회장의 명패가 날아들었지만 간발의 차로 피한 재준이었다. 문에 부딪쳐 떨어진 명패가 재준의 발 앞에서 뒹굴었다.

"이성을 찾으세요."

재준의 입에서 싸늘한 말투가 튀어나오자 서 회장이 소리를 질렀다.

"너어! 지금 일을 어떻게 만들었는지 알고 그런 말을 하는 거야!"

분기탱천한 서 회장의 붉은 얼굴을 보며 재준은 한 발 다가섰다. 아까보다 목표물의 위치가 가까워졌으니 다시 뭐라도 던져 보라는 눈빛으로 그를 바라봤다.

"도대체 무슨 생각을 하고 사는 거야!"

재준은 화를 표출하는 아버지를 무척 오랜만에 본다는 생각이 들었다. 그 옛날 은준을 위해 아버지를 도발했던 때가 생각났다. 청동으로 된 재떨이에 맞아 팔에 금이 갔으면서도 자신은 웃었었다.

"그깟 여자 하나 때문에 네가 무슨 짓을 벌였는지 알아?"

그깟이라니.

"그깟 여자가 아닙니다."

"뭐?"

황당한 눈빛으로 자신을 바라보는 서 회장을 향해 재준은 단호한 표정을 지었다. 은준과 둘이서 알콩달콩 살기야 하겠지만 대외적으로 서 회장은 은준에게 시아버지였다. 자신이 없는 곳에서 은준을 괴롭히고 모욕 주는 일이 없을 것이라는 보장은 없었다.

"여자한테 빠져 대어를 놓친 정신 나간 놈."

재준은 서 회장의 독설에 오히려 피식 웃음이 나왔다. 그 어느 때보다 머리가 맑고 목표가 확고했다.

"서울 YN그룹과의 혼담을 깼고 제가 원하는 여자를 얻었다는 건 압니다."

"이런 미친놈."

흥분한 서 회장이 의자에 털썩 주저앉자 재준은 눈을 감았다 떴다. 채령의 마음을 접게 만든 지금, 무서울 게 없었다.

'죄송합니다. 하지만 인연이 아닌 것을 억지로 잡고 있을 수는 없었습니다.'

채령과 헤어진 후 김 회장에게 전화를 걸어 재준은 한번 찾아가겠다는 말과 함께 정중한 사과를 했다. 행복하게 살아야 용서할 거라는 김 회장에게 재준은 감사하다는 말을 건넸다. 그는 사업에 있어 가차 없는 인물이었지만 순리를 거스르지는 않는 인물이었다.

"스톤블링은 선강기업에서 분리될 겁니다. 개별적인 사업체로 대표 이사는 어머니입니다."

"뭐? ……하! 작정을 했구나."

"네."

분노를 담은 아버지의 눈이 자신을 찌를 듯이 바라보고 있었다. 어린 아들이 처음으로 한 부탁을 가지고 아버지는 조건을 걸었다. 그때는 은준을 구했다는 생각에 아버지의 명을 거스를 생각조차 못 했었다.

'엄마 품에만 있지 말고 넓은 세상도 보고 머리와 가슴을 좀 틔워.'

아들에게 집착하는 어머니 때문에 아버지가 그랬을 것이라는 생각도 했었다. 그런데 아버지의 의도는 그게 아니었다. 은준을 이용해 자신을 마음대로 조종하려 했던 것이다. 위한다는 허울 좋은 명분을 내세워서 말이다.

그것을 깨달은 순간 아버지를 떠날 계획을 세웠다. 유학을 하는 동안, 해외 지사에서 근무하는 동안 공허한 속이 채워지지 않아 어디에도 마음을 두지 못했었다. 만일 은준과 같이 떠났다면 어땠을까. 은준의 어머니가 그때 자살 기도를 하지 않았다면 어땠을까.

"결혼 반대하셔도 상관없습니다. 부모님의 허락을 받아야 하는 미성년자가 아니니 전 아쉬울 것 없습니다."

"남부러울 것 없이 키워 줬더니 은혜를 원수로 갚아? 뻔뻔한 놈."

기가 찬다는 듯 말하는 서 회장을 보며 재준은 굳어진 목 근육을 풀듯이 고개를 좌우로 까딱거렸다.

"저를 키운 건 돌아가신 외할아버지의 재산과 어머니의 사랑, 강 비서님의 관심이었죠."

쾅—

"서재준!"

주먹으로 책상을 내려친 서 회장이 소리를 지르며 벌떡 일어섰다.

"엄마 울리지 말아 달라고, 그 어린 아들이 말하는데 아버지는 성가시다는 표정으로 저를 툭 밀쳤습니다."

"⋯⋯."

"몸은 넘어지지 않았지만 마음은 와르르 무너졌죠."

다시는 아버지에게 부탁이라는 것을 하지 않을 것이라 다짐했던 그 아이는 커서 좋아하는 여자를 위해 다시 아버지에게 엎드렸다.

"아버지의 빈자리를 채우고 어머니를 지키며 산 건 접니다. 그러니 아버지는 저한테 당당하시면 안 됩니다."

재준은 주먹을 가만히 말아 쥐었다. 어머니에게 자신은 아버지 대용품일 뿐이었다. 그것을 알면서도 어머니가 한 번이라도 웃기를 바라서 그 자리를 기꺼이 메우며 살았었다.

"저 은준이 못 놓습니다."

"사랑이 밥 먹여 주는 줄 알아? 그렇게 죽고 못 사는 사랑도 돈이 없으면 다 허상이야!"

서 회장의 일갈에 재준은 입꼬리를 끌어 올렸다.

"그래서 아버지는 그 돈으로 사랑을 사셨습니까?"

"뭐!"

매번 새로운 여자로 갈아 치우고 즐기는 아버지를 한때는 이해하고 싶었다. 공허해서 그런 것이라고 이해하려 했었다. 외할아버지한테 인정을 못 받아 어머니에게 복수하는 것일지도 모른다고 생각했었다.

"은준이 저처럼 누구의 대용품으로 살아온 애라 온전하게 사랑받지 못했어요. 그래서 이제는 제가 온전하게 그 사랑을 주며 살려고 합니다."

제 뜻을 전한 재준은 묵례를 하고는 회장실을 나섰다.

쿵―

등 뒤로 닫힌 문에 무엇인가가 부딪쳤는지 큰 소리가 났다.

"그때 청동 재떨이 버리지 말고 둘 걸 그랬나 봅니다."

혼잣말을 하던 재준은 놀라 눈을 휘둥그레 뜨고 있는 비서들에게 별일 아니라는 듯 가볍게 미소를 지어 주었다.

"수고가 많으십니다."

비서들에게 인사를 건넨 재준은 엘리베이터로 향하며 은준에게 전화를 걸었다.

"빌라지?"

― 네, 어디예요?

"지금 출발해. 씻었어?"

― …….

안 씻어서 대답을 못 하는 건지, 민망해서 대답을 못 하는 건지 은준이 미적거리고 있었다.

"안 씻었으면 같이 씻……."

― 씻었어요!

재준은 화들짝 놀란 은준이 다급하게 대답하자 아쉬운 표정을 지었다.

"아쉽지만 시간을 단축한 거니 칭찬해 줄게."

— 무슨 시간을 단축했다는 건데요?

무슨 시간은. 이은준을 안고 침대로 가는 시간을 단축했다는 말이지. 엘리베이터에서 내린 재준은 삑 소리를 내며 라이트가 깜빡이는 차로 다가가며 씨익 웃었다.

"벗고 기다려."

— 뭐라는······.

"들어가자마자 덮치고 싶으니까."

— 악!

은준의 비명과 함께 전화가 뚝 끊어져 버렸다. 소리 내어 웃으며 시동을 건 재준은 액셀러레이터를 힘껏 밟았다.

□ ■ □

"그때 나 완전 물먹었잖아."

스위스 바젤로 출장을 간다며 들떠 있던 승우는 출발 몇 시간 전 바뀐 명단에 허탈감을 감출 수가 없었다. 같은 부서 직원들에게 선물을 사 오겠다며 호들갑을 떨었는데 이 무슨 귀신이 곡할 노릇인지 알 수 없었다.

"시끄러. 미래의 사모님에게 예의를 갖춰. 안 그러면 잘리는 수가 있어."

"헛."

희경의 일침에 승우가 과장되게 손으로 입을 가리며 주변을 두리번거렸다. 그 모습에 은준은 웃음이 터져 나왔다.

드르륵, 드르륵.

"아, 내가 갔다 올게."

테이블에 올려 둔 진동벨이 울리자 승우가 자진해서 일어났다.

"승우 밝아 보이지?"

"……으응."

희경의 말에 은준은 승우의 뒷모습을 말끄러미 바라봤다. 재준과 스위스 바젤로 출장을 간 이후 회사가 발칵 뒤집어졌다 했다. 자신을 두고 입방아를 찧는 부류도 있었고, 전혀 눈치도 못 챈 놀라워하며 부러워한 부류도 있었다고 했다. 그리고 승우는 일주일 내내 희경을 붙잡고 술만 마셨다고.

"승우가 너 정말 많이 좋아했나 보더라."

"……."

은준은 카페 직원과 웃으며 말하고 있는 승우를 계속 바라봤다. 자신은 누군가에게 기대는 것이 익숙지 않아 늘 승우를 밀어냈었다.

"그런데 상대가 사장이라 억울하지만 보내 준다더라."

"뭐? 풋."

"큭."

눈이 마주친 은준과 희경은 승우의 귀여운 질투에 누가 먼저랄 것도 없이 웃음을 터트렸다. 재준이 들었다면 놀고 있네, 하며 투덜거렸을 것이다.

"어?"

희경이 눈을 동그랗게 뜨며 셔츠의 깃을 살짝 잡아당기자 은준의 목이 드러났다.

"이거…… 태양의 눈동자…… 그러니깐 사장님이 첫사랑한테 준다며 경매에서 낙찰받은 그, 그 목걸……. 그럼 네가 사장님 첫사랑이었어?"

희경이 믿을 수 없다는 얼굴로 검지를 세운 채 눈을 휘둥그레
떴다.

"아, 그게……."

은준은 민망한 얼굴로 웃으며 셔츠 깃을 정리했다.

"왜 그래?"

커피를 들고 온 승우가 심상치 않은 분위기의 둘을 번갈아 보며
멀건 얼굴을 했다.

"승우야! 은준이가 사장님의 첫사랑이야!"

희경이 이제야 알게 된 사실을 목소리 높여 말하자 승우가 눈썹
을 조금 찌푸리더니 정말? 하고 되물었다.

"어! 저 목걸이 사장님이 첫사랑한테 주려고 낙찰받았다고 소문
이 쫙……."

"아! 그래서 이은준이 결혼을 결심했구나."

"어? 그건 또 무슨 소리야?"

희경이 무슨 뜻이냐는 듯 눈을 동그랗게 뜨고 승우를 쳐다봤다.

"그 누구하고도 결혼을 안 한다고 했던 이은준이 결혼한다고 했
으면 답 나온 거 아냐?"

"허어……."

희경이 배신을 당했다는 듯 한탄 같은 간투사를 내뱉더니 은준
을 향해 눈을 흘겼다.

"나한테까지 비밀로 하다니. 쳇."

"비밀 아냐."

"아! 몰라!"

희경이 고개를 휙 돌리며 토라지자 은준은 멋쩍은 표정을 지었다.

"자자, 네가 그렇게 토라져 봐야 이은준은 영원한 아군을 얻었

기 때문에 너 하나도 안 무서워해. 그러니 넌 달달한 카페모카나 마셔."

"어후, 갑자기 막 서러워질라 그래."

희경이 입을 비죽 내밀고 투덜거리자 승우가 커피를 내밀다 말을 덧붙였다.

"그래, 이번에는 내가 술 사 줄게."

"좋아! 너한테 투자한 일주일 치 술값 이번에 다 받아 내겠어."

"야, 그렇다고 한 번에 다 받아 내는 건 마시고 죽겠다는 소리지."

승우가 진정하라는 듯 말했지만 희경이 눈을 가늘게 뜨고 투덜거렸다.

"치이, 이제 와 돈이 아깝냐?"

"그런 말이 아니잖아. 그래그래, 먹고 죽자 죽어."

은준은 투덕거리는 둘을 보며 가만히 미소를 지었다. 승우 말처럼 재준은 정말 자신의 영원한 아군이었다. 침대에서만 빼고.

"친구들은 잘 만나고 왔어?"

희경은 친구로 인정해도 승우는 인정을 못 하겠다고 재준이 버텼었다. 그런 재준을 살살 달래 항복을 받아 낸 은준이었다.

"네."

결혼하기 전까지 재준의 집에 들어와 있게 된 은준은 드레스 룸으로 향하며 고개를 끄덕였다.

"잠깐만."

뒤따라 들어온 재준이 성큼 다가오자 은준은 풀어진 셔츠 앞섶을 꼭 움켜쥐었다.

"왜 긴장해?"

"아, 아니…… 내가 언제……."

"이거 입어 봐."

은준은 재준이 꺼내 준 옷을 보며 입술을 질끈 깨물었다. 백화점에서 그의 앞에 입고 나설 용기가 나지 않아 그만두었던 붉은색의 드레스였다. 선물로 받아 그냥 넣어 두기만 했던 옷이었다.

"입혀 줘?"

"아, 아뇨. 입어 볼 테니 나가 있어요."

은준은 멋쩍게 웃으며 재준을 향해 나가라는 손짓을 했다.

"그냥 내가 보는 앞에서 입어."

얼굴이 발갛게 달아오른 은준은 입술을 질끈 깨물었다. 이 드레스를 입으려면 브래지어를 벗어야 했다. 그가 보는 앞에서 태연하게 벗으려니 손이 가늘게 떨렸다. 은준은 셔츠와 치마만 벗고 드레스를 입었다. 지퍼를 올리기 전 브래지어를 벗자 재준의 눈동자가 이채로운 빛을 띠었다. 건침을 꼴깍 넘긴 은준은 벗은 브래지어를 들고 방황하다 테이블에 내려놓았다.

"돌아서 봐. 지퍼 올려 줄게."

다가온 재준이 자신의 어깨를 부드럽게 잡더니 돌려세웠다.

찌지직 소리를 내며 올라가던 지퍼가 중간에 멈추더니 어깨로 재준의 입술이 내려왔다. 그의 입술에 물리듯이 쓸린 피부가 화끈거렸다.

"이 지퍼 꼭 올려 줘야 해?"

"올리기 싫어요?"

목소리가 떨려 나와 은준은 입술을 감쳐물었다. 그의 손이 단전을 부드럽게 쓰다듬다 지그시 누르자 속에서 뭔가가 울컥하는 듯했다.

찌지직 하며 지퍼 소리가 다시 났지만 위로 올라간 것이 아니라 올라온 만큼 다시 아래로 내려가는 소리였다.

"하아……."

어깨끈이 제자리에 있지 못하고 툭 흘러내리자 재준의 손이 쑤욱 들어왔다. 그의 손에 젖무덤이 갇히자 은준은 심호흡을 했다.

"붉은 옷을 입으니 피부가 더 하얗게 보여."

드레스 룸의 전신 거울을 통해 서로의 시선이 얽혔다. 자신을 바라보며 손을 움직이는 그는 여유로운 사냥꾼 같았다. 그런 그의 품에 안겨 있는 자신은 언제 삼켜질지 몰라 가늘게 떨고 있었다.

"빨아 줄까?"

"윽."

그가 유두를 비틀며 귀에 속삭이자 은준은 낮은 신음을 터트렸다.

"치, 침대로……."

거울을 통해 그를 바라보며 정사를 벌일 용기가 나지 않았다. 하지만 그는 자신의 말을 들어줄 생각이 없는지 하나 남은 어깨끈을 툭 밀었다. 몸을 따라 스르륵 흘러내린 드레스는 단전을 감싼 그의 팔에 툭 걸렸다.

"예뻐."

"아흑!"

재준이 다시 유두를 비틀자 은준은 벌어진 입술 사이로 신음을 내뱉었다.

"오늘 질펀하게 안아 줄게. 여. 기. 서."

짙은 밤색 눈이 광채를 띠며 반짝이자 은준은 손을 뻗어 그의 넥타이를 하나 집어 들었다.

"뭐 하는……"

"가만있어요."

은준은 경고하듯 말하고는 그의 눈을 넥타이로 가렸다.

"보지 말아요. 나만 보고 싶어요."

거울을 통해 한 몸이 된 그를 자신 혼자서만 보고 싶었다. 창에 비친 그를 멋모르고 봤던 그때와는 확연하게 달랐다. 그때는 지우고 싶고 기억하고 싶지 않은 모습이었지만 오늘은 또렷하게 기억하고 싶었다.

"갈수록 야해지는 거 알아?"

"그래서 싫어요?"

"훗, 아니."

입꼬리를 올리며 웃는 재준의 입술에 가볍게 입을 맞췄다. 앞으로 드레스 룸에 들어올 때마다 그가 자신을 얼마나 깊게 안고 흐느끼게 만들었는지 매번 되새기게 될 것이다, 행복한 얼굴로.

— *fin*

작가 후기

사람과 사람이 계속 부딪치고 투덕거리다 보면 없던 감정도 생
긴다는 것이 저의 지론입니다. 아무 감정 없던 이들이 —물론 은
준은 의도적인 접근을 했지만— 어떻게 얽히며 서로가 서로를 담
는지 그려 보고 싶었습니다.

은준의 다가옴에 재준은 전혀 떨리지 않았지만 자꾸 신경이 쓰
이고 감정이 생긴 것은 그 아이, 은준의 존재를 인식했기 때문이라
고 생각합니다.

어둡게 집착하는 거친 남자를 표현해 보고 싶었는데 생각만큼
잘되지 않은 것 같아 아쉬움이 남습니다. 의욕만 앞서 욕만 하는
남주를 만든 건 아닌지 걱정스럽습니다.

떨리는 마음으로 연재를 시작하고 출판 제의를 받았을 때 무척
설레고 감사했습니다. 재준과 은준의 이야기를 쓰면서 행복하기도

했지만 힘든 일도 겪었기에 지금 이 순간 감회가 새롭습니다.

　좋은 인연 맺어 주신 뿔미디어 식구님들 반갑고 고맙습니다. 그리고 고생 많으셨습니다. 힘들 때 제 하소연을 다 들어 준, 늘 도움을 주는 그분에게도 감사의 마음을 전합니다.

2017년 10월
이제는 바람이 차갑게 느껴지는 어느 날,
한귀헌 드림.